为我的母亲而写——生母与养母

南洋泪

四部曲

第四部 望乡

昆洛 著

中国华侨出版社
·北京·

图书在版编目（CIP）数据

南洋泪：四部曲/昆洛著．—北京：中国华侨出版社，2017.7
ISBN 978-7-5113-6909-3

Ⅰ.①南… Ⅱ.①昆… Ⅲ.①长篇小说—中国—当代
Ⅳ.① I247.5

中国版本图书馆 CIP 数据核字（2017）第 151960 号

南洋泪：四部曲

著　　者 /	昆　洛
责任编辑 /	桑梦娟
责任校对 /	高晓华
经　　销 /	新华书店
开　　本 /	787 毫米 ×1092 毫米　1/16　印张 / 92　字数 /1605 千字
印　　刷 /	三河市华润印刷有限公司
版　　次 /	2018 年 1 月第 1 版　2018 年 1 月第 1 次印刷
书　　号 /	ISBN 978-7-5113-6909-3
定　　价 /	184.00 元

中国华侨出版社　北京市朝阳区静安里 26 号通成达大厦 3 层　邮编：100028
法律顾问：陈鹰律师事务所
编辑部：（010）64443056　　64443979
发行部：（010）64443051　　传真：（010）64439708
网　　址：www.oveaschin.com
E-mail：oveaschin@sina.com

此书献给几个世纪以来，那些苦斗于南洋的，无论是在艰难困苦、饥寒交迫之中抑或是在事业有成、腰缠万贯之时，都对故国以及侨居地怀着深沉执着、世代相承之爱的晋江人（包括活着的以及逝者的魂灵）；献给在漫长的岁月里如乳娘般哺育了一代代晋江华侨的淳厚善良的菲律宾人民。

关于《望乡》的一封信

——代序

尊敬的陈华岳先生：

尊敬的侯培水先生：

并转《世界日报》可敬可亲的广大读者：

  《南洋泪》的第四部《此岸彼岸》（即《望乡》）共分四卷，第一卷《此岸彼岸·跨过海峡的烈士》已于两三个月前在《世界日报》连载毕。和过去连载的前三部一样，广大读者对此卷给予很大的关注与厚爱。这期间，有许多热心的读者来函、来电提出了许多宝贵的意见，并询问接下来的三卷何时能与读者见面，作为一名作家，最感欣慰的莫过于自己的作品能够打动读者的心了！海内外的读者又一次认可接受了《南洋泪》的第四部，令我动容！这样子，近两个月来，我在病中又坚持着将《此岸彼岸》的后三卷认真修改了一遍，先在国内征求了各方面的意见获得充分肯定后，这才敢于将稿件送到《世界日报》——这就是现在送上的后三卷。至此，《南洋泪》的第四部《此岸彼岸》已全书完成。还像以前那样，我希望菲律宾广大的尊敬的长年关心厚爱《南洋泪》的朋友，还能继续关注《此岸彼岸》（即《望乡》)，给予批评指正；而我，也将在获得菲律宾可敬可亲的读者斧正之后，再将其付印单行本。谨此 并颂

编祺！

中国作家昆洛

2015 年 7 月 28 日于厦门

目录

第一卷 | 此岸彼岸·跨过海峡的烈士

第一章　唐山这边　003
第二章　一张照片引来了一个人　010
第三章　战争·生命　013
第四章　骨肉兄弟　020
第五章　一场战争留在一个女人身上的印记（上）　023
第六章　一场战争留在一个女人身上的印记（下）　031
第七章　故土·胶东女子　039
第八章　老夫老妻　046
第九章　张家小院·夫妻之间　050
第十章　另一个"男人"（上）　056
第十一章　另一个"男人"（下）　062
第十二章　在党的人·母亲　071
第十三章　恋人·商人　085
第十四章　一桩往事的序言　112

第二卷 | 记忆·失踪的人

第一章 一个在雪原上爬行的人 117

第二章 雪原 118

第三章 国境线·国界碑 120

第四章 吴启标 129

第五章 1961 年的元宵节 133

第六章 1951 年·报社的那两个年轻人 136

第三卷 | 别了，人民公社

第一章 两个老寡妇 147

第二章 跑大生意的女人 154

第三章 大功告成，干杯！ 169

第四章 码头与船之间的夹缝 173

第五章 朱大傻 177

第四卷 | 1989 年·1990 年

引子 183

第一章 银杏啊…… 186

第二章 "KTV" 包厢 189

第三章 关于赵小红（上） 192

第四章 关于赵小红（下） 206

第五章 回过头去写朱朝辉（上） 215

第六章　回过头去写朱朝辉（下）　222
　　　　第七章　山东老汉　231
　　　　第八章　重逢在土楼　237
　　　　　第九章　秘方　247

第五卷 ｜ 故乡·异乡

　第一章　别了，唐山故土……　261
　第二章　银杏街童学校的第五十五号学生　267
　　　　　第三章　姑表叔侄俩　270
　　　　　　第四章　沈霏说媒　277
　　　　　　第五章　打胎草　281
　　　第六章　阿悦山啊，阿悦山　286
　　　　　第七章　催生草（上）　291
　　　　　第八章　催生草（下）　295
　第九章　黎明时分，一个生命诞生了　299
　　　　　　第十章　挂号信　310
　　　　　　第十一章　唐山礁　314
第十二章　马尼拉城外，风雨中赶路的中国老人　327
　　　　　第十三章　故土的召唤　340
　　　第十四章　回唐山的双桅船离岸了　346

后记　355

第一卷

此岸彼岸·跨过海峡的烈士

战争是人类所有不幸中最为沉重的不幸。
——题记

第一章　唐山这边

/ 一 /

　　1982年农历三月末，这一天，林子钟父子和陈燕玲，还有柳月娇和林仁玉，一行人将杨月珍与曾文宝送到了厦门和平码头。那里有一艘开往香港的客轮"鼓浪屿号"，当天下午4时整，杨月珍与曾文宝，将登上这艘客轮，转道香港，回到台湾。他们一行是上午8点钟从泉州乘车来厦门的。这一趟回来，得到了卢老师的确切下落之后，曾文宝本是决定要和林子钟一起上永定寻访她老人家的，可是一看通行证，没有那个时间了！几十年才返乡一趟，每一桩事情都是重要的，可时间就是那么几天！没能见到卢老师，是曾文宝这趟回唐山大陆最大的遗憾，他也只能带着这个遗憾离开了！

　　在码头旁一家餐馆吃过午饭，已经两点多了，再过不到两个小时，"鼓浪屿"号将起锚开航。

　　杨月珍与曾文宝这一趟故乡之行，除去路上耽搁的，他们在故乡的时间，还不到完整的20天——为了这20天，杨月珍整整等了34年，而曾文宝呢，是36年！有多少话要说啊，能说得完吗……

　　……码头上的出入口处，已经开始剪票了。

　　船上的汽笛也在此时响起……

　　林仁玉忍住了泪，用颤抖的声音说："……月珍、文宝，还有什么交代的，快说吧……"

　　文宝先开口了："仁玉姑姑，还是几天前我拜托的那桩事……我已经误了月娇一辈子了……再不能让她孤零零的，有合适的……男孩……你帮着我们抱养一个……想起当年，我们那座大厝，上上下下几十口人啊，费用上的事，我都交代在月娇这里了。还有，我有一份份子礼，就是一套金门炮钢刀具，还有两瓶陈酿金门高粱和花生贡糖，哪日林子钟上永定城去，月娇啊，你也跟上，代我向卢老师她老人家请个安，好人啊，卢老师，每一个明事理的人，都会认定卢老师是好人的……还有啊，月珍已经提到了，早几年前，那个三番两次来打听卢老师下落的女人，这事一定要告诉卢老师，说不定也是想念她的学生呢。"

杨月珍说:"那一年那个女子与我和文宝我们仨合照的相片,我也交代子钟了,让他给卢老师捎过去,让她老人家认一认,这个女子到底是谁。"

林子钟说:"这些事,你们尽管放心吧,我一定会捎给卢老师的。"

林仁玉转向杨月珍问道:"……你还有什么说的吗?"

杨月珍抿紧了嘴,没有说什么,只把头摇了摇,却摇出了两行泪水。

林仁玉看着,说道:"……不是都说好了吗,今天大家谁也不掉泪……"她口里这样说,眼泪却也涌了出来,"……月珍,文宝啊……我还是那句话……不要一去,又是30年……我们这一辈子,再不会……有下一个30年了……"

汽笛又响了起来——这是催客上船的汽笛。

"鼓浪屿"号起锚了。

/ 二 /

罗茜出家了,杨月珍回台湾了,林子钟突然感到整个世界一下子变得空荡荡的!

他想很快地返回马尼拉——菲律宾啊,眼下是一年中最炎热的季节,不像唐山这里,正是"清明谷雨冻死虎母"的季节。他感到很冷——是天冷呢还是心冷?

他不知道。

他只知道,他和云昭、燕玲这一走,林家小院就要上锁了!然而他们却是一定要走的,非走不可的!

从厦门回来的第二天上午,沈霏与林仁玉便先后聚到林家来了,在和平码头上送走杨月珍、曾文宝后,沈霏就和大家约定,今天在林家小院集中,然后上泉州城乘开往永定山城的汽车。

1982年,从泉州到永定,他们必须在漳州过一夜,等隔天开往永定的汽车。

第二天到达永定县城时,已近中午了。几个人在车站旁的一家餐馆吃了午饭,也顾不得歇会儿,就急着上路了。

农历三月,白日的时光已长了起来,太阳不再急着偏西了。沈霏与林仁玉虽然都上了一点年纪了,但眼力好,特别是认路的眼力,凭着多年前的那趟永定之行,出了永定县城,她俩在曲曲折折的乡间山道上,竟然不用打听,一路上顺顺畅畅地就把大伙引进陈东溪,引到土楼来了。

/ 三 /

　　一位满头白发的山村老妇站在土楼门口迎接他们。时近黄昏，又未到农忙季节，土楼里的人大都收工在家了，他们拥在那位老妇人周围，共同迎接远来的贵客。

　　近了，走近了，双方都站定了，愣住了……

　　——林子钟不敢认了！

　　当年的班主任，那个高挑、白净、讲话像唱歌一样甜美的班主任；那个他印象中一直像菩萨一样端庄典雅的卢老师哪里去了，那个在三省学堂二楼的走廊上，一声怒喝，就把曾家大院"虎、豹、狮、象"四兄弟镇住了的那个卢老师哪里去了？她怎么竟然也老成这样了！

　　十几年不见，连沈霏、林仁玉也都不敢认了，更何况是林子钟——他都离开卢老师40多年了！

　　卢老师显然也不敢认他了，她在他们的每一张脸上寻视着，如同一位年迈的母亲在呼唤久违了的游子：

　　"子钟，子钟，子钟说要来的啊，他怎么没来啊？"

　　这亲切的呼唤，穿越了40多年的时空，从岁月的遥远的深处涌了过来。

　　卢老师刚止住了声，一个站在斜对面的头发已经花白，年近花甲的南洋番客跨出一步，在卢老师膝前跪了下去：

　　"卢老师，卢老师，我就是子钟，我看您老人家来了……"

　　一日为师，终身为父啊！

/ 四 /

　　一走进土楼，沈霏就记挂着要拜谒厅堂神案上的那些亡灵。这个唯物主义者；这个心眼中无神无鬼的女共产党人，竟然随身带来了香烛！

　　与其说是卢老师，不如说是沈霏引领着他们这一行人来到神案前的。

　　神案上那些木主，还如当年一样，一尘不染，只是岁月又在每一座木主上沉淀了一层包浆，因而，更显庄严而厚重了。就在沈霏点燃香烛的时候，林子钟拉住卢老师的手说：

　　"卢老师，曾文宝，让我为您送来了两瓶金门高粱酒。"卢老师听到这话，只怔了一下，立刻记了起来：

"曾文宝——你同班的老欺侮你的那个小胖墩？我用教鞭打过他的小屁股，那次下手是太重了，他不记恨我？"

"他哪能记恨您，他一直也没忘记您！我们大家都只认得您的好！"

"你怎么没带他一起过来，为了落在他小屁股上的那重重的一教鞭，我内疚了好久好久，我从没打过自己的学生啊！"

"他本来安排好要与大家一起来的，没想到通行证那么快就要到期了，他必须如期与月珍按时赶回台湾去，否则以后再也出不来了——相会总会有期的，下回吧，等大陆和台湾两畔往返方便了，我一定带上月珍、文宝一起来看望您老人家。"说到这里，林子钟把杨月珍、曾文宝回台湾前交代的那桩事也说了，"卢老师，他们临走前，留下话来，让我告诉您，在台北那边，有一个女人，她几次到他们餐馆打听您的消息。"

"有这样的人？她有多大年纪了？她叫什么？什么样的长相？——我在台湾那边好像都没有朋友，——而且又是不止一次来打听我的下落，可见这个女子是很有心的。"

"听说也是御桥村出去的，听说比我们要小五六岁，可惜了文宝、月珍不能一起过来，要不然他们会说得更清楚些，可能也是您的学生吧？"

卢老师想了想说："不会吧，我在三省学堂任教不到两年，教的也就你们这一班，同班的学生，不可能相差五六岁……"

林子钟正要把杨月珍留下的那帧照片掏出来交给卢老师时，沈霏与林仁玉那边已把上香的活安排好了，招呼着他们。

林子钟回头一看，那张宽大的神案上，已排满了供品——沈霏与林仁玉从晋江带来的，他从南洋带来，曾文宝、杨月珍从台湾带来的。

就在林子钟把两瓶金门高粱也供上去时，突然看到神案上的一座木主上有一帧照片，那上面是一个穿军装的少女。

林子钟走上前去，仔细一看，照片上有两个女人，年轻的那一个，穿着军装，看上去只有十八九岁，林子钟再认真一看，差点叫出声来："这不是当年的卢老师吗？"他把脸贴近了，却看出那照片上有一行字："一九五〇年十月一日摄于福州"。

"那是莹莹，子钟啊，当年在三省学堂，你是见过莹莹的——旁边那个，是我，那一年国庆节，我们在福州军政大学照的。"林子钟听到了站在自己身后的卢老师这样说。

林仁玉也靠上前去久久地看着依在木主上的那张照片，低声地说："这怎么……"她心里想的是：那木主与人世之间，是阴阳两隔，卢老师还在世，怎么可以把照片摆上去呢？

卢老师似乎看出了她的心思，平静地说："莹莹一生，只留下与我合照的这帧照片了……我能下得了手把它剪开吗？我不忍心啊……再说，我的照片迟早也得摆上去的……"

说到照片，林子钟忙把怀里揣着的另一帧照片掏了出来："卢老师，刚才提到的在台湾那边不时打听您的消息的那位女子，有照片在我这里呢——这是曾文宝，这是杨月珍，中间的这一位，就是那女人了，这张照片是月珍特意要让我转交给您的。"

卢老师接过照片，戴上老花镜，她先找到了曾文宝："变了，变了，……是几年了？"

"卢老师，听月珍说，这是摄于4年前的。"林子钟说。

"……4年前，……是1978年……距1937年——子钟，我是1937年到三省学堂教的你们吧？"

"是的，卢老师，是1937年。"

"如此说来，这张照片，是40……是41年后照的了……"卢老师喃喃自语。

照片上的两个女人，一个是杨月珍，她没见过，1946年杨月珍从前店村嫁到御桥村的时候，她正在延安，而照片上的另一个女人呢？

"卢老师啊，怎么回事，这女子，越看越像当年在溜滨区委当书记时的你。"这时站在卢老师两旁的林仁玉与沈霏几乎是异口同声地叫了起来。

卢老师是1951年离开溜石湾的，当时是40岁左右的样子，年龄与照片上那女子相仿，而长相呢？是否也如沈霏与林仁玉说的那样——卢老师没有再往下想——世上长相相似甚至相同的人，是常可遇见的。

可这个女子为什么一而再再而三地在台湾那边寻觅自己的行踪呢——

卢老师又不可能不往下想了。

沉思片刻，卢老师把照片揣进怀里说着：

"子钟啊，我确实不认得这位台湾女同胞，但你要让文宝告诉她，就说你们找到我了，看起来，她还真是个有心人呢。"

/ 五 /

他们又回到现实中来了。

这是 1982 年的端午节，在永定陈东溪的这座土楼里，人们正在为木主上的亡人祭灵。

未到晌午，偌大的神案上，已层层叠叠地堆满了供品，那多是各种口味的粽子：红豆粽、黑豆粽、莲子粽、香菇粽……还有林子钟他们带过来的金门高粱、花生贡糖、芒果干、菠萝蜜干。

粽子的浓香伴和着香炷、伴和着烧纸的芳香，弥漫了整座土楼……

接着，整座土楼的人，不管男女老少，都秩序井然地怀着虔诚肃穆，怀着一种无名的敬畏，站到那层层的木主前来……

……1960 年冬天里，林仁玉与罗茜第一次走进这座土楼时，她们提来了林子钟从南洋寄过来给卢老师的那些食品——两听椰子油，还有一大盒巧克力糖……那是一个饥馑的冬天，那些食品，对于整座土楼的人来说，是多么的珍贵，可是，土楼里的人们在接到这些食品之后，先是揭开了盖子，在神案上的木主前供了一天一夜，而后才以人口均分到各家各户……

现在，土楼里的人家显然已不再饥馑了，各家各户祭奠亡灵的供品非常丰盛，除了林子钟他们带来的，还有鸡鸭兔，一头猪——对于土楼人来说，端午节差不多是一年中仅次于春节的一个大节，往年的祭灵时间，是从午时开始，在今天，为了远道而来的贵客能赶上这场祭礼，土楼里的人把祭灵时间推到了午后，推到沈霏他们一行来了之后。

临近黄昏，土楼里一下热闹了起来，祭礼即将开始，人们都井然有序地拥到摆满木主的神案前来了，卢老师领着沈霏他们排在众人前面，林子钟正面对着的是白莹的那尊木主，他显然也看到了靠在木主上的那张照片。

见到林子钟仔细地端详着那座木主上的照片，沈霏靠近去说：

"这是卢老师的女儿莹莹，你见过吗？跟卢老师简直是一个模子里印出来的，可惜在朝鲜战场上牺牲了。"

"是跟当年的卢老师一个样啊……我在三省学堂的时候，莹莹比我小多了，要是还在……今年也才 50 出头吧……"

"是啊，莹莹牺牲的时候，刚满 20 岁。"卢老师说。

"30 来年了，卢老师，你都一个人，孤零零的……"看着眼前这位已满头白发，佝偻了身腰的卢老师，林子钟不禁又想到当年生龙活虎的那位卢老师，他又感叹起来了。

"不，土楼里的人都是我的亲人，他们早就按照这里的习俗把莹莹的魂招引回来了……你们看，木主上那些人，大都连照片都没有留下，比起来，莹莹幸运多了，她留下了照片……"

"可她是葬身在异国他乡啊！"林子钟心里这样想着，却不忍把这话说出口来，他怕伤了卢老师的心！

祭亡灵是要宰猪的，不是每一家都要宰大牲口，而是按家按户排号轮着宰，一年轮到一家……

由这些人家，沈霏想到了整个民族；由这座土楼，沈霏想到了整个国家；由于她出生在南洋，并在南洋生活过 20 多年，她还想到了菲律宾，想到那里的人民，甚至想到了人类——一个民族之所以有希望，除了是因为有着值得他们永远缅怀的人，更在于他们敢于世代缅怀那些值得他们缅怀的人。

第二章　一张照片引来了一个人

/ 一 /

1982年，台北的夏天来得特别早，端午节未到，日头就热辣辣的了，人们早已脱去了夹袄。"未吃五月粽，破袄不能放"，这本来是闽台两地流传多年的俗语，意思是说，在端午节到来之前，天气还没有真正变暖，寒衣还不能脱掉。然而，这句代代流传的俗语，在1982年不灵验了。

几天来，出入龙山餐馆的客人，几乎都是清一色的单衣了。

那时候，杨月珍从"海的那畔"回到台北已经一个多月了，她仍然打理着老龙山餐馆。

端午节那天，餐馆的客人明显比往日稀了许多，歇午的时辰也就比往日早了。像往日一样，杨月珍趁着歇午的空儿赶紧把午饭吃了。刚把饭碗搁到桌上的时候，"那个女人"又出现了！

杨月珍立刻就认了出来，"这个女人"就是前年给她照片的"那个女人"！自从那天给了月珍一张照片之后，这么长的日子里，她一直没有来过，她都去了哪里？

而且，她后面还跟了一个男人，杨月珍定睛一看，那个男人怎么长得像曾文宝！太像曾文宝了！不同的只是曾文宝白了点、胖了点，而这个人黑了点。

他是谁？世上哪有长得如此相像的人——脸相、身架、举止……

她极力在脑海里思索着……

见到杨月珍那副惊愕的样子，"那个女人"开口了：

"大姐，你不用奇怪，"她看看餐室里已经没有外人了，便接着说了下去，但显然是放低了声音，"他其实就是你们新龙山餐馆那个'东家'的弟弟，亲兄弟……""那个女人"还说了，"他的真实姓名叫曾文玉，他哥哥叫曾文宝，是吧……"

杨月珍使劲让自己镇定下来，瞄了那个曾文玉一眼后，看着"那个女人"说："大妹子，为什么前年你留下照片后，再没有来店里走动了？这么长时间了，你一直在哪里？"

"我去了桃园,虽然不是太远,但总是有一段路的……要不是去了桃园,要不是带了那帧照片,也就不能认到这个乡亲了……"她指的当然是曾文玉了。

"你早该把他引过来啊,都是——'海那畔'过来的人……"

"清明节前后,我们特意从桃园那边来过这里三次了,可你们回了——'海那畔'了……"

"不,不,不,你,你是怎么知道的?"杨月珍一时又警觉起来了。

看到杨月珍紧张的神色,"那女子"便笑了笑:"好了,大姐,就当你们没有回去过。但,他确实是曾文宝的兄弟啊……"

"等等,等等……"杨月珍终于让自己再一次镇定了下来。

/ 二 /

接着,她走到吧台上,提起了电话机:"有两个……不,是一个,一个……在这边店里,来了——一个叫曾文玉的人……"杨月珍刚迫使自己镇定下来,可一提到这个"曾文玉",她又急得上气不接下气了,她终于听清了电话那一端曾文宝同样是上气不接下气的声音:

"什么,什……么,你再说一遍……真叫曾……文……玉?——你……月珍,你千万,千万留住他,我这马上,赶过去,你,一定,一定,留住他!"说到后来,曾文宝竟怔在那里了……

事情来得太突然了!

他因而感到脑海里一片茫然,几近空白……

他甚至怀疑自己是在梦中——三四十年了,在南洋,在台湾,他不是常常在梦中与亲弟弟相逢吗?

他提着电话筒的那只手悬在半空里。

许久许久,电话筒从他手中滑落下来,砸在他刚才吃了一半的那碗番薯粥里。

他这才惊醒过来——他的确不是在梦里!

他来不及对店里的伙计吩咐一声,便大步迈出店门。

刚开始,他跑了几步,但很快地,他就感到一阵心慌,头脑也有点发晕——他跑不动了……

……三四十年过去,他早已不再年轻,他已年过六旬,他跑不动了。

而从淡水湾口的新龙山餐馆,到潘湖村外的老龙山餐馆,那是多么漫长的一段路!
　　他终于汗水横流,气喘吁吁地跑几步走几步地赶到老龙山餐馆来了……
　　他终于见到他的骨肉兄弟了!
　　40年!整整40年了啊——

第三章　战争·生命

/ 一 /

1942年,清明节附近,泉州南门外曾经经历过一场大瘟疫,在这场当头砸来的瘟疫中,御桥村的首家大户曾家大厝在两个月的时间里死了20来口人。这段往事,我们在《南洋泪》的第一部《艰难岁月》中比较详细地写过了。那场瘟疫过后,曾家大厝只有三个人幸存了下来,那是曾家大厝的长孙曾文宝和他媳妇柳月娇,还有曾文宝的弟弟曾文玉。

曾家大厝在丁财两旺的时候,随便哪一个从大厝正门里走出来的男女老少,在御赐桥上一跺脚,整个御桥村都要抖三抖的,那些年,御桥村"虎豹狮象"四兄弟,不管黑道白道,什么路走不通?可是,自从那场大瘟疫过后,曾家大厝破落了下来,就什么路也走不通了。先是出壮丁这桩事,当年曾家大厝几十口人丁的时候,谁敢上门来开口提出派丁的事?可到了1942年,中秋节刚刚过去不久,联保主任就派下人给曾家大厝捎来了话:两丁抽一,曾家必须有一个人去当兵……

那一年,曾文玉虚岁还不到16,是他执意要顶曾家大厝出这个丁,他对曾文宝说:

"哥,我光棍一条,什么地方不能去,什么事不能干?可我们家不能没有你,阿嫂不能没有你……"

曾文玉是下了死心要顶替亲兄弟出这个丁了!

曾文玉身子还没有长成,小号的军裤穿上去,还有一大截踩在脚后跟下。柳月娇忙拿来针线,把两只踩在脚后跟底的那一截裤筒往上缝短了:

"阿叔仔,你这一上路,也不知道哪才是落脚处……记得,常捎信来家,你哥他惦着你,你嫂我惦着你……"

看着嫂子一边穿针引线,一边落着泪,曾文玉禁不住鼻根一酸,泪珠也扑簌簌地滚了下来!都说长嫂如母,柳月娇嫁到曾家大院这一年多来,与这个小叔仔处得特好,尤其是曾家破败以后的这段日子,日子一下子过得紧巴了下来,虽然还没有断过炊,但有时熬粥,也不得不数着米粒下锅了,那熬出来的粥，稀得能照出人影儿。可每餐粥熬熟了，柳月娇总是先从锅底捞出两碗浓的来，一碗端给曾文玉，一碗端给曾文宝，她自己胡乱地将锅底剩下的粥汤喝了，将就着就应付了一餐。曾文玉年纪虽小，他看在眼里，记在心底——他记下了嫂子的好！

现在，就要离开这个家，离开兄嫂了，心里毕竟有些割舍不下：

"阿嫂，我走了，你不仅要照顾好我哥，也要照顾好自己，不要总是亏欠自己。往后军队不管开拔到了哪里，我都不会忘记给咱哥咱嫂捎信……"

要是在顺风顺水的时候，小小年纪的曾文玉也说不出这么一席话来，可是曾家那一场落难，催熟了小小年纪的曾文玉，使他懂得了许多人间事理……

/ 二 /

……此后几年中，曾文玉随着部队越走越远，他也总忘不了给哥哥嫂子捎信，可那些信，一封也没落到曾文宝夫妇手上，当然，曾文玉也没有收到哥哥嫂嫂的回信，那时候兵荒马乱的，有哪个当兵的家中能接到他们的批信？

离家后的几年中，曾文玉糊里糊涂地也不知道都打了几场仗，都跟谁打了仗，只分得出来：开头两三年，大多是跟日本人打，偶尔也跟自己人（中国人）打。到后来，日本人投降了，就专门跟人民解放军打了。1944年年底，他们那支部队在胶东半岛被日伪军彻底打散了。这一年，曾文玉不到17岁，他开始长成一条汉子了。他命大，1942年那场瘟疫没要了他的命，那场战斗中，他也是死里逃生，而且当兵几年，他也从没有挂过一次彩。

那年，部队被打散之后，他没有被俘，他从死人堆里爬了出来，开始流浪。不久以后，他流落到胶东平原，在一个墟场上，他被胶莱乡下赵家堡的一家张姓农户"捡"回了家，张姓人家收留了他。

张家只有一个独生女，年长曾文玉两岁，张家老两口一直想着要找一个倒插门女婿，老天把曾文玉送上门来了……

再后来，赵家堡一带成了解放区。和老解放区其他农户一样，张家觉悟高，村里的干部来动员征兵的时候说啦：好男要当兵，要报效祖国！张家就让曾文玉报了名，是以"张福根"这个名字报的。

曾文玉报名参军，除了顺从张家人的心意之外，他还有一层想法：当年参军是往北打，越打离泉州南门外的御桥村就越远了，这回随着解放军，是往南打的，说不定哪天就打到泉州南门外了，就能回家看一看，看到哥、看到嫂了——一眨眼，离开他们都5年了！这5年里，哥哥嫂嫂过得怎么样？

那一年，曾文玉所在的部队打进了福建，驻在靠近江西省的一个县城。有一夜，部队接到命令：城外一个区公所被土匪包围，要他们火速前去救援。那是一场恶战，土匪那一边人多、地形熟。而解放军这边只能抽过去两个班，由一名排长带着。曾文玉参加了那次战斗，当时他已是班长了，那场战斗，虽然最终救下了被困在区公所里的两位负责土改工作的同志，其中一位女同志还好，并无大碍；而另外一位男同志则身负重伤，但解放军方面也牺牲了4个人，其中就有那位排长。

那位男同志是被曾文玉背出土楼的，他操着浓重的山东口音贴在曾文玉耳后说："同志，听腔调，你是南方人吧？"

"是的，福建南方的，泉州南门外一带的……可是，咱也可以算是半个山东人了，咱俩能算是半个老乡哩……"曾文玉这样告诉他。

曾文玉背着他，爬过一道山坡，他们来不及细谈，抢救伤员的担架已来到了眼前，把他抬走了……

后来，这位被曾文玉背出区公所的男同志随军去了泉州南门外搞土改运动，领导当地土改的区委会就设在溜石塔下的一处朱姓祠堂里，这是后话了。

1949年10月，新中国虽然诞生了，但是在东南、在西南，战争还没有结束。在前往闽南的行军路上，曾文玉所属的那支部队，朝着福建东南沿海进军而来。一路上，他先是远远看到了泉州城内高高的东西塔，而后又望到了晋江口的溜石塔，但他只能是几次回过头去望了又望。他无暇顾及，战争不允许部队停下脚步。

/ 三 /

1949年10月中旬，曾文玉随军抵达同安大嶝岛——解放金门岛的先头部队在这里集结。这里离厦门岛已非常近了，更是与金门岛隔海相望。

1949年10月24日晚，解放金门的战斗打响了！

100多条经过紧张修整又急促组建起来的登岛船队——那不是舰队；是帆船——单桅船或双桅船——是木制的帆船，其中夹杂了一两艘破旧的小火轮组成的船队，那船队载着全副武装的军人，载着近万名中国人民解放军将士跨越了金门海峡……

大潮汐，排山倒海的大潮，正朝着金门岛涌去，朝着金门岛的古宁头海滩汹涌而来。

顺潮然而却是逆风的登陆船队靠上了金门岛古宁头沙滩!

/ 四 /

起初金门岛上本无蒋军大部队。后来,国民党军李良荣部两万人开上金门岛。再以后,在10月24日前几天,当年被毛泽东主席称为"狡如狐,猛如虎"的"国军"名将胡琏,率领两万多增援部队也已登陆金门,在岛上修起工事,站稳了脚跟。蒋介石方面显然意料到了金门岛将有一场登岛之战。

最先的战场是在古宁头、北山、南山,一直到观音亭山、双乳山西北坡,在这周边的丘陵地里展开。这么狭窄的地面,作为5万来人的交战场所,本来已够拥挤。然而,战争的进展,从1949年10月25日凌晨,到了1949年10月28日下午,战场的范围被蒋军一再压缩。

这显然是一场双方力量对比异常悬殊的战争。9000多名渡海而来的一方——尚未站稳脚跟的解放军将士,要面对的是四万来人早已修好了工事,站稳了脚跟的国民党精锐部队,那是将近一比五的兵力对峙。登岛的一方明显处于劣势。兵员数量的对比是明摆着的!而武器呢?渡海过来的一方只有机枪、步枪、手枪、刺刀、手榴弹、榴弹炮等轻武器。而防守的一方,装备的却是先进的美式轻重武器,包括多种口径的火炮、装甲车、坦克车……

解放军登陆部队与数倍于己的敌军展开生死搏杀。由于运输船只全部毁于蒋军炮火,解放军后续梯队无法增援,登陆部队陷入孤军作战的困境。

……相距咫尺的双乳山,是两座不高的山峁,浑圆有如母亲的双乳——在她袒露的胸膛上,先是布满了大大小小、深深浅浅的弹洞炮坑。随后,战场被一再压缩,直到双乳山以东,观音山以西的狭小地面上,战争最终在这里结束了……沉默的双乳山、沉默的观音山,以无言的悲哀,凝视着这天地间的生灵涂炭……

从1949年10月25日凌晨,到1949年10月28日午后,前后60多个小时的战争结束了。

金门岛死去了……

金门岛上死一般地沉寂了下来……

此时,可以听到的,只剩下血液涌出血管的奔流声;以及鲜血灌入大地的淙淙声……

这是1949年10月下旬，在海峡的彼岸，在金门岛上，近万个中国男人的血灌透了小小的金门岛。这片土地或将因为浸透了人类的鲜血而更趋沉重。而在金门岛的东西两岸，在大陆、在台湾，有多少母亲的眼泪，有多少父亲的眼泪，有多少妻儿的眼泪，有多少兄弟姐妹的眼泪……为这些战死的中国男人，将要流淌10年、20年或30年或一生一世？

……1949年年终，远在胶莱平原上的张家小院收到了张福根的阵亡通知书，在胶东一带，有好多庄稼户也收到了这样的通知书：这是因为当年攻打金门的战役中，有不少山东籍战士。

而在张家小院，则是由张香英做主，在众村邻乡党的帮助下，宰掉了那头养了快4年的，两颗门牙已长到嘴口外的大公猪——那头等待张福根回来圆房用的大公猪。张家老少三口与众多的亲朋乡党一起，为张福根举行了隆重的招魂仪式。那会儿，张承红（即后来的赵承红）刚刚学会走路不久，是张香英抱着他走在为张福根招魂的人流里。招魂后往回走的时候，张香英怀里抱着张承红，张承红怀里抱着爹张福根的木主……那些猪肉，最终大都散给了亲朋乡党，而那副猪头骨与那撮猪尾毛，根据赵家堡的习俗，是成亲时拜天地的必备之物，则被张香英几十年地悬挂在她准备作为洞房的那处屋檐下……

/ 五 /

……多年之后，"金门高粱"（酒）已闻名海峡两岸，我不是善酒之徒，但我能分出酒的优劣。我尝过正宗的金门高粱，那是我尝过的所有白酒中最美好的酒。2009年初冬，我去了一趟金门，当地友人掏出一瓶9年陈酿的金门高粱来款待我，他是这样说的：

"这是真正的长在古宁头的高粱酿出来的，外地高粱的红色是日头晒出来的，而古宁头高粱的红，是血浸出来的，那是一种带着血腥的红……当年共军登陆后最先打响的那一处地方叫'一点红'，可是打到后来是漫地红……"

他谈起了金门战役，他像在讲一个遥远的传说。

而我已大泪滂沱。

而我已大哭号啕。

……人类的战争：为狩猎而战，为疆土而战，为女人而战，为信仰而战……奴隶战争、种族战争、军阀战争……

战争是人类所有不幸中最为深重的不幸，它不是天灾——不是大自然强加于人类的不幸，它是人类自己强加给自己的不幸。

人类反思战争的荒唐，总是在某场战争过去几十年甚至几个世纪之后（在多少农村多少城市甚至多少国家成为废墟之后；在数以百万数以千万的活生生的人成为死尸之后）——人类才会回过头去反思。

无数次的战后反思，又无数次地开始新的战争。

——这是如此的荒唐。

/ 六 /

1949年10月28日下午，金门岛上的枪炮声已悄然静止，残阳如血，秋风如泣……战争停止了，没有胜负，只有死亡。除了死亡，还是死亡。

此时，在观音亭山下的坡地上，在层层叠叠的纵横交错的尸堆上，有一处——那只是一个点——动了起来。片刻之后，这一个——点，红色的点，从死人堆里冒了出来。

这是一条生命！

这是一个人！

一个血人！

从头顶到脚底，鲜血淋漓；他的面上，到胸前，到脚板，是一层一层的血，一层层的人的血——分不清是谁的血。

他挣扎着，从压在他身上的层层叠叠的尸体里钻了出来。

他直挺挺地站在那里，面对着初升的新月，那是深秋的月亮——他是麻木的，没有感觉，更谈不上思维——就如同他脚下的那些纵横交错的层层叠叠的人尸，只不过那些是横躺的，而他是竖直的。

"你是人是鬼？！"有人这样吆喝，但他听不见这吆喝。

是的，分不清是人是鬼，他也分不清自己是人是鬼！

"兄弟，你是哪一部分的？"——之所以被称为"兄弟"显然是因为裹褙在他的头脸上、军装上的人血已经厚厚地风干了，所以分不清是人是鬼，更别说分清是哪一"部分"的了——这一声吆喝，他终于听清了。

他发现自己竟然是活着的！

接着，他被俘了。

这个被俘的人，是中国人民解放军登陆金门岛的一名军人，在部队档案里，他的名字叫张福根，职务：排长。

现在——1982年端午节下午，张福根正坐在台北淡水湾的老龙山餐馆里。
……
……
到了，到了，终于到了！
从新龙山餐馆到老龙山餐馆，一般年轻人走过来，要半个多小时，而且要快步走。上了年纪的曾文宝今天走的这趟路，竟然也只花了半个多小时，但他毕竟是上了年纪的人了，由于着急，由于体力不济，这一趟路，他走得胸口直撞，他走出了一身汗，当他终于走进老龙山餐馆的时候，他的双眼都让额头上落下来的汗水蒙住了……
……接着，是眼窝里迸出来的泪水与汗水交织在一起——
——4只泪眼，终于相互认出了失散多年的骨肉兄弟。
……这是男人的眼泪，这是压抑了将近半个世纪的男人的眼泪……
随着这泪水喷薄而出的是男子汉的哀号——这哀号同样也压抑了将近半个世纪……
——"啊，啊，啊啊，这几十年来，你是怎么过来的啊？"

第四章　骨肉兄弟

/ 一、梦话？ /

"……40年了吧……是前后40年了，你走的那年，该是虚岁16岁，是，是民国三十一年，那一年，我们曾家大厝，只剩下你和我，还有你嫂……"

（1942年，秋风凉了的时候，经历了初夏里的那场大瘟疫，曾家大厝已完全破落下来了，联保主任那里派来抓壮丁的就找上门来了，当然抓的是曾文宝，二丁抽一，他正当年，所以，他只能四处躲藏……）

"……那晚上，听到狗吠，我知道又是抓丁的来了，忙又躲到后厅堂塌了半边屋顶的阁楼上，没想到一个喷嚏把他们引了过来……第三天，是你到联保主任那里把我换了……文玉啊，你当年还不到16岁呢，你为什么要那样做？"

（当然，当年曾文玉找到联保主任那里，是说尽了好话，才把曾文宝换回家去了。曾家"虎豹狮象"四兄弟在世时，那联保主任也是曾家大厝的常客，现在见到曾家既有人前来充数，也乐得做了个顺水人情，留下曾文玉，让曾文宝回去了。）

"我那时是……光棍一条，可你有嫂子啊，再说，嫂子待我好啊……她宁可亏欠了自己……有一点吃的，她舀上来的第一瓢总是倒到我碗里……都说长嫂如母……再说，那时候，我们家都穷得揭不开锅……我出去了，也就找到一处吃饭的地方了……以后七八年的时间里，在大陆那边，我从南到北，从北到南地打打杀杀，总也忘不了嫂子对我的恩德……"

"快别说这样的话了，那一年，是靠了你的那一份壮丁粮，我和你嫂子才没有在第二年的春荒时饿死……可那阵子每次端起碗来的时候，你嫂都是泪汪汪的，她说这是你卖壮丁换来的啊……"

"……嫂子，……嫂子，她如今在家吗？她可好……"

"她还在咱们御桥村的家里，在海的那畔……"曾文宝微微压低了声音，继续往下说，"……今年清明节，我随你月珍嫂子刚回了一趟……家……"

曾文宝把几十年走过来的路向自己的亲弟弟诉说了一番：他说到自己当年是如何下的南洋；如何护送罗茜到厦门，托人把她带回晋江……自己却无颜面回御桥村，径直就由厦门取道来了台湾。当然，他也详细地说到了那首次出洋遭遇的海难中，林仁和、林子钟父子是如何帮救了他。

"文玉啊，你怎么也到海的这边来了，你来多长时间了？"

"……我比你晚来了……有一年的时间吧……"

"如此说来，也有……也有整整33年的时间了……"曾文宝扳起指头来数着，"没想到，亲兄弟，同在一个岛上，30多年了，竟然未曾见面……"

"……从唐山……从泉州南门外……从南洋绕了大半个世界，竟然是在台湾……"曾文玉也把自己几十年来从"国军"到"共军"又到"国军"的遭遇向自己的骨肉兄弟大体说了一遍。

……真是人生如梦，真是世事难料啊……

/ 二、当年 /

……1942年曾文宝送曾文玉上路的时候，亲弟弟还是一张娃娃脸，黄色的军衣几乎盖到膝盖上，临走那天，柳月娇回娘家烙了几个荷蛋包赶了过来，那是小叔仔日常最爱吃的，她把小叔仔搂在怀里，淌着泪，硬是把那几个煎蛋撕成了一片片塞进他口里。而在前一天，她把家里唯一一只下蛋的老母鸡杀了，熬烂了，夫妻俩舍不得喝一口汤，4只眼睛泪汪汪的，硬是守着曾文玉吃了个干净——嫂子对他的好，曾文玉一直记着，而嫂子临别留在他耳畔的那番话，曾文玉也一直记着：

"阿叔，打仗的时候，记着避开枪子儿……当上几年兵，能回来就回家来吧，总不能老在队伍上……再过几年，也该娶媳妇成家了……"

……当年的亲弟弟是长高了，长壮了。可是，可是老了，老了，真不忍相认了——当年那眉清目秀的亲弟弟，怎就这么老了下来？

"文玉啊，一别40年，你该成家了，弟媳呢？"曾文宝问着亲兄弟。

都说当兵人流泪要比流血难，可当曾文宝提起了"成家"，提起了"弟媳"，曾文玉，这个曾经长年在炮筒里进出的硬汉军人，又终于忍不住哀号着哭开了……

他说起了胶东乡下那个叫张香英的姑娘——那个等着他回家完婚的山东女人……

"……你弟妹年长（我）两岁……早年间部队驻军在金门岛上的时候，还断断续续能听到海那边的高音喇叭送过来寻找'张福根'的声音，也不知找的是不是我。这几年，什么音讯也没有了——噢，光顾着我们兄弟说话，忘了给你介绍这位乡亲了，"曾文玉揩去眼泪，望着身旁"那个女人"说。

"这位——姐妹，是见过几次面了，转眼都过去好几年了，只是至今不知道该怎么称呼你？"曾文宝望着"那个女人"说。

"那个女人"显然也是刚刚止住泪水，一双眼睛红红的、湿湿的，喉口还哽着。

"她也是地地道道的泉州南门外我们御桥村出来的，也是'龙山'脉上的。你还记不记得，当年你在三省学堂上学的时候，有一位卢老师，当过你的班主任……"

听到弟弟提起卢老师，曾文宝立刻将话接了过去：

"怎么会忘记呢，一日为师终身为父啊……听说卢老师眼下还在永定……"提起卢老师，曾文宝顿时感到一股暖流从心窝里涌上了喉口。年纪愈大，走过的人生路愈长，曾文宝愈能体会到卢老师的好！当年被一家子人宠娇了的曾文宝，在三省学堂，向来没把读书当一回事，要不是卢老师的严加管教，他哪能多少懂得一些文墨。这粗略懂得的这些文墨，让他受益终生！还在南洋的时候，他不止一次对林子钟提起过：当年卢老师那一教鞭落在他屁股上时，他转过头去，发现卢老师是含着泪水的！一直到了南洋，他才理解了：当年卢老师对他是恨铁不成钢啊！遗憾的是清明节前后那次回泉州南门外竟没见上卢老师！日后什么时候才能再回到海的那畔呢？

听到刚才曾文宝说出"永定"两字，"那个女人"浑身上下一阵颤忾，她判断他说的一字不假，她跨了过去，紧紧地抓住了曾文宝的双臂：

"卢老师！三省学堂的卢老师！"——她几乎快要窒息了，本来略显苍白的脸上，此时涨得通红，她瘦弱的双手，却紧紧地抓住曾文宝的双臂，"……她还在永定啊，她过得可好？"

她一连串急促的、揪人心魂的诘问，忍不住让一旁的杨月珍与曾文宝又一次犯疑了：她是谁？她到底是谁啊？

第五章　一场战争留在一个女人身上的印记（上）

/ 引子 /

现在，我们需要回过头来，细说那个女人；那个把曾文玉引到龙山餐馆的女人；那个多年来多次到老龙山餐馆来追寻她的乡愁的女人；那个谜一般、雾一样的神秘女人！

关于这个自称"莹莹"的女人，我们还得从1978年的中秋节说起……

/ 一、客人 /

做过餐馆生意的人都会知道，一年360天的每一天午时过后，便是"淡时"了，这里所说的"淡时"，意如"淡季"。每天到了这个时候，吃午饭的客人大都吃过了，而离黄昏晚餐的"旺时"，还要过一个多时辰，餐馆的掌柜、掌勺及大小伙计们便趁着这个空儿，吃下自己的午饭，松一口气，喝几口浓茶，解解油烟气，或者还可以趴在餐桌上或靠在墙旁，打一会儿盹，养养神——这种情形，不管是大餐馆或小吃店，大多是一样的，行业中人称为"歇午"。

1978年中秋节前几天，老龙山餐馆歇午的时候，有一个女人轻轻地走了进来。

像往常一样，在这种时候，老龙山餐馆最先发现来客的人，仍然是掌柜杨月珍。店中的伙计们在这个时候可以打盹，杨月珍却不可以，她必须喝下浓浓的一杯热茶，强撑起沉重的眼皮，不让自己显示出丝毫的邋遢疲惫，而且要精神光鲜地坐在柜台后，唯恐怠慢了任何一个随时光临的客人。

/ 二、点了泉州小吃的女人 /

那个女人刚迈过门槛，杨月珍便起身迎了上去，将她引到靠窗的一张餐桌旁坐了下来，然后，泡过来一小壶乌龙茶，亲切地问道：

"这位大姐,先喝一口茶水,润润喉,来点什么,尽管吩咐。"

这位被称为大姐的女人听着,也报以甜甜的一笑,露出整齐洁白的牙齿,然后,慢慢地转动着那双十分好看的眼睛,将四周环视了一番:

"……都三年了……又是一个三年过去了……"

她似是自言自语,又似是在对杨月珍说。细心的杨月珍发现这女人在说出这话的时候,双眼里流露出一种亲情,那亲情中还带着一种莫名的哀愁。

"大姐以前来过我们这家小店?"杨月珍亲切地轻声问道。

"……三年前来过……都整整三年了……又是一个三年过去了……"那女人更清晰地将刚才的话说了一遍,算是回答杨月珍了。然后,她接下来问:"大姐——该我叫你大姐——这里还卖马鲛鱼丸汤、肉粽子吗?"

"这两样都是我们店里的传家小吃,丢不了。"

"传家——"那女人一听这两字,露出一脸惊喜,"如此说来,大姐您是龙山餐馆的当家人了?"

"啊,不敢当,我是受曾家店主之托,把这家餐馆打理下来——"见着那女人听到自己不是曾姓时的失望神色,杨月珍忙把话题转到生意上来了,"哦,我这就把你点的东西送过来。"

那女人吃着杨月珍端过来的马鲛鱼丸汤、肉粽了,啧啧地连声称赞了起来:

"还是当年那种老味道,正宗的泉州南门兜的味道,一点都没有变。"

正要走开去的杨月珍听到这里,忽然记了起来:这女子好几年前不是也来过吗?那一天是临近中午店里正忙的时候来的,她走进店来,见里面热热闹闹,便对杨月珍这样说:

"5年了,这店还开着,而且还红红火火,让人高兴。"

她还说:"我知道,以前这店的老东家是那边泉州南门外过来的,其实,说到底我也是那里人呢。"

那时候,杨月珍虽正忙着收款找零,但听她说到那边泉州南门外时,禁不住抬起头来认真地瞄了她一眼。她能发觉那女子没有说假,她说的是闽南话,但与台湾闽南话不同的是,台湾人管"说"字叫"gong",而泉州南门外中的"说"字叫"se",尽管如此,杨月珍并没有接过那女子的话茬顺着往下说,一来呢,确实是因为正忙着;二来呢,那女子讲的"那边",自然指的是海的那畔,是唐山大陆了,她不正是从"那边"过来的吗?餐馆这种所在,人多嘴杂,她一个做生意的女人,不是生意上的事,不想掺和,别话多了,生出枝节来。那女人似乎也没有再往下说的意思,挑了个角落坐下来,要的就是马鲛鱼丸汤和肉粽子……

想到这件事,杨月珍便在桌旁多站了一会儿,那女人见状,忙亲热地又用带着浓浓的泉州腔的闽南话招呼杨月珍坐了下来：

"上一回来店里，你正忙得说不上话，这回店里闲了下来，大姐，坐下来聊聊吧。"

杨月珍一听，便不好意思忙着走开了。杨月珍自进了老龙山餐馆之后，见的人多了，是善人是歹人，虽说不能十之八九断定，但此时，她能看出眼前这个女人，不像是寻是非惹事端的歹女人。

待杨月珍坐下来后，那女人又开口了：

"10年前，这店里的老东家还健在时，我来过几回，我是寻着这'龙山'二字过来的，这龙山其实就是泉州城西北近郊的龙头山，是吧？"

"是这样的，你是怎么知道的？"杨月珍笑笑点头问道。

"我还知道，那边龙头山上有曾姓大祠堂，那可是闽南一带曾姓总祠堂呢，我说的没错吧？"

"你说得对。"杨月珍口里这样应着，心里寻思道：看来这女子认识"老东家"曾人望他老人家不假，那话像是他老人家在世时常说的。

接下来，那女人说出的一席话更令杨月珍大吃一惊：

"其实，大姐，不瞒你说，算起来，我与你们的老东家同姓哩，而且是同乡……是泉州南门外，那里叫御桥村……那个村有一座三省学堂……"

没等那女人说完，杨月珍一下子站了起来，一串话脱口而出：

"御桥村？三省学堂——原来我们俩是同乡啊……"

"没想到又遇上了一位同乡大姐——能问一下，你是哪一年离开御桥村的？"

"1948年……"

"我比你早得多了，是1937年，……都……44年了……再没回过御桥村了……"那女人说着，神色暗淡了下去。

"你是什么时候来到这边的？"

"1953年——"

杨月珍扳着手指数道："前后都快30年了，你也没有回过唐山大陆吧？"

"这能回吗？大姐，你是哪一年来的台湾？"那女人说着，神色更加暗淡了。

"我嘛，比你早三年，是1950年……"

"……你，来台湾都快30年了，也一直没有回去过？"

"能回得了吗，唉，只怕这辈子也别指望回去了……"

说着说着，两个女人的神色，一个更比一个暗淡了。到最后，两个人的喉口都哽住了，久久地沉默起来……

/ 三、她究竟是谁？ /

到后来，那女人先打破了沉默，问起了一个人的名字，那名字，令杨月珍不禁对眼前这个刚刚还跟自己谈得很投缘的女人起了戒心。她听到那女人说道：

"你是御桥村出来的，你也应当知道村里的那座三省学堂，你听过那学堂有一个卢老师吗？是个女老师……永定人……"

杨月珍心中一震：这女人说的这位"卢老师"，必定是当年丈夫念念不忘的那位卢老师了！从往昔丈夫的诉说中，她早就知道卢老师是共产党的人，而且知道共产党与国民党这眼下的关系。现在她可是人在台湾，她一个大陆漂泊过来的女人，一个做生意的老实人，可不敢在这种事上惹出麻烦来，她本来想说："听说过的，我早就听丈夫说过这位卢老师了。"但她还是把这句已涌到喉口的话又咽了下去，转口答道：

"我都离开那里30来年了，没有听说过这个人。"她不忍看着那女人满脸怅然，便又接着安慰道，"我这里过往的人多，我留意着帮你打听就是了。"

"不用了，她肯定不在台湾这边，大姐，你别费这个心了。"

那女人闷闷地吃完了点心，结了账，从座位上站了起来，就要离去。见到她那忧郁的神色，杨月珍特意关照了几句：

"大姐妹，往后有闲时，常来店里走动，亲不亲，故乡人。"

/ 四、乡亲 /

那女子刚站起身子，就要朝外走去时，曾文宝走了进来：

"月珍啊，文海、文涛来信了，要我们站在老龙山餐馆前照张相寄过去，说他们有时想这里想得心都发酸哩，这不，我借来了一个照相机。"曾文宝说着，和站在一旁的女人打了个照面，这一照面，让曾文宝立时愣住了，他突然觉得这个女人十分面熟，是在哪里见过的？却怎么也想不起来了，但他能肯定绝不是在餐馆里见到的顾客，因为这个面熟的女人，令他有一种遥远而又亲切的感觉！但他又不便说什么，只对着杨月珍开了口：

"两处餐馆该照的都照了，胶卷里还有几张底片没照完，拿到照相馆一冲，没照的底片也曝光了。不照白不照，月珍，你来照一张吧。"

杨月珍把头发拢齐了，把衣襟抻平，端端正正地站到镜头前来了，曾文宝又是咔嚓两声，为杨月珍拍了两张照片。

"大姐，我能听出来，这位大哥也是海那畔泉州南门外过来的，……都是老乡了，难得在一起，又有相机，如果还有胶卷，我们仨合拍一张吧。"站在一旁的那位女子这样说。

听到这话，曾文宝认真地又望了她一眼后说："是啊，都说离乡不离腔，这位——可以称为老姐妹吧，果然也是（泉州）南门外的腔，可我们仨一齐照，谁来操照相机呢？"

那女子说："我看过了，这是自动机，我能调。"

曾文宝看着杨月珍，那意思是："你看该怎么办？"

杨月珍发现那女子也和曾文宝那样看着自己，略一迟疑，然后很快就回应道："也好，难得都是来自海那畔泉州南门外的，照一张吧！"

那女子接过相机，调好后，安排杨月珍、曾文宝各自站好了，自己也迈了过去，把胶卷里剩下的三张底片都照完了。

"二位（泉州）南门外乡亲，照片冲出来了，别忘了给我一套——那洗照片的钱我先留下了，我得回去了。"那女人说着，朝门外走了。

杨月珍抓起她压在桌面的那些钱，追出门来，硬是塞给了她："既是认了乡亲，这钱是绝对不能留下的。"

/ 五、中秋 /

照过相的第三天，就是中秋节了，这一天，夜幕刚刚降落，老龙山餐馆就早早打烊了。

歇下来之后，杨月珍便急急往淡水湾走了过来。

这两三天来，杨月珍的心一直悬着：那是因了和那个女子拍了照；那一天，听着那女子一口一个"南门外"的乡亲，杨月珍真是难以说不。可拍过照后，她又有点悔了：怎么可以随便与外人合照？估计今天曾文宝也该把相片冲洗好了，她就赶了过来。杨月珍走到淡水湾新龙山餐馆时，曾文宝这边也刚刚打烊歇店：

"月珍啊，你来得正好，那照片是昨天下午就取回来了，我看了又看（照片上）那个女子，我记起来了，伯父还在的时候，她也来过老龙山（餐馆）……"

"那可是都过去5年了啊——头尾是6年了……"

"是啊，那时我就觉得她面熟，好像在哪里见过，高挑的身材，白白净净，斯斯文文……"

"我也记起来了，伯父过世的时候，是有那么一个女人前来送葬，那时候，（泉州）南门外来送葬的人多，我也没多在意。"

"是啊，是的，那一天，她来过！真真是她！"说到这里，文宝拍了一下脑门，把手中的照片递给杨月珍，"你再仔细瞧瞧。"

杨月珍把那帧照片托在手里，近看远看，禁不住感叹起来："是啊，就是她，当年多水灵的一个女子啊……哎，也老啦，瞧，这照片上比她人还要老啊，岁月不饶人啊……"

杨月珍感慨着照片上那女人的老相，更是感叹着自己——也老了！

"这里面的几张照片，由你交给她吧？"

"就交给她吧……都五六年时间了，看来女子也不是什么歹人……更何况我们开饭店，来的都是客。"月珍说着，终于把那颗悬着的心放到了实处。

"你就留下与我们几个吃顿中秋饭再回吧，菜都做好了。"

"不啦，我得回老龙山去啦，那边我也做了几个菜，难得一年一中秋，也得让住店的伙计轻轻松松吃一餐。"

杨月珍将照片揣进怀里，回身走出了新龙山餐馆。

中秋的月亮来得早，淡水湾外的日头儿刚刚沉下，对面的月亮已急急地露出脸来，台北八月的秋风软软的，绵绵的，那是从淡水湾外的海上吹过来的，有一股海味。杨月珍是迎着月亮往回走的，她没有发现，自己背后的身影被月光拉得很长很长。

/ 六、怎么回事？ /

中秋节过后的第4天，那个女子又来到了老龙山餐馆。

刚刚过了正午，虽然还不到歇午时刻，但餐室里的客人显然稀落了，待那女子吃完了她那份肉粽子配马鲛鱼丸汤后，餐室里差不多已静了下来。趁那空儿，杨月珍走到店后自己的寝室里，从床头摸出那个装了相片的牛皮纸信封走了出来，发现那女子正看着她，嘴角闪过一丝微微的笑容朝她点着头。

杨月珍走到她身边坐下后，把那个牛皮信封交给她：

"大妹子，那里面有两张相片。"

那女子把相片捧在手上，默默地反复看了好久后，似是对着杨月珍说又似是自言自语：

"我真有这么老了吗？"

"我真有这么老了吗？"

那女子把这话又重复了一遍的时候，是看着杨月珍说的，杨月珍看着她，发现她比几天前照相的时候似乎又老了一些，她眼角的鱼尾纹深深的，她的双眼里显然蒙着泪水。

接着，杨月珍听到了那女子这样说：

"从1953年，不，应当是1950年了……"

杨月珍听在耳里，心里想着。杨月珍正这样思忖着时，忽听到那女子失声地哽咽了起来：

"前后都28年了啊，28年了啊！"

杨月珍仰头一看，那女子双眼里的泪水已喷涌而出，在脸上纵横交流。她在椅子上坐了下来，伏在桌面上抽搐着……

她仅仅是因为发现自己的"年老"而哭吗？

这些"年"里面，她遭遇过什么？

这些"年"里面，她失去了什么？

/ 七、那个女人走了 /

杨月珍正这样想着的时候，那女人已止住抽搐，站了起来。她张开手掌，按了按自己有些红肿的眼皮，把头发拢齐了。

她似乎摇晃了一下，但很快就站稳了。

"妹子，你没事吧？"

"没事的，大姐。"

她从容地走过餐馆，朝大门走去，杨月珍一直将她送到门口，看着她走远了。

/ 八、没有答案 /

自从取走了照片之后，过了很久很久，这个女人一直都再没有来过龙山餐馆了——不管是外潘湖村的老龙山餐馆，或是淡水湾后面的新龙山餐馆。

她究竟是谁呢？

——这个如云如雾，如谜如梦的女人啊！
她究竟是谁啊？
……

过了好些日子，一天歇午的时候，那女子又来到老龙山餐馆，那时候，曾文宝、曾文玉兄弟俩都在场。那女子一落座，便说起了"卢老师"。她说着哭着，哭着说着，抽泣不止……

第六章　一场战争留在一个女人身上的印记（下）

/ 一 /

后来，那个女人总算稍微平静了下来，人们终于听清楚了，她是这样说的："我是她的女儿，我是卢老师的女儿啊……我是莹莹……我是卢白莹啊……"

一听到这个女子这么一说，曾文宝立刻就清晰地记了起来：当年在三省学堂的时候，卢老师身旁总跟着一个5岁上下、长得像年画上的洋娃娃的女孩，那女孩不就叫"莹莹"吗……哎，都几十年过去了，谁曾想到，如今竟然在这里相遇，哎，人生啊人生！

"你应当回去啊，你怎么憋得住啊，你该回去看看啊，你想想……卢老师，是60了啊，你能忍心吗？"

——这是曾文宝的声音——在之后的多年里，这声音一直在卢白莹的耳畔鼓荡，如风雷，如号角！

——这是1982年的端午节，在台北淡水湾的老龙山餐馆，曾文宝在确认"那个女子"的身份后——发出的呐喊。

"那个女人"，也即卢白莹，终于在听清了那声呐喊之后，再一次泪水横溢，她仰起头来，似乎是在望着苍天，哀号了起来：

"我还有家吗？"

"我还能回去吗？"

"回家的路在哪里啊？"

"还能见到母亲吗？"

"我们都回去过了，你为什么就不能回去？"曾文宝问道。

"为什么？——就为了这、为了这！""那个女人"说到这里，突然伸直了左手臂，另一只手把袖管扯了上去，那用力之猛，使袖口上的纽扣都弹了出来，她的左手臂整个儿露了出来。

她终于止住了哭声，把散落到额前的那一缕白多黑少的头发拢到脑后去。

然后，她把一条瘦弱的，泛着因久不见天日而显出一种病态青白的胳膊摆到众人眼前来——那上面有一幅刺青，那是两行字：

"洗心革面，反共救国。"

那是一场战争留在一个中国军人身上的印记。

那是一场战争留在一个中国女人身上的印记。

那是一条布满了细细的皱纹的中国女人的手臂，一个51岁的中国女人的手臂。

当年被纹上这些刺青的时候，这条手臂还是年轻的、白皙的、丰满的、结实的。

现在这条手臂随着"那个女人"的年老而老去了，那原来绷紧在皮肉上的刺青，因了它们所附着的皮肉的松懈枯萎，而变形了，变得那样惨不忍睹；那样令人毛骨悚然⋯⋯

"原来是这样，几年了，不管是六月天七月火，总不见她穿过短袖衫⋯⋯"正当细心的杨月珍这样想着的时候，"那个女人"突然抓起桌上的热水瓶（那是店里的伙计才送上来的），把刚刚烧开的满满一瓶开水，朝着自己的左臂淋了下去；朝着那一排刺青浇了下去⋯⋯

/ 二 /

半个月之后，卢白莹来到了潘湖码头的新龙山餐馆，还是在中午后餐馆冷清下来的时候，是曾文玉陪她过来的。在逐渐变得炎热的季节里，终于看到她穿上了短袖衫。此时，可以看到她左臂上的烫伤已经结痂了，那排刺青终于消失了！十几天里，她显然又老了，以至于当杨月珍赶过来的时候，都差点不敢认她了。从年龄上算，杨月珍要年长卢白莹几岁，在几年前见面的时候，卢白莹看上去是要比杨月珍年轻出许多的。自从有了林子钟的信息，特别是杨月珍清明节期间返回御桥村之后，这个多灾多难的女人算是熬出头了。两个多月来，她长胖了，年轻了——生活在希望中的女人当然会变得年轻了。可是卢白莹呢，这些时日来，她所受到的是一种什么样的煎熬啊⋯⋯

她的母亲还健在，还在海的那边，在大陆，在永定陈东溪乡下，那当然是在外婆家的那座土楼里了。

她依稀地记得，她去过那座土楼，那时候，她的外婆还健在——对了，外婆是叫"阿锅"的⋯⋯

她当然知道：妈妈是个共产党人，她明白也正因此，所以她的回乡之路，她的寻亲之路，要比曾文宝、要比杨月珍漫长得多，艰难得多⋯⋯

手臂上的刺青，或许可以用开水来浇灭，可是她的历史呢？她人生的"污点"呢？

从被俘到被遣送到台湾，之后，几十年了，她忍辱负重地活着，支撑着她活下去的力量，开头是一种信仰的力量，这种信仰的力量，最初是来自于她的母亲——那是一种共产党人的信仰力量。当她自己也成为一个共产党人之后，那种信仰的力量便更加强大了。然而，她毕竟太年轻了，战场上被俘虏之后，连续几十年的囚徒或近似囚徒般的现实生活，磨蚀着她的信仰的力量。于是，支撑着她活下去的，便几乎是只剩下一种牵挂，是对于母亲的牵挂了。既然活着，她就要活到见着母亲的那一天……她父亲在上饶监狱遇难，她的外婆在永定被杀害了，她的母亲承受过的亲人生离死别的灾难是太深重太深重了，年迈的母亲知道她还活在人世间吗？知道她还活在台湾吗？知道她手臂上的刺青吗？母亲会是怎么想的？……

她哪里知道，在1951年的初夏，她的母亲还在溜滨区委当区委书记的时候，已被告知了她在朝鲜战死的消息……多年之后，她的木主还被摆到了永定陈东溪土楼的神案上。

可是她活了下来。

并且，母亲也还健在。

母亲活着，她也活着，这不是一种万幸吗？

可是当这种万幸被证实了的时候，她开始怀疑了，自己活着，究竟是一种万幸，还是一种不幸？

……如果没有那场战争。

……如果她在那场战争中战死。

……可是没有"如果"。

/ 三 /

没有"如果"。

那一场战争是切实存在的。

卢白莹是1950年冬天随军在东北边境安东集结的，当年那场战争被称为"抗美援朝"，关于这场战争的悲壮惨烈，半个多世纪以来，已有许多史书、许多杰出的文学作品诉说过了。我们在这里提及这场战争，是因为，这场战争，也曾经改变了泉州南门外，我的故乡里的一个少女的一生。

既然如此，我们还是要想到"如果"。

/ 四 /

1950年初冬，卢白莹当时是福州军政大学的学生。在福州军区军政大学里，她的女中音唱得很好，音域宽，音色美。当时的福州军区文工团是点了名要她的。如果没有那场战争，卢白莹一定会成为出色的歌唱演员，甚或是一位成功的艺术家。但是抗美援朝战争在那时打了起来，前线需要人：年轻的、男的、女的。卢白莹报名了，而且当然很快就被批准了，并很快前往寒冷的安东集结。接着，她随着大部队，很快地跨过了鸭绿江，进入朝鲜战场。

战争打得很残酷，战地医疗队尤其需要人，卢白莹在安东集结待命期间，曾被送进当地野战医院，进行了一段时间的速成式战地急救培训。所以，到了前线之后，她义不容辞地成了一名战地卫生员。

最初的时候，她是志愿军司令部的医疗队成员，一直跟随在司令员彭德怀身后。她清晰地记得，当年的美军飞机，彭总的司令部转移到哪里，那些美军飞机就紧跟到那里轰炸，彭总指挥战争的防空洞多次被炸。后来得知，是有南朝鲜的奸细为敌机指引方向。在那次战斗中，她曾冲进烟雾弥漫的防空洞，背出来一个人，这个人活了下来，但失去了一条胳膊。在治疗期间，卢白莹得知他是彭德怀司令身旁的翻译，而且，竟然还是福建泉州南门外的老乡，姓吴。朝鲜战争结束，志愿军回国之后，这位吴姓老乡在后来又去了新疆，这是后来的事了。

她是1951年5月底被俘的，由于战事频繁，伤亡惨重，彭德怀司令几乎把司令部医疗队的医护人员都"赶"到更前方的火线上去了。

抗美援朝第五次战役的第二阶段，是从1951年5月中旬开始的。那一个夜晚，医疗队紧随部队渡过北汉江，虽然已到5月，可是夜间的北汉江水还是彻骨的寒冷，但江水不深，最深处也仅没及腰际而已。

两天的急行军，一直没有受到美韩方面的阻击。

部队顺利越过"三八线"，进入南朝鲜地域。

向南挺进的战役打了一个星期，于是，志愿军的这支向南纵深行进的部队离"三八线"、离北朝鲜越来越远了。就在战斗打到第7天之后，美韩方面开始了强势的反攻。那时候，志愿军的这支部队虽未"弹尽"，但已"粮绝"了。他们已经远离自己的主力部队，退路已经被敌方截断了，确切地说，志愿军的这支部队是被紧紧地包围了……

部队终于接到了掉头北撤的命令，几千将士杀开一条血路，又回头来到北汉江的南岸。

几天过去，北汉江流域初夏的雨季来了。

几天前还是平静的江面，此时已江水滚滚。

卢白莹是抬着一副担架走入北汉江的，前进不久，江水已漫过胸前了，为了不让伤员泡水，她把担架顶到了头上……

这是一场多么惨烈艰难的跋涉，面对敌方的"立体"式进攻——天空是飞机炸弹，地面、水上是排炮、机枪……

卢白莹是在极度的饥饿与寒冷中昏厥过去的，她留在北汉江滔滔的水面上的最后一句话是："快，接住担架，保住伤员！"

身旁的战友接过她头顶的担架后，她被江水冲走了……

/ 五 /

……1951年端午节后，她母亲卢翠林接到晋江县委负责同志交给她的通知书上写的是：卢白莹同志于1951年5月26日英勇牺牲。

如果卢白莹真的在那次战争中牺牲了，那么对于她，对于她的母亲可能是一种"万幸"。但是她并没有牺牲，她是饿昏了被江水冲走的，她被冲到了北汉江下游北畔，随后，她被俘了。

她是完好无损地成了战俘的，我们不需要去编造，她被俘过程中的勇敢和壮烈。

她先是被当成朝方战俘投入了位于韩国水原地区的战俘收容站，那些善良的朝方女战俘一再嘱咐她，千万不要暴露自己是志愿军方面的。所以，在水原战俘站那些时日里，她一直被当成朝鲜人，但不久，她被转运到釜山战俘营后，在对战俘登记编号时，她才被发现是中方人员……

以后，中朝方面的战俘，被送往距釜山100多海里的荒凉的巨济岛，就是在巨济岛的战俘营里，卢白莹手臂被文上了刺青。这是1952年初冬，巨济岛已经落雪了，那一天，卢白莹发起高烧被送进医疗所，打针之后，她昏睡过去，醒来之后，她高烧退了，手臂上也留下了刺青。

1952年的巨济岛战俘营里，大规模的对中方战俘的甄别选向业已开始。是时，台湾方面的各种洗脑人员以各种身份渗入战俘营，软硬兼施地逼迫战俘选择遣送台湾，卢白莹无疑是这种甄别的牺牲品。

被文上了刺青的卢白莹，在随后一年多的战俘生涯中，她几乎失去了思维，长时间地处于一种麻木状态……再以后，她被遣送台湾……

/ 六 /

离开了战俘营，到了台湾的卢白莹，终于从麻木，从几近痴呆的状态中活了过来。

她因为没有战死；她因为成了俘虏；她因为身上的刺青；她因为来了台湾——她因而不敢回忆过去；也不敢展望未来；她似乎既已没有过去，也没了未来。

战争改变了她的一切：她不到20岁，便失去了青春，她似乎也没有过爱情，甚至连曾经拥有的亲情都没有了。

为什么还活着啊——对于卢白莹来说，活着比死去更加艰难啊！

但既然活了下来，那就只能活下去了。

1954年冬天，卢白莹去了桃园县远郊的"反共义士之家"，那里实际上是一处安顿朝鲜战争中方俘虏的棚户区——一个战俘村。那里曾居住了几千名朝战战俘。还有1949年10月金门岛之战的解放军战俘，从各地被送往那里。从20世纪50年代中期开始，那个战俘村才总算有了一处简陋的医疗所，是专门为战俘们服务的。卢白莹当过战地卫生员，她在那里找到了一份职业。那个战俘村存在了几十年，最多的时候，有几千号人住在那里，绝大部分是从"海那畔"过来的，他们是卢白莹曾经的战友，尽管以前都素不相识。

如果不是偶然发现老龙山餐馆，从而猜测出这个"龙山"是从海的那畔，是泉州南门外那个龙头山分衍而来的，进而得知，那餐馆的主人，祖上居然也是从泉州南门外的御桥村迁到台湾这边来的，那么，她的一生或许将如一潭死水般的平静，再不会有喜怒哀乐，更不再有荣辱希望，她或许就将那样默默无闻地到老到死。

可是龙山餐馆的出现，复活了她压抑多年的乡愁；她童年中大榕树下的御赐桥，泉州西街高耸的东西塔，还有……永定乡下的土楼！

还有，福州城内，那个曾经在1950年，给过她一枚小巧的芙蓉石雕成的小羊挂件的年轻人——他的家在福州城外的寿山乡，那里盛产寿山石，他家世代都是以雕刻寿山石为生的。他从小就继承了家传的好手艺，福州城一解放，他就参军了。他除了有一手雕刻寿山石的好手艺之外，还有一副好嗓子。参军不久，就被文工团选中了，并被送往军政大学培训，在军校里他与卢白莹编在同一个班。1950年国庆节晚会上，他与卢白莹对唱的一首泉州音乐家谱写的《康定情歌》，博得了满场掌声，那时候他们都还小，还不到谈婚论嫁的年龄。但是他们心里都明白，他们之间，隔着的是一层薄薄的纸，但那层纸是神圣的，两人都不敢轻易地捅破它。

卢白莹参加志愿军前往安东时，送行的人之中，当然有那个年轻人。那挂件就是上车时他塞进她手中的，用宣纸包得很仔细。临别的时候，他们甚至都没有好好说过一句告别的话。但是一个在车上，一个在车外，隔着车窗，他们默默地相望了许久——那种圣洁的不容相弃的眼神，只有心已相印的两人才能理解。他们没有约定，没有承诺。但是透过那默默无言的眼神，他们都听到了发自各自心灵深处的呐喊：我等着你——

爱情包含了什么？——可能是花前月下，可能是山盟海誓，可能是亲吻拥抱，可能是互相占有。但有时，那短暂的、心心相印的、深情的相望，却胜过了一切——直至海枯石烂，直至天荒地老——那宣纸里包的是一枚如拇指头般小巧的芙蓉石雕羊，羊鼻上穿过一条红绳，那显然是用来佩在胸前的——卢白莹心里一热——在朝鲜战场上，她有几次想过写信问他，他是怎么知道她属羊的？

但由于战事的频繁与残酷，在前线的一年多时间里，她竟然一封信也没有给他写过。

想到这里，又想到母亲，母亲，至今还健在；还生活在永定县陈东溪乡下！

——这是1982年端午节那天，她从杨月珍、曾文宝那里得到的消息。

多年来，支撑着她艰难地活着，甚至忍辱负重地活着的最强大的力量，不就是"母亲"这两个字吗？回溯到更早的年代，在渡过鸭绿江的时候，他们唱的是"雄赳赳，气昂昂，跨过鸭绿江，保和平为祖国，就是保家乡……"当年的那位政委（后来牺牲在上甘岭）告诉他们：保家乡，包含了保卫你们每个人的母亲——当年他们那一代人，都是怀着这种神圣的使命参加志愿军的！

终于打赢了那场战争，终于保住了祖国，保住了家乡；终于保住了母亲，而她却成了战俘——手臂上文着刺青的战俘。

她用一瓶刚烧开的水向自己文着刺青的胳膊上淋了下去。

所幸的是伤口没有感染。痂皮脱落之后，她胳膊上的刺青或将消失。

可是，还有些东西是或许至死也不可能消失的——那到底是什么呢？

/ 七 /

后面伙房里已传来了刀砧锅匙的碰撞声。显然,餐馆歇午的时辰即将过去,一天中又一轮的忙碌即将开始。就在此时,一直沉默着的曾文玉想起了一件事——对于他来讲,这是一件天大的事。

他抽出了腰间那条宽宽的皮带,将背面翻转过来,那上面出现了一条铜织拉链,他把拉链拉开了,将两根手指伸了进去,夹出了一张——美元,那是直着对折的,是百元面额的,接着,又是一张,再一张……一共是13张,是1300美元。

"这是我所有的积蓄,30多年的积蓄……那些年,还在部队上的时候,每天日落了,脱下军装,我就去桃园县城里拉黄包车,凑够了换10美元的台币,我就换了美元存下,凑足了100元美元,我立马换来一张塞进皮带缝里,我就盼着哪一天海两畔的人能互相走动了,我立马就用这些钱去买飞机票……如今我年老了,黄包车拉不动了,可这些钱我死死地捂在腰间,一个子儿也舍不得花,亲哥哥,如今,这些钱就放在你这里了——你一定要收下来,哪一天,能够回去了,你记着多买一张飞机票,你们回过一次了,你看看,该给海那畔的亲人备办什么份子礼,你们看着办吧……"

曾文玉的这份对于海那畔唐山故土的牵挂;对于海的那畔亲人的牵挂,从1982年的端午节到1988年的秋天,前后又过去了漫长的6年多之后,曾家兄弟,终于双双踏上了还乡之路。随行的还有……这又是后话了。

曾文玉急于要寻找的那个人,曾文玉苦苦盼了30多个春秋的那个家,还有梦中的那个女人,也在海的那畔,也在唐山大陆,但不在泉州南门外。那是在黄河以北,在胶莱平原上的那个小村庄里——

那个异乡女子,还在等着他吗?还有那土坯小院,小院里他的再生父母,都还健在吗?

……35年了,枪炮里进出,生死里来回,35年了,天南海北,从海的西畔到海的东畔,他不敢忘怀胶莱乡下那一家子人的声声嘱咐:打完了仗……你就赶紧回来把房圆了……

第七章　故土·胶东女子

/ 一 /

……那一个夜晚，月色很好，月亮就挂在院子里那棵枣树的树梢上，树荫很浓，滤过枝叶的月光，落到院子里，就像地面上爬满了萤火虫。风很柔和，正当胶莱平原上万亩高粱红了的季节，那风里夹带着阵阵熟了的高粱香，涌进了这座枣树上挂着月亮的农家小院。

这座小院的主人姓张，这便是张家小院了；这里住着一对上了点年纪的两口子，也就是张大叔、张大婶，两口子膝下只一个闺女，取名香英。当年在胶莱乡下，农家女子长到十八九、一二十，就"熟"了，该让人"摘"了，可张家只有这么个闺女，两口子必须留下来养老送终，两口子要找个倒插门的女婿。

张香英20岁那年，从太行山那边，从鲁西北平原上，溃逃过来几个败兵，正在集镇上要饭。那一天是赶墟日，正在集上卖大枣与鸡蛋的张大娘，一眼看中了那伙兵中的一个后生娃娃，虽然他身上穿的是一套不合身的脏军装，但眉清目秀，不像是顽劣的臭兵痞子。

——在那一瞬间，张大娘突然想起了一桩心事，一想起这桩事，她忍不住又多瞄了这个兵娃头几眼，最后目光竟落定在他身上了，直看得那个兵娃羞怯地低下头去，避开了她的注视。他这一低头，让张大娘更认准了这是一个未脱稚气、忠厚老实的善良后生。这样子，张大娘就把刚刚想起的那桩心事押到他身上去了，并且坚定不移地下了决心！

这个主意拿定之后，张大娘匆忙走进买卖场上，顾不得计较价钱，就急急地将一篮子大枣、一篮子鸡蛋出手了，甚至来不及细数到手的钱，又急忙挤出人群，寻找那个兵娃头去了——她生怕他走掉了！

还好，那兵娃头还在那里！

她走向前去，一把抓住他的胳膊："来，大娘给你买吃的！"

那个兵娃娃被她拉到一处卖牛下水汤的食铺前，老人要了一大碗热腾腾的牛杂面，守着他吃过了，就把他带回了集镇外乡下的家……

那个在胶莱平原集市上被张大娘捡回家当倒插门女婿的兵娃娃就是曾文玉。

/ 二 /

胶莱平原上张家小院的老两口都是直肠直肚的善良人，在了解了曾文玉的身世后，他们这样开门见山地对他说：

"他娃，你南方那个家，是千里万里，你先别去想它了，这兵荒马乱的，你也回不去了，你哥你嫂对你的好，你先在心里记着，往后的日子长着哩，有你报答他们的机会……算是缘分吧，你就把我们老两口当成你的爹你的娘吧……你香英姐——你先认个姐吧，哪一天，你俩都愿意了，也算是缘分到了，就把天地给拜了，把亲给结了……"

说这话的时候，张香英也在场，她的脸一下子羞红了，抬起眼来的时候，发现曾文玉也正看着她，那一个对视，让曾文玉也红了脸。

曾文玉无邪地看着张香英，不禁想起了远在御桥村的长嫂柳月娇，在他的记忆中，嫂子柳月娇是再"水"不过的人了——泉州一带，只有美貌的女子，才能称之为"水"——那个"水"字，指的是一个女子水灵灵、鲜嫩嫩；那个"水"字，指的是一个女子如清澈洁净的泉水。御桥村的人都说柳月娇是画里走出来的美人儿。而眼前这个张香英"姐姐"，是比嫂子身量高过了许多，也壮实了许多，并且是比嫂子"水"了的。张香英20岁了，身子已经发育得很好了。她的美，不是江南女子，不是泉州南门外女子那种娇小的美，她是山东女子那种大气耐看的美。而张香英看着曾文玉，心里竟升腾起一股绵长的隐约的柔情。她寻思着：这是怎么回事，他都当兵两三年了，可看他身子那单薄样，想该是在军队上风餐露宿，吃了很多苦！幸好是娘把他带回家来，要不还不知道要流落到哪里去呢……不管是作为兄弟，还是作为……"男人"，都得善待他——那一天，张香英在心里对自己说。

……在少年时代，曾文玉就经历过曾家大厝的破败，后来当壮丁参了军，又吃了几年苦，现年18岁的曾文玉，早早体会到了人生的艰难。所以，在走进了张家小院之后，他非常珍惜这福分。此后，在张家的两三年中，他干活非常勤快，地里的活，胶莱平原上春种秋收的那些事儿，他很快地都学会了，而且干得很出色。胶西北大地上的高粱米特别养人，更加上张家小院里每逢过年过节宰鸡宰鸭，或逢上墟日割回来一条肉，熬熟了，第一碗满满的总是端给曾文玉。两年光景，曾文玉长成了一条汉子，虽然不是土生土长的山东大汉，但是毕竟往高里蹿了，往横里长了，胳膊腿儿都长结实了。20岁时，曾文玉还真长成了一条英俊挺拔的汉子。老两口给他取了个张家的名字：张福根。

1947年高粱熟了的时候，胶莱平原上又开始了一轮征兵，这里是老解放区，群众的觉悟高，人民一直秉着"好男要当兵，当兵要当解放军"的信念，哪户适龄青年报名参军被批准了，是一家人的荣光。

张家上下4口人，几乎是无须商量，就让曾文玉上区武装部报了名，用的就是张福根这个名字。

两天之后，区上通知下来了，让"张福根"去领军装。那一天上午，是张香英陪着张福根去的。这两年来，张香英看着张福根从一个青涩后生长成了眼下一条满身英气的汉子，她也一直像她的父母一样疼着他，但那是另一种"疼"！

从区上领了军装回来，刚过了晌午，张家老两口去了墟上还未回来。张香英张罗着让张福根把军装穿上了。她像姐姐那般，把张福根穿在身上的军装抻了又抻，抻平了那上面的每条折纹。

这两年来，张香英心眼儿里可一直当他是"弟弟"——现在，看着这个"弟弟"穿上了合身得体的新军装，一下子变成一个英气逼人的男人了——也仿佛是到了此刻，张香英才体会到这个兵哥是自己的"男人"。想到这一层，她的脸突然就红了起来，那只拉扯着张福根的军衣前下摆的手也连忙收了回去。

张家老两口是在此时踏进家门的，他们刚从墟上回来，挑回来一头猪崽子。

老两口看到站在跟前的这个军人，真差点不敢认这竟是他们当年从集市上"捡"回来的那个小后生。

先是张大叔开口了："福根啊，几天来都听着村上区上的干部说了，这一趟去的兵，是去解放南方的，也就是半年多、几个月的时间了，往长里说，总不过一年吧……今儿挑回来的这公猪崽仔，是准备着你回来的时候，宰了为你和香英圆房办喜事用的——"

张大婶也说："你就放心地去吧，我帮你照看着香英，这小院终归是你的家，我们为你守着，解放了南方，你赶紧回来吧，不要让香英望穿了双眼……"

/ 三 /

几天来，村邻们都知道了张福根要参军出远门去了，几户走得近的，都已陆陆续续送来了红枣鸡蛋——不算是送行的礼物,送的是一份心意,那是推谢不了的。

这个夜晚,送走了左邻右舍那些来送行的乡亲后,月亮已经微微有点偏西了。

张家小院,是三间低矮的土坯房,朝着那个栽了一棵大枣树的院子组成的。东边的土坯房住着老两口,中间这一间是张香英的闺房,她15岁时就住了进去。靠西的这一间,张福根进了张家小院之后,就一直住在这里。

夜深了,忙了一天的张家老两口睡着了,轻轻的鼾声一阵阵地飘出薄薄的门板,传入了张香英的耳窝。往日的张香英难以听到二老的鼾声,年轻人嘛,总是比老辈人入睡得快。而这个夜晚,听着二老这鼾声,张香英却总是难以入眠。

与张福根在一个院子里相处了两年,他明天就要走了,要去南方了,要打过黄河,要打过长江了——这是她在区上武装部那边听到的——她仿佛这才知道,他要去的地方要多远有多远!她仿佛这才想了起来:他的家是在南方啊,他打到了南方后,会不会就留在那里,再也不回来了?

他毕竟是自己的"男人",尽管还没有……

她此时才发现,两年了,她是把他紧紧地捂在心窝里啊!

她是认定了他是自己的男人了啊!

而他明天就要走了!

……月光无声无息地从窗口流了进来。

随着月光流进来的,有一阵阵窸窸窣窣的声音。

那是秋风凉了,吹动院里那棵枣树的声音。

这个时候,张香英才发觉自己已坐了起来,并已披好了外衣。

她站了起来,把前襟的纽扣结上了,走上前去,轻轻提起门扉,迈出门去。

/ 四 /

她走向靠西的那间土坯房,在朝院的那扇窗户前伫立了很久。这是一个背着月色的窗子,而在这扇窗户对面的那堵土墙上,也有一个小小的窗户,此时,那个窗户正朝着月亮,清凉的月光从那窗户上照进房间里,照在床上那个男人的身上。

月光很清亮,是秋夜的月光。

风虽不怎么寒，但毕竟是秋夜的风了。

他怎么没把手臂捂进被窝里？去了部队之后，风便一天比一天冷了，他这样不就要着凉了吗？

他是她的"男人"，她比他多吃了两年的饭，她应当叫醒他，告诉他——秋凉了，到了部队上，睡觉的时候，要把双臂捂在被窝里。

她想走进去，可是门闩着！

她只能那样干着急地站在月阴下的窗口外，注视着床上那个男人。

这时候，从月照的那边，从秋风吹起的地方，传来了第一声鸡啼。

月亮早已偏西，眼看着就要落到枣树梢下去了。

她突然明白过来了：这个夜晚剩下的时间已经不多了！

于是，她走了过去，敲开了那扇隔着她与他的门。

/ 五 /

门闩是张福根拔开的，他光着膀子站在门槛的这边，紧贴着门槛站在那一边的是张香英，她感受到了他身上扑面而来的青春的温暖的气息，在这秋风微凉的深更，那带着阵阵温暖的汗香的气息，让张香英陶醉了：

"福根弟，床……床……上坐去，别……受凉了……"

她跨过门槛，拉起了张福根那热乎乎的手掌，把他带到床前来了……

/ 六 /

……中秋的月色，像香甜的枣花蜜，漏过枣树冠上的枝枝叶叶，缓缓地无声无息地流淌下来，洒落在张香英那匀称的结实的而且丰满的胴体上；洒落在张香英那张姣好的脸盘上。她双颊上那对浅浅的酒窝里，一时更是如同注满了枣花蜜，香香的、甜甜的……

"姐，你那酒窝，能让我亲一口吗……"

"……福根弟，你想亲，就放胆地亲吧，姐长这两个酒窝，就是让你亲的……"

曾文玉（张福根）一时觉得心跳加速，他侧过身去，半撑起身子把脸贴了过去……然后，他的双唇又找着了她的双唇——他怀着一种敬畏，怀着一种感恩，深情地贴了过去……

……香英姐那枣花一样芬芳的气息；香英姐那酒窝里、双唇里弥漫着的清香的温暖的枣花蜜……
　　……
　　过了许久许久，他听到了香英姐那喃喃的略带哽咽的声音在耳边响起：
　　"……记住了，以后，不许再叫我香英姐了，从此以后，我是你的女人，你是我的男人，记住了……还有，记住啦，开枪的时候，别瞄着人的脑瓜往死里打……不管是什么军队，哪个当兵的，家里都有爹娘惦着、妻儿惦着……"
　　"记住了……"偎在张香英身边的张福根（曾文玉）点了点头。

　　……是的，他记住了；他记住了这个夜晚；他记住了从张香英酒窝里、双唇间吮到的温馨馨的枣花蜜。而后，他无意间看到了张香英洇在洗白了的床单上的那团鲜艳的落红——他甚至惊慌失措了：
　　"姐，香英姐，你是怎么啦——姐，你怎么流出血来了……那该怎么办，我伤了你啦……"
　　"别……别这么说，那是我情愿的……福根，记住了……记住你是张香英的男人了……"
　　"记住了！"

／七／

　　……这是曾文玉与女人"相处"的第一个夜晚，也是唯一的一个夜晚，他将永生永世地记住这个夜晚——那是一种纯洁神圣的邂逅；那是一种真诚与真诚的结合；那是一种刻骨铭心的记忆。从此以后，从北到南，从东到西，他或行军千里，或枪林弹雨里出没，或在部队休整，在海的此岸，在海的彼岸，在战俘营里，在金门，在台北，在基隆……从年轻到年迈，几十年的漂流岁月，再没有一个女人能打动他的心了……
　　他年年岁岁地记住了那个夜晚；他生生死死地记住了那个夜晚；记住了张香英那注满了枣花蜜的酒窝……
　　为了再见到这注满了枣花蜜的酒窝，他苦苦等待了几十年；他苦苦煎熬了几十个春秋……

/ 八 /

……然而，几十年后，当他终于从海的彼岸，从台湾那边，寻到胶莱平原上的赵家堡来的时候，那注满枣花蜜的酒窝是否依然存在？

——不，不，不啊不！

——几十年的漫长岁月啊！

——那足以改变人世间多少事物啊；那足以吞噬人世间多少事物啊！

第八章　老夫老妻

/ 一 /

曾文宝与曾文玉是在上海机场分手的。那一天，东京到上海的飞机刚一落地，曾文宝就留下曾文玉等待提领行李，自己急匆匆地办了出关手续，为曾文玉购买飞往济南的机票去了。由于行程太急，曾文宝竟不能陪弟弟上山东看看未曾谋面的弟妹张香英。

曾文玉登上飞机之前，曾文宝一再叮嘱：找着了弟妹，带着她一齐回家来吧，现在曾家大院，就只剩下我们兄弟两家子了，东西南北地分离，相聚一趟多么艰难！

送走曾文玉之后，曾文宝立即就与卢白莹乘上飞往厦门的飞机，他们是取道从厦门转乘汽车回泉州的。

40年前，有了林子钟的资助，曾文宝才好不容易回一趟唐山，可是到了厦门，他把罗茜托付给同行的晋江乡亲带回御桥村之后，自己竟径直去了台湾。下了南洋几年，他甚至连回一趟家乡的路费也没有混出来，他没有颜面回去！他想到了台湾以后，拼死拼活干上三两年，再风风光光地回一趟御桥村，没想到那一去，他与故土竟被浅浅窄窄的一湾海水隔开了几十年，连同在菲律宾的三年时间加在一起，他一别故里36年，直到1982年春天，他才终于辗转从香港回了一趟泉州故里，那时候，他早已过了天命之年，在故乡住了半个多月，他又匆匆地走了。人一过了天命之年，岁月就如同过了秋的日子，日头一日比一日短，日催着日，月催着月，无情地把人往老里赶！这不，又是五六年的时间，就如深秋后催霜的风，早把曾文宝催过了花甲之年，把他催成了一个地地道道的老头了。

/ 二 /

那一天，他带着卢白莹走过老顺济桥，走过御赐桥，走到自家门前来的时候，日头已经傍着西山了。

终于又走到家门口来了！

他抬头一看，主厝大门已焕然一新，屋顶上也不见了疯长的荒草，而是铺上了一层红瓦，他心里浮上来一阵欣慰：祖辈人传下来的破落的宅院，终于在他这一代给修复了！在泉州南门外乡下，修复祖宅或兴建新厝，是出外（洋）的人一种夙愿，这是建家立业的一个重要标志。30多年来，他在台湾那边，尽心尽力地帮着堂伯父曾人望将龙山餐馆打理得像模像样，而自从杨月珍进店以后，龙山餐馆的生意更是红红火火。虽然堂伯父曾人望已在1975年过世，但曾文宝和杨月珍仍然一丝不苟地把两家餐馆都掌管得有条有理，不仅曾人望那一辈的老顾客一个不落，而且新的回头客日益增多。做餐馆是一种辛苦的营生，客人坐着你站着，客人吃着你看着，但从年轻到年老，36年的岁月，曾文宝熬出来了。36年的辛苦劳作，省吃俭用，他终于把破落的祖宅给修复了！这也算是一种"衣锦还乡"吧。

他本想带着卢白莹绕着修复后的老宅走一圈、看一圈。可这时候，大门吱呀一声打开了，柳月娇走了出来：

"呀，这不是咱家的文宝吗，早就接到你的信，说今天会到家，怎么此时才到啊，从上午到现在，我都在家等着。"说话间，一条大黑狗从她身后走了过来，站到曾文宝脚旁来，一个劲地偎着他、亲着他，在他的腿脖上磨蹭着，让曾文宝顿时感到了它身上的热气。他轻轻地舒了一口气，心里暖乎乎地说道：

"回家真好啊！"

柳月娇看着，笑笑道："文宝，你还记得吗，那一年你回来，这黑狗才断了奶哩。"看到黑狗转过身去纠缠曾文宝身旁那女人时，柳月娇忙说道："别怕别怕，这畜牲有灵性，对来客尽会献殷勤——"她说着，眯起老眼，亲热地瞄了卢白莹一下，"如果我没有猜错的话，这位就是卢老师的女儿了，文宝信上说过啦——来，来，都进屋里吧。"

"月娇嫂子吧？——我是卢白莹，我早认识您啦——文宝兄常提起你。"卢白莹拘谨地笑着说。

说话间，柳月娇把两人迎进厝内来了。

曾家大院当年在御桥村是出了名的大五开间屋宅，男女老少，几十口人丁。盛极过后，大宅曾经历过多年的破败衰颓，现在又原样修复了，在明亮的灯光里，整座大厝又有了生气。

"先吃晚吧，我饭菜早都做好了，现在还都热在大鼎里呢。"柳月娇说着，走进灶屋去了。

一会儿工夫，她就把丰盛的饭菜摆到桌面上来了，这时候，那头大黑狗从后厝带着一群小崽子走过来了。柳月娇又笑笑说："你看，一窝就下了5只崽，都该到了断奶的时候了，可总也舍不得分窝出去让别人家养，要不，你带一只到台湾那边去吧。"

"飞机上不让带的。"曾文宝也笑笑说。

"不让带就不让带，我还舍不得呢，你看，一个人守着这么一座大厝，你又多少年才能回来这么几天，要不是这些畜牲伴着……哎，人人都有一本难念的经。"

听到老伴的叹息，曾文宝急着问道："那一年，临回台湾时，我们拜托仁玉姑、沈霏大姐办的事呢，都办得怎么样啦？"

"提起仁玉姑、沈霏姐，你还得专程去叩谢一番呢，先说这修复大厝的事吧，你钱是断不了地寄来了，可我一个老女人，那泥水师傅啊，木工师傅啊，料啊工啊，我一个人应付得了吗？还不都是她们俩见天过来帮忙着，忙里忙外的。那桩事吗，早先几个主儿看到我们大厝一片破败，谁还敢把自己的骨肉往咱这破厝窝里塞？厝修复后，那事也落到实处了，是沈霏大姐牵的线，父母都在陈埭那边打工，外省人，年纪轻轻的，去年生了对双胞胎，年轻妈妈照应不过来，就乐意拨一个过来给我们。那孩子我见过了，挺招人疼的，父母也来探过我们的家境了，没说的，说好了，到年底满周岁时，也就正月里吧，就把孩子送过来，眼下我都会时不时地买些奶粉送过去，当然，衫裤也是断不了的。"

"衫裤啦，鞋啊袜子，一买就要两份，人家是双胞胎呢。"曾文宝接过去说。

"这礼数我懂的，不会让你做不起人。"柳月娇答道。

听到这几十年来他们两口子牵肠挂肚的那件事已落到实处了，曾文宝满心高兴：他这一桃从此有后了！

/ 三 /

吃过了饭，柳月娇便带着文宝和卢白莹在大厝里走了一遭，走到南厢房时，柳月娇说：

"这里并排的两间，是给文海、文涛兄弟俩留的，两间都改成了套房，里面都配了卫生间，解手洗澡都不用走出房来，这是沈霏大姐帮着设计的，她说他们出洋的人，房间里都是这样配备。"说话间，柳月娇推开了那房门，按亮了房灯，带着两人走了进去，"白莹——该称妹子吧，比我年轻多了——你就住这一间吧，卫生间里有热水。"

卢白莹环视了一下，看出这房间是精心打理过的，棉被枕头一应俱全，床前还摆了一双拖鞋。

"月娇嫂子，真得感谢您想得这么周全，打扰您了。"

"快别说这样的话了，难得您能来给我添热闹——文宝啊，想当年，我们这大厝人气要多旺有多旺……哎，要是咱们文玉小叔仔能从山东那边把一家子带过来，还有文海、文涛兄弟俩两家子也能回来……哎……"

一听到老伴提起亲兄弟，曾文宝心里不禁揪了起来：都41年了，文玉真能在山东那边找到弟妹吗？他心里虽是这么想，又不忍败了月娇的兴，他知道月娇对文玉的感情有多深！于是，他便把这事岔开了：

"还真辛苦了你了，月娇啊，仁玉姑、沈霏大姐那边，我都会登门去拜谢的，还有咱定下来的那个娃，我也要过去看看，拜识一下人家父母。这些事我都会一一去做的。只是，都要缓几天吧，明天，我得先陪白莹妹仔上永定山城叩拜卢老师她老人家去，要不然，文玉一过来，事情就更多了。"

"小叔仔肯定已找着弟妹了。"

"是啊，文玉这时该在山东那边那个家里了。"

第九章　张家小院·夫妻之间

/ 一 /

1988年，临近中秋节的一天上午，那一天，农历八月中旬的阳光非常明媚。
一个年过六旬的老人踏着晌午的阳光，走在赵家堡的村街上，这老汉显然是个远方来客，他的穿戴，他的举止，都不像胶东的乡下老汉。

路，还是当年的路；张家小院，还是当年的张家小院。
啊！那棵枣树！那棵枣树啊——还是当年的那棵枣树！它的树冠已经冒出院子墙老高老高了，初秋里的枝枝叶叶，葳葳蕤蕤，闯到了院墙外。
那老人走到院门前，刚一抬头仰望那枣树冠，突然感到一阵眩晕，他怕自己栽倒，忙伸出手想去扶住院子门板，却没想到那门是虚掩的，此时便一下子被他推开了，他趔趄了一下，一步跨进院子里来了！

/ 二 /

一头护院的黑狗，对着这位不速之客汪汪吠了起来，随着那阵狗吠，屋檐下的一位大娘站了出来。
他 / 她们四目相对，久久没有作声……
难道就是他？
难道就是她？

/ 三 /

那纵横交错的皱纹，从花白发际下的前额，深深浅浅地一直蔓延到下颌来，布满了整张脸，就如同秋后的胶东田野上被凛冽的寒风吹开的沟沟壑壑——难道是他？！

而她呢——她的头顶上几乎找不到一根黑发来，蒙在头皮上的白发，如霜，如雪。

她的双颊已经深陷下去；当年那丰满的镶嵌着两个浅浅的酒窝的双颊，已深陷成大地上两口干涸的湖泊。

40年；40年的岁月；40年的春夏秋冬啊！

唯独没有完全老去的是各自的鼻梁。

他用充满悲悯的眼神凝视着她。

她用略带哀怨的目光凝视着他。

是的，是她！是的，是他！

天哪，40年了，40年了啊！

你怎么才来，你怎么这才来啊？

晚了，晚了啊……

/ 四 /

走过了40年的路，盼穿了双眼，盼白了双鬓，盼弯了腰背，盼成了老汉，盼成了老妪。

啊！啊！啊！他苦苦等待；他苦苦追寻了40年的那两个浅浅的酒窝都哪里去了？

那一双浅浅的醉人的酒窝已不复存在；那一双曾经注满了枣花蜜的酒窝已经干涸——像两口干涸了的湖泊，深陷在秋风瑟瑟的原野上——啊！那是你的香英姐吗？那是你的香英吗？那是你在海的那畔魂牵梦萦了40多年的张香英吗？

他从香英姐脸上的苍老，照出了自己的苍老，他不忍再看下去，他躲开了香英姐的那张脸，微微侧过头去，望着院子里那棵高耸的枣树，他看到了秋风掠过的树冠，飘落下来一枚黄叶，又是一枚……

40多年了，张家小院那原有的三间土坯房还在，在院的这边，后来又新盖了两间土坯房，说是新盖，其实也盖起来20多年了，自从听到男人要回来以后，张香英在几天前就让"另一个男人"用石灰水把墙壁刷了一遍。

张香英不敢相信，站在枣树荫下的那个男人，那个从台湾回来的男人，是她的张福根！

当年那个换上黄绿色军装的男人，那个胸前别了一朵大红花的男人，是多么年轻，多么英俊！他怎么可能会老？他怎么可能会老成这副模样？

你咋这才回来啊？那个晚上，你是答应过我的，等打完了仗，你就回来把房圆了。

40年前，那个晚上，我是已经把女人的一切，都给了你了啊！我就苦苦等着你回来完婚！

你知道不，我有了——我们的儿子。

十月怀胎的时候，你不在；孩子降生的时候，你不在！

咱们爹娘过世的时候，你不在……

我们是相约过的，战场上你要英勇冲锋，不当逃兵，但一定不能死，你要活着回来……

可是你曾经失约过：你曾经战死沙场……

40年后，你才实现了你的承诺……

——你实现了自己的承诺，你终于回来了——张香英仰起头来，望着他的身后。她看到了他身后的院子门，院子门外的村街小道，路面上晌午的阳光——你一个人回来了，你没有拖儿带女，一个人回来了，如此说来，你还一个人过，你还惦着我……

可是为什么要一走40年啊？

甚至 封信也没有过！

老了，老了……

迟了，迟了……

这座小院已经有了另外一个"男人"了……

张福根能明白，张香英说出来的另一个男人是什么意思，他心中一震，脑中一阵轰鸣，眼前一黑，差点没栽倒下去，他长长地、深深地呼了一口气，让自己平静下来，站稳了。

/ 五 /

……张香英跪了下去。

她在院子里跪了下去。

然后，她跪步向前，来到枣树下，来到那个来自"海的那畔"的男人面前。

她昂起头来，用带泪的声音哽咽着：

"你怎么这才回来啊……那一年，区上的人过来说……你牺牲了……你叫我怎么办,你叫我怎么办啊……是我对不起你,我没有等你到这一天……没有等你到今天……"

那男人怔在那里,脖颈上的喉结在上下滚动。都说当兵的男子汉流血不流泪,可是此时此刻,他显然是把泪水往喉里咽,那泪水仿佛很快就咽满了喉咙,灌满了食道气管……他终于哭了出来,他号啕大哭,他眼泪奔涌,他弯下腰去,双手扶住女人抽搐的双肩:

"香英,香英,你起来……"

可是女人正哭得伤心,她已哭瘫了身子,她站不起来了……她也不想就那样站起来,她必须在这个41年后还孑然一身的,来到这座小院寻找她的男人膝前多跪上一会儿——哪怕就那样永远跪在他跟前……

张福根毕竟也老了,他没能扶起张香英。

所以,他只能也跪了下去,他跪在了张香英面前……为了这迟到的几十年——他已耽误了张香英的青春,张香英另嫁了人了。那不是她的错,也不是他的错! 这不是他/她们的错……

两个老人;两个泪流满脸的老人,头抱着头,跪在枣树下。

阳光很好,小院很静——静到可以听到泪水奔流的声音……

/ 六 /

后来,哽咽中的张香英听清了张福根这样说:

"香英,香英姐,香英姐姐……你还将我当成那个……当年那个墟日里捡回来的——弟弟,好不? 我还当你是亲姐姐,你还当我是亲弟弟……"这话不是当年她张香英说出来的吗? 可他只说了一半……还有另一半呢?

另一半却是,那个临别的夜晚,张香英偎在他身旁嘱咐过的:从今往后……再不许叫我姐了,你是我的"男人"了,我是你的"女人"了,记住了……

吃过几年山东的饭,做了山东倒插门的女婿,就当算是一条山东汉子了! 更何况他张福根是当过兵的,当年他还当过排长,管着四五十号人,他们来自五湖四海,来自天南地北,那时候什么棘手的事他没处理过? 哪桩事不是处理得让战友们心服口服——正因为如此,他就更不能退缩! 能冲锋陷阵、面对生死不眨一下眼皮,是英雄——他曾经当过这样的英雄。现在,面对这扯不断的亲情纠葛,面对这理还乱的夫妻纠葛,他一声"亲姐姐",一个"亲弟弟",终于让满怀内疚长跪不起的"自己的女人"解脱了;让自己解脱了,也解脱了另一个"男人"。就这么一声"亲姐姐"、一个"亲弟弟",他带着一家人跨过了一道艰难的坎!他是多么坦荡的一条汉子啊,他既然能跨过海峡来寻找张香英,他的胸怀就该如那海峡一样深沉一样宽广。宽广到能装得下过去那40年来发生在张香英身上的一切;能装得下过去那40年来发生在这枣花小院里的一切!

可张香英,还是能听出男人这席话中的无奈与悲凉——他们毕竟夫妻一场啊!他毕竟是一条痴情的汉子啊!否则,他怎能在40年后,又孤身一人寻到这张家小院来了?

可是,她能说什么?她又能说什么——她拿什么话回答这个男人?

她也只能无奈而悲凉地点了点头。

40年后的这个秋夜,月亮还是当年的那个月亮,没有云、没有雾,清灵灵的月亮,依然从当年那个窗口流泻下来。靠墙架在那里的,还是40年前的那张小床。一床薄薄的棉被,张香英珍藏了40年;一条薄薄的床巾,张香英珍藏了40年。有一股阳光的香味,从那棉被上、从那床巾上散发出来的温馨馨的香气,直迎面扑向张福根——哦,那是胶莱平原上的秋日阳光才能晒出来的,一种微微的,让人迷醉的太阳香——40年了啊……

……40年啊,那床单,依然是当年那张床单!张福根认出来了……

于是,似有一声春雷当头响起,他被深深震撼了——她把这张床单珍藏了40年!

他伏下身去,脸贴着那团老去的落红抽泣起来。他没有号啕大哭——他忍住了。他不愿惊动张香英;他不能惊动张香英;他不敢让张香英看到这情景……

但是他不能忍住自己的泪水。他的眼泪,他的烫得灼人的眼泪,哗哗地奔涌出来,片刻之间,便把床单上那团老去的落红淹没了。

——过去的岁月里,听过了太多太多炮弹的轰鸣。如今,张福根的耳背了,他已听不到背光的那边窗口旁,此时有一个老妪正贴在那里抽泣,贴在那里呜咽……

——她看清了,她的"福根弟",正弯着腰,抚摸着床单中那团珍藏了40多年的落红!

……啊,张福根哪能忘记:这条未经漂染的,质地如铜钱一般厚实的本色土布裁成的床单,是当年二老用了三只公鸡从集上兑换回来的,铺到他床上的。

……而床单上那团落红呢——那一夜,由于年少;由于混沌未开,他还不能明白那是怎么一回事；他还不能理解，他对于这团落红应有的那份担当与敬畏！

……40年过去，他早已不再年少；他早已到了终于能够理解这团落红意味着什么的年龄；他早已到了能够明白对这团落红应当负起的那份责任的年龄。

所以，40年后，他孑然一身地跨过大海，奔向张家小院，寻找他的张香英来了。

——而她却再不能像40多前年的那个月夜，去拍开张福根的门扇了。

她把顺着鼻梁淌进口中的泪水，咽了下去，那是苦涩苦涩的。

而后，她差不多是把下唇都咬出血来了，才没让自己哭出声来。

她双手掩着眼，跑离了那处窗口……

……啊，啊啊，月亮，还是40年前的那个月亮啊！

第十章 另一个"男人"(上)

/ 一 /

赵光辉是1951年回的胶莱老家。他的家乡赵家堡是平原上一个不起眼的小村落。站在村口,往西望去,可以清晰地看到太行山余脉的山口,回过身来,走到这头村口,只要是顺风的日子,远远地,往往可以听到京沪线上呼隆而过的列车声。历代以来,这里一直是兵家必争之地,因而这里的男人出去当兵的多,而这个村落虽名叫赵家堡,但却是一个多姓合群而居的村庄。

1951年初夏到家的时候,赵光辉已离家快10年了!离家10年,枪林弹雨里进出,虽然上升得不算快,但到了1951年,他已当到副连长了。1951年端午节,泉州南门外溜滨村那一餐酒,溜石湾上的那桩事……差点让他丢了性命。后来,多亏了善心的林仁玉,他的命是保住了,却把党籍、军籍给丢了。10年前光溜溜的一条光棍出去,10年后又光溜溜的一条光棍回来了。

他平日里为人憨直爽气,在部队、在地方,人缘都是极好的。他离开泉州的时候,往日的战友们、地方上的同志们,不少人偷偷地硬往他兜里塞了钱,这其中包括了当时的区委书记卢翠林。那时候,"公家"上的人大多吃的是"供给制",能节省下来的,也就是每月购买牙膏肥皂的那点津贴费。

那一天,赵光辉是钻在村外一片高粱地里,直到太阳完全落山了,他才摸黑找到了自家那两间土坯房——他感到大白天回家羞于见人啊——他是个要面子的人哩!

……离家10年,出生入死,终于回来了,他认出黑暗中坐在炕上的那个老人就是娘了!可是娘再也认不出他来了,娘眼睛已经瞎了,全瞎了。但她却叫出了一声:"狗剩"儿你可回来了。

娘的耳朵灵着呢,她记得10年前她的"狗剩"儿的声音;她的鼻孔灵着呢,她闻出儿子身上的气味!——当了几年的"赵光辉",现在又当回了"赵狗剩"——回家来了。

10年了,他没给娘捎过一口吃的,添过一件穿的,这一次回来,他都带了。路过泰安的时候,他为娘买了一件夹袄,两盒饼干,三盒高粱饴,还扯了几尺斜纹布……多亏了离别时，泉州南门外那些同志往他兜里塞的钱！

母亲告诉他的却是："这些东西都不能动，全都给我送到张家院里去，交给张香英那闺女……

"你该见过的，你走的那一年，张香英也十六七岁光景了……那闺女心地好啊，这些年来，没少帮过咱家，特别是今年来娘眼全瞎了，吃喝拉撒，都是她照应的……

"那女人命薄啊，几年前她的倒插门女婿当兵走了……朝南方打仗去了，前年传来消息说，她男人光荣牺牲了……带着一个三四岁的娃，就是她男人的遗腹子了，你该去看看她，代我向她磕个头感个恩啊……"

/ 二 /

张家小院与赵家就隔着一条村街小道，赵光辉也就是赵狗剩当兵不久，他爹就过世了。从那以后，张香英就里里外外地帮着赵家，张福根去了部队后，她帮赵家更是勤了，她寻思着两家都是军属，更应互相帮扶着。

张家小院正门上的那方"光荣烈属"牌匾，是1950年春天县上派人来挂的。那时候，她的娃张承红还不到三岁，张家三代4口人，前后等了三年，没等到张福根回来"圆房"，却等来了这方匾……

一向以来，张家老两口都拿张福根当亲生骨肉，甚至比亲生儿还疼得入心入骨，如今，这个女婿说没就没了。经不住这样的打击啊！一个月里老两口双双去世了。张香英是个坚强的女人，她挺住了，她不能倒。爹娘走了，她必须守住张家小院，守住张承红。张承红是张福根的遗腹子，日子过得再艰难，她也得把孩子拉扯大养成人，孩子是张曾两桃的根脉——张家小院算一桃，泉州南门外曾家那一边也是一桃。

赵光辉又活回赵狗剩了，他回到赵家堡的时候，张香英正在服丧期间内：为二老，也为自己的男人，那要服丧三年呢。

赵光辉回家后，他娘在这年冬天里生了一场大病，卧床一个来月，赵光辉尽心服侍了，但他毕竟是个男儿身，有些事终归他是侍候不了的，还亏了张香英两家间来回地跑，端屎端尿，为老人擦洗身子，里里外外、床上床下地忙活着。

赵家大娘盼了10年，把她的儿狗剩盼回来了，出去扛枪10年的儿子，没带回来一官半职，他回来了就好！当年儿子当兵，不是为了日后当官，他是为老百姓去打天下的。现在老百姓当家做主了，儿子不缺胳膊不缺腿地回来了，回家为娘养老送终来了，这比什么都强，不像张香英家，盼来的却是张福根的死讯，老人家知足了。

赵家大娘是在大年冬至节咽气的。那一天午后，赵光辉守在她床前，张香英也守在她床前，张承红偎紧在娘腰间。

"红娃，让俺再抚抚你的头……"

听到老人这样说，张香英把怀里的娃轻轻推了过去，扶起老人的手搁到他头顶上。

"香英啊，你可是长着副菩萨心肠的好女子……怪命吧，命不济啊……狗剩回来了，我可以瞑目了……

"香英啊，俺去了后，你还得常来这儿走动……俺家狗剩是个实诚人，不敢欺侮你的……"

老人又转过去握着赵狗剩的手："儿啊，我们娘俩能活着见面，多亏了你香英妹子的大恩大德……娘走了后，不许你忘了这……你们……"

自从卧床以后，老人心里就一直回旋着一番话，这话是要说给张香英的，可是她总开不了口，善良的老人，她不忍在张香英为自己的男人服丧期间开这个口，她怕伤了张香英的心，她怕张香英为难！现在，她明白自己大限已到，埋在心窝里多时的那番话是该说出来了，否则就没有机会了！

没等她把心窝里那番话说完，她咽气了……但是赵狗剩心里明白，但是张香英心里明白，老人没说完的那半截话是什么！

/ 三 /

赵家的老娘走了之后，张香英与赵狗剩相互间仍有走动。赵家这一边，是没有女人的农家，一个少了"半边天"的家。家不在穷富，可这没有女人的家，终究不算是完整的家。

而张香英这边呢，是个没有男人的家，是一个少了顶梁柱的家，家不在贵贱，可这没有男人的家，终究是破碎的家。

那几年里，赵狗剩这边拆拆缝缝补补贴贴上的事，大多是张香英帮的手。张香英这里，田里园里，那些犁犁耙耙的重头活一直都是赵狗剩帮着干的……

从1951年到1961年，前后10年时间里，赵狗剩与张香英，就那样悄无声息，但却都是尽力地在帮着对方。可男女之间的那点事——狗剩娘临终前咽在心窝里的那半截子话，他/她们就没有寻思过吗？

/ 四 /

10年的时间，那漫长的3600多个日日夜夜，那漫长的春夏秋冬，是足以让一个人遗忘许多过往的事情的——包括夫妻之情，也足以让一个人接受许多迎面而来的事情的——包括男女之情。

然而，10年里，张香英的心田里——她的作为女人的心田里，仅容下了一个男人，仅容下她的张福根！

她不敢遗忘1947年的那个中秋夜！

她不敢遗忘她的为了解放全中国，战死的那个男人……

狗剩娘咽下最后一口气的那天夜晚，张香英回到家里之后，想起狗剩娘说出半截的那些话，她禁不住又想起了自己的男人张福根。她打开床后的那口木箱子，把压在箱底的那条床单——那条丈夫铺过的床单又掏了出来，由于月久年长，当年洇在床单上的那摊落红已变为棕色……

望着那床单，一时间里，多少往事都涌到眼前来了……

……1947年的那个中秋节，那个夜晚，月亮是多么甜蜜！

……那条洇着落红的床单，她只晒了晒，几年了，她总也舍不得把它洗净了；那是因为那上面除了她的落红，还有她男人的……以及她男人身上的汗味儿。

……她庆幸，当年自己在听到第一声鸡啼之后，勇敢地，义无反顾地敲开了男人的房门——那时候，早已过了子夜，离黎明不远了……

那一夜，在黎明到来之前，她把自己作为女人的一切，第一次给了一个男人——那是自己的男人，那是她的张福根。

而在这之前，她一直把"……你当成我的弟弟——那个从墟上捡回来的弟弟——我当是你的姐——"

"如今你长大了，从今以后，你就是我男人了，我是你的女人了……"

"以后不许再叫我姐了，我是你女人了，你是我男人了……男子汉，为穷人打天下，要当好汉，别当孬种……开枪的时候，别瞄着人的脑瓜往死里打……还要躲着枪子儿，我等着你完完好好回来，把房圆了……"

……从第一声鸡鸣响起，张香英敲开张福根的门扇，走进他的怀抱，到落月西沉，黎明的曙光照进小院，她拉起门闩走了出来，属于她/他们的"时间"只有短短的几个时辰……

/ 五 /

……婚姻,更多的时候是漫长的,圆满的,白头偕老的。有银婚、有金婚、有钻石婚,还有橡树婚,这自然是美好的。

但有些时候,它又只能是短暂的、匆促的、稍纵即逝的,你能说那就不美好吗?

不!

有些时候,这种婚姻会更加美好,更加珍贵,更加让当事人刻骨铭心。因而,在失去它的时候,就更加让人肝肠寸断、撕心裂肺!

——就如同1947年中秋夜属于张福根和张香英的那仅有的几个时辰——那几个时辰的实际上的婚姻。

——啊,啊,这一切,这一切的一切,已经在我的心窝里,已经在我的生命里,落地生根了啊,扯不断了啊……

——啊,啊,大娘,大娘,我知道你心疼我,你生怕我一个人过得艰难,才要撮合我们俩;啊,啊,赵狗剩啊,赵狗剩,我知道你心地好,下半辈子跟你过,俺张家小院有了顶梁柱了……

可俺忘不了俺的张福根,生也难忘,死更难忘啊……

/ 六 /

张福根终于回来了;终于从"海的那畔"回来了;孤零零的一个人回来了——40年了啊……整整40年了,你怎么这才回来啊?

哦,人生啊人生,一眨眼就过去了40年!

为了这生离死别的40年,张香英魂牵梦萦地过了40年;张福根肝肠寸断地过了40年!

……枣树,还是当年那一棵枣树。

小床还是当年那张小床。

40年了,那床,张香英没有搬动过,它依然靠在那堵墙边;那是中秋月亮能隐隐约约照到的地方。40 年了，张香英每天为它扫尘揩擦——只要她张香英在这世上一天，她都会这样做下去的。

枣树还是当年那一棵枣树；床还是当年那张小床。可人呢？

当年的张香英，双颊上是有一双浅浅的酒窝的，那一双浅浅的酒窝，会醉倒多少男人呢？

"……姐，我想亲亲你的酒窝……"

"……你好好留着，我回来圆房的时候，还要亲个够……"

枣树，还是当年那一棵枣树，小床，还是当年那张挤过两个人的小床。

人，还是当年的人。

可那对酒窝呢？

那对浅浅的，曾经装满了醉人的枣花蜜的酒窝，已经枯竭了！

1988 年的时候，张香英上下两排后牙也开始掉了。她少女时代的鲜嫩的丰满的双颊已不复存在，双颊上的那一对酒窝，已变成两口干涸了的湖泊，沉陷在苍凉的大地上——那是一张胶莱平原上乡下老妪的脸，那是张香英的脸。

/ 七 /

张福根从女人那张苍老憔悴的脸上看到了自己的憔悴苍老！

他从家里的摆设，再到这个女人那张陷满了皱纹的脸上，他能体会不出这个女人 40 多年来日子的艰难吗……

唉，晚了，晚了……

一去 40 年！

张福根啊张福根，你回来得太晚了啊！

张家小院如今已有了"另一个男人"了！

第十一章 另一个"男人"（下）

/ 一 /

……1960年冬天，张承红已上到小学四年级，有一天在从学堂回家的路上，他被一条野狗咬了，那一条野狗很高很大，而张承红却瘦弱得很。他的裤管被狗撕破了，大腿上的肉被狗叼去了一口。冬天的黄昏，来往的人少，是路过的赵光辉救下了张承红，但在与那条大狗的搏斗中，他身上受的伤不比张承红轻……

是他背着张承红上医院的，那条咬人的狗已不知去向，大夫一定要他们打狂犬疫苗，两个人都要打。对于他们两家子来说，那是一笔不小的费用，张香英掏出了自己的所有，赵光辉也掏出了自己的所有，还凑不够张承红所需的医药费，赵光辉把那些钱拢了来，先为张承红交了部分医药费。

"先治娃的伤，我没事，我的抵抗力强……"

他只让大夫洗了洗伤口，涂了止血消炎药，看着大夫为张承红打完狂犬疫苗后，就背着他离开了医院。

当了10年兵的人，赵光辉会不知道疯犬病是怎么一回事？人有那"抵抗力"吗？

但是穷，两家凑起来的钱，只够勉强交了张承红的医疗费——只能先救他。

别说当了10年兵——他是曾经的赵光辉，要有这个担当！即便是眼下的赵狗剩——他也要有这个担当，就冲着他是个大男人；就冲着他是个爷们儿，他也得这样做——更何况他赵家欠着张香英的情！

（万幸的是赵光辉后来没有发病，证明那头逃遁了的狗不是疯狗。）

按照大夫的交代，赵光辉定期拖着伤了的身子，背上张承红去墟上的医院打针换药。

/ 二 /

  伤口拆线的那天，在往家走的路上，趴在赵光辉背上的张承红开口了：
  "叔，你真好，你就搬到我们院里来住吧！"
  孩子或许不理解自己说出的这番话，包含了什么样的一种庄严神圣，一种什么样的责任担当，他才是10岁的孩子哩，但背着他的这个男人呢？还有他的母亲呢？
  他／她当然能掂出这句话的分量！
  把张承红背进了张家小院，把张承红放到了床上，赵光辉赵狗剩照例就要走了。
  他没有告辞，他是不善言谈的人。
  但是，他听到了张香英这样说：
  "你先别走……"
  他停下了脚步。
  "天都黑了。"
  "我能看清路的。"
  "刚才，孩子说的话，你听到了吗？"
  ——她听到自己"问"出这句话时，心头猛烈地撞动！
  "我听清了。"
  "你看咋办？"
  "我不敢，我不配……"
  "你配，我说你配。"
  "你不嫌弃？我可不是什么赵光辉，我在泉州南门外那些事……"
  "别说了，我都知道了，我就知道你是赵狗剩。"
  "……那是……那是溜石塔下溜石湾里的那桩事……"
  "除了这桩事，还能有哪桩事？那是你喝酒喝浑了，才会发生那种浑事……"
  ——八九年了，赵光辉赵狗剩低着头做人，夹着尾巴做人；八九年了，赵光辉赵狗剩第一次听到一个人——一个女人对着自己说出这样暖心暖肺的话来。
  他留了下来。
  那个晚上，雪下得好大。

/ 三 /

山东的汉子几个不喝酒？都说产高粱的地方男人酒量大，赵家堡四周一望无际的平原上，年年可都种的是高粱。可自从发生了泉州南门外溜石湾里的那桩事后，赵光辉再没有沾过一滴酒——不论是在外地，还是回了赵家堡！他的勤快，他的实诚，他的厚道，他的仗义，八九年了，张香英都看在眼里——这个赵狗剩不是浑蛋，不是孬种！

她已为丈夫守了十几年，而且丈夫殁了，而且是孩子开了这个口，而且……张家小院需要一个"男人"啊！

住到张家小院的第二年，赵狗剩家那两间土坯房便在一场暴雨中倒塌了，赵光辉从水中把那些木梁椽条捞了回来，就用那些木料，在张家小院添盖了两间土坯房。

一落地就没见过父亲的张承红，跟搬到小院来的狗剩叔特别合得来，他的命是狗剩叔救下来的，娘的媒是他当的，线是他牵的，他对狗剩叔能不好？

虽然人住进了张家小院，赵狗剩却总也走不出赵光辉的阴影。在家在外，他都不敢太高地抬起头来。1965年，张承红已到了当兵的年龄，招兵的时候，他报了名，并且被批准了。可是，区上登记姓名的同志把"张承红"写成了"赵承红"，当时，一家子谁也没注意到这桩事。

入伍通知书下来那天，是赵狗剩发现了这差错，他一下子傻了眼：怎么是这样？怎么能这样！在他赵狗剩的心底，从搬进张家的那一刻起，他的内心就充满了愧疚——那是一种对于死去的张福根的愧疚！一种对于牺牲的战友的愧疚！现在，他遗下的娃，怎么能改成了他的姓，他必须赶到区上去，把那个"赵"字改回"张"字来！否则，他不能安心！

那时已近黄昏，从赵家堡到区上，一个来回30来里路，又是秋后日短，但赵狗剩执意要赶上区里去，因为明天就是送兵的日子了！

当晚，赵狗剩回到赵家堡时，夜已经很深很深了。
但是，那姓氏没有改成，县上部队来的同志已经把兵员的档案带走了！
送兵那一天，新兵和军属都有一朵大红花，张香英硬是把那红花让赵狗剩戴上了，推他去公社开会。这个善良的女人，她要赵狗剩活回一个男子汉的尊严！

在公社里，赵狗剩千叮咛万嘱咐一定要带兵的同志把"赵承红"改回"张承红"，可是一直到以后，都没有改回来。

自从搬进张家小院以后，赵狗剩总是活在一种莫名的阴影中——他毕竟是个当过副连长的人，他手下的兵在战场上光荣牺牲的不止一个，他也曾经为在平原或山区的烈士家属送去过死讯。

——可张香英也是烈属啊，他是不是乘人之危了？

1988年初秋，他和张香英一起，得知了张福根还活在人世的消息！

而且就要回家探亲了！

这是怎么一回事？

——这就是战争，

——就这么简单。

可是对于赵狗剩来说；对于这个胶莱平原上曾经当过兵，而眼下已成了一个普通的乡下老汉的赵狗剩来说，那就是一团乱麻了。

那是一种何等为难尴尬的事情，如果他赵家的那两间土坯房还在，他可以搬回去，可是那房早已经被暴雨冲塌了。

在赵家堡的村西头，有一口废弃的砖窑，赵狗剩卷起一床被，他执意要住到那里去，把自己从张家小院腾清了，让张福根回来住。

张香英阻止不了这"另一个男人"的决定，她为难啊！作为女人，作为张香英，她能不为难吗？

/ 四 /

张福根的"死而复生"，让"他的女人"张香英为难的事，真是千头万绪啊！在中秋节的前些日子，当县上来到张家小院的工作人员就要离去时，在院子门外，张香英看到了民政局的那位科长正抬起头来，久久地看着她家正门楣上那方"光荣烈属"牌匾时的那种表情，张香英很快地明白了过来，她立马搬过来那张打枣用的扶梯，艰难地踏了上去，摘下铜匾，从容不迫地交给那位科长：

"感谢政府，已经给我们光荣了几十年了，现如今，孩子他爹活着回来了，这光荣该还给政府了。"

张福根回来得太突然了，他的亲儿子，带着他的儿媳妇，都到南方福建打工去了。那就是赵承红，1967年从部队复员以后，一直在生产队里出工。1972年，他与一个回乡知青结了亲，1973年，就有了个闺女，这女孩就是张福根的血脉孙女了。还有个小儿子，还小，这会儿还不会走路。这两三年来，胶莱平原上的青年人一拨拨去了南方打工，赵承红夫妻俩也赶潮流去了南方。1987年秋天，赵承红的女儿中学毕业后，也不再升学了。那闺女心气高，不愿在胶东乡下待着，十四五岁，自己一个人就去了南方闯荡，横竖要去，说是去投靠爸妈，其实她是要自己出去闯天下。出去都整整一年了，常有来信，说是到了泉州。张香英寻思着，她一家三代人都跟泉州有缘分！孙女偶尔也寄些钱回来，老两口知道后辈挣的是辛苦钱，舍不得花，都存着，将来长大了，孙女总要嫁人的，给她攒着将来当嫁妆。

知道张福根确定要回来时，张香英立马就给儿子给孙女去了信，她虽深知晚辈们挣钱不易，从南方到山东，那得花很多路费。但她更知道张福根从海那畔回一趟山东的不容易，他们三代人能活着见上一面，那才是真正的不易呢！

张香英哪里知道，张福根这趟离开台湾回乡，只能有15天的时间，他是从日本绕道经上海回的胶莱。他是早年的战俘，台湾那边有规定，这种战俘身份不能直接回唐山大陆，只能从另一个国家绕道，他们一行就只好选择经日本绕了一个大弯儿回来了。这样一绕，在路上已耽误了5天的时间。

他上二老坟上磕了头烧了纸，那是他真真正正的再生父母！曾文宝在台湾为他备下的丰盛的份子礼，赵家堡该送的近邻近亲都送了。有一条大项链，纯金的，很沉；还有两个金戒指，也很沉，曾文宝特意交代了，那是要戴到弟妹脖上，套进弟妹手上的——那是曾家欠她的！这些钱，还有所有路费，都是曾文宝掏的，曾文玉放在他那里的1300美元，在他登上上海开往胶东的列车时，曾文宝死死地塞进了他怀里：他毕竟混得比亲弟弟好些，他能要这个钱吗？他能要当年替他顶了壮丁的亲弟弟的这钱吗？

在桃园远郊的荣军营，近些年，陆陆续续有唐山大陆过来的老兵走动在回乡探亲的路上，曾文玉没少听那些往返的老兵说过，眼下有些人变得认钱不认人。而经营餐馆生意的曾文宝更是听得多了，所以他一定要让好不容易回乡一趟的亲弟弟风风光光地踏上回乡之路，不能让人看轻了！但曾文玉深信自己的女人不会变成那样的人。

是的，张香英不是那样的人！这里还有成千上万的父老乡亲都不是那样的人！

那一天，从二老的坟上回来以后，张福根掏出了那些金首饰，那沓美元：

"香英姐,这些你都收下吧,算是我亏欠你的。"

"孩子他爸,这钱我不能要——这是哪国的钱?"

"这是美金,能换回上万元的人民币。"

(1988年,那一沓美金还真是一笔大钱,那时候,胶莱平原上的一个县委书记月工资还只有100多元人民币,这些钱在胶东乡下够建起一幢小楼的。)

"孩子他爸,这钱你留着,往后住下来了,吃的穿的我跟孩子供了,可你得有个零花钱。"

"我还得回……海的那畔去……"

"……好不容易回来了,你还要回去?——那就更得要带回去,现如今,你拉不动黄包车了啊,孩子他爸……"

(还在台湾"国军"部队上的时候,为了多挣下几个钱,他白天当兵晚上脱下军装后,就去租了黄包车拉客赚外快,为了存下回返家乡的路费,他一个子儿一个子儿地积下了这些钱。)

"这项链,这戒指……"

"你不是还没回到泉州南门外……那个家吗?你不是还有个亲嫂子吗?你不是常念叨着她对你的恩吗?都说长嫂如母……我是应当去见这个长嫂的……可是……还是你代替我去吧,这项链,这戒指,都该孝敬长嫂。"

"香英姐,这戒指,一枚你代我转交给我们的儿媳妇吧,另一枚,给我们孙女留着;这项链,你戴着……这,可都是我……亏欠你们的啊……"

结果是,张香英收下了那两枚戒指,那是儿子他爹,那是孙女她爷给后辈的一份心意;是远从台湾辗转带过来的一份心意,她不能拂了他的这份心,但是那条沉甸甸的金项链,张香英说:

"孩子他爹,你就代我孝敬泉州南门外的那位嫂娘吧。就这样定了。"

还有那沓美元,男人死活一定要留下:"香英姐,我这辈子亏欠你太多太多了,我没能耐,这么多年来,只存下了这么一点钱,我带回来了,你再不收下,你叫我怎么对得起天地良心?"

"福根弟"的话都说到了这份儿上,张香英知道,要不收下这些钱,会伤了他的心的。而且,自从得知他还活着时,她就开始筹划着一件事,那是需要一大笔钱的。但是她手头并不宽裕,现在有了"福根弟"这笔钱垫底,她可以开始放手去办那件事了。

她对张福根说:"孩子他爹,你既是这样说了,这笔钱我就留下了,我想用它来还政府,你是知道的,自那一年挂上了'光荣烈属'牌匾以后,政府年年都给咱家烈属抚恤金,几十年累积下来,还真是好大一笔钱,现如今,你回来了，俺家不再是烈属了，那些钱理当还出去了，不够的部分，我会让承红继续还下去的，虽然政府没有开口要回那些钱。"

当年张香英是光荣的军属，是光荣的烈属的时候，她昂着头挺着腰，走在赵家堡的村道上，如今，她男人回来了，她男人没有"光荣"牺牲，她就必须把多年来从政府那儿领来的抚恤金还了，她心里才踏实，她才能继续昂起头、直起腰来走在赵家堡的村道上，这不单是为了自己，也为了她的男人张福根，为了张家的子孙后代！张家是穷，但不能穷在这地方！张福根支持女人的这个方案，他敬重女人的这个决定，他知道张香英的为人；他就算没有带回来那沓子美元，在他此次回乡之行后，她就算砸锅卖铁，也会一个子儿一个子儿地把那些抚恤款还上的——这就是他的香英姐姐啊！

他知足了——不枉他与这个胸怀坦荡磊落的女人夫妻一场……

/ 五 /

张福根在张家小院住了5天，他在等着他的儿子儿媳，他在等着他的孙女——这是两家人的血脉：胶莱平原上的这个家，还有泉州南门外那个家。

1988年，在中国广大农村，异地亲人之间的联系，几乎都只能通过信函往来，一封从胶莱乡下寄往福建南方的信件，顺利的话，来回将近是两个星期。可是只到了第5天，张福根就急着要走了！

"你不能等到承红他们回来吗？40多年了……你就这样又孤零零地走了吗？"

"这两帧照片，我带走了……"

——那一帧照片是承红周岁的时候，张香英抱在身上照的，是当年一位来采访烈属的记者拍的，因为年代久远，黑白的照片上已经泛黄，但照片上的张香英是当年那个张香英，是张福根记忆里的张香英。而另一帧呢，是不久前赵承红才从南方他打工的那座城市寄来的，是三个人的合照，是他的儿子儿媳，中间那个女孩，自然是孙女赵小红了。

"你想带，就带在身上吧。"

"去了那畔，我翻拍了，还寄回来……"

张福根在张家小院住了5天，这5天里，他又回到了1947年的时候；回到了他从墟上被捡回来的那个曾文玉。

这5天里，两个老人以姐弟相称，以姐弟相处。

临走的前一天，张福根找到了赵狗剩栖身的那口破窑，两个人一照面，突然都觉得有点面善，似乎是曾经在哪里见过面，再一听对方的声腔语调，也都觉得有点耳熟，但这种猜测只在两个人的脑海里起过一阵涟漪，片刻之后，也就平息了——那怎么可能呢，一个在海的这畔，一个在海的那畔，相去千百里，相隔几十年！

张福根一手卷起那铺在高粱秆上的被窝，一手拉起赵狗剩的手硬是把他拽回了张家小院：

"这个家，还是得你回来住，感谢这多年来，你照应着香英姐，感谢你救下了承红，拉扯大了承红，香英姐都跟我说了，你是个爷们儿，是条汉子，不愧是当过兵的人！"

那个夜晚，张福根让张香英炒了几个菜，在枣树下，在月光里，架起了一张小桌儿，他留着一瓶9年藏的金门高粱，这是专为赵光辉赵狗剩留的——在得知赵光辉的事后，这瓶从海的那畔带到海的这畔的高粱酒，他一直没当份子礼送出去。他旋开了瓶口，斟了满满三杯，第一杯端给赵光辉，第二杯端给张香英，最后，他端起了自己的那一杯，对着香英姐，对着赵光辉：

"兄弟，我知道，为了泉州南门外溜石湾里的那桩事，你再没有沾过酒。而我，在海的那畔，在台湾那边，也从没喝过，我是喝不起。但是今晚，我们都要喝，我明天就要离开赵家堡了，算是为我送行吧。"

他在说着这些话的时候，院子里先后有三个人哭了，开头是张香英，接着是赵光辉，最后是张福根。

第二天，张福根起了个大早，张香英、赵光辉，还有一大帮乡党把他送到墟上的车站……

……啊，那一年，那一个上午，曾文玉就在这里……那时候，墟上还没有车站，车站的这里，是一溜卖牛下水的杂食摊。张家老两口在墟上捡到了他，就是把他带到这摊前，守着他吃下了一大碗牛杂汤面。

"只有我吃着，俺爹俺娘都舍不得哩……"张福根深情地回忆着，他是喃喃自语的，但张香英听清了。

"孩子他爸，俺承红儿是赶不回来了……你能回来时，就回来吧，还有俺孙女，叫赵张蓉，报名上学时……狗剩他，硬是要换上一个'张'字，可这孩子，硬是把自己的名字改成了赵小红……他们都没有见过你……"

张福根说："……香英姐，你不容易啊，就一个人，扛起了一个家……你让我文玉……福根有了儿孙……"他又转过去看着赵光辉说："兄弟，咱们都是当过兵的……往后，俺香英姐，俺承红三口子，你多担当了……"

张福根这后半截话是说给赵光辉的，但张香英听得一清二楚。
她清楚：张福根是把她，把承红三口子，把张家小院都托付给赵光辉了。
她知道，张福根这一走，就再也不会回张家小院了——她清楚。
于是，她放声哭开了……

第十二章　在党的人·母亲

/ 一 /

闽西永定，是个山区，这个县遍布着的大大小小数百个村落，多是山村。这就是说，在一座座山岭，在一条条蜿蜒曲折的盘山公路上走着，你如果看到一个山口，山口的坡上，有一棵大树，那棵树当然是高大的挺拔的、不亢不卑的、正气凛凛的，而且，它又是和蔼可亲的。你朝这棵大树走过去，从树下走进山口，或远或近，你就可以发现一群土楼（有时候只有一座，但那单独的一座，必定是庞大得如同一座城堡），那就是一个村落了。

而山口那棵高大挺拔的大树，便是这个村的护村树了。

在永定一带，山村的那一棵棵护村树，可以是一棵香樟、一棵松柏，抑或是一棵酸枣树、一棵红豆杉。

而陈东溪的那一棵护村树，是一棵银杏。这是一棵参天大树，没有人能说出它有几多年轮，我们能看到的是它的树围，足有两个彪形大汉的4条手臂圈起手来那样粗，它树冠笼罩下的那片山地，足有上千平方米。它四季郁郁葱葱，每年，从早春二月，它便开始抽枝发芽，即便到了深秋10月，即便到了寒冬腊月，也不见它飘下黄叶。每年过了中秋，才见到它的树叶泛红，久久地挂在树梢上。随后，深秋了，隆冬了，它的叶子便日愈透红了。

在永定客家山村，村口那一棵树，既然被称为"护村树"，那就是一座村的图腾了。客家人是将之作为神灵看待的，是活生生的神灵。一代代的客家人，像敬奉自己的祖先一样，敬奉自己村口那一棵护村树，客家人会定时给它上香，为它庆生。

像往年一样，1988年，过了农历八月，永定陈东溪村口那棵银杏树上密密麻麻的果实渐渐熟了。

这天午后，在陈东溪村外，有三个来客，正朝着村口那棵银杏树走过来。

三位来客，一男二女，都是上了点年纪的，他们中走在前面带路的那一个女人，就是沈霏了。这一年，沈霏早已年过六旬，但凭着她在年轻时练就的脚力，虽然走在曲折的山路上，却一点看不出蹒跚。

紧随在她身后的那一个女人是卢白莹，卢白莹身后，当然是曾文宝了。

他们三人终于走到银杏树下来了。

沈霏抬头一看，只见经秋的银杏树冠上，已微微泛出了些许红晕，它的树叶就要转红了。

这是一棵奇特的银杏树，即使是满树冠的叶子红了的时候，即使刮起秋风，即使刮起冬风，也不见它的叶子飘落下来，它的叶子就那样红老在树冠上了。

"呦，你们看，陈东溪，我这是第三次来了，可是前几次都不是挂果的季节，你们这次来，赶上了，满树是，白晃晃的果实，所以才叫银杏啊！"沈霏突然在树下站定了，昂起头来，望着秋风吹拂着的树冠说。

卢白莹与曾文宝聚了过来，他们看到了树冠里，密密麻麻的银杏！

"对，就是这棵树，我们陈东溪的护村树……几十年过去，它一点没有变老，而我们，都老了……"卢白莹记起了这棵树，"那些果实，我们这里叫它白果……"她记起来了，在儿时——对了，最后一次到陈东溪来……那是三省学堂放暑假的时候，她是随着母亲来向外祖母辞行的。那时候，外祖母还不怎么显老。她还记起来了，也就在那一次，母亲告诉她，外祖母为什么叫"阿锅"这个奇怪的名字：那是因为贫穷。外祖母出生以后，有好长一段时间里，她们家竟买不起一口新锅来换下那口裂了痕的旧锅，每次烧粥时，都要用木薯粉团贴在痕道上，锅里的水才不会渗到灶里去，把灶火浇灭。直到外祖母周岁时，家里才好不容易凑足钱，买下了一口铁锅。为了庆贺这桩盛大的喜事，从周岁起，外祖母就以"阿锅"为名了。外婆家姓庄，她长成大闺女的时候，是以"庄阿锅"的名字嫁到陈东溪那座土楼的……卢白莹还依稀地记起来了……那一年八月十五，她们母女正赶上了一年一度的打果节，她说："……那是很热闹的节日哩，几乎全村的人都聚到树下来了。要烧香化纸呢，满村的人都围拢在银杏树下，把香炷举过头顶，齐刷刷在地上跪了下去——就如同祭祖……"……那不能叫"打"果，那是几十个手脚灵活的后生，带着全村人的嘱托，怀着一种神圣的虔诚的敬畏，把护村树赋予全村人的这些果实采摘下来，就这棵树，可以采下几百斤白果，每家每户都能匀到一份银杏果，"……那一趟，我们是来向外祖母告别的，我们是要去延安了。母亲没有明说，土楼里的人只知道我们是要远行了……过完中秋，第二天，我们就上路了，我们是带着沉沉的一袋子白果出村的，那是土楼里的亲堂们连夜从各自分得的那一份果子中精挑细选出来的……那一背包银杏，我们一直带到了延安，送给孤儿院的孩子们……又是一个中秋节了，我们能赶上打果节了……"

/ 二 /

1988年秋天，卢老师已快走进80岁的门槛了。

在土楼里，面对着从藤萝椅上颤巍巍地拄着拐杖站了起来的卢翠林，沈霁他们一行三人都不敢认了，不忍认了！

——这就是老卢同志吗，我最近一次是在1982年带着林子钟来的……6年！6年就可以使一个人老成这样吗？

——这就是卢老师吗？当年在三省学堂的那位卢老师可不是这样的啊。当年的卢老师是多么高挑、白净的一个人啊！她那样的人，是不该老也不会老成这样的啊！怎么突然间就老"小"（缩）成这样了啊——曾文宝哭了，三个人中，他最先跨上前去，扑在那位老人跟前，双膝跪了下去：

"卢老师，卢老师啊，您老人家还记得我吗？我是班上那个最捣蛋、最蛮横的曾文宝啊……"

"——曾文宝，曾文宝——当年那个调皮鬼曾文宝啊，那个常常欺负林子钟的曾文宝啊——当年我把你的小屁股打痛了吧？哎，也都这把年纪了……"

——50多年后，曾文宝终于又听到了当年的班主任这样喃喃说着——卢老师没有忘记我呢！

啊，啊，文宝你是否记住了，当年三省学堂初春里那个雨后操场；那落在屁股上沉沉的教鞭？记住了！当然，你更记住了：几天之后——是一个星期了，卢老师把你叫进办公厅，抚着你的头说：

"文宝，那天下午老师不该打你，是不是？但老师希望你能记住，永远不要做一个欺侮人、压迫人的人。你要明白这样的道理，世界上每个人都应该是平等的。希望你，好好做人，好好读书，记住老师的话，好不？"

——你记住了，一生一世地记住了……

哦，童年啊童年，童年的记忆远去了，深邃了，但又永远是亲切的——一切童年时代的记忆，都永远如同发生在昨天那样，清晰而亲切……

曾文宝就那样久久地跪在卢老师跟前，他多么希望卢老师还能够像当年举起教鞭那样，举起手中的拐杖来敲打他一番呢！

可是，卢老师没有那个力气了！

她老了！

——那是母亲吗？那真的就是母亲吗？她比当年的外祖母更加老迈啊——几十年过去，村口的那棵护村树可以一丝都没有变老，可母亲怎么就可以老成这样呢？卢白莹的心悸痛起来；她号啕大哭……

　　在巨济岛战俘营，在海峡那畔，在台北，在桃园……在那些艰难的、屈辱的岁月里，她也没有像今天这样号啕大哭过。过去的那30多年的泪水加在一起，也没有此时淌出的多。

　　她满怀哀伤，一步一泪，缓缓地迈了过去，抱紧了母亲，也跪了下去……

　　"妈妈，我回来了，我是您的莹莹啊！"

　　——那久违了的呼唤，几十年后，又在卢翠林耳畔响起，那是女儿的呐喊！

　　……几十年过去，那声音显然已失去了儿时的稚嫩，也没有了青春的活力；那是一种老去了的声音，那声音中饱含的苍凉，令人酸楚，催人泪下。

　　在那一瞬间——也仅仅是在那一瞬间——母亲伸出她空着的那只手，落在女儿头顶——随即又缩回去了。

　　接着，母亲低沉地问了一声，但女儿却听清了那句话，那样的问话——在回大陆之前，卢白莹曾经有过预料——她预料过在回大陆之后，一定会有一些故旧问起这样的话，却没有预料过，这样的话会首先出于母亲之口。在那一瞬间，她的心猛烈地颤怵了一下，紧随，是又一波泪水奔涌出来！

　　……

　　母亲是这样说的：

　　"莹儿，白莹，你，怎么……能够……可以活着回来……你得说清楚，晚上，在我房间里说……"

　　片刻之后，卢老师微俯下身子，拉起曾文宝，也拉起了卢白莹：

　　"你们都起来吧！"

/ 三 /

　　卢老师是前天得到女儿要回来的消息的！

　　作为母亲，她仿佛听到了一声惊雷！她愣在那里，久久不知道是喜是悲，这仅仅是因为消息来得太突然了吗？尽管在最近几年来，她也隐隐约约地听到了女儿还活在世间的传闻，但她一直将之当成一个梦——那可能吗？

　　现在这个梦被证实了，她却不知所措了——

前天,"上面"的同志前来土楼里正式通知了她:卢白莹已回大陆来了,随时可能到土楼来……"上面"的那位同志为了这次的"随时可能",特意交代她在接待女儿时所要注意的4点事项:坚持党性,晓之大义,以礼相待,留有余地。她是一个老党务工作者了,尽管早已离休多年,尽管已到耄耋之年,但她依然思路清晰,凭着长年的党务工作的经验,她听出了这些话的分量!

……为了中华人民共和国,她曾经献出了三个至亲亲人的生命:第一个是她的丈夫,那是在她很年轻的时候,她正怀着她的莹儿的时候,丈夫在上饶监狱遇难;第二个是她的母亲,当年,她和她的莹儿离开土楼去了延安之后,不久,她的母亲被……活埋了;第三个是她的女儿,这是她最后的一个骨肉亲人了……

……1951年的时候,她在晋江溜滨区任区委书记,端午节过后,县委的梁书记转告她,她的女儿,卢白莹同志在朝鲜战场上牺牲了……

一门三忠烈!多年来,无论在哪里,作为烈属,卢老师都受到了普遍的尊重,因了当年母亲的遇难,更因了女儿牺牲在朝鲜战场,她所在的这座土楼,长年来一直被作为革命传统教育基地。这种尊重,甚至还可以追溯到1957年,在对她签发郭朝霞那篇报道追查事件上,多少也因了她三重的烈属身份,而不再深究。

30多年来,她已经习惯了在女儿是作为一个牺牲了的烈士的那种思维中生活。因为女儿的牺牲,她失去了仅剩的一个骨肉亲人,她曾经感到过极度的悲哀,极度的孤独,是她的信仰,以及整个社会所给予她的荣誉,支撑着她熬过了最初那些悲伤欲绝的时光……30多年后,她的女儿却活着回来了。

——那年,女儿是正当花季年华离去的,现在,回来的是一个垂暮之年的老妪!在刚刚重逢的那一瞬间,她心中也曾升腾起一股难以名状的悲悯之情,这种悲悯发自一个女人、一个母亲。这种悲悯之情,如果能持续下来,那么,无论是对于她自己,还是对卢白莹,那都是值得庆幸的——她们都已人到老年,来日无多,能在有生之年,劫后重逢,骨肉团圆,这难道不足以庆幸吗?

不幸的是,作为"女人",作为"母亲"的那种悲悯,在卢翠林的思想中只停留了片刻,便消失了。

那是什么样的一种力量,促使母亲的这种想法消失的呢?

如果我们把这种力量,仅仅理解为是由于女儿的死而复生,使母亲头上的那些伟大的光环因而破碎,由此而产生那一种力量的话,那就错了,母亲不至于那么自私。

母亲是一个在党的人，所以，她几乎所有的思维，包括母女之间的感情思维，都难以超越她至死不渝地坚守着的信仰。在这种思维中，战争总是两个阶级的生死搏斗，因而，在战争中，只能战胜或战死，而不能是战俘；只有英雄或烈士，而不能有俘虏。

可阴差阳错的是，她的"牺牲"了30多年的女儿，在1988年秋天，从海峡彼岸，从台湾那畔回来了，这到底是该喜还是该悲？她感到茫然！

如果仅仅是作为一个母亲，在风烛残年，能与失散了30多年的女儿重逢，那无疑是一件天大的喜事！然而她是一个在党的人，一个党的离休干部，她必须无条件地服从她所献身的、所信仰的这一切。为了这，她不能苟于母女之情，不能苟于骨肉之情！她的母亲与丈夫，是作为顶天立地的英烈死去的，而女儿呢，是作为"俘虏"活了下来，而且是30多年了，从朝鲜那边的俘虏，又流转到台湾那边的俘虏，她怎么能够活到今天，30多年了，她曾经都做了些什么？都光明磊落吗？——从前天上午"上面"来的那位同志宣布了这件事之后，前后三天来，她无所适从，寝食不安……

……"卢老师，你在想些什么啊，我是沈霏啊……"

许久许久之后，沈霏终于打破沉默迈上前来，与卢白莹、曾文宝一齐将卢老师又扶到那张藤萝椅上坐下了。

此刻，卢老师才从恍惚中恢复了常态，于是，她的双眼里漫上了泪水。

她能不流泪吗，她毕竟也是一个母亲啊！

这个多灾多难的母亲。

当女儿掏出手巾揩去她的泪水时，她终于没有推开她的手，她似乎已平静下来了，可是，谁能窥视到，此时在她胸怀里翻腾着的那种滔天巨浪？

/ 四 /

"沈霏，从1982年春天，你走后，怎么直到今天，才又来呢？6年了啊，林子钟、曾文宝他们……是隔山隔海的，远着呢——仁玉呢，这一趟，怎么不见仁玉过来呢？"

"卢老师，仁玉姑姑她今天正忙着与月娇赶到孩子那头去，帮我们办一件事呢，卢老师，我和月娇就要有个——后代了，曾家大厝又要热闹起来了。"曾文宝把他们夫妇要收养儿子的事说了一番，"子钟呢，他哪一天再回唐山了，也一定会来看望您老人家的,他常有电话、批信通到台湾来,都惦着您老人家呢!子钟兄的老景好着哩,云昭那后生,把他们林家的好家风都秉承下来了,又娶上燕玲那样一个好媳妇,他们那个银杏公司啊,那些沐浴露啦、洗洁精啦……现时开始往台湾销啦,月珍弟妹,要不是惦着我们的龙山餐馆,说不准还会经营他们自家的产品呢。"

"是啊,子钟他们那边,也常给我来信呢,三番五次地请我回菲律宾去走走。"沈霏接过曾文宝的话说。

"可不是,云昭给他妈的信,月珍嫂子也让我看了,他们都盼着你能去那边住下来。"曾文宝说。

"是哩,他们都来信说啦,那边公司,还有街童收容院,都需要一个既懂英文,又通菲律宾当地语言而且还懂得中文的人,这三种语言,我虽都懂了一些,可我都这把年纪了,能帮上他们什么忙?只怕会拖累了他们。"沈霏说。

"哎,到了我们这个年龄,更能感到人生的短促了,(离)子钟上次来,一晃就6年过去了,哎,子钟他们那个公司叫银杏公司,这名字可起得真好,银杏树是种吉祥树呢,你看,我们陈东溪这棵护村的银杏树——可惜啊,子钟那年来,没赶上打白果的季节,这次你们赶上了,明天就是中秋节了,又到了开杆打果的节日了,听说今年的白果特别多,这次来了,你们可得辛苦点,多带一些白果回去,匀些给子钟他们,银杏公司嘛,能没有银杏?沈霏啊,你是南洋回来的'半番',菲律宾那边可长银杏?"卢老师想起了她在南洋的学生林子钟一家,想起6年前那一次林子钟到土楼时显出的老样,她不禁又感慨了一番。

此时,西照的夕阳,已收去了它照在土楼大天井里的那最后一缕夕光,秋天的夜晚很快便到来了。从土楼后面的那棵参天的树上,传来阵阵归巢的鸦噪声。

/ 五 /

第二天大早,走出房门的沈霏,看到也刚刚走出房间的卢白莹时,不禁大吃一惊:一夜之间她怎么判若两人了!她不但显得凄苦悲凉,而且脸上没有一丝血色,几乎是苍白到了发青!这是怎么回事:

"白莹,你怎么啦,身体不适吗?"

卢白莹微微低下头去,似乎是在躲开沈霏的视线:

"没有啊,沈霏大姐。"

"真的没有吗,出门在外,有什么难处,说出来,趁着在家在宅的,不要硬撑着,到路上就不方便了。"

她回过头来,亲切地看了沈霏一眼:"大姐,我真的没事。"说罢,她似乎苦笑了一下,很快地抬起头来,望着天井里初秋明朗的晨光,"沈霏姐,你瞧,今天的太阳有多亮,今天是打果节了,多么好的天气啊。"

沈霏听得出来,卢白莹这是在把话题往旁里转。因而,她想到,昨夜里卢老师一定是跟她说了些什么,她睡在隔壁房间,土楼里房间的间隔,不是用砖头土坯一类的东西,而是用松木板,那是用一片片厚厚的松木板紧密地拼合起来的。为防白蚁蛀虫,木板墙并牢起来之后,还会在上面均匀地抹上一层松香,但是,它的隔音效果比土坯砖头墙差了一些。昨晚上,直到夜深了的时候,在朦胧中,沈霏还听出隔壁房间里母女俩模糊的交谈声。她睡过一觉醒来时,房外已传来头遍公鸡的啼鸣,那时显然早已过了子夜。更深人静,沈霏却依稀听到了隔壁房间里传过来阵阵低沉的抽泣声,沈霏也没多在意。是啊,母女别离了30多年,如今她们俩都老了,好不容易重逢了,是悲是喜,那都是要哭上一场又一场的,哎,不容易啊……当年在溜滨村与卢老师一起工作时,卢白莹还完全是个大孩子呢!虽然莹莹当时在福州上大学,很少回来。可直到如今,当年她们孤女寡母相依为命的情景,沈霏仍历历在目,一直孤身独处的沈霏,是多么羡慕她们母女之间的那种亲情!以后,传来了卢白莹在朝鲜战场牺牲的消息,那时候,沈霏虽是溜滨区委的武装委员,但被临时调到泉州北郊一带剿匪去了。后来,剿匪工作一结束,她就连夜直奔溜滨区委来了。才半个多月不见,卢老师简直就换了一个人似的,她怎就瘦成那样了?原来的满头青丝,怎么突然就蒙上了一层霜,白花花了,那一年,卢翠林可还不到40岁呢!她能理解,那是因为失去了女儿,那种悲痛,绝不亚于她沈霏失去沈尔齐!在以后很长的一段时间里,沈霏都三天五天的就挤出时间往卢翠林这里跑,直到有一天,卢翠林出声了,她说:"张飞同志啊,我知道你的良苦用心……我已经熬过来了,都过去了……"沈霏看到卢翠林的气色确实回转过来了,这才没有往溜石湾跑那么勤了。那时候,距离接到卢白莹牺牲的消息已过去整整两个月了……一晃30多年,按理说,卢老师到了这个年纪,能看到女儿做梦般地又完完整整地回来了,那该是多么值得庆幸的事!沈霏绝不是那种大大咧咧、粗心大意的人,她心细着呢,昨天母女相认的那一瞬间,沈霏就看出了卢老师表情的异样,那表情那举动,沈霏都看在眼里,她觉得有点——别扭!

卢老师没有常人想象中的那种惊喜激动，也没有表现出对死而复活的女儿应有的那种炽烈的亲情，她分明看出了卢翠林对于女儿归来的一种——冷淡！啊，这是为什么呢？

——沈霏只能在心里纳闷。

这时候，卢老师与曾文宝也从各自的房间走出来了。沈霏一看卢老师，她又比昨天老了一圈，脸上有些浮肿，而且她的腰身似乎更加佝偻了。她站在那里，完全像一个孤单无助的老人！

——这母女俩怎么啦？沈霏心里深深地疑惑了。

"你们也都起床了，都下楼去刷牙洗脸吧。"卢老师的声音显然有些沙哑，她拄着拐杖，缓慢地走在前头，把他们三人都引到楼下来了。

天井旁楼檐下一排长长的木条椅上，已齐整地摆上了4套洗漱用具，而且每个面盆里都已打上了半盆半温不凉的清水，每个盆沿上都披着一条干净的毛巾，面盆里搁着的牙杯里，牙膏牙刷一应俱全。

沈霏不是第一次来土楼了，她明白这是土楼里的哪位大婶，在清晨时早早为客人备下的。

土楼人那份待客的情啊，温馨得让人心里发热！

"卢老师，等会儿我们跟大伙儿一起去打果，好不？"曾文宝提起了打果的事。

卢老师笑笑说："还等会儿？这会儿，他们早已上过香，都上树去了。"

听卢老师这么一说，曾文宝这才发现，整座土楼里此时已空寂无声。

"大伙儿五更天就出楼去了，你们赶了一天路，他们不敢吵醒你们，当然，也不敢叫醒你们啰。"

曾文宝记起来了，在破晓前，他似乎听到土楼里隐约有些许动静，看来，他们该是在那时候就出楼打白果去了。

"来，洗过了，都到那边吃早去，今天打果节，早餐是一定要吃素斋的，番薯、槟榔芋、糯米团，喝的是豆浆，我们吃吧，他们要临中午才能回来的。"卢老师招呼三人在一张大餐桌前坐了下来，响午过去之后，去村口打白果的人回来了，静寂的土楼一下子热闹了起来。人们把祭过树的那些供品带了回来，曾文宝发现，他们从台湾带过来的那些高粱酒、花生贡糖、硕大的烤海鳗干，也放在供品的挑担里，这令曾文宝十分高兴，他们从海那畔带过来的东西，都在这个打果节里派上了用场，这是土楼人给他们面子哩！

人群后面，是6个年轻人扛着三大麻袋白果进来了。

陈东溪是由6座土楼组成的，每个打果节里，那些打下来的白果都是要被均分到各座土楼去，这就是说，今年那棵护村的银杏树，整整打下了 18 麻袋白果，往年里，各座土楼都只分到了两麻袋。

将近半个时辰之后，午餐便做好了，除了番薯、芋头、糯米团还热在大蒸笼里之外，那些敬奉树神的供品也都回锅熬透了，此时都摆到大餐桌上来了，200 来号土楼的主人，像一家人一般围在一起吃开了八月中秋打果节丰盛的午餐。

/ 六 /

卢白莹他们一行三人在土楼里住了两夜，第三天天一亮，卢老师就招呼他们吃了早餐，村里已安排好了送他们到永定城内长途车站的车，他们将在那里转乘前往泉州市的头班车。土楼里的乡亲已在昨夜里挑出了两背包丰满结实的银杏果，是昨天打下来的，还有一袋子锥栗，那也是从陈东溪村周遭山里的栗树上打下来的。

土楼里的人朴实，知道白莹、文宝他们能待在大陆的时间有限，大伙儿也就没有强留他们多住些日子，却是那些老少姐妹们拉着白莹的手久久舍不得放下：

"俺们的莹莹啊，能（活着）回来跟大伙儿见上一面，那比什么都好，既然还得回去，大家也不能多留你了，翠翠（翠林）大婶，都那么一把年纪了……往实里说吧，是见一次少一次了……我们都知道，她是那种对人对己都光明磊落的，真真正正在党的人，她心眼里只有国家只有党，有些事……母女间嘛，你做女儿的，就多担待一点，你娘毕竟是老了，有些事一时想不通，也难怪……台湾那边，能放下时，就多回土楼来走走，往后走不动了，就回土楼来住下吧，这里是你的根，土楼的门永远为你开着，我们都信得过你……多少代了，从土楼里走出去的儿女子孙，从没有一个见不得人的，我们相信……"

土楼人家的这种"相信"，是源于一种对于自己族群的道德力量的自信，这种道德力量永远是朴素的，所以，它足以抗击任何世俗势力的矫饰，千百年了，它不会因为世事的变迁而丢失，它是海枯石烂般亘古不变的。

——那席话，虽然是对着莹莹说的，但是紧挨在卢白莹身边的沈霏，却是一字不漏地听进了心里，她听出了那些话中的"话"，她想好了，这一次回泉州的车上，要七八个小时的时间，她一定要坐在卢白莹身边，把一些事问清了，不能就这样云里雾里地到土楼走了一遭。而卢白莹呢，听着土楼里婶姆姐妹们那些贴心贴肺的叮咛嘱咐时，心里不禁又升腾起一种莫名的酸楚，她不禁喉口一哽，泪水便滚了下来，在别人看来，那是因为别愁，可她心里，除了别愁之外，还有一种说不清的——委屈！

接他们的农用车已来到土楼门外，众人把他们的行李提上车放好了。

卢老师走到门口，吩咐道："那些装白果、锥栗的大袋里，我又套进去两份小袋，一份是转交给子钟他们的，装的就是银杏，希望他们的银杏公司越办越大、越办越好，希望哪一天，子钟能带着云昭燕玲过来让我看看。另一份呢，沈霏啊，你转交给小郭，对，就是郭朝霞同志，这几十年她也过得不容易啊……朱义汉，从1961年至今，前后……走失快30年了，我老了，老了，走不动了……不能去看望你们了，你们都还能走动，就经常来土楼走走吧，现在车辆交通也都方便多了……"

那边车司机已经打起火了，卢老师举起手来，轻轻一挥："都上车吧，再晚，赶不上城里的汽车了。"

听卢老师这么一说，卢白莹与曾文宝不约而同地齐刷刷地朝着卢老师，双膝一跪，算是辞行了……

/ 七 /

1988年，永定县城已开通了往泉州的长途汽车，每天早上7点钟发车。

沈霏就坐在卢白莹一旁，两个人一排的座位。车开动之后，沈霏就想起要把这两天来她们母女间的事问个明白，而卢白莹却在此时先开口谈起了另一件事：

"沈霏姐，云昭、燕玲他们捐资在永春山区种银杏的事，我在台湾也听月珍嫂子说过了，这件事多年来都是你在实际操持，是吗？"

一提起种银杏的事，沈霏似乎把啥事都忘了：

"是哩，前后都整整种了6年了，每年春天清明节前后都要播种的，到今年，已经有上万亩了。"

"如果还有其他人，也想捐资参与播种，可以吗？还有山地可种吗？"卢白莹看着沈霏认真地问道。

"这当然是可以的，至于山头吗，你没见过永春那边的山，连绵不绝，别说是一万亩，十万亩、几十万亩都有。但有个前提，这捐资是绝对要求自愿的。"

"那就好，沈霏姐，我，想参加进去，你看行吗？"

听到卢白莹这样说，沈霏不禁有些奇怪了：她怎么会突然提起这件事？她知道，卢白莹这几十年来过得并不容易，在台湾挣的是辛苦钱、血汗钱，虽然卢白莹要比她沈霏年轻个八九岁，可也是往60边上靠的人了，那么一把年纪了，人在异乡，又无儿无女，自己手里不能没有几个钱，她不忍让她捐资！看到沈霏闷在那里，卢白莹心里觉得很不是味，便又开口了：

"沈霏姐，我虽然是战俘，但是，我问心无愧啊，我这想捐出来的钱，每一分钱都是干净的啊——我妈妈不要，沈霏姐怎么您也不要啊？哎！"

沈霏听出来了，她从卢白莹带着满怀委屈的话里听出来了：她这两三天来看在眼里的她们母女之间的那种——算是别扭吧——的缘由了。她顺着卢白莹的这一席话、这一声叹气问了过去——她正愁着难以开口细问这桩事哩：

"白莹妹，你误解我的意思了，我相信你的钱是干净的，姐也相信，你人也是清白的，可是，你刚才说啦，你妈怎么啦，你妈这两天都说了你什么啦？"

听到沈霏这么一说，这么一问，卢白莹那憋了满怀的委屈，一瞬间随着满眶的泪水奔涌而出，她把头紧紧紧靠在沈霏肩上，无声地抽泣起来。

"白莹，白莹，你别难过，这两天来，我都看在眼里，你是想哭，但你是强忍住了，白莹，该哭的时候，你就哭吧，哭过了，把事情的缘由说出来……我相信你，我30多年前就见过你，就认识你了，这么多年过去，我相信你还是当年那个纯洁的卢白莹。不管你当过战俘，还是经历过什么……人的身上有些东西，比如人品道德，比如信仰，一旦形成，那是任凭什么力量也改变不了的，任何力量也摧毁不了的——刚才土楼里那位拉着你的手送行的大妈，说得多么好，多么中肯啊，土楼里的亲人不也都相信你吗？……你当年不也是为了祖国奔赴朝鲜战场的吗，你也是党员，是吧……"

"可是，我成了战俘了，党籍就……那么丢了。"

"那是在战争环境里，那是在特殊情况下，即使在和平时期……我们许多同志不也在种种情况下丢了党籍吗……但是我们自己千万不能把它丢了，既然我们已在党旗下宣誓过……"

……沈霏大姐的这席话，卢白莹听起来怎么就如此亲切呢——对了，那是在朝鲜战俘营里，一个同是志愿军战俘的、被俘前当过连指导员的"同志"讲的，他话中的意思不是跟沈霏姐姐现在讲的一样吗？——自己不能把自己的党籍丢了——卢白莹当然知道，沈霏也是在党的人，而且离休前工作做得十分出色——如此说来，并不是所有的人都对她另眼看待了。听着沈霏那掏心掏肺的一席话，卢白莹冰凉了两三天的心热了过来了。她听出来，沈霏大姐不仅没对她另眼看待，而且听她的口气，她依然还把她当"在党"的人看待呢！

"沈霏姐，感谢你能对我说出这番肝胆相照的话……你知道吗，哎，您知道吗？我妈，要我到'上面'去说清楚，把为什么会在朝鲜战场上被俘，为什么能活下来，又为什么去了台湾，去了台湾又做了些什么……我不是不想说清楚啊，可我找谁去说啊……连自己的母亲都不相信……为什么要这样，为什么要这样看待我……这几天，我总在想，哎，当年我就不该从北汉江里被救起来啊……"

"……哎，怎么说好呢，比如说吧，战争时期，我们都随时可能被捕，那不也是俘虏吗——你的父亲，不也是，后来在上饶监狱牺牲了，可是为什么只允许战胜只许战死，而不许战败，不允许被俘虏——白莹啊，你听信姐一句话吧，只要有党在，总有一天，总会有个地方，让你去诉说的。白莹啊，你能回来，这比什么都重要，你的母亲，年纪大了，有些事，一时想不通，给她点时间吧……"

沈霏的话，重新唤起了卢白莹的希望，而且是一种更为崇高的希望，于是，她又想起了一个人；那也是她此次回大陆执意要找的一个人，一个叫曾修竹的人，那不仅是她当年的入党介绍人，而且她相信，他们当年曾经相爱过——尽管朦胧，尽管双方都没有挑明——但他或许可以聆听她的倾诉呢——她又想到了"那件事"来了：

"……好，那就还是接着谈那件事吧——沈霏姐，不瞒您说，我在台湾，走出俘虏营之后，几十年里，我也当医护，也当护工，我一个人过日子，也积下了一点钱，不多，这次回大陆，一路上花了一些钱，我估计这一程之后，还能剩下一万美元左右吧，这两天，我都跟我妈说过几次了，想把这点钱捐在永定的公益事业上，没想到我母亲拒绝了，我心里明白，她是怀疑我这些钱不干净。"此时，卢白莹的心境已经平静了许多了。

汽车正在吃力地爬坡，加上路面也不平坦，车身颠簸着，马达声很大，她们的交谈，只有她们俩听得清楚，即便坐在老车过道那一边的曾文宝也听不清她们在说些什么。

八月中秋过了，盘山公路上吹进来的风有阵阵凉意了，窗外的山坡上，不时可见片片被秋风吹落的树叶。

把这两天来的委屈说出来之后，卢白莹微微舒出来一口气。那些话，不只是憋了两三天，而是憋了几十年啊！当年在龙山餐馆用滚水把手臂上的刺青浇毁之后，她曾有过一段短暂的解脱感，她向往过，哪一天海峡两岸能互相往来了，她可以光明正大地走回大陆了！但很快地，那股长年压在她心头上的阴影又笼罩过来了。这次回唐山大陆，她从母亲这里证实了——而不是从旁人——证实了人们不会因为她身上刺青的消失而改变对她的看法——这是多么残酷的现实。

而热心肠的沈霏呢，听过了卢白莹那些和着泪水倾诉出来的话之后，心头也掠过一阵寒意，她一时拿不出更多的道理来安慰她。但卢白莹听出来了，沈霏那是用心在安慰她！沈霏深知，对于卢白莹的这种——偏见，连作为她的生身母亲的卢老师都这样，那别人呢？"上面"的人对卢老师在接待卢白莹时定下的那4点"意见"，绝不仅只是代表少数几个人的。哎，卢老师不容易，卢白莹更不容易啊！

……现在的问题是，她在卢白莹捐款的问题上，该怎么办？她能收下那笔钱吗？当然收下这笔款后，她是必须按程序向有关部门申办相关手续的，她不担心说明说清这笔款的出处，更不是担心这笔钱不干净，她是不忍心接手这笔款啊！听卢白莹口气，是还得回台湾去的，她可是一个孤老妇人了啊，她捐光了身上的钱，日后有个三长两短，急需用钱的时候，在异乡异地，她向谁去伸手啊？可要是不收下她这笔捐款，那可就是再一次伤了她的心啊，那不是把她往绝路上逼吗？沈霏沉思片刻，终于开口说出了下面一席话：

"白莹妹子，感谢你有这份心，人生嘛，总得留下点什么的，你要捐的那笔款，我会帮你把手续办妥的，你别挂意，但是，你得答应姐一件事，往后你在台湾那边过不下去了，可别硬撑着，你随时回来与姐我一起过吧，好不好？"

第十三章　恋人·商人

/ 一 /

离开永定山城，车到泉州城内时，已近黄昏了。曾文宝盛情邀请卢白莹回御桥村住到曾家大宅去，卢白莹婉拒了，她说：

"我明天得赶早上福州去，那里还有我当年的战友，这次能够回来，我必须看看去——沈霏姐姐，我们在车上商定下来的事，这两天你就多辛苦了，我从福州回来后，就把这事给办了。"

想到卢白莹这两天来在土楼里面对的那些——伤害——那些来自于她的母亲的伤害，沈霏真担心，她会想不开啊！

沈霏真是不放心让卢白莹独自上福州去，但一听卢白莹谈起那件事——种银杏的事——她放心了：她明白，人最怕的就是万念俱灰，无所牵挂，而卢白莹能牵挂着种银杏的事。那说明卢白莹对人生并没有完全绝望，而且她知道卢白莹少女时代上学的时候，在福州住过一段时间，对那里并不陌生，所以她回答道：

"种银杏的事，我来操办吧，到了福州后，有什么不方便的，你尽可去找黄杰汉先生，刚才我把他的电话、地址都给你了，在福州把该办的事办完后，就赶紧回来吧，我们多聚一聚，难得你们能回来一趟，而且我等着你回来，把种银杏的事拍板下来。"

/ 二 /

送走沈霏、曾文宝之后，卢白莹觉得很累了，毕竟是上了一点年纪的人了，前两夜在土楼里没有踏踏实实地睡过，今天又坐了一天车，洗漱后，她早早上了床，想好好地睡上一觉。

把双层窗玻璃拉上之后，外面的市声便被隔绝了，宾馆的房间十分安静。然而，她的心境却无法安静下来……38年的生死别离后，终于又见到了母亲，可是她却没有得到渴望中的那份母爱、那份亲情。她分明也感觉到了：她已不再是母亲心眼中的女儿了！母亲那种几近"公事公办"的凛然正色，将她拒之于千里之外……由此，她记起了一件事，那是她少女时代的一件事，那也是一次别离……对了，那是1947年的事了……

……那时候，卢白莹是延安鲁迅艺术学校最年少的学员，16岁，卢老师是学校教员。1947年，蒋介石调遣胡宗南部进犯延安，鲁艺随部队战略大转移，主动撤出了延安。转移期间，卢白莹与母亲走散了。一天、两天、三天，卢翠林一直没有得到女儿的音讯，孤女寡母，她们可是骨肉相连相依为命的啊！那是在战争中，战争中是任何不幸都可能发生的，包括死亡，包括永远地失踪……

4天后——经历揪心扯肺的4天后，友军部队终于将女儿送到母亲这里来了……那是傍晚的时候。那一夜，母亲是流着眼泪把女儿搂在怀里睡觉的！

……那一次的丢失，仅仅是4天，而这次"丢失"，这一次死而复生的丢失，却是38年！38年来，她魂牵梦萦的，不就是有一天，能回到故土，扑进母亲怀里，把自己几十年来人生的委屈，生活的不幸，向母亲诉说一番，靠在母亲的怀抱中尽情地大哭一场——哦，母亲啊母亲，难道你忘了吗，我是您的莹儿啊；我是您丢失了38年的女儿啊……

38年——她从海的那边，终于跨过海峡寻到土楼来，寻到母亲脸前来的时候，母亲却没有张开双臂把她久久地拥进怀里！——她已经收回她的爱了吗？——就因为她在战场上成了俘虏；就因为她当了俘虏后又活着回来了？她感到不公平，她感到委屈——那是一场战争啊，那是一场大战啊，那是一场什么事都可能发生的大战啊——

——她只能一步三回首地凄然离开了土楼，上了前往泉州的长途车。

回御桥村吗？她在御桥村已没有了近亲，故乡对她来说是陌生的。当年，从母亲的口中，她简略地知道了自己的家史：从她太祖父的那一代人起，就离乡背井去了南洋谋生，此后就在那里落地生根。直到她的父亲，在"九一八"事变那年的深冬，因了祖国的召唤，才又回到了唐山。她还在母亲腹中的时候，父亲就为了他的信仰而献身了。她在御桥村，可以说是举目无亲了。在离开台湾，回向故土的时候，她曾萌发过不再回到台湾，从此在土楼里住下去，陪伴着风烛残年的母亲，一同度过人生最后时光的念头。可是，几天来，母亲那种凛然的不容亲近的正色，令她的心——碎了……还在台湾的时候，当她用刚烧开的水浇毁手臂上的刺青之后，她曾有过一种洗去历史"污点"的解脱感，但很快地，她又有了一种并没有真正解脱的感觉，至于不能使她彻底解脱的是什么？她又说不上来了。直至回到了大陆，回到故土，见到了母亲——她才从母亲那里理解到，是"什么原因"使她不能彻底解脱了！那是"什么原因"呢，她又说不明白了。或许那"原因"首先是从母亲那里生发出来的，所以她就不敢，也不忍去想明白那是什么"原因"了！

/ 三 /

离开唐山大陆38年，许多人事似乎都已淡忘，可是，回来后这些日子，那些远去了的、淡忘了的人与事，又一样样回到眼前来了。

此次回来，除了已寻到的母亲之外，她还必须去寻觅一个人。那是谁？那是当年给了她芙蓉石雕羊佩件的人，她能不想他吗？那是第一次拨动了她少女心弦的异性啊！在朝鲜战场上的枪林弹雨里；在巨济岛俘虏营；在海峡彼岸台湾的那些盼不到头的，漫长的断肠的岁月……几十年了，她甚至是以命相许，将那枚精美的芙蓉石羊雕保存了下来。

——这是一个名叫曾修竹的男性战友赠给她的啊——那佩件已融入她的身心，成为她生命中的一部分了。多少个孤单无助凄风苦雨的日日夜夜，除了母亲之外，她最常思念的人便是他了——而这次回到唐山故土，因了母亲的冷淡，她对于他的思念便愈加浓烈了……

/ 四 /

啊，那远去了的，少女时代刻骨铭心的记忆啊……

1950年初春，卢白莹考上了福州军政大学。母亲特意从泉州赶来，送她到军政大学报到。在白莹的记忆中，这是母亲空前的一次举动，从她懂事开始，母亲总是有意无意地促使她独立地去做自己该做的事。如今，她长大了，她已过了19岁的生日，母亲反而一路赶来将她送到了福州郊外的军政大学——母亲或许预感到了什么；预感到了这将是一次生死别离？在军政大学的校门前，她紧紧偎着女儿留下了一帧合照，这照片，后来就放在永定陈东溪土楼神案上卢白莹的木主前。

……在泉州宾馆的这个夜晚，仍然是个辗转难眠的夜晚，她心潮起伏，情绪难定，那过去的38年，促使她回忆；促使她思想的事情实在是太多太多了……

……她终于迷迷糊糊地睡过去了……

……

第二天，她早早去了长途车站，乘上了去往福州的长途客车，在车上差不多又颠簸一天……

终于，客车来到一座大桥前来了。

/ 五 /

……福州城到了，卢白莹清晰地记得，38年前，来福州时，汽车抵达乌龙江南畔，是要停下来，然后驶上一艘巨大的驳船，由船载着汽车横渡江面，才能进入福州城……如今，乌龙江上早已架起了壮丽宽敞的乌龙江大桥。汽车从桥上驶过，很快就进入了福州城区。当年，在北畔傍江而建的是一群群低矮的杉板小屋，现在小杉板屋已不见踪影，取而代之的是一座座高楼大厦……

1988年秋天，夜幕里的福州城，灯火辉煌。

又一天过去了，回台湾的日程还剩下几天的时间呢？卢白莹这才想起来了，她这次来福州是不是太贸然了，几乎是在赌气——跟谁赌呢？跟命运？跟母亲？她又说不上来了——她来不及细想，她现在所要想的是，38年了，她没有曾修竹的任何音讯，当然更不知道他的地址了，偌大的福州市，她上哪儿去找呢？这比大海捞针还难！

她没有奢望过曾修竹还在等待她。她深知，她当年在朝鲜战死的消息一定会传回到福州这边来的，曾修竹一定会有所闻！她甚至没有奢望过曾修竹还会记得她，38年了，一个人的脑海即使再深广，新的记忆也会将旧的记忆挤出去的。

——果真如此吗？那她卢白莹为什么会在38年里，牢牢地记住了那个叫曾修竹的人？

——啊，那是为了什么啊——只为了38年前他那深情的一眸，38年的等待，千里万里，她寻到福州城来，就只为了追寻，他给过她的少女时代的那深情的一眸？

/ 六 /

卢白莹用护照在可以涉外营业的华侨饭店登记住宿了一夜，尽管价格不菲，但卢白莹还是付得起的。1988年的省城福州市，还仅有华侨饭店可以接待外籍人员以及中国港澳台来宾入住。她是1958年被台湾那边解除战俘监管的，形式上获得了自由。她先是在战俘村一处简陋的医疗所当护士，虽然不是科班出身的医护人员，但经过朝鲜战场上那些磨炼，她的医护技术让科班出身的医护人员都相形见绌，更重要的是她所提出的薪酬出奇的低廉：只要付得起房租和三餐开支。几年之后，桃园成立了荣民医院，卢白莹又应聘当了那里的护士，那里薪酬高多了，这些年来，白莹多是为朝战与金门战役的大陆俘虏提供服务。对于卢白莹来说，那种环境多了一种亲切感——那些人大多是大陆过来的。卢白莹在那里服务了整整30年！

几十年来，她回归大陆的希望一天也没有消失过，她一直在等待着大陆解放台湾的那一天，她深信这一天迟早会到来的！所以，在荣民医院工作的那些年，她几乎是一分钱掰两半用，为的是积回到海峡彼岸故土的那笔钱。30多年节吃省穿的积累，就为了回归的这一天。30多年，她积下了整整两万美元。

秋天日短，卢白莹到华侨饭店安顿下来后，已经入夜好久了，她一看大堂墙上的挂钟，竟然已近北京时间晚上9点了。

来到房间里，她又开始犯愁了：明天上哪里去寻找曾修竹？她想到从当年的"军政大学"找起，但是问到服务总台，那些年轻的女服务生们都一脸茫然，不知所以。看到她失望的样子，一个女孩安慰说："你先别急，我给你查查114。"电话很快挂通了，"114"那边回话说"对不起，目前没有登记这个用户的电话号码。"

真是时过境迁啊，"军政大学"当年可是个大单位，几乎所有福州人都知道它的存在，现在却被人遗忘了。再说啦，即使军政大学还在，38年过去，校长和教官都该已换了几茬人了，谁还能记住曾修竹——就如同谁还能记住她卢白莹。

但既然千里迢迢找来了，就要找个水落石出！

做出这个决定后，她又一次下楼来到服务总台，求服务生帮她找一部明天到寿山乡的计程车，服务员小姐告诉她：

"这里到寿山乡路程不远，路上不耽搁的话，来回不到两小时。"说着，那位小姐便给的士公司挂了电话，得到的回话是：寿山乡那边，明天要到12点以后才通车，因为拓宽路面，12点以前，那里封路炸石。"您看哩，要中午12点以后，那边才放行。这样吧，我们酒店餐厅11点就有自助餐供应，您先用过午餐后再上路，明天让的士12点来这里接您，好不？"

/ 七 /

第二天，计程车司机非常准时地来了，车临开动的时候，服务台的一个服务小姐拿着一个本子追了上来，帮她谈妥了价钱：不打表，从出发到晚上8点，车费250元。末了还再三交代：

"这位师傅，请您一路上多多关照这位台胞阿姨，我们记下了您的车号。"

"请放心，没问题。"的士司机回应着，关上了车门。卢白莹听着，很是感激饭店的周到服务，对客人的入微关照。

计程车在城内横竖直左右拐了几次弯，终于走出了市区，卢白莹能够分辨出来，车是朝北方向驶去的！

没错，寿山乡是在福州市区北郊。她清晰地记得，当年在军政大学的时候，一次军事拉练，她曾随部队到过寿山乡。那是1950年夏天的事了。她记得，寿山乡是崇山峻岭中的一个盆地。那时候，曾修竹还没分配到他们班来，后来，因了曾修竹的出现，因了曾修竹的家乡就在寿山乡，那一次军事拉练，便牢牢地留在卢白莹的记忆中了。

台湾人"玩"寿山石的热潮是从20世纪70年代后期兴起的，那些年，不时有香港、澳门的商人通过各种渠道把寿山石工艺品运到台湾去，而且价格一天天往上涨——卢白莹"玩"不起寿山石，也没有那份心情，她之所以有时候也关注这方面的信息，那完全只是因为她胸前戴带的那枚芙蓉石羊雕挂件出自寿山——出自从寿山乡出来的那位名叫曾修竹的人！

现在，计程车就行走在去往寿山乡的路上，车内的卢白莹一直注视着窗外那些山，那些树，那些淙淙的河溪。她在记忆中极力地寻找她少女时代曾经步行过的这段路程；寻找留在她少女时代记忆中的那个叫——曾修竹——的人。

——那会是她的初恋吗？那个个子高高的、身体结实的年轻人——他是个很能够体贴人，很能够惜爱人的男人啊——她会忘记吗？当年，作为志愿军战士，在前往鸭绿江畔集结时——那一天她坐在军车里，临开车前，是他要过她的水壶这样说的啊：

"白莹，把水壶递下来，天气凉了，我去换一壶热开水来。"——他接过她从车窗上递下来的军用水壶，一路跑出去很远很远。终于在汽车开动前，他果真换上满满一壶热得烫手的开水，踮起脚跟，把水壶递到她手中。

这壶水，在卢白莹的心中温暖了 38 年……

"到了，"——卢白莹听到前面计程车司机这样说，"这里就是寿山乡石雕一条街，如果你要找的人是正宗的寿山乡人，在这条街上，你准能问到的。"

/ 八 /

寻觅曾修竹的过程，比卢白莹想象的要顺利得多，沿着寿山石雕一条街往里走，卢白莹只问了三个经营寿山石的店家，到第四家，就问出了曾修竹！

那是一处偌大的店面，迎街的门面上，挂着一方牌号，上书"修竹寿山石雕艺术馆"！

——"修竹"？

这果真会是他吗？

她抬起头来，对那牌号注目良久，然后，她深深地吸了一口气，再缓缓地呼出来，让自己的心跳平稳下来。

她走进店里。

……她终于听到一个女孩（年轻的女营业员）这样说：

"……是的，——就是广告上打的，牌号上写的修竹寿山石雕艺术馆，'修竹'就是我们老总的名字，我们公司老总名叫曾修竹。"

真的就是他？

她站在那里，环顾四周，只见偌大的店面很是堂皇，摆满各色各样寿山石工艺品的，是一色大小的铝合金玻璃柜，每一个玻璃柜都闪着锃亮的银光。五六个营业员，统一着装，都是年轻的女孩。

会是他吗？——卢白莹心里这样想着，口里也就这样问了出来：

"我要找的曾修竹可是当过兵的，对了，是当过解放军的，今年应当是 60 岁以上了。"

站在一旁的女孩，很有礼貌地上下打量了一番卢白莹：

"不错，我们曾总年轻时当过兵——"她指着迎面墙上不高不低地挂在那里的一帧放大了的照片说，"看，那就是我们曾总年轻时代的照片——旁边那一幅，是我们曾总当选优秀企业家时与副省长的合影……"

坐店女孩说出来的那后半句话，卢白莹已经没有听进去了，她的双眼落定在那个穿着 20 世纪 50 年代军装的青年军人照片上！

是他！

而挂在旁边的，那张与副省长合照的相片，卢白莹似乎没有发现。

是他，是的，真的是他！那相片照得太逼真了！

……那照片一下子又把她拉到了38年前，那个年轻的，那个燃烧着青春之火的年代——她立即记起了那个挤出人群，把一壶滚烫的开水高举过头，递上车窗的年轻军人——那只军用水壶在跨过鸭绿江，在朝鲜战场上，她是一直贴身背在腰际上的啊！令人心疼的是，当年在横渡北汉江，在她饿昏过去之时，那只军用水壶随江水漂走了……

……还有……当汽车开动时，他从含着几近是童真的泪水的双眼里投过来的充满柔情的一眸……

当然，还有啊——那枚她至今还挂在胸前的芙蓉石雕羊佩件……

……哦，这就是初恋吗——那些初恋的记忆尽管已远去了38年，可是，每一项细小的情节都那样刻骨铭心……

她的眼眶一阵潮热，两汪滚烫的泪水涌了上来……

……随后她清晰地听到了——坐店女孩的一声亲切的叫唤——耳边响起的这一声清晰的叫唤，把她从遥远的温馨的记忆里拉回到现实中来；拉回到1988年的秋天里来了：

"阿玲，你快过来，这个客人，找你阿公呢。"

——"阿公"！——她心里猛然一震——如此说来，曾修竹当了祖父了！

一种莫名的惆怅涌上了心头。

随后，她深深地后悔了；后悔此次寻觅曾修竹的福州之行——这是不是有点荒唐？凭着38年前那枚芙蓉石羊雕挂件；那一壶滚烫的开水；那带泪的深情的一眸——她记住了这一切，可他记住了吗——他都当上祖父了！

这必然是一次万分尴尬的重逢，正当她想落荒而逃之时，突然从店堂后墙那边，一个声音传了过来：

"欢迎欢迎，欢迎光临，是哪里来的贵客，阿玲，怎么没有备茶？"——那是一种洪亮的，底气很足的男中音，那声音里带着一种吸引人的悦耳的磁性——那是一种学过声乐的，而且是造诣甚深的"音乐人"的声音——卢白莹认出来了，那是曾修竹的声音！

/ 九 /

——38 年了,那声音居然还保养得那么好,没有一点"老气"。

卢白莹正这样想着时,"那个人"已经走下楼梯,走了过来!

这是一个满脸红光、气色很好的男人,虽然可以看出来,他已经到了发福的年纪,但腰身依然挺直,身材因而显得魁伟,丰满的脸上甚至找不出皱纹。除了有些秃顶——除此之外,他身上没有一处能够露出他年龄破绽的地方。当然,他的穿着也是——够"派"的:银灰色的西装,西装内是紫色的衬衫,一条几近黑色的深蓝领带;脚上,是一双崭新油亮的深棕色皮鞋。1988 年,不仅在寿山乡,甚至在福州城内,这样的一身穿着也是足以令人刮目相看的。当然,在这个时候,卢白莹已完全把眼前这个被刚才那位女孩称为"你阿公"的男人认出来了——他无疑就是曾修竹了!

"这位客人,——噢,打的士过来的,一定是远道的贵客了,要寿山石货——你算找对了地方。我这里,货色齐全,雕工师傅的工艺水平也是绝对上得了台面的,走,过去那边用茶。"

而后,他十分恭敬甚至有点卑微地一摊手,将卢白莹引进了设在店堂左侧,那间单独隔出来的,装饰得既豪华又典雅的待客室。

卢白莹站定一看,那里面,除了真皮沙发之外,几乎所有的用具、摆设,都是精品寿山石制作的。一位专事接待的女孩撕开了一个小小的锡膜包,立时,就有一股清新的茉莉花香扑了过来。

"这是刚上市的高山茉莉花茶,我这里用的茶,都是生长在海拔 2000 米以上,没有现代工业的污染。"曾修竹说过这句话后,看到卢白莹正注视着女孩手上那茶壶——既不是紫砂壶,更不是瓷壶,泡上水后,那茶壶便显通透,里面的茶叶隐约可见,"那是高山冻石凿作的,在泡茶的过程中,它会析出有益人体的微量元素。你看,高山茶叶配上高山冻石茶壶,这叫相得益彰,这位——尊贵的女士,您是从哪里过来的——"卢白莹伸手接住曾修竹递过来的茶盅之时,抬了一下眼皮,发现他的眼光正落定在自己脸上。

"他认出我来了吗?"她心中不禁一震。

然而,她听到的却是,"这只茶壶刚刚几个月前,就有一个台湾客商出价 15 万元,我舍不得转让。"

"他显然是没有认出我来。"——这使得卢白莹感到有些失落,她又听到了曾修竹说着他的高山冻石茶壶——"现在，这种精品的料越来越少了，它的价格还得往上涨呢……"

看到曾修竹还一门心思放在茶壶上，卢白莹有些失望了："38年了，从海边……寻到这里来……你真的记不起我了吗？"

她终于叫了出来："小曾——修竹，我是白莹啊，当年军政大学……的卢白莹啊，你真认不出来了？"

他提着茶壶的手停在胸前，眯起双眼，慢慢地在卢白莹身上看了又看，最后看定了她："——白莹……小卢！你，当年，不是在朝鲜……"

看到曾修竹把关键的那半截话含在口里说不出来时，卢白莹很坦然地接了下去：

"——不是在朝鲜——死了吗？"她顿了顿，接下来的声音却颤抖了，"可是，没有死，当了俘虏，这不是，厚着……活着……回来了……"她本想说"厚着脸皮回来了"。

——她又想起了母亲看到她当了俘虏又活着回来时的那种异样的表情——那是一种让已近花甲之年的卢白莹大困不解的表情——是失望？是无奈？是轻蔑？——或许什么都不是，但更可能什么都是！

那么，当年的这位——战友（或许也可称为恋人），会带着一种什么样的眼光，来看待她的那段战俘人生；还有几十年的，在台湾的那些不堪回首的历史？——他会不会以如母亲那样的眼光看待她？

倘若如此，那么，她的这次寿山乡之行；这次寻找她的少女时代初恋的行程，可能是自取其辱了。

然而，卢白莹的这份担心显然是多余了。

在听到卢白莹的自白之后，曾修竹的眼光在她脸上停留了片刻，随后便认真地从上到下地又把卢白莹打量了一番。

此时，已是秋凉了的季节。曾修竹看到的是一个穿着一袭深紫罗兰色真丝面料秋装的女性，她脚上的那双半高跟鞋，显然也不是普通皮料制作的——呈现在他眼前的，是一位穿着考究、气质高雅的女人。

曾修竹从下到上又将卢白莹打量了一番，后来，他发现，她的做工极其精细的，挺直中又能显出柔软的衣领上，顶扣是敞开的，敞开的衣领里，她的脖颈上，有一圈细细的白金项链，那项链显然很短，但却是十分恰到好处地，把一枚芙蓉石羊雕悬挂在脖颈上。

卢白莹显然也注意到了曾修竹正在注视着自己脖颈上的那枚佩件：

"你认出来了吗？这枚羊雕是当年你送给我的——在我去朝鲜之前，你递进车里来的。"她说着，把那枚羊雕佩件解了下来，递了过去，"你认一认，都 38 年了，它一丝不损，你记起来了吗？"

"记得的——这是一块上好的芙蓉冻石雕成的，"曾修竹接过佩件，细细地观看着。接着，他举起一把随身带着的钢笔大小的强光手电筒，贴在佩件上认真地透视着，"你看，这石料，通透得像十分水种的曼德勒翡翠，"接着，他又从身上掏出一个小小的放大镜，小心翼翼地审视起来，"这是高倍数的放大镜，居然看不到一丝瑕疵……这是一件道地的极品，38 年过去——你是一直佩在身上的吧？怪不得它表面裹上了一层厚厚的包浆。这就更显贵重了！像这样的石料，眼下在寿山是很难找着了——"他一直把那枚羊雕佩件握在手里，左手拿过来，右手拿过去，而且一直说的是关于那枚芙蓉冻石雕件，仿佛忘记了卢白莹就在身旁。

终于，卢白莹忍不住开口了："其实，我觉得更加可贵的还是那壶水，那一军用水壶滚烫的开水……那一天，你是跑出去了很长的时间才又跑了回来的，跑到车旁来的时候，你额头上都冒汗了……那一天的天气可是真冷的啊……"

"军用水壶——开水——我记起来了——那一天，确实是很冷啊，我跑出去足有一里路啊——那年头，我们要多单纯有多单纯，简直是单纯到了有点傻的那种单纯，是不是？你当年要是没有去朝鲜，凭你的实力……你不后悔吗？"

听到曾修竹谈起过去，卢白莹禁不住凄然一笑：

"人生的路，往往是由不得人的——我没想过我会当了战俘，而你却做了商人，把生意做得这么大。"

"我算还过得去吧，倒是你可惜了，你知道吗，眼下在大陆这边——娱乐市场上，一个差不多的歌手，出场费就是几万元，而且还在往上涨，就如同上品的寿山石，更别说精品极品的石料了——就比如这枚芙蓉冻石羊雕佩件吧，完全称得上极品的料石，它的身价绝不亚于田黄。"曾修竹又把话题落到寿山石上了。

卢白莹听着，满脸茫然了："可我完全不知道这寿山石的品价是怎么回事，至于歌手的出场费——我已多年不唱歌了。"

"是啊，这真是非常可惜的事啊。"曾修竹也陪着卢白莹叹了一口气，但随即，他又说到那枚羊雕佩件上了，"我可以肯定地告诉你，这枚羊雕的现价，绝对是在这把高山冻石茶壶之上，要是我再在上面镂上我的名字，注上 1950 年，那身价就更高了，你不反对吧？"他说罢，变戏法似的又从身上摸出一把如火柴杆粗细的小刻刀，在羊雕佩件上镂下了自己的名字，曾修竹是去年被评上国家级寿山石雕大师的。收起那把细细的刻刀，他又把那佩件看了又看。

接着，曾修竹突然话题一转，问道："噢，忘记问你了，此次来福州，你住在哪里？"

卢白莹终于等到曾修竹的话题从寿山石上转移到她身上来了："住在华侨饭店。"

"华侨饭店，那可是价格很昂贵的饭店！一个晚上几百元钱，是比福州副市长一个月的工资还高啊！"他顿了顿，又接着说了下去，"不过也是，台湾眼下经济也发展了，那里现在不再是水深火热了吧？"说到这里，他把那枚佩件交到卢白莹手上。她接了过来，可是直到离开寿山乡，她都没有再把它穿到胸前的白金项链里——当年曾修竹交给她时是穿在一条红头绳上的，日久天长，卢白莹已换过几次佩带了，后来，她买得起了，才换上了这么一条再不会断落的细细的白金项链。

"近年来，我这里也接待过几位前来光顾寿山石的台湾老板，不管是挑几件的，还是做批发的，都像钞票是自己印的，钱哗啦啦地响，眼皮都不眨一下。"话题终于又回到卢白莹身上来了，"你，这几年，在台湾那边发展了什么事业？看你能把这枚如此贵重的芙蓉佩件保养得这样完美，你不会是做寿山石生意的吧？否则，不会一回大陆，就找到寿山乡来吧？"接着，他又问道，"怎么，你的——先生，怎么没一起来大陆走走？"

听到曾修竹这个问话，卢白莹禁不住心里一阵发冷："先生？什么先生？——我至今仍是独身一人。"

"噢，这不奇怪，我见到不少——女强人，往往都一心扑在事业上了，连个人的终身大事都顾不上了，干大事业的人嘛。"

他更像是在接待一个顾客——一个从台湾过来的大客户——他把她想象成了这样的女强人、大客户。这使她感到有点——滑稽，但更多的是感到一种酸楚。

——他怎么可以做到那样从容不迫地，面对久违了38年的青春时代那段——初恋——应当可以称之为初恋的——回忆？而且，那个如今早已老去了的少女就站在你面前？

而且，关于她38年的生活的历史——在朝鲜战场上枪林弹雨中的出生入死；在巨济岛上俘虏营的那些不堪回首的日夜；在台湾岛上"反共义士之家"直至"荣民之家"的那些令人断肠的岁月——他甚至都不屑一问！

当年，作为一个俘虏；作为一个正处于妙龄花季的美丽的女战俘，她要"完整"地活下来，她能"完整"地活下来，那需要付出比其他男难友更多的磨难，她需要更多的智慧与勇气！在经受那些磨难的时候，支撑着她的力量，除了信仰之外，那便是亲情了——来自母亲的，而后，就是曾修竹了——那难道不是一段初恋吗？

尽管短暂；甚至只能算为瞬间。

/ 十 /

盼了38年，走过了38年的人生，老了，她带着少女时代的那份短暂得几乎只是瞬间的初恋，跨过海峡寻了过来——他却似乎早已淡忘！是真忘了，还是（因为已当了祖父而）"假忘"了——对于卢白莹来说，曾修竹的真忘或者假忘，都是相同的一回事……

……她离开了土楼，直奔福州而来，并顺利地找到了她的初恋，然而，他从一认出她来之后，直到此时，他一直谈的几乎都是"商业"上的事，他既没有提到她的过去的磨难，也不问及她目前的处境——他是让旁人当着她的面被称为爷爷而尴尬吗？那肯定不是，他无须尴尬，因为已是38年过去；更因为她已"死去"了……

38年中，在异国在他乡的那些凄风苦雨的岁月，她，一个孤单无助的女人，有多少次，哪怕是对一棵草，哪怕是对一块石头，都想抱住倾诉一番，痛哭一场啊！

她终于回来了，终于又见到了曾修竹——如果当年他那深情的一眸能够视为初恋——尽管朦胧，尽管双方都没有点破，但你能说，那不是一种心心相印吗？

可他显然已经忘却了！

——她感到胸怀里塞满一种难言的酸楚，她久久不再作声。

……

"你难得回来一次，走，去看看我的工厂，就在后面。"她听到曾修竹这样说。

随后，她几乎是被人推着，跟在曾修竹身后，走进了他的工厂。

/ 十一 /

迎面坐在厂门内的，是一座硕大的——笑容可掬的，袒露着滚圆胸腹的财神爷。

"这是寿山老岭洞石雕成的,高两米八,现在寿山上像这么大的料石再也找不到了。"曾修竹在一旁介绍着。

绕过财神爷,便是曾修竹所说的工厂了,那场地估计在300平方米到400平方米之间,一排排摆得很整齐的车床,有几十台的样子。此外,是几张坚固的木制工作台,几十名工匠,都在车床前或工作台前忙碌着,有的站着,有的坐着。在正面墙壁上,挂着一幅巨大的红色牌匾:

"认真工作,多出精品,多拿奖金,你好厂好。"

"这里有7个师傅,跟我多年了,能出精品,什么是精品?经过我亲手挑选,"他放低了声音,"最后一道工序,这些挑出来的精品由我亲手镌上'曾修竹'三个字,能卖到多出三倍的价钱,这是商业——机密。"

"欺骗!"卢白莹的心里突然感到一种厌恶,一个见不得人的词儿在她脑中闪现出来,但她忍住了,没有说出来。

这时,有一个女人走了过来,轻声地对曾修竹说:"菜准备好了。"然后,她转过身来,彬彬有礼地对卢白莹说:"过去用点心吧。"

"噢,我来介绍一下,这是我的——内当家,内部的事务都由她——策划,你就叫她小陈吧。"

听到曾修竹的介绍,卢白莹不禁多瞄了那小陈一眼:看上去有40开外了,细皮白肉的,长得很富态。

"这么年轻,就当上祖母了……"

卢白莹不禁感慨起来,她想到自己的孑然一身。

"用了点心后,我们去看看石料场,就在不远的山头上。"曾修竹与他的内当家小陈几乎是异口同声地说。

说话之间,曾修竹又把卢白莹带回到前面的店堂里来,把她带进那间豪华典雅的"迎宾室"里来了。

"来,坐吧,这是正宗的马来西亚南岛的金丝燕窝炖银耳。"曾修竹招呼卢白莹坐了下来。

"你不必这么破费,这是很昂贵的东西啊。"

"是贵了一点,这种燕窝,一两重要300元人民币。"

卢白莹虽然没有一点胃口,出于礼貌,她还是把那一小盅燕窝银耳汤喝下了。曾修竹再把那些精美的点心推到她面前来的时候,她却再也没有动了。

对于曾修竹要带她去参观他的原料石窟的提议,卢白莹实在是一点兴趣都提不起来了,但她还是答应了。当然,那还是出于"礼貌"。她现在想的,是如何不露声色地把那枚昂贵的芙蓉石佩件归还原主了——既然他已道出了它的身价，她也就无须再保存下去了。

/ 十二 /

　　曾修竹所说的石窟，果然就在不远的山上，计程车开到街尽头，再走出两三公里平坦的乡下公路，便上了山坡。不到10分钟的盘山路，顺着曾修竹的手指望去，卢白莹看到那个石窟已经朝内掘进去十几米深了，不时有手推车把石料运出来。

　　"这都是上乘的善伯石，有20%以上的冻料，大部分是加工珍品的料石，这上面还有一个洞，我看过了，将来那开出来的料中，肯定要比这个洞的冻料多——冻料，你会懂的。"

　　"我不懂，我不是做生意的，不是做寿山石生意的。"

　　听到卢白莹的话，曾修竹似乎有些失望，但马上他又恢复了常态："不懂不要紧，可以慢慢熟悉嘛，谁生来就懂的——可惜了，我的场面铺得太大了，资金有点紧——嗯，是周转不过来，乡里目前有几个较大的石窟就要投标了……寿山石工艺品正在越走越远，走出国门了，优质的料石资源将会越来越稀缺，所以价格将会很快飞涨起来，投标承包石窟，投到就是赚到……"

　　旁边的那位"内当家"，非常及时地把"外当家"的话接了过去："大姐，你是，修竹的老朋友，不，该说是老战友了，你该会信得过他的……"

　　"这些年来，我一直在观察，台湾是个很大的寿山石消费市场，但是两岸来往不方便，所以嘛，以前产品都是通过澳门、香港的客商转运。近一两年来，陆续有台湾的客商直接来寿山进货了，所以，我常常在想，能否直接在台湾那边设个窗口，也就是产品经销部了，但又苦于在那边人生地不熟的，我有这个想法，别人也能想得到的……现在都时兴时间就是金钱的说法，就是这个道理，你说呢？"

　　"……这样的话，我们当年——年轻的时候，不仅没有听过，没有说过，想都没想过。"卢白莹讷讷地说。

　　"不是吗，我们当年太单纯了，单纯到——痴呆的境界，整天都是理想啊、奋斗啊……什么都可以放弃，现在想起来，真是太可笑了。那一切，不都是水中月、镜中花，都是虚的……白白浪费了青春？"曾修竹又说到了"单纯"两个字。

　　"那么，什么才是实的哩？"

"经济！这才是实力，才是实实在在的东西。拥有实力，才是成功的人……有了'经济'，你才能活出尊严——喂，白莹啊，几十年不见，你是从台湾过来的，但是我看你，还像当年，那样——清高。"

"我怎么说呢，我只是个普通的医护工，用我们当年的话说吧，我至今还是个无产阶级，我说过了，对生意场上的事，我实在是不懂啊。"

"无产阶级——"曾修竹拉长了声音，同时又瞄了卢白莹一眼，"怎么说都不像，再说了，'无产阶级'，现在都过时了——怎么说好呢——没有含金量了，贬值了，落伍了，你不能没有财富，你要活出人的尊严来……"

"你要活出人的尊严来……你把自个儿定位成什么了呢？"卢白莹忽然调侃了一句——当年在军政大学，战友之间不也常相互善意地调侃过？

"我吗，这不是第一次听到有人这样问我呢——这样说吧，红色企业家，这是去年与我合影的那位副省长给我的定位。"

"红色企业家"确实是一位副省长曾经说过他的。回应了卢白莹的调侃之后，他又回到正题上来了，"我想，我们是可以携手合作的……不懂可以学，你以前不是唱……音乐方面的吗？现在不是也转行到医学方面了吗？我看得出来，你是有成就的——有能力回到大陆来观光旅行，都是成功人士……"曾修竹在说着这些话的时候，双眼又一次不显山不露水地在卢白莹身上转了一圈。

曾修竹这些十分现实的话，对于卢白莹来说，却是不着边际的，她如在云里雾里，不知道如何回答。从踏上唐山大陆之后，直到昨晚在华侨饭店的几乎彻夜不眠；她对这次寿山乡的寻找曾修竹之行，一直充满着一种美好的向往。

38年来，曾修竹留给她的一直是那么美好的记忆！这种"美好"，直到刚才她从那个女孩口中听出他已当上"阿公"时，都一点没有减失！——"爱"，不一定必须"拥有"。

然而，随着他们接触时间的延长，随着他滔滔不绝的言谈，深蕴于卢白莹心中38年的那种"情"，那称得上如火如荼的"情"正在渐渐趋于冷却。一直到了这座善伯石料窟之后，她心中那股"情"已烟消云散了。曾修竹两口子对于此处石窟的详尽介绍，她已心不在焉了。她几乎没看到什么，也没听到什么了。她突然有一种感觉，从走进"修竹寿山石雕艺术馆"到寿山石窟，一路上她似乎是被绑架着走过来的……

终于，她听到了"内当家"这样说：

"白莹大姐，日要落了，秋天日短，我们该回去用晚餐了。"

实在地说，卢白莹一点胃口都没有，尤其是回到"修竹寿山石雕艺术馆"去用晚餐。但是，一来她想到了那位非常厚道的计程车司机，也该吃晚餐了。既然寻到了寿山乡，寻到了曾修竹家中来了，总不能带他到街上的饭馆去用餐吧？那太过分了。二来是，如果此时不回到"修竹寿山石雕艺术馆"，而直接回福州城，那么，她决定要做的那桩事就没有机会做了。

/ 十三 /

从石料窟回到修竹寿山石雕艺术馆来时，已是黄昏了。

卢白莹招呼计程车司机一起坐到餐桌上来，她在一旁劝着他别客气，多吃菜。同时，出于礼节，她自己也时不时地夹上一两口，这期间，在众人不知不觉中，她把刚才决定要办的那桩事办妥了！饭后，卢白莹站了起来，打开随身携带的手提包，从里面提出了一个包装得很讲究的红绸包，递给了曾修竹：

"这趟回大陆，我也没……把握能否遇到你，只给你——您们带了这么一点东西，不知道您们喜欢不喜欢？"

曾修竹把那个红绸包在手中一掂，觉得很压手："您还这么客气，从台湾那里带了礼物过来。"他说着，解开了红绸包，里面是一大节红得发紫的珊瑚。他打开吊灯，在明亮的灯光下反复地翻转着看了一会儿，十分在行地又接着说："这是正宗的深海珊瑚啊，这么好的颜色，这种品相的红珊瑚，无论在哪个港口，价格都在一天天飞涨。"

那是一把扇形的红珊瑚，有成年人的手掌张开时那般大小，那是卢白莹特意从澎湖湾的古艺市场买来的，确实很昂贵，但卢白莹没说出来。

说话间，曾修竹两口子已经把卢白莹送到门外的计程车旁来了，在卢白莹踏进车厢时，曾修竹又把一些话重复一遍：

"想好了，早点拿定主意回来投资吧，寿山石是一门好生意，可以从小到大，几万美元开始，也可以大手笔，一下子全面铺开……台商投资，我们可以享受很多优惠政策。"

对于曾修竹再三再四重复的这些话，突然之间，卢白莹竟感到有一种莫名其妙的——似乎是一种要倒胃的感觉。她没有回答他，她又能回答什么呢？

她按下车窗，伸出半边脸去。她努力让自己平静下来，以一种平静的而且十分礼貌的口气告诉他：

"修竹，38年了，至少你还记得起我，这，我已经很知足了，至于投资做寿山石生意的事嘛，我说过了，我至今还基本是个……无产阶级——那枚芙蓉石羊雕佩件——现在该物归原主了，刚才，我将它压在桌巾下了，等下收拾餐具时，记得小心点。"

计程车在此刻动了起来，及时朝前驶去了。

/ 十四 /

车到福州城区时，天已经完全黑下来了。

此时正是华灯初上，城区内万家灯火。卢白莹按下车窗，想把这座久违了的城市看得清晰一些，这才发现自己眼前模糊一片：她不明白自己什么时候让泪水涌了出来，也不明白自己为什么会有一种莫名的伤感。她掏出手巾把双眼揩干了：

"这位小师傅，你能带我在城内多转一会儿吗？我不想这么早就回饭店去——我可以另付钱的。"

"阿姨，您想去哪里呢——车费，倒是不用另加了，下午来回一趟寿山，其实也没跑多少路，油耗得很少。"

"我也不特意上哪去，只是想多看这座城市几眼，如果方便的话，最好前往老城区南门兜一带绕一绕。"

"哪有不方便的——那就往五四路那边去，再经五一广场，到五一路，然后到江边码头一带，行吗，阿姨？"

对于计程车师傅报出来的那些路段，卢白莹一无所知，只有江边码头一带，她能猜出那一定是闽江边了。

"那就辛苦你了，小师傅。"

卢白莹按下车窗，多姿多彩的市声与夜风一齐迎面涌了进来。对于1988年的卢白莹说来，阔别38年后，福州城里的一切都变得陌生了：城市、道路。人呢？更尽是些生疏的脸孔——包括当年的那个曾修竹，也生疏了。

计程车按着车师傅报出来的路线，走过了一条街又一条街，经过了一个十字路口又一个十字路口。

后来，卢白莹发现车窗外的灯光疏了许多，而且迎面吹进来的风有了丝丝凉意，随后，她听到车师傅说道：

"阿姨，江滨路到了。"
……

1950年的时候，福州城没有江滨路这个叫法，但卢白莹心里清楚，这里是闽江边了。

她先是吩咐车师傅把车开得慢些，再慢些。她想细细地多看一看记忆中的这条江。

后来，她让车停了下来：

"小师傅，你可以回去了，我想一个人在这里走上一阵子。"她说着，打开车门，走下车来，从提包里掏出100元钱，不容车师傅再三推让，硬是塞给了他。

"我就在这边等您吧，你走累了，回过头来，我还送您回饭店去。"

"不用了，你先回吧，这个地方我熟悉的。"

"阿姨，没事的，让我等您吧，等下您回华侨饭店好长一段路呢，我不会再朝您要车费的。"

"小师傅，你误会了，我不是这个意思，我是想一个人好好地在这里走一走——可能会走到很晚——就这样吧。"

看到车师傅不再作声，她迈开脚步，朝前走去。

/ 十五 /

开始的时候，她是快走了几步的，但是离开计程车一小段路之后，她把脚步放缓了。

时当农历八月，在夏季里素有火城之称的福州，此时正是一年中气候最宜人的季节，软软的不冷不热不湿不燥的风吹拂过来，那是从闽江江面上吹过来的风。

美好的秋风。

卢白莹以缓慢的脚步；愈来愈缓慢的脚步，沿着闽江的下游方向往前走去——不明不暗的月光洒在江面上，可以看出江水的流向。所以，她认出了自己是朝着闽江的下游方向走过去的。

她不停地走着，虽然缓慢，但没有停下来。

她的心绪很乱，她想找一处人稀的僻静地方坐一坐，坐下来，想些心事，想什么呢？

但是江边到处有人，这种秋高气爽的夜晚，他们或在散步，或三三两两坐在江边栏杆旁的一排排石椅上谈论着什么。

……福州是一座被一条江切开的城市，1950年的福州闽江边，沿江没有用栏杆围上，从河堤上，沿着河坡，可以走到江中去。那时候，河坡上长满了各种水草。沿江也没有街灯，一到了夜晚，是黑灯瞎火一片，不但僻静，而且荒凉，尤其是入了秋之后，只能看到傍岸的江面上三星两点灯火，那是从夜泊的小渔船上散发出来的……

终于，她找到了一处僻静的地方，她看到沿江栏杆旁几排石做的靠背椅上空无一人，她走了过去，在有些凉了的石椅上坐了下来。

她心情很茫乱：她回到唐山大陆来，前后已经8天了。为了这8天，她苦苦熬过了38年！

……38年了，她苦苦寻觅的是那个亲爱的母亲，迎接她的，却是一位铁面无私的共产党人。

……而曾修竹呢？她苦苦寻觅的，在她的少女时代曾留下无限温馨记忆的那个曾修竹也已不复存在——她寻觅的是初恋的人，迎接她的却是一个商人。

——还好，在永定回往泉州的路上，她曾经想好了要对他倾诉的，关于她的党籍问题的那些话。没有说出口来，否则，那不是既荒唐又滑稽吗？时间的力量难道真的如此巨大——可以让一个人变得面目全非——不仅仅是外貌？

……终于回大陆了，38年的希望实现了，可38年的希望不也同时破灭了吗？

……如此说来，她这次的唐山大陆之行，是……不该来了？

——如若不回来，她至少还可以在希望中生活。

可是，她能不回来吗？——难道就那样，在海的那边，在台湾，一天天地挨过去，最终老死在异乡吗？

她心有不甘啊！

那么，她又能去哪里呢？

沈霏大姐在车上说的那些话，使她趋于寒凉的心，有了一缕暖意。此时，那缕暖意又趋于寒凉了。

至此，她才开始考虑起自己的归宿了……

/ 十六 /

城市的喧哗已经消失了，闽江两岸早已沉寂下来，道路上几乎没有行人了。

忽有一声雁鸣从江面上空掉落下来。

是秋天了，大雁正在南飞，那是一只落群的大雁在呼唤。

她转过身去，抬起头来，黑色的空中却看不见飞过的大雁。

她忽然看见满江的水——哦，不是晋江，是闽江。

这不是很好吗？在儿时，她曾经听说过，坠入晋江的——人，是流不出溜石湾的，只会在溜石湾里打转，久久难以流向大海。

而闽江没有这个说法。

此时，江滨没有旁人，附近的江面上也没有动静。

这不是一个难得的机会吗？

她终于找到了归宿——那就是身后的那条江。

她把提包系在腰上，她不想留下任何踪迹——只要纵身一跳，闽江水就会将她带向大海——茫茫的大海，任何人都发现不了了。

她从石椅上站了起来，走向身后的江栏杆——闽江口的石栏杆。

然后，她手扶栏杆，艰难地抬起了一条腿——她毕竟已上了一点年纪，不再是当年福州军政大学里那个19岁的能歌善舞、手脚灵活的少女了……

/ 十七 /

一个人，从电杆后的灯影下跑了起来——箭一般地奔将过来。

他喘着粗气，从闽江口的石护栏上，把卢白莹拖了下来，紧紧地把她拖在怀里。

"你是谁？"

"我是今天载你的的士司机。"

"你为什么要这样做，这关你的事吗？"

"人命关天的事，怎么不关我的事，除非不是人！"

"你怎么会在这里？"

"其实，从你下车后，我就一直跟在你后头。"

"为什么？"

"我发现您的神色不对劲——我是的士司机，我载的人多了去，什么样的神色我看不出来——阿姨，听我一句劝吧，人生哪有什么过不去的坎，非得走这条路？一切都会过去的，您看我，我只有一个独生儿子，患着白血病，正住院呢，我得每天挣钱去交医药费，可我跟我媳妇、我儿子约好，任何时候，谁也不许不活下去！——阿姨，实话告诉你，我是死过一次的人了。那一次是，自寻短见……"

"你？这么年轻，也想过走这样的路？"——那司机看上去也就二十七八岁模样。

"好了，阿姨，我们先回去吧，我送你回华侨饭店去，这里离华侨饭店已经很远了，而且，又很晚了。"

"现在很晚了吗？"

"都过了12点好久了。"

"如此说来，我在江边都有三四个小时了。"

"而且，你已经走出我们下车的地方好几公里来了，这里是闽江口了。"

"三四个小时了，好几公里了，你就一直跟在我后头？"

"好了，阿姨，我一个陌生人，不便问您遇上什么坎，但我还是那句话，人生没有过不了的坎——上车吧，阿姨。"

"如果不介意的话，你能不能把你曾经——越过的那个坎说给阿姨听听？"

"当然可以，我们车上说吧，这里到华侨饭店要走上一段时间，而且现在路上车少了，说话不碍事。"

她扶着卢白莹，把她送上了停在电灯杆下的车里。

/ 十八 /

"……阿姨，我是死过一次的人了，这是四五年前的事了……我们乡下人，结婚早，1983年的时候，我就结婚了，我们家里穷，结婚时欠了一些债，我想我们夫妻俩，年轻力壮的，不怕还不了那债务，可结婚一年后，我们就有了儿子，对——就是现在这个儿子，这样子，我妻子要理家奶孩子，就只能靠我的一双手养家糊口挣钱还债了。

"那时候，乡下正兴起了种蘑菇热，那确实是一个生财的门道，蘑菇是热销货，商家、罐头厂都拿着现钞来乡下等着要货。我们近邻，有几个都靠种蘑菇成了万元户，我心里也不安生了，咬咬牙，就以5分月利借了6000元，四五年前，6000元在我们乡下可是好大一笔钱，那笔钱，我全用来搭菇棚、架菇床，心血全洒进去了，人家一天或两天喷一次水，我比别人勤，一天喷两次水，我急啊，我就天天盼着长出蘑菇来（卖了蘑菇），老账新账一起还。按理说，一个星期就可以出菇苗了，不到一个月就可以采头茬菇了，可是，我们的菇床上，怎么也不见长菇苗，我想，是水浇得不勤吧，就更勤地浇水了，可就是不见菇苗。一个月了，6000元的债务连本带息，是6300元了……两个月后，还不见菇苗，可债务已是6600元了！债主上门来了，堵在菇棚口了，他们说我那是烂床了，就是说那菌种压根儿就是死种，那蘑菇废了，别想长出菇茬了……

"那真是晴天霹雳，当头雷打啊！两三个月的心血，旧债未还，又添了6600元的新债……"

车拐了一个弯，车师傅回头望了一眼卢白莹说："阿姨，我们刚才是在这里停的车，你看，你都走出去多远了。"

卢白莹回头一看，车窗外路灯密了许多，一路往回走，计程车已走了十几二十分钟了！想到这里，她心里一阵感叹："难得这样的善心人啊——要不是这位师傅，我此时已漂在闽江里了……"

车拐过弯之后，车师傅又继续说了下去："……新债旧债，八九千元了啊——我走投无路了，两三个月来，我一分钱没有挣到，又填进去了这么多！你说，我该怎么办？那些债，我是还不清了——怎么办……我心一横，喝下了半瓶农药，我想只有一了百了了……"

"你这样做不对啊，你还那么年轻，刚结婚才一年多，又有一个不满周岁的儿子，你走了，你太太你儿子怎么办，你未免太自私了——后来呢？"卢白莹显然被车师傅的这段经历打动了。

"幸亏发现得早，及时送进了医院，洗了胃，打针吃药，折腾了整整十来天，才出院了——你刚刚说得对——太自私了——认真想来，一个人自寻短路，实际上是太自私了。你想想，你一个人走了，解脱了，什么也不知道了，可是活的人呢，尤其是你的亲人。比如我，我昏死过去以后，什么也不知道了，可是我老婆、孩子呢，还有人家债主呢——这些都是责任啊——噢，阿姨，你看，饭店都到了。"

卢白莹往前一看，车已进了华侨饭店车场："车师傅，你那故事好像还没有结束。"

"后面的故事呢，是好事了，"车师傅张开了笑脸，笑得很开心，"出院后，当然了，我第一件事还是往菇棚里跑，那是差点要了我的命的伤心地啊——你猜怎么着？一进菇棚——我大吃一惊，500张菇床，全都长满了胖墩墩的蘑菇！白花花的一片！单那一茬蘑菇，我们卖出了一万多元，那时候正赶上了菇价疯高的时候！你猜是怎么一回事？原来是我'活'着的时候，浇水太勤了，把基土浇糊了，浇板结了，我'死'去的那十来天，没人浇水了，湿度适宜了，菇也就齐刷刷地蹦出来了——所以，我说啊，什么都不可以着急，尤其是死——阿姨，我是个当过兵的人，说话直，你不介意吧——噢，我们种了两三年菇，都赚钱。以后呢，菇价落了下来，种菇挣不了钱了，我就带着老婆孩子进城来开的士了——孩子吗，有希望了，就等着骨髓了，都配对过了，我的骨髓就能用，就等着做手术了，我还得把这笔费用挣够了——阿姨，我走了。"

"不，都让你耽误到这么晚了，我们一起吃宵夜吧！"

"谢谢了，我老婆还等我回去呢，太晚了，她会担心的。"

"你等等——这是一点小意思，给你孩子的。"卢白莹从提包里掏出一沓钱来，也没有数一数，就塞到车里去。

这时候，车师傅已打了火，就在车开动的那一瞬，他把那一沓钱原封不动地塞还给站在车窗旁的卢白莹：

"阿姨，您的心意我领了，我不能再收您的钱了。"

/ 十九 /

从福州回来后，卢白莹原来是准备再回一趟永定向母亲告别的，38年劫后重逢，她和母亲再不会有一个38年了！

下一次什么时候才能回来？她不知道。

下一次回来，还能再见到母亲吗？她不知道。

她这次回大陆，只有半个月的时间，绕道从东京回来，还得绕道从东京回去，实在没有时间再去一趟永定土楼看望母亲了。

幸运的是，沈霏已将她捐资在永春播种银杏的事项都办妥了，总共9000美元已交割清楚。"人生总该留下点什么"，这是沈霏告诉她的，她留下了，她把几十年的血汗钱——她的心意，带回唐山大陆，留下了。沈霏告诉她：明年春天，将首批动用她的这笔钱在永春那边播种银杏。她了却了一桩心愿了。

1988年中秋节过后的第5天，也就是农历八月二十日，沈霏、林仁玉、柳月娇三个人，把卢白莹、曾文宝、曾文玉一行送到了厦门机场，这当然又是一次泪别。

在机场候客室分手的时候，卢白莹把一封信交给沈霏：

"沈姐，有许多话，我一直没有机会说出来，就写在信上了。这信，是给我母亲的，也是给沈姐你的，你看过了，交给我母亲……代我转告她……多多保重了……我在台湾那边，会时时惦记她老人家的……"

/ 二十 /

"白莹，你走吧，你放心地走吧，一切都会好起来的，希望你能很快地再回来。"沈霏把那封信非常郑重地插进胸前的口袋里，然后，双手把卢白莹那只冰凉的手紧紧地握了一下，很快又松开了，"走吧，放心地走吧……"

卢白莹匆忙把身子转了过去，迈向登机口的通道，她不忍让沈霏看到她溢出来的泪水……

在回泉州的车上，沈霏掏出了卢白莹的信，信上写道：

亲爱的妈妈：
亲爱的沈霏大姐：

我得回台湾去了，妈妈，由于行程太紧，我不能再次回土楼去向您告别，原谅女儿吧！

这次回家之行，虽说有半个月的期限，但是除掉绕道辗转的时间，在唐山大陆的日子，竟然还不到10天，为了这不足的10天，女儿盼了38年……

妈妈，您是我的好妈妈。但我理解您，您首先是一名共产党人，您必须站在一种更高的境界上来理解亲情，包括母女之情。为了您的这种境界，我曾经感到莫大的委屈，但细细想来，您是无法比拟的，女儿永远尊敬您，爱您！

……"走失"38年后，女儿可以问心无愧地告诉您：女儿永远是您的问心无愧的女儿，女儿永远是土楼问心无愧的子孙。

感谢沈霏大姐，您不仅把我当成一个"台湾同胞"接待，而且您还仍然把我当成一个共产党人看待！是的，正如您所说的：一个真正的共产党人，自从他在党旗下宣誓过，便没有任何力量能够摧毁他的信仰了，无论他在哪里，无论他在什么处境之中……沈霏大姐，你这话说得多好，说到我的心坎上了——几十年了，当大陆同胞生活在解放了的大地上时，我们这些两战的战俘，仍然生活在危难重重的彼岸！不仅是我，还有多少共产党人，我们人在异乡，身处逆境，可我们没有忘记，没有背叛，坚信着崇高的信仰，固守着崇高的情操……

亲爱的妈妈，我决定"准时"回去台湾，并不仅仅是因为一时还得不到您的理解，不是的，反而是沈霏大姐对我的更深层次的理解，促使了我必须准时回到台湾去，那里至今还滞留着不少两战战俘，他们还在桃园那个（战俘）荣民区，那里的千千百百难友，他们几乎全部都已年逾古稀，有的已到耄耋之年，在所有两战战俘中，我是最年轻的。我目前还是荣民医院的资深护士，荣民中的许多人体弱多病，我在那里已工作多年了，能了解他们的疾病状况，他们已离不开我，我又怎么可以轻易地离开他们呢——那不也是一种背叛吗，不能！

……我们虽几十年囚禁孤岛，背着战俘的重负，但我们没有消沉颓废，更没有背叛我们的信仰！写到这里，我又想起一个朝战战俘，一个当年的志愿军连指导员，他是20世纪50年代台湾军事戒严时代被杀害的中共党人，他是视死如归怀着信仰走上刑场的军人——尽管他也是战俘！

您们知道吗，这次来到福州，我找到那个要找的人——妈妈，当年由于急着上朝鲜前线，我竟没有机会向您说起这个曾经是我的初恋的人——他已变得面目全非了，我奇怪了，或者说大吃一惊了……

（在福州）我还新认识了另一个人——尽管我还不知道他的姓名——是一个计程车司机，很奇怪，他的故事，不，是他的亲身经历，使我对个人生命的理解更加深刻——人活到这个世界，不能仅为自己而活，生命的意义，还在于一种责任——对亲朋、对他人、对社会的责任。

……

快要天亮了，就先写到这里吧。

我希望能够很快地又回来看望您们！

敬祝您们

健康长寿！

妈妈的女儿、沈姐的妹妹：白莹
一九八八年农历八月十八日……在从厦门回泉州的车上,沈霏把卢白莹的信读了一遍又一遍。回到家里,沈霏又掏出那封信,在灯下细读起来,直到泪水涌了出来。她先是感到心情很沉重:她完全能够理解,卢白莹这一生过得多么艰难!尤其是几十年后的这一趟唐山大陆之行,她并没有寻回那种久违的亲情——包括母女之情;包括已彻底被埋葬了的初恋……还好!这个不幸的女人,终于在不幸中、在绝望中,重新燃起了信仰之火,但愿那信仰之火能照亮她今后的人生。

第十四章　一桩往事的序言

/ 一 /

　　办妥了卢白莹捐资参与播种银杏的事项，送她回了台湾之后，沈霏就找到郭朝霞门上来了。从年轻起，沈霏就是一个心里存不下事的人，到了老年之后，便更是如此了。她深知人老了，来日无多的道理，有些事一耽误，便永远没有机会弥补了。

　　郭朝霞是今年夏天退休的。这个女人，年轻时也是够坎坷不幸的，当年那篇报道出事后，是丈夫朱义汉把所有的责任都揽下了，她和卢老师才总算平安无事。后来丈夫去了新疆，在那里失踪了，怎么失踪的，不得而知，只有一纸"因公失踪"的公函交到郭朝霞的手上。那公函，郭朝霞保存至今。"文革"期间，作为教育局的书记，她也受到了冲击……

　　但都已过去了！1988年的时候，女儿朱晓云已是市区一所大学的副教授了，并且已经结婚当上母亲了。女婿是同校的外省人，也是个副教授。结婚以后，朱晓云一直与丈夫住在娘家，为的是不让母亲孤单。在旁人看来，眼下的郭朝霞，正在过着她的夕阳无限好的人生晚景。可是郭朝霞呢——从领导岗位退休下来两个来月了，她还不能完全适应这种赋闲在家，门庭冷清的生活，但，这又是无法改变的事实。

/ 二 /

　　沈霏的到来，令郭朝霞十分高兴，是好久不见了，同在一个城区工作多年的这个番仔"张飞"，郭朝霞是不会轻易忘记的。而沈霏没有忘记郭朝霞，更多的是因为朱义汉，他与沈霏一样，早年间，都是从南洋赶回到唐山来参加新中国的建设。那些年，泉州晋江一带的革命队伍里，有着不少如沈霏、朱义汉这样的"番仔"同志。共同的直肠直肚的"番仔"秉性，使他们之间都走得很近。当年朱义汉的出事和后来的失踪，沈霏都是知道的，那时，她没少来安慰郭朝霞、朱晓云这对落难的母女。

"小郭啊，我前几天从永定那边回来，卢老师让我给你捎来了东西呢。"

虽然郭朝霞已经56岁了，但沈霏还像当年朱义汉在世时一样，称她为小郭。

"沈姐，我都老到这般年纪了，你还'小郭'哩——卢老师，她老人家可好？转眼之间，哟，那一次见面，是1967年了，你看，都过去——20多年了，她老人家好像一直再没有回过泉州了，呦，她老人家还记得起我，这么多白果、锥栗，你是怎么带过来的？"

"想带，就能带过来——卢老师是走不动啦。她知道你退休了，有时间了，所以，她邀你过去走走。卢老师，几十年了，她一直把朱义汉念在口里呢，她一直记着朱义汉的好……"

提到朱义汉，郭朝霞神色暗淡了下来……她与朱义汉夫妻一场。但真正相守的时间，还不到三年！1958年，他就去了新疆，以后就失踪了……沈霏看出了郭朝霞暗淡下去的神色，她悔不该在此时提起朱义汉来！她一下子也怔住了。

/ 三 /

好一阵子后，她才听到郭朝霞低声地说：

"前后快30年了，我一直不敢相信更不敢想象，义汉他，他当年是怎么失踪的，在荒无人烟的茫茫大雪中……"随即，她话题一转，"哎，卢老师，其实她老人家，用不着一直记住呢——那时候，那处境，有的是出事了，咬出一个多一个顶着，义汉呢，他是保住一个多一个好人留着。当年，他一直私下里对我交代说卢老师为人正派，不能让她也陷进去。真的，我从心里觉得，当年的卢老师，是值得义汉保护的，对此，义汉和我一直都没有后悔过，愈是到了现在，愈是发觉像卢老师那般正直无私的人，真是难得啊！当然，像朱义汉那样的人，也是值得敬佩的，你和义汉都是从菲律宾回来的，你们都是同一类型的人，真的，我是永远也到达不到你们的这种思想境界的。"郭朝霞的这番话是真诚的，如今她退休了，也算是过来人了，很多事情都看得清楚。

听着郭朝霞那番没有矫饰的话，沈霏感到有些意外——听着也不再感到别扭，听着像是明些事理了！倒不是郭朝霞将她沈霏归到朱义汉一类正直的人上，而是她终于听到了郭朝霞说出来的话，不再是经过深思熟虑，毫无内容可言的空话了。而在她的印象中，郭朝霞的谈吐一向是十分谨慎、非常"成熟"的。多年了，她的言谈，总是严格按着上边的文件开口，难怪教育系统的人，有很多背地里会称她为"郭文件"。而且沈霏还知道，在之前郭朝霞"落难"时，为了保护自己，她如何放任纵容女儿成了"造反派"，而当她处境有些好转时，又如何促使女儿一脚蹬了朱省身的。在沈霏的印象中，郭朝霞是个很有心机的人，甚至是到了有些势利的地步了——那样的"郭朝霞"，活得多苦多累啊——但是从现在看，她活回自己了！沈霏不禁感慨起来：人吗，其实可以活得很轻松的！

    沉思了片刻，她说道：

"你过奖我了，说实在的，我永远也活不到义汉那样的境界，他的人品，他的水平，都是值得我们学习的。"

"沈姐，我说的可是心底话，这话在我心里压了多年了——我常想，你能几十年来从不停止反思1958年自己的过失……尽管那是人尽皆知的大形势，尽管我们每个人都有责任，却难得有几个人能像你那样去追究自己。沈姐，永春那边，你的银杏还在种吗？"

"种，生命不息，播种不止。"说到种银杏的事，沈霏一下子容光焕发了，"你知道吗，这次从卢老师那里回来，又多了一个参与播种的——台湾同胞。"

"谁？"

"卢白莹！"

"卢白莹？谁啊？这个名字我听说过的。"郭朝霞终于记起来了，"她不是卢老师的女儿吗？当年不是已在朝鲜牺牲了吗？怎么成了台湾同胞了？"

看到郭朝霞的惊愕，沈霏简要地把事情说了一番，郭朝霞像在听着一个神奇的故事。

她更加惊愕了，久久地怔在那里。

许久之后，郭朝霞才开口了，似是对沈霏，又似是对自己，她喃喃说道：

"……死而复生，死而复生……38年了，都能死而复生……可……义汉，哎，也27年了，他到底失踪在哪里啊……卢白莹是1950年……而朱义汉，是1961年元宵节前后失踪的……"

第二卷

记忆·失踪的人

没有开局，可能也是没有结局的故事；
没有记忆的民族，可能也是没有未来的民族。
——题记

第一章　一个在雪原上爬行的人

/ 一 /

你是谁？
你究竟是谁？

/ 二 /

你从哪里来？
你到底从哪里来？
你要到"哪里去"？

/ 三 /

你为什么停了下来？
你为什么趴在那里？
你爬不动了吗？
你还活着吗？

/ 四 /

你已忘记了自己是谁。
你也忘记了自己是从哪里来。
你甚至也不知道自己要到哪里去。
你甚至不知道自己是活着还是已经死去。

第二章　雪原

/ 一、粥？馕？面包？ /

你活着，你还活着……

所以，你发现了，一汪粥！

一望无际的粥，多么美好的白粥啊，拥在你的周围——无边无际的一大摊白米粥啊！

你终于失望了，你清醒过来了，拥着你的，是雪，是茫茫的一片白雪；你需要的是粥，哪怕只有半碗，哪怕只有一勺，哪怕只有一口，可是没有！

你的头无力地又垂了下去。

……

当你能够又一次地昂起脖颈的时候，你朦胧间发现了，就在你前面的雪地上，有一个面包，是一座巨大的面包压在那里？抑或是一座长方形的馕？是黄色的吗？是抹上了黄油的吗？

你朦胧地记起来了——如同记起了一个遥远的梦。在梦中，你置身于遥远的南洋……是的，是在菲律宾，在马尼拉，是早晨——在吃早餐的时候，有面包，还有一碟黄油，面包与黄油，那是你的早餐。还有番薯粥，那是你的父母的早餐——他们来自唐山，在你父母的唐山泉州南门外故乡，那里的人们，早餐都是清一色的粥——更多的是掺了番薯熬出来的粥。

而你是在南洋出生的，那里更多的人早餐吃的是面包——因了你们这一代人的诞生，妈妈在早餐桌上，也备下了面包……

啊，粥，粥，洁白的大米粥啊！你刚刚还想象着自己是置身在一汪白闪闪的大米粥里，而后，你终于明白过来，那只是一场幻觉，你所置身的只是一片雪原———望无际的雪原……

……但愿前面那座面包是确实存在的，那或许是哪个旅行者遗落下来的……

哦，面包！面包！！面包！！！

万一前面那座面包又是一种幻觉，那你将饿死在这片茫茫的雪原上了……
　　那必须是一座面包!
　　你必须爬向那座面包!
　　否则,你必死无疑了。

／ 二 ／

　　你向着那座面包蠕动过去……

第三章　国境线·国界碑

/ 一 /

这是 1961 年正月，新疆漫天大雪。

同时降临的，还有饥馑。

在雪地上爬行的人啊，你的意识里只剩下一个"饿"；你的思维中只剩下一个字——"吃"。其余的一切，已不复存在。

为了那仅存的意识与思维，你必须朝前面那座面包蠕动过去。

驱使你向前蠕动的不是力气，更不是意志，而仅仅是一种本能。这是一种以本能进行着的生死跋涉。

/ 二 /

那座面包矗立在不远处的白茫茫的雪地上！

牙龈里的涎水溢了出来，你赶紧咽了下去。

然后，你挣扎着站了起来，朝着前面那座面包，又继续跋涉过去……

/ 三 /

就这样，你走出了 30 步，或者是 40 步……你又趴倒下去！

饥饿，过度的饥饿！尽管已经倒下，但你必须继续向前爬去，因为前面有一座面包！

/ 四 /

那座矗立在雪地里的面包终于来到眼前了！

你浑身颤抖着，伸出手去，终于摸到了那座面包。

是被冰雪冻硬了吗？那座面包岿然不动，而且十分坚硬。

……你扒开了积雪，终于发现，那其实不是一座面包。

而是一方石碑！

你把蒙在石碑上的雪花拂去了，借着冰冷的雪光反照，你终于看出了石碑上的字眼儿：中国！

中国！

中国！！

中国！！！

啊！

/ 五 /

这是国境线！

这是国界碑！

/ 六 /

你环顾四周，怎么啦，这国境线上怎么不见边防哨兵？

你是怎么来到这国境线上的？

面对着这一方国界碑，一切的迷离，一切的朦胧，都彻底地消失了！你浑身上下在一瞬间热了起来，随即又打了一个寒战——

面对国界碑，你彻底地惊醒了！

你记起来了，你是4天前离开兵团连队下属的那个农场，那连队在远离乌鲁木齐的西南边陲，那是一个偏远的小镇，一般民用地图上很难找到这个小镇。

你记起来了，你是元宵节前离开连部的……

……过两天就是元宵节了，连指导员将你叫到连部来，传达了上级的命令：要你在元宵节里出一版墙报，那是一期专门揭发批判吴启标的墙报，在元宵节后的大会上，还要你带头批判揭发吴启标……

……吴启标，那是你的"双重老乡"哩，他与你一样，是从菲律宾回到唐山的——这是一层老乡关系；另一层呢，他的祖籍地和你一样，也是远在福建泉州南门外的，这又算是一层老乡关系了。

……"九一八"事变之后，吴启标的老爸痛心疾首于唐山故国的积弱积贫，不甘心任凭日本人的侵略，决心毁家救国，除了独捐 5 架战斗机回国之外，还在厦门设立航空学校，广聘外籍教官，为内陆抗日军队培养飞行员，并派其长子吴启标到厦门管理该校——1939 年，厦门沦陷前夕，设在那里的飞行学校关闭了，吴启标没有回马尼拉。

他辗转去了皖南投奔新四军。皖南事变中，吴启标死里逃生，最后到了延安，转入八路军，从此一直在彭德怀麾下当翻译。当时常有外国友人来访八路军，精通英语的吴启标被彭德怀点了去。后来，他随着彭德怀将军南征北战。新中国成立以后不久，他又随彭德怀入朝作战，在战斗中他被打掉了一条臂膀，失血过多，生死之间，幸好是一位志愿军女卫生员输血救活了他。朝鲜停战后，他作为中方谈判代表团成员，在板门店一留数年，志愿军撤离朝鲜回国后，他又被彭德怀点名去了国防部……

/ 七 /

……你是 1958 年夏末秋初来到新疆的，最初的时候，你在兵团干着编写墙报、黑板报一类的活儿。可是到了 1959 年夏天，你就被下放到连队去了——此时，你才知道自己的真实身份，你是内定的右派或者说是一个准右派。

你来连队的时候，正当采棉时节，那无边无际的棉田，白茫茫的一片，你加入了摘棉花的人流……

每天上午，采棉工一人一垄一字排开地从垄头摘起，摘着摘着，你便掉队了，在一望无际的棉地上掉队是非常可怕的，你可能永远消失在棉地里。然而，你是幸运的，当你落得太远的时候，你会突然发现，你前面棉秸上被人采过了，而采下的棉花就堆在你前面的垄沟里，你只需将之装进自己的麻袋里……是谁这样默默地带着你呢？

终于有一天，你停下手中的活儿，顺着垄沟，朝前走了过去，你发现了那个帮你的人，那个叫吴启标的"老乡"。

/ 八 /

……吴启标没有家，他就住在棉田的边角上。他在那边角上挖了一个地窖，大约有 5 平方米，这个地窖朝天的四周边沿上，用泥土环着堆起了一道堤，上面盖实了一层层的棉秸秆，秸秆上再拍实了厚厚一层泥土。走下地窖，刚好一个人弯着腰可以站着。（1991 年 9 月，我在新疆阿克苏旅行的时候，在茫茫的原野上，还看到多处这样的地窖，不过住的不是"吴启标"，而是上海支疆的老知青。）

从此以后，你认识了吴启标，那时候，吴启标已经在那座地窖里住了整整一年。

在见到吴启标之前，你已经听到过他的一个光辉事迹。1959 年棉花熟了的时候，有叛乱分子在棉仓里纵火，最先发现的是吴启标，他单臂挥舞起一根胡杨木棍，以亡命的气势，击倒了一个纵火犯，并召唤来了灭火的人群，为此，兵团政委王恩茂力排众议，下令嘉奖了他。

然而，1961 年伊始，吴启标出事了：他偷了连队食堂的一团发面，给了一个女人，那是一个刚生产后，家里断炊了的女人。

尽管那团发面没多大，但在 1961 年饥荒四处蔓延的时候，这是一桩大案！

更要命的巧合是：这个断了炊的坐月子的女人是被吴启标用胡杨棍击倒（后来死了）的那个棉仓纵火犯的女人——一个新寡——这就更有许多说不清的地方了……

吴启标被关了禁闭。

连指导员要你去见他，详细了解情况，你十分为难地走进了禁闭室。

你发现，几天不见，吴启标已浑身肿胀，脸上闪着蜡黄蜡黄的光，上眼皮与下眼皮之间，只剩下细细的一丝缝，他是这样对你说的：

"……我们当年打日本打老蒋，流血拼命，还不是为了人民能吃饱穿暖……看到人民挨饿，我心里苦啊，我看不下去啊……

"……在搬出那团发面时，我已想好了，就从我的口粮里扣，我一天少吃一馒头，一个月就能补上了，我已经扣了 4 个星期了……"（你走进禁闭室的那个下午，吴启标已被关了 29 天了。）

当时，兵团战士一天的粮食定量 9 大两，450 克，一天三餐，两干一稀，或两稀一干，早餐多是三大两——150 克大米熬出来的粥，差不多能装满一个大号的牙缸，中午多是双蒸饭，也是三大两的米——150 克，晚餐则差不多是清一色的三个馒头，一个一大两 50 克，吴启标就在这晚餐的三大两的馒头上做他的"退赔"。就那样的馒头，吴启标可以一口气吃下十来个，可他只能吃两个，留下一个退赔或叫退赃，让送饭的战友上缴到炊事班去。没有人要求他这样做，但他必须这样做——即使偷面团的事不被发现。

那年，大家都在为一口吃的操心，他吴启标不能沾同志们的光，偷同志们的口粮，他必须从自己的口粮里扣下来补回他偷走的那团发面，唯有这样，他才能安心——为了党性，为了良知，为了心底那份做人的尊严。

吴启标关了一个月的禁闭，他"退赔"了30个馒头，他连本带利地偿还了那个面团。

"……你就放心地编你的墙报吧，我知道不是连里的同志们与我过不去，那是我自己……不是栽在那个面团上，也会栽在另外的事上的，迟早会有事的……"

面对吴启标，你常扪心自问：

……当你也遇上一个素昧平生的坐月子的饥馑中的女人时，你有勇气偷那团面，然后扣自己的口粮吗？

那需要巨大的勇气与担当！你可能难以做到。可你能从容地为了完成任务，而组织一整版的墙报去批判揭发吴启标吗？

你显然也做不到！因为在你看来，那无异是落井下石！

你只能选择逃避。

可是，你能逃到哪里去呢？

你显然不知道。

/ 九 /

你从吴启标的禁闭室出来的时候，太阳即将偏西，你骑上马——你记起来了，那是一匹伊犁马——出了小镇，沿着一条河岸，朝着太阳落下的方向，信马由缰驰驱而去，你又记起来了，那条河叫和田河。

新疆的黄昏特别漫长，五六点钟太阳偏西，八九点钟太阳才完全落尽。

开始的时候，你还知道自己是朝着西南的方向而去的，最后，夜幕降临了，你已完全分不清东西南北了，而原先你沿着的那条河，那时也已消失了，你完全迷失了方向。

而你骑着出逃的那匹伊犁马到哪里去了呢？

——你记起来了，你是从马背上摔下来的。

是的，当时你在马背上眼前一黑，便栽进了雪地里——你是饿昏了的。

是啊，你是太饿了。

还好，你的眼镜还在，那眼镜脚早已换成松紧带，松紧带绕过后脑勺，把眼镜牢牢地套住了……

/ 十 /

你再一次发现，你想象中的那座面包，其实是一块石头，是国界碑，面对国界碑，你又记起了许多往事……

哦，你记起来了：你是1958年夏天离开泉州，来到新疆的，当年你先是乘汽车到厦门，再从厦门坐火车，往北走了三天两夜之后，便一直往西而去，这一趟路，到乌鲁木齐时，是离开泉州8天后的一个下午了。傻乎乎的你，在乌鲁木齐下火车的时候，胸前还别着一朵红纸剪制的大红花，那是在泉州上汽车时，地委那位与你同姓的宣传部长亲手为你别在胸前的。大红花下面有一片窄窄的红布条，上面印着黑字"光荣援疆"。

……过去了，一切都过去了……从东南沿海到西北大漠，公路连着铁轨，汽车换成火车，十几个日夜的劳顿颠簸，你先是到了乌鲁木齐，又是几个日夜的路程，你去了阿克苏，跨过那条通天河，又沿着和田河，最后你去了一个叫不上名的小镇……一切都过去了……

一切都过去了吗？一切都能成为过去吗？

你现在所面对的，也终将成为过去吗？

不，横堵在你面前的，是一座国界碑！

——是"中国"；是你的祖国的国界碑——这是难以"成为过去"的！

你趴在那里，又堕入了往事的回忆中……

……那是多年前的事了……那一年，你离别菲律宾回到了唐山，回到了泉州南门外，回到了晋江出海口南畔的那个村落……

你告别了南洋；告别了菲律宾；告别了马尼拉。

你告别了父母，回到了父母之邦。

是母亲将你送上了马尼拉港的客轮。

"……孩子，你既然非要回去……也好，我和你爸当年是被逼无奈才离乡背井的，——为了活下去……泉州南门外——那是我们的根之所在啊——泉州南门外……，你老爸在南洋苦苦打拼了一辈子，也没能叶落归根，只能……埋在南洋……"

……你是在1951年清明节后回的唐山，那时候，泉州城里里外外的刺桐花开得正旺——所以，这座城又叫桐城……

哦，远去了，母亲！

哦，远去了，南洋！
哦，远去了，那座曾经盛开着刺桐花的城市啊……
还有，那座紧傍在晋江西畔的村落……
……那高高的溜石塔……
你只要一迈出国境线，这一切将不复存在……

/ 十一 /

……这是一汪白米粥吗？哦，一望无际的白米粥啊！
不，这是一望无际的雪原……
是黑夜———一弯饿扁了肚子的瘦瘦的月亮挂在那里，雪原上弥漫的是饥饿的月光……
你记起来了：你最近的那次晚餐是在吴启标那里吃的……
你调转过头，往回趔趄着走去……
下弦月已经偏西。哦，黎明即将到来了。
或许，你能在太阳升起来的时候，回到你所在的那个连队，去实施上级交给你的那项任务。
那是一项什么样的任务啊？
而你能不做吗？
——这是上级交给你的任务，你必须完成！
于是，你又犹豫了，你再次转过身来。

/ 十二 /

于是，你发现，你又来到国界碑前来了！
那座国界碑，正横压在你的眼前。
它默默无言，却无比威严！
你又打了一下寒战！
面对着这座默默无言，却无比威严的石碑，你被饿昏了的记忆；你被冻僵了的思想；还有，你的作为人的基本尊严——那似乎被多年的屈辱麻木了的尊严——都完全复活了。
……于是，很快地，你又陷入了一种幻觉之中。

/ 十三 /

……你仿佛是落入一口窨井之中——是的，是落入一座城市街道的窨井之中……窨井下有急湍的暗流涌动，你随时可能被窨井里的暗流吞咽……

是谁在呼唤你？你听到了谁的呼唤？

是一个女人的声音！不，确切地说，是一个姑娘的声音……

那个女人把你从窨井里救了上来……

那个女人的声音又隐去了……

/ 十四 /

你又回到现实中来了。你不是置身于那座东南沿海的古老的城。

你面对的是一座国界碑！

你必须做出抉择——面对国界碑！

/ 十五 /

你昂起头来，你发现那半圈瘦瘦的月亮正在西沉。

你知道黑夜正在退隐，而白昼将要来临。

你知道你已没有多少时间可以彷徨。

面对着就要消失的黑夜，你必须很快做出抉择。

要么回头。要么跨越。

沉默了片刻，你突然冲天一声长啸："中国啊，中国，我的祖国啊，我是爱你的！"

那是一种撕心裂肺的长啸！

你突然心口一哽，眼窝一酸，热辣辣的泪水滚了出来！

你扑倒在国界碑上，把脸贴在上面，浑身抽搐着，呜咽着，恸哭了起来……

那滂沱的热泪，沿着国界碑流淌下来，把碑下的积雪融化了……

而后，你将手伸进贴胸的口袋，掏出一本血红的小册子，久久地，深情地凝视着，任凭泪水滚落在上面，一滴，一滴，又一滴……

而后，你扒开了国界碑下的积雪——你扒了很久很久，你扒得很深很深，直到手指上冒出了血；直到你的血把雪染红了……

而后，你把那本血红的小册子埋了进去，又扒着雪将它紧紧封住了。

那是你的党费证。

/ 十六 /

你跨过了国境线。

/ 十七 /

你漫无目的地往前走着。

你明白自己已走在异国的土地上了。

此时，突然有三个字在你眼前出现，这三个字后来化成了轰然巨响——叛国者！

——是谁在喊叫？这三个字——令人震耳欲聋！你环顾四周，映入眼帘的是无边无界的茫茫的雪。

雪原上空无一人，除了你。

你明白了，那三个字出自你自己的胸膛，你不禁打了一个寒战——你记起来了，9年前，不，10年前，你告别了那个美丽富饶的热带之国，奔向你的父母之邦，难道是为了今天——为了在1961年这一天，成为一个"叛国者"逃离你的父母之邦？

"叛——国——者——！"你仰天长啸，你捶胸顿足——声音令人毛骨悚然，分不清是哭还是笑。

不！不不！！不不不！！！

你又折了回来。

终于又回到国界碑前来了。

站在国界碑前——那碑石只到你膝盖以下，此时，你已筋疲力尽，但你仍然竭尽全力抬起一只脚，跨向国界碑的彼畔，但你的另一只脚已深陷雪窝，无力拔起，你突然觉得眼前一黑，一头栽了过去……栽在自己祖国的雪原上……

漫天的大雪，无声无息的大雪，在片刻之后，把这个人淹没了。

第四章　吴启标

/ 一 /

　　1991年9月，我在新疆旅行的时候，曾经在南疆的阿克苏住了好些日子，我先是住在一座小城内，那是第十二团部的所在地。之后，我离开了那座小城，又往南走去，乘汽车走了两天两夜之后，又改坐马车，仍然是朝南而去。在阿克苏往南的原野上，时不时可以看到三五成群的野骆驼。有一天黄昏，我看到一群骆驼，停在离大道不远的一棵大树荫里，蹲下身子，那群骆驼在那里歇息了。

　　我知道骆驼是一种善良的动物，我想近距离地看看这群旅伴，我朝它们走去。

　　新疆的土地幅员辽阔，看似距大路不远的那棵树，我走了好一阵子才走进它的树荫下，我终于认出那是一棵胡杨树，胡杨树下是5头骆驼，在骆驼卧身的一旁，似乎是一个土墩，微微高出地面。就在那一刻，我看到土墩下面冒出了些许烟雾，烟雾后的大地上，我发现了一大片瓜地。九月的南疆正是瓜果成熟的美好季节——那是一年中最美好的季节。

　　我走近了骆驼，这是我第一次那样亲近，那样仔细地看着大自然中（而不是在动物园里）这些善良的跋涉者。它们尽管沉默，我却发现了它们张望着我的眼里，含着一种无言的友善。

　　"来客啦？哪个连的？"

　　——这声音从背后传来。我转过身来，看到大地上一个半截身子的人——他的两条腿陷在地平线下——终于，我看清了，他是有两条腿的——那个土墩的下面其实是一个地窖，他显然是听到动静，刚刚从地窖里站出来的，两条腿还留在地窖里。我还发现了，那袅袅的烟雾是从他身处的地窖里升腾上来的。

　　"你从哪里来的？"

　　"从路那边过来的。"

　　"不，我是问你，是哪个团，哪个连的——我看你不像是内地来的采棉工，更不像盲流。"

我们互相打量了一眼：我当时40岁多一点，穿一件米黄色衬衫，一条褐色的确良裤，一双塑料凉鞋，大概还有点儿细皮白肉的，所以不像内地来的采棉工——比如说河南，比如说甘肃，或者说是陕西、四川等等，当然更不像盲流了。

他呢，应当是50岁上下的人了，当然是兵团上的人了。他说，今天再不会有客车从这里经过了，往前走100里路内也不会有人家，晚上你只能住这里了，等明天农工商的车来拉瓜，你搭顺路车往前走。

他呢，上海人，1964年的支疆知青，他老婆也是上海知青，他们已经有了一个儿子，是塔里木农垦大学的学生，那很遥远。这几天，他的老婆带领内地来的采棉工去大棉田了，他呢，守着这一大片瓜园，每天上下午，都有兵团上的车来这里摘瓜运瓜。这个地窖是他的家，那是用胡杨木的枝条与大地上的泥土一层层夯起来的。地窖呢——确切地说，那只能算是一个窝，是一个放大了的地老鼠的窝。窝里有床，那是在地上插了整齐的一排一尺左右的胡杨木桩，长方形，里面填满了干燥的杂草，压实了，上面铺上一张席。

——"这地宫（他这样称呼自己的'窝'）不是我修建的，这是一个志愿军老兵修的。1964年到新疆后，我一直与他住在这地宫里，他是你们福建人，和你一样是泉州那一带的，对了，是泉州城南门外的，在朝鲜战场上打掉一条胳膊，英语特棒，听说当过翻译，又听说是出事后来的新疆，最先在乌鲁木齐兵团，后来越走越远，最后到这里来了，我们两个光棍，凑起来是一双筷子……那是多好的一个老兵啊……不过我还听说他曾在1961年出了一桩事，偷了食堂一团发面，被整得好惨，是王恩茂政委救了他。1974年，我都30岁了，也不打算回上海了，就找了一个同是上海的女知青，那时候连队没有独立的房间，他就把这地宫让给我，结婚用的新被单是他掏钱买了当贺礼送给我的，当然布票是我们掏的，18尺。办结婚登记时，我们领取了50尺布票——那一条被单，在1974年可是一件大礼。把这地宫让给我们当洞房之后，他自己净身出门，去了更远的边疆了。临走时，他留下一句话：好好干吧，哪一天有了个把儿女，添了新知青，我不请自来喝你们的喜酒。第二年，我们终于有了一个儿子，可如今儿子都上大学了，却再没见他露面过，真不知道他去了哪里——我们这是献了青春献儿孙，我们本来在上海就没有什么家业，老爸过世早，老母过世时，我们夫妻俩回过一次上海，那时儿子还在他娘肚子里……"

——这些事是那一夜留宿胡杨树下的"地宫"时他告诉我的……

——"来，去挑几个大瓜，我们吃，它们也吃。"

他手里抓了两个化肥袋，走在前面，招呼我向瓜田深处走去，一会儿就挑了6个瓜，每只化肥袋各装了三个，我帮着背了一袋，扛在肩上，够重的，估计有个几十斤，把瓜扛到地宫口，他下地宫取上来一把刺刀，我能认出那是"三八"枪上的刺刀，"这刀也是他留给我的。"我知道"他"指的是谁。他把西瓜一一切开了，我一看，八九月阿克苏的西瓜通红、薄皮、沙瓤。他先安排每头骆驼吃着瓜，才将剩下的那个瓜一切两半，一半递给我。我发现那瓜瓤上插着一根铁匙子，同时发现他不知道什么时候已经将两个化肥袋并排铺在地上，上面压着一盘馕、一盆牛奶，牛奶还散着热气。我想，刚才看到的地窖里冒出的烟，一定是他在烧牛奶。

阿克苏的黄昏十分漫长，从太阳西沉到夜幕降临，将近三个小时。

/ 二 /

第二天早上，我们走出地窖时，那5匹骆驼都不见了，地上没有留下一丝西瓜皮，它们静悄悄地走了，不知道在什么时候。

我是搭了农工商来收瓜的货车离开那位上海老知青的。

其实，将近一个月在新疆的旅行，我发现从吐鲁番到库尔勒，从阿克苏到麦克提……无论是在瓜园边或棉田旁，无论有没有胡杨树，无论有没有漂泊的骆驼群……我见过许许多多这样的地宫，这样的地宫里更多住着的是20世纪六七十年代支疆的知青（在世纪的末年，他们已不再知"青"了），上海的、北京的、南京的……还有转业军人，还有像候鸟一样的采棉工，还有盲流，一个人或几个人，或是一家子……这种地窖，只有在新疆才能住人，新疆是个极度少雨的地方，新疆到处有坎儿井，坎儿井下是纵横交错的地下人工河，这种地下人工河足以接收地面上渗透下来的每一滴水。

所以，在1991年，新疆大地上随处可见的这种地窖并不潮湿，而且还冬暖夏凉，住着令人惬意。

在新疆旅行时，我完全没有想到我以后会写《南洋泪》，但我牢牢记住了，在阿克苏远郊那处地窖里住过的一夜；那一棵胡杨树；那一群骆驼；那几个血红的大西瓜；当然记得最深的是那个上海知青，以及他对我讲到的，在朝鲜战场上打掉了一条胳膊的志愿军老兵……

……现在是2014年，我正在写着《南洋泪》的第四部《望乡》，我写到了一个叫吴启标的人，我不时想到那位上海知青对我讲起的那个志愿军老兵，我不知道他当年说到的那个地窖的建造者，那个缺一条胳膊的军人是否就是吴启标——但这似乎无关紧要……在那个时代生活过，至今还健在的人，会深信吴启标的存在的。

/ 三 /

……1961年，当朱义汉饿昏在茫茫雪地里的西南边疆国界碑旁的时候，吴启标离开了禁闭室。由于朱义汉的失踪，那一期大批吴启标的墙报也就不了了之了。

第五章　1961年的元宵节

/ 一 /

1961年元宵节后，一封由新疆生产建设兵团发出的公函辗转交到郭朝霞手上：

"……朱义汉同志于1961年2月26日下午，在从兵团返回连部途中，不幸于风雪中迷路失踪，虽经多方寻找，但至今没有下落，我们将继续尽力……"

郭朝霞是在党委书记的办公室里接到这份公函的，她似乎非常平静，她首先注意到了公函上的朱义汉后面的那两个字：同志！她知道这两个字意味着什么！她还知道，她的丈夫是为了什么才去了新疆的——当年她写的那篇报道出事以后——是丈夫把一切责任都揽了过来，救了她，也救了卢翠林。朱义汉去了新疆很久之后，她才从一位领导那里知道：朱义汉实际是作为"内定"右派分子处理的。

而那份公函上居然还称朱义汉是"同志"！

没有在那个年代生活过的人，不会理解在那个年代"同志"这个词的分量，尤其是如朱义汉的老婆郭朝霞这样的女人。在盖着鲜红的新疆生产建设兵团的公函上，朱义汉后面的"同志"两个字，对于郭朝霞的一生，甚至对于尚且年幼的女儿朱晓云的一生，都比朱义汉的生命还要重要！

郭朝霞理解，在茫茫的新疆雪原上"迷路失踪"意味着什么，更何况，她看清了公函发出的日期，那与丈夫"迷路失踪"的时日，整整过去了一个月！

她深信丈夫再也不能回来了！

她没有哭天抢地，她更没有闹着"活要见人死要见尸"——她明白丈夫的"斤两"，也明白自己的"斤两"——她懂得守住自己的"本分"，她是个"明白人"。

她甚至不敢在领导面前哭出来。她出奇地冷静，她喘着粗气，很快地把那张称朱义汉为"同志"的公函折好了，几乎是手忙脚乱地颤抖着双手，将之装进胸前的口袋里。

然后，很快地走出了领导办公室——她生怕那份称朱义汉为"同志"的公函被领导收进抽屉——依照规矩，那公函是应当存入档案的——那可是丈夫以命换来的啊！在那一瞬间，她已想好了，只要走出这个办公室以后，谁也别想要重新收回这份公函，她可以说出多种理由：比如说洗衣服的时候，忘了将公函掏出来，搓糊了……

但是，在迈出办公室门槛的时候，她分明听到书记叫住了她！

"小郭，你回来。"

其实，书记的声音是轻轻的，而于郭朝霞来说，却如同一声惊雷，莫非是书记要她交回那份"公函"了！

她眼前一黑，一脚站在门槛内，一脚跨在门栏外，定死在那里了……

/ 二 /

她终于听到书记接下来是这样说的：

"小郭，不要太悲伤了，你就休息两天吧，有什么困难，可以找组织上……"

/ 三 /

她眼前一亮，赶紧拔起留在门槛内的那只脚板，几乎是亡命地逃离了——如同逃避一场大地震。

/ 四 /

然而，她毕竟是个女人——特别是在把那张称朱义汉为"同志"的公函塞入贴胸的口袋后，她终于完全记起自己是个女人了——1962年，郭朝霞刚刚迈进31岁的门槛，她多么想能依在一个人胸怀里哭一场——就像1957年深秋的那个夜晚。那时上级正在追查她所写的那篇报道的"背景"。她胆战心惊，又满怀委屈。但是，在那个夜晚，她可以靠在一个人怀里，尽情地流泪，任凭那个人搂着安慰自己：

"朝霞，别怕，有什么可怕的，只要对得起良心……人最可怕的、最悲哀的是对不起自己的良心……尤其是干我们这种工作的……"

——那是她的丈夫，但是，丈夫再也不能回来了！

她想哭，然而，她终于忍住了，她不能哭，她不敢哭——在党委书记办公室取走公函的那天下午——她是一位能够守住自己"本分"的女人，她明白丈夫是为什么去的"支疆"！因而，必需忍住眼泪！

　　她不能让自己哽咽出来。她一只手攥住了一件柔弱的东西，死命地攥紧了，为的也是不让自己哽咽出来——那一天，她是带着朱晓云去了党委书记办公室的——这个颇有心计的女人，在去党委书记办公室之前，就已经听到了关于丈夫失踪的传言，她不知道领导上该会怎么处置这件事，她带上了女儿同往，就有了一种"孤儿寡母"的效应；让外人不能不产生一种怜悯之情！当时，她攥紧的正是女儿的那只小手——她已忘记自己攥在手中的是女儿的手。

　　后来，她终于听到自己身旁响起了一声啼哭。

　　——那是她的女儿朱晓云，她的小手攥在母亲掌中，显然是被攥痛了——直到这个时候，郭朝霞才发现女儿一直紧贴在自己身旁……

　　多年之后，朱晓云长大了，儿时的记忆都已模糊，唯独这一个下午的景象，在她的心灵上留下了泣血的烙印——她一直分明地记住了她紧抱着的母亲的那条大腿是如何战怵，以及她被母亲攥紧了的那只手是如何的钻心地痛。

第六章　1951年·报社的那两个年轻人

/ 一 /

关于朱义汉、关于郭朝霞的故事，我们还得回溯到1951年。

1951年秋天，《刺桐日报》社来了两个年轻人。

男的当见习编辑，女的当见习记者，当编辑的是朱义汉，当记者的是郭朝霞。

朱义汉在厦门集美侨校补习班结业不久后，就被分配到《刺桐日报》社来了。而郭朝霞是1951年的高中毕业生，那时候，在泉州一带，甚至在全中国，高中毕业算是高学历了，尤其是女孩子。

最初的时候，高度近视的朱义汉戴着镜片厚厚的眼镜，并没有引起郭朝霞的关注，同样地，剪着齐耳短发的郭朝霞也没有让朱义汉瞩目。他们虽同在一个办公室，但朱义汉上的大多是夜班，而郭朝霞上的大都是日班。

一般而言，郭朝霞每天上午7点半到报社上班的时候，朱义汉早已编完他负责的版面下班去了。

那一年春天，郭朝霞接到了一个到泉州北郊某高级社采访春耕生产情况的任务，那个农业生产合作社是远了点，所以郭朝霞可以骑着报社的公车去采访。当年，整个报社只有三辆自行车，只能供出远门采访的记者公用。为了赶早到达采访现场，天刚破晓，郭朝霞就骑着自行车上路了。当时，出城的那段马路正在维修，坑坑洼洼，到处是泥渣土块。正当郭朝霞急急地赶路之间，猛然觉得车身一震，她这才发现，路面上有一口窨井没有加盖，自行车的前轮陷了进去，还好井口不宽，她也因而没有栽进去，也就在这个时候，她听到井口下有人声。

/ 二 /

是的，井下是一个人。

是个男的，一个年轻的小伙子。

他正昂起头来，眯起眼睛，望着井口上的那个女人，他显然没能认出那个女人是谁，只听到他傻乎乎地问道：

"你没事吧，没磕伤吧？"

而郭朝霞终于认出了井中那个人。

那不是朱义汉吗？

怎么没戴眼镜呢？他怎么泡在窨井里面了呢？

他又傻乎乎地问了一声："你没事吧，没磕伤吧？"

"我是郭朝霞啊，朱义汉啊，你怎么会在下面呢？"

"噢，是小郭啊，我下班后，把眼镜忘在办公桌上了，这就落进来了，"他说到这里，再一次傻乎乎地问了一声，"你没事吧，没磕伤吧？"

郭朝霞听着，笑着没好气地说道："朱大编辑啊，先问问你自己吧，掉到井里没事吧？"

"没事，没事，只是井沿太高了，上不去。"

"来吧，我来拉你，"郭朝霞移走自行车趴在井沿上，把手伸了下去，"把手往上伸，来。"

"你能行吗？"

"行也得行，不行也得行，来，把手上往上伸，再往上一点，对，再往上一点，把脚尖踮高了，再往上一点，对了——"郭朝霞终于抓住了朱义汉的一只手。

由于井沿太高，郭朝霞只好把上半个身子深深地探进井口里，才能抓住朱义汉的手。

就在她用力地抓住朱义汉的手掌，使劲地往上拉的时候，突然身子一滑，自己也一头栽进窨井去了。

/ 三 /

当年的《刺桐日报》社在泉州城的近郊，他们的单身宿舍离报社有好长一段路，这段路地处偏僻，平时就少有人走，更何况眼下正在维修中，过往的人就更少了。郭朝霞选这段路出城采访，是贪近，省得绕一个圈子，这才遇上了朱义汉。

朱义汉是一脚踩空头朝上落进窨井的，而郭朝霞却是头朝下栽了进去的，幸好是栽在朱义汉身上，井下的空间大——那是一条地下排水沟。

朱义汉扶着郭朝霞在井下站稳了，还是傻乎乎地问了一声：

"你没事吧？没磕伤吧？"

"没事，没事，这不是事吗？"郭朝霞说着，抬头望了上去，"井口那么高，现在，我们都上不去了。"

"真不好意思，都是我连累了你。"

"别说谁连累谁了，朱大编辑，我们现在该怎么办好呢？"

"是啊，怎么办好呢——别再有人掉下来，我们应当在报上发一封读者来信，往后这种修路的窨井口，应当设有标志。"

"往后的事往后再说，现在是我俩谁也上不去了。"

/ 四 /

这个时候，朱义汉突然发现，窨井里的水，已经淹到大腿上来了，而他掉进来的时候，水还只是淹住了脚板。

他突然明白过来了，这窨井下的水沟是一直通到海边去的，也就是说，它的出口是连着城外的大海。海会退潮，退潮的时候，城市的排水通过下水沟往城外流，往海里流。

而海还会涨潮，涨潮的时候，潮水就顺着下水道往城里涌，这一涨一退之间，城市的下水道就被洗净了。

朱义汉是在马尼拉长大的，那是一座临海的大城市，他不止一次亲眼看到，在涨大潮的日子，马尼拉街道上的窨井会往外涌出水来，那是大潮水！

/ 五 /

水还在往上涨！

水将要漫到朱义汉的腰际了，而头顶的道路上依然没有人声！

/ 六 /

水已经漫到腰上了，而且流得很急！

却依然没听到头顶上有任何动静。

/ 七 /

水越漫越高，也越涌越急。
郭朝霞觉得自己已经漂了起来，就要被冲离井口了，她紧紧抱住朱义汉："怎么办，怎么办啊？"

/ 八 /

"小郭，你先上去。"
朱义汉微微弯下腰来，双手托起了郭朝霞：
"站到我的背上，对，再踏到我的肩上——对，使劲——抓住井沿——上去了吗——"
"好，别管我，千万别再伸下手来，你没有那个力气，你还会被我拉下来的。"

/ 九 /

"救人啊，救人啊，井沟下掉人了！"
窨井下的朱义汉听到了井口上郭朝霞撕心裂肺的呼叫声。而这时，窨井里的水漫到他胸前了，他快漂浮起来了，他已被汹涌的水流冲离原来站的地方了，他本能地往上伸出双手，想抓住井沿，可是井口太高了，沟中的水，不但越涨越快，而且越涌越急。他是在千岛之国菲律宾长大的，他从小酷爱游泳，在马尼拉湾，他可以游出去1000米，甚至是更远的海上，甚至是在风浪中。然而，他清楚，在这个下水道里只要身体被漂浮起来，即便是再好的水性，他也会被冲离井口——此时，水沟里的水流之急湍、之汹涌，远远胜过他少年时代在马尼拉湾遇上的任何一次浪潮——这时候，他踩到一块石头，那石头离井口、离他原来站立的地方只有一步远，他张开双腿，死死地夹住了那块石头，让自己的身体固定下来了。就在他站定身子的时候，他发现眼前有一根竹扁挑！
闽南一带的竹扁挑，两头都是用火烤弯了的钩钩，挑起担子时，前后的东西都不会滑出去。此时,他已置身于离开井口的黑暗之中,他仰起头往上看的时候,那井口被他看成了一轮太阳,那轮太阳是被竹扁挑的另一端顶着的。

"义汉、义汉,你在哪里啊?"——这当然是郭朝霞的呼唤——因为她探头往里望的时候,井口下已不见了朱义汉的身影——

——她见到的只是汹涌的、急涨的水流!

/ 十 /

那时候,水沟里的水已经漫到朱义汉的脖子下——水涨得是那么快,又流得那样急,置身于这样的水流中,任何人都会漂浮起来,然后被冲向——死亡!

朱义汉还能固定那里,那是因为他的双腿夹住了沟底的一块石头。——他死劲地夹住了它,那块石头是他被冲离井口的那一瞬间无意间踩到的,出于求生的本能,他张开双腿,紧紧地夹住那块石头,将自己固定在急湍的水中,那需要足够的腿力——他擅长蛙泳,这种泳式尤其能练就双腿的张力与夹力!

他听出了井口上的声音是郭朝霞的召唤,从而认定那扁挑是她伸下来的。他微微屈了一下身子,死力一蹬,朝前倾出身去,伸手抓住了那支竹扁挑。

"别松手,今天是大潮,一松手,你就会被潮水冲走的!"这是另一个女人的声音。

/ 十一 /

很久以来,泉州城郊的农民,都有到泉州城内挑大粪的习惯,那是下田的好肥料,在一斤猪肉5角6分钱的时候,泉州城内公厕的大粪一担可以卖到6角钱,挑大粪的乡下人都会赶在城里人上班前将大粪挑出城去。

爬上井口的郭朝霞拦住了一个往城外挑大粪的女人,这才救出了朱义汉。

"今天是涨大潮的日子,好险啊……"那个挑大粪的女人说着,已经把竹扁挑穿进了两只装满大粪的粗桶甲的吊绳中。她显然来自泉州城外临海的近郊,所以她能说出"涨大潮"这样的话,当然,在这个时候,朱义汉与郭朝霞都不会注意到那个农妇所说的话。

看着爬出井口浑身湿透的朱义汉,郭朝霞情不自禁地扑了过去,紧紧地搂住了他，当然，他也搂紧了她。

过了许久，她听到的依然是他那句傻乎乎的问话：

"你没事吧，你没磕伤吧？"

……他们终于想到应当感谢那位挑粪路过的救命女人了。

他们回过头去，却发现那位被冷落在一旁多时的农妇，已非常识趣地挑着她那满满的一担大粪远远地走了。

/ 十二 /

1952年元旦来临的时候，郭朝霞与朱义汉结婚了。

这是一桩纯洁与纯洁、善良与善良的婚姻——或者可以称之为一桩生死之交的婚缘。

在那个年代，绝大多数的新中国的年轻人都特别单纯特别善良，所以，那时更有可能出现很多很多纯洁而善良的结合——婚姻。

很快，他们就有了女儿云云。以后的这些日子，这一对小夫妻过得顺风顺水。

首先是她在工作上的顺风顺水，20多岁的她，已是泉州城内外小有名气的记者，她的文章，经过朱义汉的编辑见报后，更是文采飞扬；她的个人生活呢，当然是甜蜜蜜的，依照她的话说，朱义汉一直是傻乎乎地爱着她呢！

更重要的是，在1956年，她与朱义汉双双被吸收为中共党员，在那个年代能加入中国共产党，那是非同小可的事！

郭朝霞这一生中，她的命运可以说是幸运的，或者更确切地说是——有惊无险。1957年5月她那篇报道出事前，她的党籍已被如期转正了！当然，同时被转正的，还有她的丈夫朱义汉！

然而，好景不长，就因了那篇报道，她与丈夫——一个是"半栽"，一个是"全栽了"……

那一天的采访，本来不该是她去的，当时，年幼的朱晓云发起了高烧，正在医院里抢救，领导批准郭朝霞在病房陪护。然而，"傻乎乎"的丈夫对她说："朝霞，这次采访，还是你去吧，你一定能把握住问题的本质，不管是从作为一个共产党员的党性原则、党性高度来讲，还是从作为一个记者的职业道德、职业良心来讲，都应当是你去，晓云就交给我吧，我上的是夜班……"

……最终是，因为那篇报道，他们出事了——在 1957 年秋后的中国大地上，有多少记者，有多少共产党员，因为……"出事"了？

/ 十三 /

作为女人，郭朝霞是幸运的，抑或是不幸的？

可以说，她是幸运的，因为她曾经在她作为女人最美好的岁月里，在她 20 多岁的花样年华里，得到过一个男人的痴心的、专注的、傻乎乎的爱情。甚至当她在政治上面临着灭顶之灾的时候，那个男人顶替她承受着一切——为了她，他甚至最后去了新疆——爱情有时是不需挑明的，是心照不宣的，她心明如镜：当年朱义汉要是留在泉州，那么不幸更会没完没了，那更有可能会涉及她！

朱义汉一去新疆，前后 4 年，再没有回来过！这固然是因为路途遥远，在 20 世纪五六十年代，甚至以后的数十年中，从泉州到新疆往返一趟，单单在火车上耗去的时间，就远远超过半个月。然而，仅仅是因为路途遥远吗？他为什么甚至连信也很少写回来？作为妻子的郭朝霞能够理解：朱义汉那是在为她着想！多年来夫妻一场，朱义汉留给她的，除了朱晓云之外，还有寄自新疆的几封信。丈夫是每个季度来一封信，从信末的日期算出来，丈夫的每一封信在路上都是整整半个月。

丈夫的最后一封来信，是在他迷路失踪前的半个月寄出来的——

……此时是 1961 年元宵节后的一天夜里。

当天下午，郭朝霞离开党委书记办公室回到宿舍的时候，太阳已经西沉了，她没有上食堂去打饭，她能吃下去吗？她对女儿说：

"云云，晚上你就吃饼干吧，妈让你吃个饱。"

在中国，当时饼干是一种稀罕物，甚至是一种奢侈品。郭朝霞搁在书橱顶格的那一盒两斤装的饼干，是上个星期买回来的，郭朝霞舍不得吃，那是给女儿准备的，云云饿哭了的时候，她才掏出一片或者两片递过去。

那饼干，是用丈夫寄过来的粮票买回来的。丈夫在最后寄回来的那封信中，夹了一张 5 斤票面的全国通用粮票。丈夫在信中说了：不要让云云太饿了，你也不要太饿了……用它买点饼干吧……

在 1961 年冬天，5 斤全国通用粮票，对于普遍家庭来说，是一笔不小的财富！郭朝霞深知那 5 斤粮票是丈夫勒紧了裤带挤出来的！她不敢想象，丈夫已经饿得瘦成了什么样！尽管她也饿着，但是两斤饼干买回来后，她一片也舍不得吃——她深知，无论是作为妻子或是作为母亲，她哪怕是吃上一星半点那饼干都是可耻的。

现在，女儿就着白开水，把饼干吃了个饱，睡去了，发出了甜蜜的鼾声——她太小了，她还不到能够理解母亲悲哀的年龄，当然，她也还不知道，她已失去父亲了——当年送别父亲上车去新疆的时候，她只有6岁，在她的记忆里，父亲的影子是模糊不清的。

郭朝霞站在那里，看着灯光下熟睡的女儿，她又一次想起来了，从此以后，晓云失去了父亲，而自己——也失去了丈夫了……

……现在，她必须哭，她可以哭了。她扑了过去，偎在女儿身旁，脸贴着枕头，提心吊胆地哭了——她住的是宿舍楼，一家一户，房间紧挨着房间，她必须"小心翼翼"地哭，提防自己的哭声传入旁人的耳中——那可能给自家带来"麻烦"——现在或是将来。

/ 十四 /

直到1962年冬天，郭朝霞才终于为丈夫讨得了一个"因公殉职"的结论。——"因公殉职"，就避开了一些麻烦。甚或还可能是"烈士"。但郭朝霞不敢存有这种奢望，这个"聪明"的女人，她只求那篇报道的旧事，不要再被抖出来就谢天谢地了。

那个时候，这个"因公殉职"的结论，对于郭朝霞甚至朱晓云来说，意义非凡。

然而，郭朝霞始终觉得有一层阴云笼罩在她头上，她深知丈夫去新疆的底细——那是随时可以被"挖"出来的！经过了那场"报道"引出的灾难之后，她为人处世小心谨慎，她不再年轻气盛，不再锋芒毕露。不久，她要求调动，到报社资料室当了资料员。在这里，她勤勤恳恳，热情服务前来查询各种资料的编辑记者，所以人缘很好。再以后，她如愿调离了对于她既是是非之地更是伤心之地的报社，到教育局当了办公室副主任。她于是待人处事更加小心谨慎，一切言行严格遵循上级的文件，局里的同事因而背地里称她为"郭文件"。到了1966年，她被提任为教育局党委书记。再后来的事情我们也都知道了……

第三卷

别了，人民公社

一直朝前走，别往两边看！
——题记·录自20世纪70年代日本电影《追捕》

第一章　两个老寡妇

/ 一 /

大阵大阵的风，从晋江口外的海面上，朝着晋江口内，朝着溜石湾，朝着溜石湾后的晋东北平原涌了过来。这是农历十二月的风，风是尖厉的，呼呼直叫。

这个月令的白天，是一年中最短的。太阳刚刚偏西，夜幕就落下来了。死冷死冷的北风，把人们都赶进家门去了。夹杂在呼呼的风声中的，是关门闩户的声音。

这时候，有一个穿了厚厚棉袄，头巾包得严严实实的妇人，正走在溜滨村空寂的村街上。在村街拐弯处，这个女人不由自主地停下了脚步。她在一座庙宇前伫立了好一阵子。这是一座不大不小的观音庙，但已经多年不曾供奉观音菩萨，自然也早就杳无香火了。但这个女人至今仍清晰地记得，在她年轻的时候，这座观音庙的香火曾经兴旺过。当然，在那时候，这庙里是供奉着一尊观音菩萨的。随后几年，这里先是改成溜滨村农业合作社的社址，接着是高级社的社址。人民公社成立后，这里还当过溜滨生产大队的大队部。那时候，观音菩萨还在这里供着，但香火已日渐衰息了。再后来，那尊观音菩萨便失踪了，关于去向，大家说法不一。总之是下落不明了。再后来呢，生产大队部另择址搬迁了，这里又当过短时间的集体牛棚。后来，溜石湾的一些德高望重的老者发话了：好端端的一个清静去处，怎么可以如此亵渎呢！于是，牛们被搬迁走了，这里便成了溜石湾生产队的队址了。此后几十年里是这座观音庙最为辉煌的时代。溜石湾生产队有大大小小200户人家，这座近500平方米的庙宇，便成了溜石湾200户人家的政治经济文化中心。它的后殿是生产队的粮食仓库、种子仓库，中殿是农具仓库，水车、犁耙、戽桦等大小农具一字儿排开。下殿呢，是真正的会址了。早上挂牌出工，入夜记工，生产队里开会议事，都在下殿开展。当然，如果往前追溯，这座庙宇还曾经做过几年的集体食堂。所以，在食堂解散了十几二十来年之后，这里一直还作为溜石湾的饭场。每天开饭的时候，特别是早饭、午饭，庙宇近邻的人家自不用说了，甚至那些离庙宇百多步远的社员，也会顶着一大海碗干稀不一的饭或粥，汇聚到这里来，边议论着国事家事天下事，边把海碗中的食物扒进口去……

……此时，这个女人面对的是一座空荡荡的庙宇，黑灯瞎火。就在三天前或四天前，这里还曾经热闹过几天几夜，那是生产队在分家，主持人说了，那是上头的精神。谁是上头？又没有人说得清楚。先是，按照人口，把秋收入库的晚稻谷分完了；接着，还是按照人口，把地瓜杂粮分了；再接着，是折价把那些水车犁耙等家什分了；最后，耕牛啦、大小农具啦都分完了。林仁玉便把那扇仓库铁门扛回家去了。那扇铁门是大炼钢铁的时候，她自愿捐出去的。当时，溜石湾生产大队的大队长看到那扇铁门太牢固了，做工又好，舍不得毁了它，便做主留了下来，没有丢进土高炉里熔成铁砣砣。于是，它变成了集体仓库的铁门。由于每年上漆保养，20多年过去了，这扇铁门至今还锃亮如新。乡下人淳厚朴实，讨论生产队散伙分家方案的时候，一致认为那铁门应当归还林仁玉。

在林仁玉把那扇沉实实的铁门扛走之后，溜石湾生产队的家底便算分尽了，散完伙了。

这个包着严严实实头巾的女人，在观音庙前驻足良久，她记起了往日里这庙宇兴旺的景象，心里不禁涌上来一股莫名的酸楚！……她记起来了，那时候，尤其是在冬季，一拨拨吃过夜，洗过了手脚，趿着拖鞋木屐的男女老少社员，聚到庙里灯下来记工了。记工员提过来的那盏防风马灯的灯光，在寒夜里显得多么温暖，那灯光真是多远也能看得见呢！那些青年男女的嬉笑打骂；上了一点年纪的婆娘们家长里短的唠叨，真是多远也能听得见呢！日子虽然过得并不富裕，但是抱成一团穷开心哩……如今，怎么说散就散了呢？

……那个走过观音庙的女人，在庙前站了很久很久，直至一阵凛冽的寒风扑面吹来，她禁不住打了一个寒战，才从庙宇门口走开了。

她是朝着林仁玉家的小院走去的。

/ 二 /

那扇从生产队部扛回来的铁门，离家20多年，现时回家了，又安装到林仁玉家的院子大门框里了，新上的油漆刚刚风干，黑夜中仍可以闻到丝丝新漆的味儿。

生产队散伙了，林仁玉除了从队里扛回这扇本来属于她家的铁门之外，分到她名下的还有5分旱地6分水田。晋东北平原上地少人多，生产队没有散伙的时候，水田是一年赶三茬儿，除了春播早稻、夏播晚稻之外，秋末晚稻收回来后的冬田里，留下了少数来年播春的秧田，大片田里，又都要赶种一茬春收的冬小麦、蚕豆或青菜萝卜什么的。那些冬种的活儿，都是由队里统一挂牌安排分工的，现在生产队散伙了，林仁玉一个人面对那两片地块，没招了：首先是她没有分到牛腿，而且她也使不了犁耙，要靠锄头一锄锄把那一亩来地翻过来，再开沟整畦，她没有那个气力了，她不如当年了——1952年开春的时候，那时，她才40多岁，身强力壮正当年。而且在那时候，乡上区上政府的人，都记挂着他们这些做田人。她不会忘记，溜石湾还未成立互助组，她还单干的时候，区上派了个会使牛的土改队赵同志牵来了耕牛，帮她把几亩水田犁了耙了不误季节播了种的事⋯⋯现在政府里好像再没有人管这档事了。还好是，她林仁玉不比当年了，当年孤儿寡母，朱省身还只是一个三四岁的小娃娃呢，就靠她一个人从那几亩地刨食寻穿。如今，儿子早已从师范学院毕业，现在单靠儿子那份工资，母子俩的小日子就可以过得滋滋润润。可有些人就苦了，比如林彩妹，年纪比她小了一岁，也有一个儿子，可她那儿子不是大学毕业生，而是一个憨仔，人叫朱大傻，比朱省身年少了一些。朱大傻年幼的时候，据说是睡梦中被什么事吓破了胆，当年没有及时治疗，从此落下了傻症。这孩子虽不打人不追人，不满世界抹屎撒尿，但就是开不了窍，你让他往前走，他便会直走下去，即使撞了墙也不会转弯。当然，他也没有进学校。长大后，难一点的农活怎么教也学不会，但直来直往的活路，他会比别人干得实在。比如说，春夏撒种之后，生产队总要安排人到秧田上敲锣吆喝驱赶前来叨啄稻种的鸟雀，这时你交给他一面铜锣，把工作任务交代之后，他会一整天敲着大锣奔走在田埂上，一只鸟雀也别想沾边。再比如，你分配他饲牛，他会早出晚归地把牛赶到草叶肥绿的地面上，把牛肚子饲得滚圆了也还不想往回拉。这么个傻得惹人喜的"大傻"，生产队要是不散伙，怕是到老，也能分得一口吃的一身穿的——偌大的一个生产队，总会有那么一些饲牛驱鸟的直活儿，需要人去干的，这就有了工分赚了。每年生产队分红的时候，朱大傻的工分，比他妈林彩妹所挣的工分，竟然差不到哪里去！眼下生产队一下子散伙了，事情就来了，他们母子按人口分了两亩来地，这些耕地怎么个整？生产队散伙之后，林彩妹伤心地抹了几夜眼泪——她得活下去，她的朱大傻更得活下去，他还年轻，他要走的路，要活的日子更长呢！可他们怎么走下去？怎么活下去？

　　林彩妹有个近房老堂姐，嫁在溜石湾南邻的那个村，前些日子回溜石湾时，跟林彩妹提起了一桩事，这给差不多绝望中的林彩妹带来了一线光明，那可是一桩大事！林彩妹踌躇了好几天，终于想好了，这事还只有找林仁玉来商量。所以，今天刚入夜，她就往林仁玉家赶过来了。

　　这时候，朱省身不在家，所以就林仁玉一个人在家。生产队散伙了，她心里总觉得空落落的。还好，朱省身不久前，给家里抱来了个12寸的黑白电视机。那年头，在溜石湾，电视机还是个稀罕物。

　　天一落黑，林仁玉就把院门上闩了，林彩妹拍门进来时，她正自个儿在看电视。一看到林彩妹，林仁玉就像见到离散多时的亲姐妹。可不，生产队未散伙时，林彩妹跟她是一个生产小组。都是没有男人的女人，两人特合拍，天天见面，家长里短大小事情都说得来，如今，生产队一散伙，都四五天没见面了！

　　见到林仁玉，林彩妹叹了一口气说：

　　"玉啊，今后的路，我不知道该怎么走了，你看看我——人比人，真是越比越心寒啊。"

　　"老姐妹，这话怎么说？"说着，林仁玉从床上跨下来，把林彩妹拉了过来，"来，被窝里挤着说去，瞧你，手都冻得冰冷了。"

　　"你想想看，你家省身，要多出息有多出息，世道如何变迁，你都可以稳如泰山了，哪像我。就守着那么个傻小子——哎，仁玉姐啊，如今，我都更要妒死你了，你熬出头来了，可我……"林彩妹说着，泪水淌了下来。

　　"彩妹子，你别这样……日有初一十五，月有月圆月缺，有时星光有时月亮，人嘛，也一个理，彩妹子，总不会都尽是落难的时候……你有什么心事吧，几十年了，我俩有什么话不可说出来？"

　　"仁玉姐，你看，这生产队散伙了，我该怎么办？以前嘛，大家伙合着干，虽然工分也就那么一个值不到一角钱，一天出工下来，也就只挣那么三四角钱，我跟大傻一天合起来都挣不到一元钱，但总算大家有活干，大家有粥喝，现在一散伙，我们娘儿俩该喝西北风了？总不能坐着等死吧，前两天，俺遇上美贤堂姐，告诉我她们那边有点本钱的，办起了银耳冲剂厂，很来钱的。"

　　"银耳，那是什么呢？"

　　"说俗了，就是白木耳吧。"

　　"噢，还有这么娇贵的叫法，不过，那白木耳早时间也是蛮娇贵的，差不多跟燕窝一样稀贵呢，听说现时可以像种菜一样种了——彩妹子，你怎么突然谈起了白木耳的事，你该不会打起了白木耳的主意吧？"

"是的，我今晚就是专程过来找你商量这件事的。"林彩妹说着，把手中一个布包搁到被面上，从中掏出了一个精美的纸盒来，"仁玉姐，这就是白木耳冲剂，你打开来看吧。"她把那纸盒递给林仁玉。

林仁玉打开纸盒，抽出一块像洗衣皂一般大小的物件来，那物件外面套着一层透明的玻璃纸，隔着玻璃纸一看，里面便是裹着白糖凝成方块的白木耳冲剂了。

"仁玉姐，你掰一角含口里试试看，味道蛮好哩。"林彩妹一边说着，一边把那方块糖接过来，掰下一小块，塞到林仁玉口中去。

林仁玉把它在口里含化了说："清甜清甜的，还真有一股诱人的木耳香。"

"仁玉姐，我也尝过了，要是拿开水泡开，那味道就更来劲了！"

"说了大半天，尝也尝过了，彩妹子，你想做咋？"

"你想，这东西做出来了，得卖出去，才能把钱赚回来——仁玉姐，我是想，去做这个买卖，从那边厂里出货，我们出去推销。"

看到林仁玉坐在一旁，也不出声，林彩妹接着说了下去：

"推销——这算是一条出路吧？你想，家里分下的那点秋粮，能度到来年五月节吧，本来，过了五月节，小麦一登场，就接着有麦糊粥吃了，可今年生产队散了，我们那几亩地没有牛工开种，已误了季，种不下小麦了，分红的那百儿八十块钱，过大年一折腾也就完了，总不能坐吃山空等死吧？"

听到林彩妹说到自家的难处，林仁玉也禁不住陪着她叹了口气，但随即又口气一转，安慰了起来：

"彩妹妹，活人嘛，总不会让尿憋死的，什么样的苦我们没吃过，抗战那年头，连山上的老鼠都掏回家吃了。"

"仁玉姐，我必须走出去跑这个推销，而且，你得帮我。"

"我？我怎么个帮你啊？"

"仁玉姐，我想，我们一起去跑这个推销吧，我知道，你是用不着去走这条路的，算是帮我吧，我是睁眼瞎，瞎眼牛，斗大的字不识一个，叫我怎么出门做生意？而你能识文断字，比我强多了。仁玉姐，看在多年我们走在一块的情分上，算是我求你了，至少，这开头的第一趟，你把我扶上路吧。"

林仁玉是个菩萨心肠，听着林彩妹把话说到了这份儿上，便开口问道：

"你那个美贤堂姐没告诉你该去哪个埠头推销吧？总不能满中国跑吧？"

"有啊，有！她说了，大多人都先上汉武去，前一阵子跑汉武的人，没有空着手回来的！"

林仁玉听到林彩妹这一说，有点纳闷了：她长这么大，从没听说过有"汉武"这么个地方：

"彩妹子，你说的该不会是'武汉'吧？"

林彩妹怔了一下，一拍脑门说道："是，是，就是武汉，说是在长江边上。"

这林仁玉一向是个侠义心肠的女汉子，听到林彩妹连个地名都说颠倒了，怎么自个儿出门去做生意哩？这个忙，她还真是非帮不可了！

她站了起来，走进儿子房间，搬过来一本中国分省地图，在桌面上摊开了，翻到湖北省那一页，把林彩妹拉过来，指着图面对她说：

"瞧，这，这里就是武汉，旁边就是长江。"她又翻到了另一页，"这里是我们福建——泉州，晋江就在这里。从这里到这里，远着呢，坐车，得几天几夜啊……"

"几天几夜！天哪！"林彩妹听着，把舌头都伸到胸前来了，她一下又怔住了。

林仁玉注视着摊开在桌面上的地图，此时，她真有点像正在指挥一场战争的将军了！她望着怔贴在自己身旁，脸上露出无奈神色的林彩妹。沉思了好一阵子，林仁玉终于开口了：

"彩妹子，虽然生产队散伙了，但你的难处，就是我的难处。后天是星期天，省身能回来，我要他把到武汉的路线怎么走告诉我们，还让他把车票给打了，毕竟是出远门，不像是上泉州到厦门那么简单的事。"

听到林仁玉透出这话来，林彩妹的眉结一下子舒开了：

"仁玉姐，你这话当真——那好，我明天就把存信用社的那85块钱取出来，让省身侄儿帮我们打车票去。"

"你先别急，我估算这一趟出门，车船票带上三餐吃的，还有，住上几天旅店，至少要带上两三百元，这笔款子先由我来垫上，你那85块钱，还存着吧。不瞒你说，早些年卢老师帮我买的那些公债，都变兑现款了，六七百元呢，再加上这几年省身那孩子领了工资，往家里捎的那些钱，我都舍不得用，都存着，两条加起来，都有千把元了，那是留着将来为他娶媳妇用的，我们先挪着用吧。这一趟的路费你要不答应让我先垫着，我就不跟你出去了。"

"哪有这样的事哩，这不是三元五元、十元八元，是两三百元哪——仁玉姐，要不就这样吧，这一趟出门的花费，我们都记着，生意赚了，我们把这笔钱加倍地预留下来，你先收下。"

"彩妹子，你以为这做生意包能赢回来？还是心里先有个底吧，想着推销不出去的事吧，免得到那个时候，撞墙跳海呢。"

林彩妹略一深思，便说道："这样吧，要是推销不开来，亏了的所费，我先垫出整100元——除了存信用社里的那85元，我手中上还有30元，到时候，不足的部分，我就是拉上大傻一齐去卖血，也要把那窟窿给你填补上。"

　　"彩妹子，你错听了姐的话，我是说，咱们出去跑这趟生意，心里先要有做不成买卖这个底。什么卖血不卖血的，咱们老姐老妹了，你别这样说，姐听着心里不好受呢！"

/ 三 /

　　4天之后的星期二早晨，林仁玉、林彩妹两个女人，已经坐在泉州开往福州的长途汽车上了。车票当然是朱省身安排的。这朱省身算来也是个孝子了，对于母亲的这次远行，他是放心不下的，而且也很是劝说了一番。但见到母亲执意要走，他也只能顺着她的意思了。而且，到武汉的路途，该怎么走，怎么转车转船，朱省身都明明白白、详详细细地写在一本新买的硬皮本子上，让母亲随身带着，免得临时乘错船搭错车。此外，他还到学校开了一张证明，上面写着"本校教师朱省身同志的母亲林仁玉及同伴林彩妹二位同志外出前往武汉等地，特此证明。"要林仁玉夹在那硬皮本子里。那天在泉州送她们上车时，朱省身一再交代着：

　　"妈，彩妹婶子，你们一路上就互相照应着吧，出门在外，要挑好一点的旅馆住、好一点的餐馆吃，别太苦了自己。跑推销不是那么容易的，你们就当是出去旅游散心吧，别太把做生意当一回事，走累了，就回家歇着吧。"朱省身根本就不相信她们俩能做回来什么生意，他只当是趁母亲还走得动，让老人家出去旅游观光了。

第二章　跑大生意的女人

/ 一 /

两个出远门做"大生意"的老寡妇，离开了泉州之后，乘了汽车乘火车，下了火车又上了船。

第三天，她们已经走出福建省，来到江西地界了。又乘车往北走了好几个小时的旱路，一条大河挡住了前方路，这条大河就是长江了，临着长江的这个港口城市便是九江市。九江市在长江以南，她们将从这里上船，跨过长江，到隔江北岸的汉口去。这个目的地是临行前，陈大乡那个白木耳冲剂厂的老板告诉她们的。

这个夜晚，轮船逆着江水，往西北方向开了去。几百公里的水路，轮船走了整整一夜。她们便在九江开往武汉的船上过了一夜。

第4天上午，在武汉市汉口码头熙熙攘攘的马路上，就多出了两个溜石湾女人的身影了。那个人高马大的，拉着一只带轱辘行李箱的是林仁玉。那个背着一只大背包的，当然是林彩妹了。两个人走在一起，林仁玉要高出半个头来，她拉着的那个带轱辘行李箱，是儿子花了近一个月的工资为母亲新买的，他怕母亲走远路背大包辛苦，这拉着走，就轻松了。

武汉嘛，自古就是个冬天特别冷夏天特别热的城市。这时候，已是12月上旬了，差不多是武汉一年中最寒冷的季节了。从九江码头一路过来的轮船，在靠上汉口码头之前，林仁玉和林彩妹，这两个闽南侨乡女人，就领教了汉口冬天的寒冷！这里不像溜石湾，有大把大把的风拥着你冷你。武汉的冷是一种不声不响的冷，那种死冻死冻的闷冷是透骨的！还好，两个女人都带足了寒衣，在上码头之前，她们把该套上的衣裳都套上了，上了码头之后，林彩妹的那只大旅行包差不多掏空了，包内只剩下两个人的洗漱用具和换洗的外衣了。

/ 二 /

"怎么回事,这里总让人感到从脚底往上冻。"走在码头上,林彩妹打了一个寒战说,"要不,仁玉姐,你那个轱辘箱让我拉吧,说不准还能拉出一身暖和来。"

"这箱能拉能背,拉杆压下去,就能背了,背着出出力,身体或能暖和一些。"林仁玉说。

"这箱子,不管是拉是背,都时髦着呢。"

"那你也时髦时髦吧,说不准能时髦出一身汗来呢。"

那轱辘箱里,装了几大包银耳冲剂样品,还有一沓广告资料,拉在平路上轻松,要真背在身上,还是很沉的。

两个女人一路说着,一路寻找着落脚的旅店——这也是临走时朱省身再三嘱咐的:到了一处新地方,首先要找的是住的旅店,免得耽误了,睡马路旁过夜——还好,林仁玉是识字的,普通话也讲得出口,虽然带点泉州南门外的土腔。走出码头不远处,她就看到了旅馆的牌子!

林仁玉招呼着林彩妹朝那旅店走了过来。在服务台前,她掏出了朱省身为她开出来的那张证明,递了过去:

"同志,我们要住旅馆。"

"两位大婶,是住双人房哩,还是开两间单人房?"那个坐台登记的女服务员,看上要去比林仁玉、林彩妹两人年轻许多。

"同志,单人房怎么收费,双人房怎么收费?"林仁玉还是用普通话说着。

"单人房一个房间3元5角钱,双人房一个房间4元5角钱。"

"有没有便宜一点的?"林彩妹接过那服务员的话茬用闽南话问道。

接待的客人多了,那女服务员显然能听懂林彩妹的话:"再省下来的就只有统铺了,一个人1元2角钱——但是,眼下,女统铺还真没有床位了。"

"那就开一个双人间吧——你看呢?"林仁玉回头问了林彩妹一句。

"4元5角——那也只能这样了。"林彩妹说。

"要不要开暖气?"那服务员问道。

林彩妹不知道"暖气"是怎么回事,但林仁玉是知道的,那自然也是儿子事先告诉她的,朱省身要她到了武汉之后,无论如何要找有暖气的旅馆住。

"这位同志,要暖气和不要暖气差多少钱?"林仁玉问道。

"开暖气的话多一元钱,也就是双人房一夜5元5角钱。"

一听开暖气一夜要多一元钱,林彩妹忙说:"那就不开吧,我们那里睡觉从来不开暖气的。"

"那就不开吧——要受不了了,你们随时可以过来补钱让服务员把暖气打开的。要知道,汉口码头上这些旅社,还只有我们这里有烧锅炉送暖气。"

这位服务员说的暖气,是他们这家旅社特有的。他们的伙房里装了一个大锅炉,把水烧开了,热腾腾的水蒸气就通过几根铁管子送到各个客房去。每个客房都有阀门,交了钱,阀门一开,暖气就能进入房间的铁管里,房间里就暖和起来了——可这多交一元钱也太让人心疼了。

她们出门的时候,泉州城内外正遇上暖冬,年轻人,里一件毛衣外一件夹克就够了,上了年纪的人,再加上一件夹袄也上下暖和了,而夜里,一条不厚不薄的棉被就管用了。

可这是在武汉。第一个晚上,这座长江边上的大城市,就以其出奇的寒冷,给首次出远门的,这两个已经很不年轻的闽南女人,来了一个下马威!

她们的床上虽都有床垫打底,棉被也是厚实的,还有一件毛毯。林彩妹身子单薄,她是把棉被毛毯卷春卷似的卷起来,人钻在中间。可是躺了小半夜,也没感到身上暖和起来!林仁玉当然听到了她在床上的动静,便开口说:

"彩妹啊,要不我去叫服务员,把暖气开了吧?"

林彩妹忙说:"不用了吧,多躺一会儿身上自然就暖起来了。"她心想:都快半夜了,挺一挺,也就天亮了,这一开(暖气),每人就得多5角钱,在旅馆的餐厅吃,就是一个人一天的伙食费呢!林仁玉知道她心疼钱,便也不再勉强她了。而且自己两三天来的舟车劳顿,也确实懒得动了。过了一会儿,她便迷迷糊糊睡过去了。

/ 三 /

长江边上的这座武汉城真大!在这里,街是大街,一眼都看不到头;楼是大楼,仰起头来也望不到顶!而且,这武汉,地盘真够大!大到能容下那么一条宽阔的长江从中穿过,江的南畔是武汉——武昌,江的北畔还是武汉——汉口与汉阳!汉口与汉阳之间又夹了一条叫汉水的江!汉水江面虽没有长江那样宽阔,却也是像模像样的一条大河!一想到要在这样无边无际的大都市里推销白木耳,寻找客户,两个泉州南门外乡下来的老女人倒抽了一口冷气——这可是大海里捞针啊！一想到这一层，对于武汉三镇上的那些市容街景，两个女人都没有一点心思注目了，她们心里都记挂着"生意"上的事！尤其是林彩妹，她估算着，从泉州到武汉，车船住店三餐吃的，差不多已抵上她存在信用社里的那八九十元钱了！她心想：这出门在外，真是每走出一步路，每时每刻都得花钱啊！

两个女人，大清早在旅店食堂匆匆吃了早粥，便拉起那一轱辘箱白木耳冲剂样品，走出旅店大门。

还好，林仁玉能讲普通话，问了几个路人，也都是善心人，听不明白的，林仁玉就掏出硬皮本子，那上面写着医药公司地址（是银耳冲剂厂厂家提供的），林仁玉就着那硬皮本子请教人家。终于坐了几站公交车，走了几段路，临近中午的时候，还真让她们找到了医药公司！

在走进医药公司大门之前，林彩妹说：

"仁玉姐姐，一见这满眼的高楼，我心里就发怵打鼓，待会儿见了人家主事的，都由你说话了，我——怕！"

林仁玉说："怕什么，公家的人，我们也没少见，卢老师、沈霏她们，不都是公家的人吗，有啥怕的？再说啦，我们是出来推销产品，做生意，不偷不抢，怕什么？这箱你拉着，轱辘轱辘地能壮胆，跟在我后面。"

林仁玉这是第一次出远门，做"大生意"。在以往，她也吃喝过一些小买卖，那是从溜石湾里讨小海时抓到几只红膏蟹，自己舍不得吃，就上泉州南门兜卖了，给朱省身买文具，可那毕竟只是三两元钱的小买卖，但这次可是几百上千的大生意呢！要说心里一点不慌，是假！

接待她俩的是一个被称为刘主任的人，看样子不到50岁，听到林仁玉说到"银耳冲剂"4个字，那刘主任笑笑说：

"知道了，是福建晋江县来的吧，老远的路呢，坐吧，喝口热水。"

林仁玉心里正纳闷着：他怎么就知道我们是福建晋江来的呢？却听到刘主任又开口了：

"我今儿这是第三拨接待来推销银耳冲剂的晋江人了，前两拨是年轻人，刚上班时就先后到来了，没想到这第三拨来了两位大嫂，你们福建晋江人真不简单哩，这一把年纪了还能出省出县地做生意。"

见到刘主任慈眉善眼又递茶又送水的，林彩妹咚咚作响的心头渐渐平静了下来，她把屁股挪正了，这才在靠背椅上坐稳了下来。而林仁玉已拉开拉链，把行李箱里的银耳冲剂掏出两盒子来，递到刘主任桌上：

"刘主任,这就是我们那里生产的,你看看,没有一点掺杂。"

刘主任拿在手上,隔着玻璃纸包装,看了又看,满口称赞起来:

"这一拨货,比前两拨要好多了。"再一听林仁玉的报价,也比较实在。一听到刘主任满口称赞,林仁玉心热了起来,她还想把那些广告资料掏出来,可却听到刘主任说道:

"不瞒二位同志,我这里是总公司,目前不进货,下面有好几个分公司,你们去下面跑跑吧。"

林仁玉一听这话,刚刚热起来的心又凉了下去:

"实话告诉刘主任,我们是第一次来武汉推销产品,人生地不熟的,临出门时,厂里写下了其他几个医药公司的名字,刘主任能否帮忙指点一下,我们先去哪个公司合适?"林仁玉说着,把那个硬皮本子递了过去。刘主任接过来,细细看了一番,拿起桌上的铅笔在本子上画了几个圈:

"这几个分公司都不远,你们可以先过去走走问问看——都到中午了,吃了饭再走吧?"

林仁玉忙说:"不用让刘主任费心了,我们就上街吃去,你们这里方便得很,吃过饭我们就去这几个公司走走。"说罢,告别了刘主任,拉上轱辘箱就和林彩妹起身往外走去,却听到刘主任在背后喊道:

"二位同志,这样品你们没带走呢!"

/ 四 /

两人找到一家小餐馆,各要了一碗素菜捞面,结账时是每人5角钱,这让林彩妹又心疼了一下:生意没谈成,又花出去一元钱了!

当天下午,按着刘主任的指点,又是急急走路,又是追着公交车,林仁玉、林彩妹又跑了两家医药公司,但公司的主事人都说前些天才刚进了货,暂时还不要。

跑过了那两家公司,已近黄昏。两人回到旅店时,天早黑下来了。她们是续交了定金的,房间还留着。这一回林仁玉吩咐服务台开暖气了,林彩妹听着不再拦阻了,昨晚一夜把她冻得够受的,今晚这一元暖气钱,她豁出去了!

这一天,跑了三家公司,没跑出个结果来,林仁玉心里也没个底了:这大生意是难着呢!但她又不能在林彩妹面前露出泄气话。她知道这个姐妹伴,处境要比她难多了,这生意没谈成,每一分花出去的钱,都是在剜她的心头肉！她只能咬咬牙安慰着她：

"分公司还多着呢，单这汉口就有八九家，还有汉阳的、武昌的，合起来有二三十家医药公司呢，10份我们才跑了一份呢，我就不信会空跑一趟武汉路！"

"仁玉姐，你说的也是，这次出门前，我是烧了香问了菩萨了，一帆风顺，财星高照呢！"

"是啊，我们就当是下了溜石湾，抓不到大鱼鳗，也能捞回来小虾米呢。"

这两个第一次出远门"跑大生意"的泉州南门外乡下寡妇，就这么互相安慰着，互相鼓气着又过了一夜。

接下来，她们拉着辂辘箱，在长江中游边上的这座陌生大城市里跑了整三天，也没跑出一个要货的公司来。她们是晚走了一些时间，年底到了，各公司过年的货大都进齐了！

到了第三天晚上，回到旅店时，林彩妹差不多是哭着说了：

"仁玉姐，我们收拾一下回家去吧，我把你拉出来害惨了……到现在，回去了，这次出来亏的所费，我还能赔得起，接下去，我就赔不起了。"

林仁玉出门时带了300块钱，是分着三个口袋上了别针装的，都是10元一张的大票（1983年的时候，还没有100元一张的大票呢）。第一只口袋里装的那100元钱，已抽得差不多完了！林仁玉不是不心疼啊，虽说朱省身一再告诉她，生意没做成，就当着是出去旅游观光了，该吃吃，该喝喝，吃好些住好些。话是这么说也是这么听的，可她苦了大半辈子的一个守寡女人，真舍得花上百把元钱出来旅游观光？但她必须在林彩妹面前装出一副"不差钱"的模样来。她知道林彩妹是那种说话算话的人，做不成生意，赚不回来路费，她砸锅卖铁，倾家荡产也不会让她林仁玉整这趟出门跑生意的所费！而她林仁玉不也是一条说话算话的女汉子吗？即使生意跑空了，她也绝不会往回要自己整出去的这些钱！更何况，她的家境要比林彩妹好得多呢——这些花出去的钱，就当泉州南门外俗语所说的："当成赌博输了去，你甘我愿！"

每天从日出到街灯亮了起来，两个女人，在汉口整整跑了一个星期了，汉口的几家医药分公司都让她们跑遍了。7天下来，她们辂辘箱里的3箱6打72包白木耳冲剂样品已送出去两箱了，一些公司是留下了她们的姓名，说是待来年开会研究后再定。还有的是留下样品也留下她俩的地址，说是随时联系。那3箱样品，是林仁玉掏现钱以成本价从厂家买出来的，3箱合计100来块钱。林仁玉想的是：既然留下了样品，也就留下了希望。最可怕是连样品也不让她们留下，说是"我们这里的样品已够多了"。还有，林仁玉均分装在

3个口袋里的300元钱，有一个口袋已抽空了，开始抽第二个口袋里的钱了！

第7天晚上回到旅店来的时候，林彩妹抖着声音开口了：

"仁玉姐，我想，我们明天就打船票往回走吧，命中注定，我们没福分赚这门子钱。"她想到，这一趟出来花出去的钱，比他们母子两人一年花的还多了去！她又想到，来年四五月青黄不接米缸见底时拿什么籴米下锅？

林仁玉心里也凉着哩！几天下来，她的嗓子都推销沙哑了，但她又必须支撑住，她知道，林彩妹到了这节骨眼儿上，已经绝望了！她就看着她林仁玉，她林仁玉就是把牙根咬崩了也得顶住，要不然林彩妹真的会去撞墙的！

"彩妹子，既然出来了，就得一条道走下去，我们带出来的钱还差不多有200元，还有这箱样品，这一沓宣传广告纸，我们把往回走的车船钱留足了，剩下的钱，还得用来跑下去。"说罢，她翻开一张新闪闪的武汉地图，那是今天路过新华书店时刚买来的，她指着地图让林彩妹看了，"你瞧，我们走了7天，还只是走了汉口几家公司，武汉还有武昌、汉阳，我们明天坐船跨江到武昌去，我不信就会这么空着手回去！——我问过了，你看，我们明天就在这个码头下船，到隔江的武昌去。"她把偌大的一张地图对折起来，放到床上去，"走吧，吃夜去，赚不赚先吃一顿好汉！"

林彩妹抽回自己的手说："仁玉姐，我跑了一天，太困了，中午又吃得迟，现时是没有一点胃口了。"

林仁玉说："那也好，出门来前后都10天了，你就留着先把自己浑身上下洗个透，明天另换一身衣裳上阵，我这就出去张罗吃的。"

说着，她把一个大牙缸提在手里，走出旅店去了。

林彩妹洗过了澡，又把两个人换下来的衣裳洗好了，晾在暖气管上之时，林仁玉咚咚走进来了：

"彩妹子，我在食摊上吃过了，这是你的份，几个水煎包，还有一缸，他们这里叫馄饨，我吃了，其实就是我们那里的扁食，有点麻辣，味道不错，趁热吃，别落下，牙缸里我借了一把汤匙，嗯，这是筷子。"

/ 五 /

第8天，她们又起了个大早，走出旅店，一看路面上湿漉漉的，天正下着粗粗的雨呢，这可让两个女人犯愁了：这趟出门，什么都带齐了，唯独忘了带伞！

泉州南门外这会儿，向来是少雨的，她们出门前的几日，见天都是红红的日头，没想到这里是长江边上，冬天的雨也是喜怒无常！林彩妹抬头一望天空，阴沉沉的，而且，雨丝中带着纷纷扬扬的——像是爆米花，飘落下来，林彩妹着急地说：

"仁玉姐，你看天空，那是什么落下来了？"

林仁玉顺着林彩妹的手指抬头一望，一会儿才说："那该是下雪吧——我在电视上看过的。"她再回头一看林彩妹，只见她的脸色比天空还阴沉呢！她知道林彩妹又犯愁了，"彩妹子，这鬼天气，你如果累了，今天就别出去了。"

林彩妹听到林仁玉这么一说，连忙答道："出去，出去，就是一滴雨砸死一个人也得出去，你看，这一天不出去，吃的住的，六七元钱呢！"

林仁玉把林彩妹带出了旅店，她们冒着茫茫的雨夹雪，小跑着来到傍在旅店不远处的小巷口一个食摊前，把昨晚借过去的汤匙筷子还了那个掌摊女人：

"还像昨晚那样，给我俩都来一份水煎包，还有——馄饨汤。"

林仁玉在一旁心疼地瞄了林彩妹好一阵子：这妹子，本来脸上就没有多少肉，出来这几天，又明显瘦下去了一圈，而且双眼布满了血丝，两片嘴唇都皲裂了，林仁玉不禁一股心酸：这一趟出来，要真是签不来合同，林彩妹当真会去撞墙跳海的……所以，今天这早餐，她执意不上旅店食堂去喝粥，硬是把林彩妹拉过来，就馄饨汤配水煎包。

向来是，食摊上让顾客借出去的汤匙筷子什么的，都是有去无回的，没想到这两个闽南女人把一双筷子一把汤匙都洗得干干净净送回来了，那个食摊女主人作为回报，在为她们舀馄饨汤的时候，舀的是另一个锅里浓浓的大骨汤，而且还多往里撒了些味精，这就让林仁玉她们吃在口里更鲜美了。吃过后，付了钱，林仁玉问道：

"这位嫂子，这附近有没有卖雨伞的？"

那女摊主略想一下，说道：

"这附近还真没有卖伞的——这样吧，我这里有一把，你们先带上吧。"

"这怎么好意思，我们这一出去，要晚上才能赶回来哩。"林仁玉说。

"你们就带着吧，反正我一整天也用不上它，你们出门在外的，身体要紧，别淋着了，讲不得客气。"那女摊主说罢，回过身去取来一把伞，塞到林仁玉手中。

林仁玉谢了又谢，打开伞，带着林彩妹走了出来。那食摊的女主人特意走了过来，指着前面的路道说：

"往前走，第一个码头就有开往武昌的轮船，别急，每半个小时都过往一趟船——对了，一直朝前走，别往两边看。"

走在去往码头的路上，林彩妹说："仁玉姐，也不知道怎么回事，今儿出了旅店后，我眼皮一直跳着。"

"是吗，你别紧张，不会有事的，"说到这里，林仁玉还是禁不住问了一句，"跳左眼还是跳右眼？"

"就这眼，就这上眼皮。"

林仁玉停下脚步一看："真的吗，就这只眼，就这眼皮，这是左眼呢，都说'右眼跳灾，左眼跳财'好兆头，难不成今天会签下一个合同来？"

"跳得厉害呢，你瞧，你快瞧，这阵正跳个不停呢！"

两个女人，合张着一把伞，头发是遮住了，可是下半身，整条裤子，越走越湿了，后来裤管都贴到腿上了，她们忍不住都打了一个寒战。雨越下越稠了，这武汉的冬雨，冷得直钻入人的骨肉！林仁玉看着路面的水说：

"彩妹子，你把伞拿着，这轱辘箱我得背着，要不然，里面的冲剂怕会泡汤了。"

两个女人，冒着茫茫的雨雪往前走去，说话之间，已经来到了码头上。渡轮刚刚靠岸，林仁玉把轱辘箱交给林彩妹，自己就上窗口打票去了。

/ 六 /

上了对岸码头，雨已经止住了，只见空中还稀稀疏疏地飘着爆米花雪，天空不再那么阴沉了。

一个挑菜的汉子正走在她们前头，林仁玉快走几步，赶上前去问道：

"同志哥，借问一句，武昌第一医药公司怎么走，乘哪一路车？"那挑菜的年轻汉子回过头来，爽朗地答道：

"你们问得还真够巧，跟我来吧，我正给他们公司食堂送菜过去呢，不用挤公交，不远就到了。"

又是一个好兆头！——刚刚是林彩妹的"左眼跳财"，此刻又搭上了一个顺路的，那乘公交的钱还省了下来！

走出了一小段路后，林仁玉竟觉得不安起来：她空着手，却让一个挑担的人带路，于是她开口说：

"同志哥，看你都走出汗来了，我来替你挑一程吧。"

那挑菜的年轻人是个实打实的乡下人，竟然也实打实地答应了下来：

"你能行？有六七十斤重呢，"他瞄了林仁玉一眼，见她粗手大脚的腰板还挺壮实，便笑笑说，"我正犯烟瘾哩，可又赶着要把这菜送过去。"

林仁玉说："那你就把担子撂下吧，别说六七十斤，百儿八十斤，我也挑得起放得下，我们在南方家里也是做田的。"

那乡下汉子还真把菜担子往路旁一撂，让林仁玉接过去了，自己卷了一支纸烟点着了火，边走边吸了起来。

那支烟刚抽过，挑菜汉子就把林仁玉肩上的菜担子接了过来，又快步走了好一程路，那乡下汉子才停下脚步说：

"这就到了。"林仁玉抬头一看，果然大门外挂着一个牌子"武汉市武昌区第一医药公司"。

"你们在这里等一会儿，我把菜送进食堂后，就带你们去办公室，我也得找他们总务去结这几天的菜账。"

林仁玉、林彩妹在门口歇了片刻，那汉子便折了回来：

"我的事办完了，走，我们这就上办公室去。"

林仁玉、林彩妹心里暗暗高兴：今儿碰上了热心人，省走了那些弯路，要不一路上说不准还得问多少人呢。看起来，这挑菜的"同志哥"，对医药公司还是熟门熟路，不断看到他与这里的人打招呼，一会儿工夫，就把俩跑推销的女人引进了一间办公室，那挑菜汉子先把林仁玉、林彩妹交给了徐业务：

"你们这桩事，就归徐业务管——林总务，今天刚好又是一个星期，我们把菜账结了吧。"他先对她们说，然后又熟门熟路地对办公桌后一位男人说，"徐业务，这两位同志，福建来跑业务的，交给你了。"

看到那位给医药公司食堂送菜汉子就要出门去了，两个女人齐刷刷地站了起来：

"谢谢这位同志，把我们带了过来，往后有机会，到我们福建晋江县来，让我们去接你。"

那汉子笑了笑说："谢什么谢，出这么远的门，不容易呢，希望你们的业务能谈成。"

那个被挑菜汉子称为总务的，随即也走了出去："徐主任，我到总公司去了，下午才回来。"

林仁玉站在那里，打眼一看，只见这办公室一角，摆着一张茶几，茶几旁烧着一个煤火炉，炉火烧得正旺！那显然是用来取暖兼烧水的。那个徐业务见到两个客人正望着火炉，连忙招呼着：

"二位——同志，那边坐——哎呀，看你们都淋湿了。"说着，徐业务把她们俩引到茶几旁来了,"别客气,把椅子挪近火炉,烘一烘暖和,刚才那一阵雨还真不小呢。"

两个女人便不再客气了,把椅子挪近了火炉,伸出冻僵了的双手,在炉面上烘了起来。终于,她们不再打抖了,身子暖和过来了。

有了六七天来谈业务的实际经验,林仁玉、林彩妹已不再像初来乍到时那般怯场了。

此时,林仁玉已经把手上那包银耳冲剂的玻璃纸撕开了:

"徐业务徐主任,你看,这是上好的银耳冰糖还加了冬蜜生产出来的。止渴生津,下火润喉,美容养颜;不论春夏秋冬,老少病弱,都可适用。"她说着,看到煤炭炉上水壶中的水开了,便端过徐业务眼前的盖杯,把那包火柴盒一般大小的银耳冲剂放了进去,冲上了滚水,递给徐业务,为了证明那冲剂没有任何副作用,她和林彩妹也都各冲了一杯。

徐业务显然不是第一次接触银耳冲剂了,他让盖杯闷了一会儿,然后揭开杯盖,只见杯中的银耳已经膨开了,雪白雪白的,不见有一丝瑕疵,细细闻了一会儿,又从桌几下的架子里取出三把小茶匙,递给林仁玉她俩各一把后,自己也搅起了杯中的冲剂:

"这近半年来,我们也进了几批银耳冲剂,也都是你们福建晋江的,但是最后那一批卖出去后,有顾客找上门来,说是冲剂中泡出了小蛀虫。"

林仁玉一听,急了:"我们那里有几家冲剂厂,我们这是第一次来,那肯定不是我们这一家的产品。"

"我知道你们是第一次来,这标牌也跟以前的不同。"徐业务边说着,边舀起了一匙银耳含在口里尝了起来,"味道是很纯正,还真有股蜂蜜的清香,产品是真还可以。"

听到徐业务的称赞,林仁玉悬着的心落实了些许,这才把含在口里的银耳嚼着咽下喉去:

"徐业务,我们都这把年纪了,不会做亏心生意的,也不会是做一锤子的买卖,我们的产品从进料到出厂,关口把得可严了。而且,凡是经我们俩的手推销出来的货,都是我们亲手一小盒一小盒精挑细选出来的。"

林仁玉与林彩妹在决定出来做推销之前,是到厂子里去培训了一番的,而且这次带出来的所有样品,也都确实是经她们俩亲手挑选的,每一小盒产品都透里透外的漂亮。

"你们的产品批给我们是什么价钱呢?"

徐业务这话一问出口,让她们俩的心咯噔一跳——那一天在厂里培训时,主讲人说过：客户问到价钱时，就是"有意思"了！可不是，过去的六七天，走过的八九个公司，那几个主任啊、经理啊，虽也都递茶请坐，以礼相待，可就没有一个谈到价钱上来，今天终于有了这个徐业务问到价钱上来了！

林仁玉心想：现在该是出"真步"的时候了！

办公室里只有徐业务一个人了，这也是那一天培训时，主讲人再三交代的：在露出"真步"时，对方不能有第二个人在场。林仁玉这才利索地，拉开那个轱辘箱夹层，非常郑重地掏出一个文件夹子来，打开了，走过去递给徐业务：

"这是我们的交易承诺，也就是买卖的互利约定，你瞧瞧，上面盖了我们厂的公章，如果你认准了，我们俩还可以再压上指模。"

徐业务认真一看，那纸皮板夹子里夹着两页文件，第一页是《产品供销回扣承诺书》，只见标题下面清清楚楚地印着这么几行字：

（一）本批产品银耳冲剂共　　件，每件肆拾小盒，每盒壹百克，每件共肆千克；

（二）我厂供应贵方每件出厂价为人民币壹佰贰拾元正，厂方实收为陆拾元正，其他陆拾元由我厂推销人员与贵方负责同志友好协商，共同分成，其中贵方提成为50%，则每件我方给予叁拾元回扣；

（三）正式合同签订后，我方推销人员同时在此承诺书上签字并加盖指模交由贵方保管；

（四）此承诺书只存于贵方作为凭证，我方不存，并代为保密。

福建省晋江县程大公社东阳制药厂
一九八三年　月　日

徐业务把那张承诺书从上到下，从下到上反复看了几遍，却久久没有出声。这可就急坏了两位"乙方推销员"，她们的心又提到嗓眼儿上来了！

过了许久，徐业务才把文件夹皮一合，站了起来。

"没戏了！"林仁玉差点没叫出声来。

接着，她看到徐业务朝办公桌前走去，提来一个算盘，两个女推销四只眼这才又亮了起来！见到徐业务提来算盘，林仁玉忙说：

"徐业务，我这儿，有计算器哩。"她说着，已经从轱辘箱里抓出一个计算器——那其实就是小号笔记本大小的一个计算器。1983年的时候，闽南沿海一带已经有不少人用上这种计算器了。那是当地出海的渔民以每20斤鱼货换一个的价，从台湾渔船上换过来的，上了岸后，一个计算器可以换一钱黄金。这一钱黄金，到了公海上，又可以向台湾渔船换回一个手表，还是自动表。当时商店里卖的就只有上海表、天津表，一款是 120 元一只，一款是 100 元一只。当时晋江沿海不少人靠倒腾这个发了家——这是题外话了——徐业务说：

"这计算器我也用过一阵子，出门带在身上是可以的，在家不能长用，否则脑子都用懒了，变钝了。"林仁玉终于听到徐业务这样说，同时看到他把算盘核拨拉了一阵子后搁到茶几上了。

"徐业务，那承诺书下面——夹子里还有正式合同书呢。"林仁玉提醒说，声音很低，而且有点抖。

徐业务终于又打开了文件夹！而且，把那页承诺书翻了过去，让空白正式合同书露了出来！

"徐业务，那承诺书，我们盖了指模留下吧？"林仁玉毕恭毕敬地问了一句——这也是那一天在培训班上学来的：要"不失时机"。

"噢，也好，你们好不容易老远来了一趟，留下也好——嗯，那边办公桌上有印泥。"说着，徐业务把那张承诺书脱了下来，交给林仁玉。

林仁玉、林彩妹两人摁了手印返回茶几旁来的时候，只见到"徐业务"还在细细地推敲着那份合同：

"这份合同很正规，公章账号也都完整。"他正这样说着，林仁玉把那份承诺书递了过来，徐业务看了看纸上的印油已干了，便将它细心折了起来，插进胸前的口袋里：

"你们还有整箱的没打开的冲剂样品吗？"

"有，还有一箱呢，完好的，没打开，就带在行李箱里。"林仁玉说话间，只见林彩妹已经把轱辘箱的拉链拉开了，把那箱子银耳冲剂提了过来，让林仁玉交给了徐业务。徐业务接过纸箱子，很小心地把四周的封口揭开了，把里面装着的一包包银耳冲剂掏了出来，摆在桌面上，一一地非常认真地检查一番，然后又按原样非常整齐地码进了纸箱里，用糨糊重新把封口贴紧了。这才开了口：

"你们得在这个包装箱上所有封口处都摁上手印，让我们封存下来。以后你们送过来的产品，就以这箱为标准验收。"

两个跑推销的女人，经过了刚才一阵激烈的心跳，现在已经逐渐平静下来。她们知道：大功告成了！

林仁玉说："对，以后，您们就以这箱样品为准验货，有走样的，我们赔偿一切损失，请徐业务放心。"林仁玉说着，自己先蘸上印泥，在那纸箱上的6面封口处都摁上拇指印，林彩妹也照样做了。

"这样吧，我们这一次先签100件，今天是12月12号了，你们打个电报回去，马上发货过来，我们要赶在元旦前把货摆上架去。你们来得正好，我这里的冲剂快卖完了——货款吗，我这就让其他同志给你们办去，银行就在我们隔壁，你们再坐一会儿，不到一个小时就能来回。"徐业务说着，走到门口叫了一声："小赵，你过来一下。"随着徐业务的这一声招呼，小赵已走了进来，"小赵，这单货款你先去办了，两位福建晋江来的同志正等着。"

小赵应声走了。

/ 七 /

大事办妥了！

看着小赵走出去，林仁玉便和徐业务套起了近乎：

"徐同志，是武昌本地人吧？"

"不哩，老家是汉阳那边的。"

"那也是属武汉的，武汉可真够大，不像我们泉州晋江那边小城小街，提起脚说来回就能走个来回了。"

林彩妹没有插嘴，她心里还在乐着！她转着眼珠把这办公室瞄了一圈，发现徐业务办公桌下的纸篓上搁着一堆衣裳，像是还没洗出来的脏衣裳，便站了起来说：

"徐业务，那是换下来的等洗的衣裳吧，反正我这坐着也没事，我帮你淘洗了吧。"

徐业务忙说："别，别，你们是客，怎敢劳动你们——那是孩子换下来的，孩子今年刚到武昌来上中学，他妈在汉阳那边上班，星期天才能过来，我想在中午的时候洗了，她一个星期过来一趟，也有好多事要忙呢，反正是深色的衣服，我洗得出来。"

"我坐着也是坐着，仁玉姐，你陪徐业务聊着多多介绍我们的产品，我去把这几件衣裳洗了。"

林彩妹说着，已弯腰把桌下的那堆脏衣裳搂了上来，徐业务见她已把衣裳抱在怀里，也就不好意思再阻拦她了，便走到门口告诉林彩妹：

"就那一间，有水有盆，有洗衣粉，那就多谢了。"

回到座位上，徐业务把一只手伸了出来，"真巧，我这手指烫伤了还没好利索，难得你们了。"林仁玉一看，果真徐业务的右手小指头上缠着一大圈纱布。

林彩妹把那几件衣裳洗完坐下来时，小赵后脚也就走进办公室来了：

"徐主任，12000元货款，全额打过去了。"他把一沓票据交给徐业务就走出办公室去了。

徐主任从那沓票据中抽出一张来，交给林仁玉：

"这里有一张回执副单，是该交给你们的。"

林仁玉微微颤抖着双手，小心翼翼地接过那单子，知道程序都办妥了（这也是从培训班上了解到的）！便要起身告辞了：

"多谢徐业务了，希望从今往后，你还从我们这里进货，欢迎你日后到我们晋江走走看看。"

徐业务笑笑说："只要双方信守合同，我们就不会断了从你们这里进货，有机会了，我一定上您们那里看看去。"

第三章　大功告成，干杯！

/ 一 /

走出医药公司大门，两个女人不约而同地仰起头来，望着天空，异口同声地叫道：

"瞧啊，雨也停了，雪也不下了，出日头儿了，大艳阳日呢！好大的日头啊！"

她们到了武汉这七八天来，天天都是死冷死冷的阴沉沉的天气，老天爷天天哭丧着脸，特别是到了今天早晨，还下起了雨，还夹着雪花儿呢！上午这一趟路，虽然她们俩合遮了一把伞，保住了头发不受淋，可是走进徐业务办公室的时候，两个人的裤管都湿透了，还好办公室里暖气足，再加上那一炉红通通的炉火，把她们身上的水湿烘干了，把她们浑身上下烘得暖酥酥的！

特别暖人心的，是这单合同签下来了！连多日不见的日头也露出脸来同她们一起高兴了！

出来七八天了，往回走的路程还得两三天，前后十来天！林彩妹放不下她的憨傻儿子！他一个人在家里好吗？临走时林彩妹打了半斤五花肉熬了一大砵豆豉让他作为下粥的菜配完了吗……

朱省身不憨不傻，可林仁玉一样不放心：出来的这十来天中有两个星期日，朱省身回家了没有？他换下的衣服洗净了没有……

两个牵挂着儿子的母亲啊，恨不得插上翅膀，立时就飞到儿子身旁！

回到武昌，她们找到那家馄饨食摊，把早上借走的雨伞谢了又谢地还了后，就直接去了码头。她们买了第二天的回程票，第一站还是先买了汉口到九江的船票，这才放心地回到了旅店。打整好了行李，武汉三镇的街灯都已经亮了，林仁玉提议说：

"去街上逛逛吧，虽说在这里走了七八天，但街上的风景我一样没看到心里去，只记住了箱子里的银耳冲剂……如今事情办下来了，该去看看街景了……顺便买点什么回去。"

林彩妹答道：

"也是，我刚刚看过了，旅店旁边不远处那卖炸麻花卷的店还开着，5角钱好大的一包，我想买两包给俺家大傻带回去……出来一趟不容易，钱也赚到了，总不能空着手回去，得让孩子也尝尝新，高兴高兴！"

林仁玉说："行，就买那麻花卷，要买就要买三包，你也买上三包吧，好不容易出门一趟，让厝边邻里也尝尝武汉货——还有，我想，我们今晚不去旅店的食堂喝粥了，七八天了，除了那一晚上吃水煎包下扁食汤外，都是喝粥，走，我们今晚也喝一口去。"

"喝酒？我可不敢抛头露面地在菜馆里喝。"

"我们买回旅馆来喝！"

"那行！走吧。"

/ 二 /

她们走出旅店，不远处就是长江水了，阵阵凛冽的江风迎面吹来。长江上刮过来的12月的晚风，不声不响的，不像溜石湾的风，猛吹猛刮的扑人，这长江上吹来的风，是阴森森的寒冷，直钻入人的骨缝里！

她们先上油炸麻花店，花三块钱，买了6包油炸大麻花卷，又找到了一家开夜市的烟酒店，看着架子上排满的那些瓶装酒，都包装得花花绿绿、鲜鲜艳艳，吸人眼目。林彩妹不敢开口问，她怕问出个两三块的价钱，自己舍不得买，让售货员笑话，下不了台！还是林仁玉眼睛亮，她寻到了一瓶标价只要"0.68元"的，——是6角8分钱，而且显然要比其他酒瓶大了好多！她捅捅林彩妹的腰根：

"你看，就那一瓶吧，6角8。"

林彩妹说："你看清了，不会是6元8吧？"

林仁玉睁大眼睛，又认真看了好一会儿，确实是"0.68元"！这才掏出一元钱把售货员招呼了过来：

"同志，来一瓶，6角8的。"

"来啰！两位同志，要一瓶啤酒，6角8——记住了，打开瓶盖的时候，别把瓶口撬缺了，空瓶记得拿回来退，一个空瓶可退两角钱！"

两个女人心里同时盘算了一番：如此下来，这一瓶啤酒才收4角8，值，好大的一瓶！

付了钱，找了零，她们把啤酒塞进装着炸麻花卷的大网兜里，朝水煎包扁食摊走了过来。那掌勺的婆娘当然认出了她们，几天来她们都从摊前经过，刚刚还将那把伞还了过来,而且,那一次把借出去的一支汤匙一双筷洗净了送回来的事——她不会这么快忘记这两个外乡女人的!她满脸笑容地招呼她们,甜甜地问道:

"二位嫂子,今天来点什么——水煎包?嫂子,这冷的天气,来两份韭菜羊肉馅的吧?搭一份麻辣的,你们南方人,不习惯大麻大辣的,我这里有小麻小辣。馄饨汤就不麻辣了——行,你们端回店去吃吧,刚好我这摊位也不够大——汤盆匙筷,我有的是。天寒地冻的,吃过了,别急着把餐具送回来,明早顺路送过来就是了。"

/ 三 /

两个女人,回到旅店一细算,这一趟上街,包括6包大麻花、水煎包、馄饨,包括啤酒,10元钱一张的大票,还找回来了3元3角2分钱,而且,那个空酒瓶还可退回来两角钱。

"仁玉姐姐,你说,我们这不是在梦中吧?"

"咋回事?"

"我们真的能赚3000元?"

"真的啊!"

"不会是300元30元吧?"

"那是大杉柱上钉铁钉的事,跑不了的!(汇款)回执还在我包里装着呢!"

"天啊!3000元,让我数都数不过来啊,那能买多少油炸麻花卷,买多少水煎包啊……那,那,我们在生产队里要干上几年几十年几辈子的工分……也分红不下来这么多钱……"

"你左眼皮还跳吗?"

"那还能再跳,左眼跳财,都跳进来——3000了——3000啊!"

说闹之间,林仁玉已压在床角,把酒瓶盖打开了,林彩妹接过酒瓶一看又笑了:

"开得好,没有丝毫破损,又赚下两角钱了!我说仁玉姐啊,这人要找钱,找死人呢,钱要找人,你躲都躲不开!"

林彩妹说着,手一晃,那瓶口竟冒喷出一连串泡沫来,压也压不住,她慌神了,忙挪过来桌上的那两只马克杯,把冒出来的酒,斟进杯内,第一杯斟满了,她端给林仁玉:

"姐，你先来，这次是托你的福。"

"要说福，那也是咱俩相傍着福分，再要说，那是托你的左眼皮跳出来的！来，喝了它。"

两个女人，同时把嘴唇贴着各自的杯口，先把浮在杯面上的酒泡吸进口中，又把杯中的酒吸了一大口，这一大口酒，让两个女人的两张脸，同时都皱成了一团：

"这是什么酒，像是母猪的尿！骚骚的味！"

两个苦了大半辈子的守寡女人，第一次出远门跑推销，就赚下了3000元——是3000元哪！这真是做梦都不敢想呢！一瓶啤酒，一盘水煎包，一盆馄饨汤，似乎醉倒了两个泉州南门外乡下的女人！她们一口酒，伴着一声笑；伴着一把泪，硬是把那瓶酒喝了个底朝天，说闹着到了小半夜！

/ 四 /

第二天，是下午的船，她们不必起早，而且还有很多时间，可以很从容地吃早，然后把洗净了的汤盆匙筷送还那个煎包摊，还不忘了上食杂店把那两角钱的空酒瓶钱退了回来。

又是一个艳阳天！汉口的日头要比溜石湾的日头晚一些升出来，但是一升了起来，就亮晃晃的闪人眼呢！

两个闽南泉州南门外晋江溜石湾乡下出来的女人，并排走在长江边上中原商贸重镇汉口的马路上，隆冬12月的阳光洒满在她们身上。她们腰杆挺直，昂首阔步，她们身上的衣裳干净整齐，那是昨晚才洗的，晾在床头的暖气管上，早上起来，已烘得发酥了。她们头发虽已花白，但却梳得一丝不苟，60开外的乡下女人，走起路来，却干净利落，一点也不显出拖泥带水。

她们出来七八天了，此时看上去，却比刚出来的那一天年轻了好多！那全是仗着3000元钱打底！

昨晚的一瓶啤酒，其实丝毫也没有让这两个闽南女子发醉。酒后她们算了账，带出来的300元钱，到家还能余下160元钱！而且，那个轱辘箱里，还带回去了6大包武汉油炸麻花卷！

走在宽阔的江滨大道上，这两个女人谁也没料到，她们在朝前走去的时候，将有一个人走进死亡！

会是谁呢？

第四章　码头与船之间的夹缝

/ 一 /

林仁玉与林彩妹买的是下午5点整的船班,是湖北汉口开往江西九江的轮船,12月的下午5点,差不多已近傍晚了。所以,当天晚上,她们是要在船上过夜的。两个精打细算的女人,选在夜间赶路,真是一举两得,一是省下了一个晚上住旅店的钱,二是省下了一个白天的赶路时间。她们归心似箭,所以,船一靠岸,她们便早早下了船。为了省钱,她们买的自然还是散席船票,不是等级仓,没有固定座位,当然更没有房间床位了。但船上有棉被出租,一个人一晚上的一条棉被租金,是3角钱。她们来的时候,也是乘的夜班船,也是散席。那时候,钱还没赚到手,为了省下3角钱,她们俩只合租了一条棉被,挤着冻了一晚上。现在,有了3000元打底,不用受那个罪了,便一个人租了一条被子,披在肩上,走下了船舱。

她们乘坐的是客货混载的散席舱,由于价钱实惠,一向以来,这种散席舱都是乘客不少。还好她们俩进船早,下舱的人还不多,所以,她们能够在两坨棉布包堆中找到一处空缝,那空缝大约有一米来宽,两米来长,林仁玉眼睛一亮说:

"彩妹,你瞧,那不是现成的一处洞房!"

林彩妹瞟了她一眼,也凑趣道:

"都啥年纪了,还洞房?"

两个女人高高兴兴地说着,拉着轱辘箱走了过去,把披在肩上的棉被拉了下来,在那两坨棉布包中摊开了。

"来,彩妹,我这一条垫底,你那一条盖上,这里比摇篮还舒服。"林仁玉指挥着林彩妹,把她们的"摇篮"铺得舒舒服服。

把睡的地方安顿好之后,林仁玉便掏出剩下的两小包银耳冲剂,就着船上的免费开水,一个人泡了一牙缸:

"彩妹,今晚我们可以好好地品一品银耳汤的滋味了——呦,还真是挺可口的呢,这几天来,也陪着客户喝过,但说实话,那哪有心情去品呢?心都提在嗓眼儿上了，我就惦挂着签合同的事，来，合同终于签订了，今晚，我们都该开心地品一品了！"

待到轮船终于起锚开动的时候，两个女人已把热腾腾的银耳冲剂"品"完了，而且，被窝也让她们烘暖了。

轮船离开码头，向着长江水面驶去，船身左右摇晃了起来，显然是，船外江面上起风了——两个在面向大海的溜石湾江畔过了大半辈子的女人，不在乎这点风浪。林仁玉说得好，"这里比摇篮还舒服！"

"我们挑了这地方真好，就像老鼠打的洞似的，外面的天地都隔开了，今晚别那么早睡了，咱们都说说掏心话，无论在家或出外，都没有这么好的所在，这么好的夜晚，也没这样的好心情，能让我俩头抵头地谈心。"林彩妹往林仁玉身旁靠了靠说。

"说吧，但别再说银耳冲剂的话题了，这多少天了，我们尽操的是银耳冲剂的嘴皮子，好像什么事都不放心里了，除了冲剂，还是冲剂！"林仁玉说。

"可我还是总想着银耳冲剂的事呢——仁玉姐，我到现在还有点后怕呢，你我虽都是缺了半边天的守寡婆了，可我不如你，你熬出头来了，你有朱省身指望着，我呢，就那么个愣傻傻的儿子，有公社有生产队那会儿，日子虽是过得穷紧，但心里总觉得有个靠，我们娘俩好歹能见天到队里挣几个工分，到季末年终都能分红称回来口粮，一年到头，还能余下百儿八十元的，过年过节时用，或扯上一身布料。你说，像我们这样的人家，除了这样走，还能走哪条路？还有哪条路可走？可眼下，我都傻眼了，要不是有了这么一门子银耳冲剂的生意，你说我们能做什么？"

林仁玉在一旁听着沉思着：是呀，林彩妹说得也是，他们娘俩这日子确实难呀。林仁玉轻轻叹了口气说道：

"彩妹啊，虽然这一趟出来，签下了这么一单合同，赚了这么大一笔的好几千元，但我总觉得不踏实呢，我们做田人吗，总该有一片田地守着才踏实，就像一棵树一株草，扎根在土地上才踏实。你不知道，当年我们这些吃南洋饭的人，心里有多不踏实！当家的番客都在南洋做生意，这生意吗，钱在人家口袋里，钱在人家银行里，人家要是不要你的货呢？你把天下跑遍了去！"

"即使每趟出来，都能碰上徐业务那样的人跟我们签合同，可我们总会有走不动的那一天，你想，再有那么个三两年的时光，我们就都是70上去的人了，哪一天就走不动了！别嫌我啰唆……我又要跟你比了，又要拿我那大傻跟省身侄儿比了，你熬出头来了，就只等着朱省身娶媳妇抱孙子了，可我，你看，就那么一个半壁高的傻大个，我常常都不敢想，哎……"林彩妹也陪着林仁玉深深地叹了一口气，无奈地又接着说，"哪一天我死了，我们朱大傻怎么办？"

林彩妹那随着一声长长的无奈的叹气说出来的话，竟一语成谶！

……

夜已经深了，船摇晃得愈发猛了。很显然，长江水面上，这个夜晚，风很大，浪也很大。

行驶在长江中游上的这艘客轮里，在越晃越急的船舱底，在堆着两座布料包的夹缝中，这两个从泉州南门外溜石湾里出来跑推销的女人，睡去了。

/ 二 /

船舱外的汽笛呼啸了起来，船舱内的铃声几乎也在同一时刻响开了。这艘轮船在长江上走了一夜，第二天清晨，船在九江码头靠岸了。

早在看到船窗外露出曙色之时，林仁玉与林彩妹就已经起身了。她们把租来的棉被退了，走到船舱外，就着有热水供应的水龙头，绞湿了毛巾，把自己洗光鲜了。

此时，她们已走到轮船甲板上来了。

江面上刮着风浪，是不小的风浪。船在江水中沉浮得很厉害，尽管已经靠了岸，而且船上的水手，已把粗大的船缆索套牢到码头这边的水泥揽柱上了，但船依然上上下下地猛烈地摇晃个不停。

宽宽的跳板已架了过来，由于风大浪急，今天跳板的两头多了几个水手，随时携扶着上岸的乘客。

此时，林仁玉、林彩妹还站在跳板这边的船上，还在长江水面上，这水域是属于湖北呢还是属于江西？反正一踏上岸去，就是江西地界，离福建又近了一步，离泉州南门外的家又近了一步——两个女人离她们的儿子又近了一步了！

再有两天，林仁玉就能见到朱省身了！

再有两天，林彩妹就能见到朱大傻了！

……林彩妹正这样想着时，猛然感到脚下的跳板一抖，她趔趄了一下，一脚踩空了！

如果她一踏到底落进江里，那是万幸的，她是溜石湾里长大的女人，凭着她的水性，虽然已经上了年纪，但落进眼下的长江里，对她来讲，绝不会就是灭顶之灾。不幸的是，她没有一落直下江中，她虽然落下了跳板，身子却被卡在了外船舷与垂挂在码头边沿上的那只大货车车轮之间，那个大车轮是船体与码头之间的缓冲物——林彩妹此时实际上已成了船体与码头之间的缓冲物，紧紧地卡在那里了！

……风浪把船体往外摇晃出去之时，林彩妹悬在那里的身子又下滑了一截，可是船瞬间又晃了回来，又把她夹在了中间！

这一夹，才是致命的一夹！林彩妹的脖颈，被船外弦与那只货车车轮亡命一夹——这一切，几乎都发生在惊心动魄的一瞬间，以至于让紧跟在林彩妹身后的林仁玉，也一时间都没反应过来——已发生了什么事！

当林仁玉反应过来时，当她把轱辘箱往旁一摔，就要纵身跳下江中去救助时，两个船员4只手同时抓牢了她，几乎是把她甩着推到了码头上，让另外两个水手接住了：

"你想送死啊！"

/ 三 /

林彩妹终于被救上岸来了。

然而，她死了！

人啊，生命啊，就是如此的脆弱！就一脚踏空了的那么一回事！就那么一回事，就那么一步，就变成了生与死的交替！

而生命又是坚韧的！尤其是作为母亲；作为母亲的生命，是何等的坚韧——那船外弦与大货车车轮之间，被长江的风浪挑起的巨大的冲击力，差不多把林彩妹细细的脖颈夹碎了，露出了白骨，随后，鲜血把白骨掩盖了……然而，她没有就那么死去。在她的生命的最后一刻，她执着地记住了她是朱大傻的母亲！

她的头枕在林仁玉的臂弯里，作为母亲，她生命最后的牵挂，是她的朱大傻，是她的儿子……

……这个苦命的女人，她留在世上的最后的一句话是：

"仁玉姐，答应我，往后的日子，你多关照着咱家大傻吧，公社散伙了，生产队散伙了，他……"

她用生命中最后的那一缕清醒，看到了林仁玉两眼含泪地点了一下头。

第五章　朱大傻

/ 一 /

　　林仁玉像掉了魂一样地回到溜石湾来了。她没有进自己的家门，就径直上林彩妹门上来了。出门去的时候，是两个人，现在却只剩下她一个人回来了……林彩妹死了……临终前，她可是把朱大傻托付给了自己啊！现在，能照料朱大傻的只有她林仁玉了！

　　出门在外前后13天了，13天来，朱大傻他过得怎么样了？

　　那时候，虽然已近晌午，但林仁玉推门走进林彩妹家的时候，小庭院里却还寂静无声。林仁玉往日里也常来这里串门，她知道朱大傻睡的房间，便走了过去把那扇虚掩着的房门推开了。虽然是在冬天里，但门一推开，林仁玉还是感到有一股酸馊味迎面扑来。房间里有点昏暗，林仁玉睁大眼睛认真一看，壁角床铺上蜷缩在被窝里的那个人不就是朱大傻！她招呼了一声：

　　"大傻孩子，该起床了，把衣服穿上了，天气很冷呢。"

　　被窝翻开了一个角，朱大傻坐了起来。天气冷，十来天了，他白天穿的衣裳，夜里也没有脱下来，就卷着满身衣裳钻进了被窝。

　　林仁玉走过去，把木板窗子拉开了，房间里立时亮了起来。一缕阳光正好照在朱大傻身上，林仁玉仔细一看。只见他那一件上衣的前襟上，竟褙上了一层薄薄的粥渍。床头压着一身浆洗过的衣裳，那是林彩妹临出门时为儿子备换的。显然，十来天了，朱大傻一直没换过衣裳。再看他脸上，只见他双眼里蒙着眵目糊，嘴角腮边有流过涎水的痕迹。

　　朱大傻长得也算胳膊是胳膊，腿是腿的，有模有样的，一个30多岁的大后生了，可就是傻了！难为林彩妹是怎么把他拉扯到这么大的？——这个苦命的女人，苦到头了，如今她自己竟先走了，把个傻儿子撇下了！

　　"仁玉婶，我妈呢？"

　　虽然林仁玉是有备而来的，她是必须把事情的经过对朱大傻说出来的，但一听他这一问，一时间里口被堵住了，心也被堵住了！她只能这样答道：

"大傻侄儿，先吃了饭再说吧——还没煮饭吧，婶这就煮去——还有，你把身上的衣服换下来，待会儿婶洗去。"她把床沿上那一套干净的衣裳搁到朱大傻怀里，然后又问道："大傻侄儿，咱家的米呢？"

"噢，都在灶屋的缸里，娘交代了，一餐粥下一筒子米，一把番薯纤。"

林仁玉迈进灶屋一看，灶台上那具粥锅，里外都结着粥痂，一只大海碗一双竹筷子，也是沾满了粥巴，倒扣在铁锅里。这朱大傻就是傻，就是直，母亲临走时，忘了交代他每餐饭后要刷锅洗碗，所以，10多天下来，那只铁锅那副碗筷一直都没刷洗过。

林仁玉正把那锅碗灶台刷洗间，朱大傻走了进来：

"我娘临走时熬了一大砵的肥肉豆豉，我没舍得多吃，现今我娘回来了，她也能配上豆豉肉了——我娘怎么还没回来呢？"

林仁玉听罢，禁不住鼻子一酸：这憨傻的孩子，还是个大孝子呢！

……可他娘回不来了！林仁玉禁不住大把大把的眼泪扑簌了下来，她赶紧背过面去，抓起衣下摆，把眼泪揩净了：

"大傻啊，你快把身上的衣裳换下来，把脸洗了，婶这就给你煮粥。"说着，她弯下腰去，把轱辘箱里的那些油炸麻花卷掏了出来，"这……这是……你娘买给你的。"

林仁玉没有勇气，能够单对单地对着朱大傻说出她娘殁了的话。她想起了一个人，这就是朱志远的那位嫁到晋东北平原上陈大村的堂妹朱晚霞。朱志远在溜石湾的近亲，都在早年间下南洋谋生去了，就如同断了线的风筝，几代人下来，再没有通过音讯了，就这个嫁出去的近亲堂妹，凭着一缕亲缘，几十年来与朱志远一家走到现在，都没有断过亲情。这次外出推销银耳冲剂，朱晚霞也帮了不少忙。

林仁玉烧好了粥，一边招呼着朱大傻过来吃着，一边就操起扫帚来，把小院子上上下下打扫了个干净，又把朱大傻换下来的衣裳塞进空了的轱辘箱里说：

"大傻侄，婶这就去把这些衣服洗了，下午我与你的晚霞姑妈会过来——你妈的事，我与你姑妈再告诉你。粥熟了，你先吃着。"

/ 二 /

当天中午，搁下饭碗后，林仁玉就直奔陈大村朱晚霞家来了。一见朱晚霞，林仁玉开门见山就把林彩妹遇难的事说了，同时把签了合同，赚下3000元的事也说了个一清二楚：

"……大姐，要怪，就怪我吧，没把彩妹妹看顾好了……"

那朱晚霞也是个经过大小人生事的人了，听到后头娘家堂弟媳不幸遇难，她如同遇上了晴天霹雳！但同时，她也是个遇事有主见的明理人，这种事，哪能怪她林仁玉？那不是昧了天理良心！她给林仁玉端来一杯热茶，先安慰起林仁玉来：

"这事，怎能怪你呢，更何况，你这一趟出门，是咱家彩妹求着你同行的……要怪，只能怪命吧……刚刚能挣下一笔钱，可我那弟妹没这个福分……她走了……倒是家中那个大傻，日后该怎么办？"说着说着，喉口便让泪水哽住了。

"大傻吗，彩妹妹断气时交代给我了，我是当着她闭上眼之前点了头答应下来……照顾大傻的……倒是，我发现那大傻是个大孝子呢，她娘临出门时，给他熬的那一砵豆豉肉，已经十几天过来了，我上午看过了，还剩下大半砵，他舍不得吃呢……他等着娘回来一起吃呢……他知道孝顺娘哩……这林彩妹的事……我开不了口告诉他啊……"

"……这往后的日子长哪，我担心的，倒是他往后的日子……哎，都是命啊，你总也不能一生一世地照料他啊……"

"晚霞姐，我既答应了彩妹妹照看大傻，让她放心合上眼走了，我就不会反悔，日后，我怎么照料着省身，就怎么照料着大傻……而且，从九江到福州，再回到泉州，回到溜石湾，一路上，我寻思过了，这一趟出去，挣下了的这3000元钱，这是彩妹妹拿命换回来的，我一个子儿也不要，全部都要以朱大傻的名字在信用社里存着，往后有个合适的，能对大傻好的女子……就用这笔钱把婚事办了，剩下的钱交由那女子掌管……"

1983年，在泉州南门外，3000块钱，是很大的一笔款项呢！那时候，溜石湾农户人家娶个媳妇，连买床厨衣柜，添置新衣裳，聘金彩礼，媒人脚钱，办两桌招待客人的酒席，一场婚礼下来，一千六七百元就能拿下了！

朱晚霞是在溜石湾长到22岁才嫁到陈大村来的，她的娘家就在林仁玉家的斜对面，她知道林仁玉是个说话算话的女子，她心胸坦荡，光明磊落，不是有弯弯肠子的那种女人，可她也没有料到林仁玉会这样提出那3000元的分割方式！她说：

"仁玉姐姐，你说的话，你的心，作为朱志远嫁出来的姑仔，我替他们的

179

在天之灵感谢你了……但这做生意就是做生意,我们家彩妹临走时告诉过我了,这一趟出门的一切所费,都是你先垫上的,按照我们这里做生意的惯俗,合伙出门做推销,凡是先垫了路费的,就得算一份红利,照么算法……这3000块钱,仁玉啊,你该留下2000块钱。"

"晚霞姐,这钱上的事,就别再说了,按照我刚刚讲的那样办,我这心才能安得下来。前后都三四天了,我想这钱也该到厂里账上了,待会儿我们过去,提了过来,下午就以朱大傻的名字存到溜石湾的信用社去。还有,这两天,你也就先到溜石湾住些日子,我们合计一下,瞅个机会,把彩妹妹殁了的事向大傻挑明了,哎,这孩子傻是傻……可怜的是……他那份对娘的孝心没有傻去啊!"

第四卷

1989年·1990年

为什么我的眼里常含泪水?
因为我对这土地爱得深沉。
——题记

引子

　　过了中秋节，朱省身就 42 岁了。

　　可是，直到这时，他还是一个单身汉！

　　男人到了这个年纪，要是没有妻儿跟着，便让人纳闷了——在泉州南门外，历来就有"三十男人是朵花，四十男人是锅巴"的说法。如此说来，朱省身已当了两年的"锅巴"了！这就成了林仁玉的一块心病，这个苦命了大半辈子的女人，眼看着已是耄耋之年了，却还要伺候着两条光棍，一个是自己的儿子朱省身，一个是林彩妹家的朱大傻。

　　自从林彩妹殁了之后，整整 6 年过去了，林仁玉一直在实践着自己的承诺——她一直把朱大傻当成自己的儿子看待！她照看着两家的小院，她把另一座小院打理得跟林彩妹在世时一样，有条有理、井井有条，白天把朱大傻招呼过来，就跟自家一个锅里舀饭吃，夜了，让他回自家小院去。吃的穿的，只要朱省身有的，没有一样落了他。

　　朱大傻也早已到了婚娶的年纪了，林仁玉明里暗里也已托了不少个媒婆，希望能找来个与朱大傻配成对的女子，可是至今也没能配上，她心里明白，就因为一个"傻"字！可儿子呢，多少媒人多少女子，上门来与朱大傻"对象"摸家底时，没有一个能看上朱大傻，反倒都是看中了朱省身，可朱省身却横竖扛着，不去凑这个热闹！

　　一个守寡的老女人，每天睁眼闭眼面对着这么两条光棍，那有多么为难。

　　从朱省身走出师范学院走上中学讲台那一天开始，林仁玉就一直盼着儿子能给朱家小院带个对象回来。这事她记挂在心窝头已经十几年了；也不时地对着朱省身唠叨了十几年了！可儿子总是一句"妈，这事，不能急"，就"不能急"这话，朱省身反复应付了十几年了！如今都 40 多岁了，他还是"不急"地应付着。当儿子的可以"不急"，当母亲可就不能不急了。尤其是每年清明节的时候，看到当年那个与朱省身"好过"的朱晓云，都抱个娃带着她的夫婿回溜石湾来扫祖坟时，林仁玉心里那个"急"字，就更是难写了！

　　唉，男女之间，还真靠的是"缘分"两个字呢！儿子跟朱晓云是没有缘分，所以最终没能走到一起！唉，儿子到头来会跟谁有"缘分"啊？自从去年以来，林仁玉甚至说了：

"儿啊，我们不缺胳膊不缺腿儿的，人比人，你也出得了场面，上得了台，怎就，没有哪个女的能和你走得来？而你，也当真没能看上一个顺眼的女孩家？你再不对上一个象，我可就要做主托了媒婆，找个妥当的，把这事给办了！"

一说要请媒婆了结，朱省身忙把头摇得像拨浪鼓似的，连声说道：

"别，别，别，妈，你别着急，我自己来，自己来，自己能解决。"

林仁玉说："妈苦了一辈子，就守着你这么个儿，现如今，咱们的家景也输不了人家了，可直到现在，你还找不到一个替下妈来为你洗衣裳的人，里里外外还得我操劳着！"

老人家叨念着，有几回还真故意把朱省身换下的衣裳搁到一旁不洗了，可偏偏这朱省身就是个孝顺儿子，每当遇到这种场合，他不仅把自己的衣裳，而且把母亲换下来的衣裳，一齐提着，到溜石湾渡头上洗净了！这更让林仁玉受不了，有好几次，她都急忙追到渡头上，把儿子撵了回来，将他洗了一半的衣裳夺了过去。

为了怕妈累着，朱省身还往家里买了一个洗衣机。这是第一架扛进溜石湾的洗衣机，当年在泉州南门外，还是稀罕物件呢！可林仁玉看着洗衣机，唠得更勤了！她怕伤了儿子的心，没拿朱晓云说事，却把御桥村娘家的内侄儿林云昭扯了进来：

"省身儿啊，你瞧瞧，远的咱不去说他，瞧云昭你那表侄儿，跟你上下岁数，如今都娶了几年了，还有……"听到妈含在口里的那半句"还有"，朱省身明白，妈那指的是朱晓云！

想到朱晓云，朱省身心里可就波涛起伏了：当年是她毫不留情地一脚把他蹬了！这些年来，朱晓云显然混得要比他强多了，她已坐到了副教授的位上了。可他咽了多年粉笔灰，也才评了个中学高级教师。直到几年前才调到市经贸局当了一名科长。多年了，他是暗地里和朱晓云较着劲呢：你能当着副教授，我一定要在几年里当上外经贸局的正局长，不然，就不结婚！

20世纪80年代的中国，正当举国上下，全民皆商，商潮滚滚的年代。那时候，经贸局可是个热门单位。

当年被朱晓云一脚蹬了的朱省身，他自尊心所受的伤害，是巨大的，是毕生难忘的！但朱省身毕竟是林仁玉教养大的，他不会胡搅蛮缠。对这种事，他似乎很看得开。偶尔与朱晓云母女相遇，他更是一派"绅士"形象，不亢不卑，不哀不怨，以礼相待，该打招呼，还打招呼。但他心里，却是较着一股倔劲的：他要把朱晓云比下去！

　　在仕途上，朱省身已当了几年科长了，前不久，上级来考核过了，他内定要提到一个区的外经贸局当副局长了，他的目标是市局局长，而后是分管商贸的副市长！他必须争这口气，树争一层皮，人争一口气嘛！他身体健康，生理正常，而且称得上相貌堂堂，又有一份好职业，无论母亲林仁玉，还是外人看来，他都是随时可以找到一个分量相当的异性结婚传后的！但是他不能忙于这个！为了他的人生目标，近年来，面对急着要抱上孙儿的母亲，他常常深感内疚，他因而更加倍地孝顺起母亲了。儿子的这种加倍孝顺，林仁玉是看在眼里的，然而，儿子愈是加倍地孝顺，她愈是不忍看着儿子打光棍！可直到1989年，朱省身已经42岁了，他还依然倔强地打着他的光棍！依然执着地与朱晓云较着劲；依然在仕途上拼搏着！可令人意料不到的是，就在这一年，他遇上了一个名叫赵小红的女孩和一个叫松井的日本人，因了这两个人，他在人生的道路上碰了壁，他的仕途戛然而止。这桩事，还得从他所具体分管的，有关银杏深加工的中外合资企业说起……

第一章　银杏啊……

这个时候，虽然已到了秋冬时节，但是，站在永春县一都乡银杏镇的高原上，极目四望，满山遍野却仍是一片郁郁苍苍，一片浓绿。

戴云山那催生秋霜的寒风，还没有刮到一都乡银杏镇集一带，毛竹当然还绿着。而那能最先预告秋讯的枫树，竟然也未见枫叶飞红。

太阳升起来了，满山遍野的雾岚正在消散。

银杏集笼罩在美好的秋日里。

银杏集是戴云山东南端余脉上的一处小高原，或者说只是一片非常大的高地，它方圆数千亩，这该是高高的银杏岭顶端被齐齐地斩去了一截？

现在，沐着朝阳，有三个老人，一个年轻人，站在雾岚已经退去的山岗上，眺望着西北方向的莽莽山峦——那是鲁山，是永春、漳平、安溪三县山区交界处的几道山峦组成的群山。那几道山峦，虽然没有莽莽森林，但却可以看到满眼的齐刷刷的嫩绿！

是的，那是前年端午节过后才播上的银杏树，那一片银杏林，距离这4个人站着的银杏集高地，直线距离有五六公里以上，如果能走近过去一看，那一片新播了两年的银杏树，每一棵都有半人高了！由于遇上连续两年的风调雨顺，这些银杏树长得特别茁壮。还有一片新种的银杏树，有3000来亩，当然也是在沈霏的具体策划之下种上的。今年清明节期间，卢白莹捐出来的那笔款子派上了用途，全都撒进这片银杏树林里了。

从1982年清明节开始，至今，7年多时间过去，银杏集周遭方圆两万亩的山坡，都已种上了银杏树。

两年以前，第一、第二批播种的银杏树都已经开始采摘银杏叶了。到了今年秋季，能供采叶的银杏树已有一万多亩了。到了去年秋季，单从新种的银杏树上采下来的叶子，晒成干货，已有六七百吨了！再加上了从这些年育壮了的那些老枞银杏树上采下来的叶子，近千吨了。这些银杏叶，全由木村所在的那个"汉药株式会社"包销了。

和往年一样，每到了采摘银杏叶的时节，木村都要上银杏集走一趟。那一年，赶在了缘尼姑圆寂之前，他们兄妹终于见上了最后一面。就在那一天，他的心脏病发作，幸好法莲师父及时撬开他的牙关，往他口里塞进了一丸寺传秘药之后，他才得以有了一次再生的机会，能坚持到被送进永春县医院抢救，活过来了！

这些年来，他除了继续服用着治疗心脏病的药之外，日常还断不了用银杏叶当茶泡着喝。那些银杏叶，都是沈霏吩咐银杏集上的朋友，在初秋叶片肥嫩时，采摘下来，并精心挑选出来的，而且是趁鲜时精心烘焙了的，都有一股沁心的清香。多年了，靠着这些银杏茶，木村的心脏病竟再也没有发作过。这几年中每到中国来，见到了黄杰汉，见到了沈霏，他都要真诚地感叹一番：年轻时由于愚昧，由于无知，他曾经伤害了中国，而几次都是中国，都是中国人救了他！自从妻子芳子病逝之后，他至今孑然一身。在日本，他似乎了无牵挂了，所以，他曾经不止一次认真地与黄杰汉、与沈霏说过：他死了，就葬到中国，葬在永春静海寺这边，葬在妹妹了缘的骨灰塔旁。

现在，沐浴在阳光里，那个站在银杏集的高地上，眺望着周遭山山岭岭，满目新长的银杏树的这位日本老人，就是木村了。与他站在一起的，一边是沈霏，一边是黄杰汉；还有另外一个年轻人，是日本人，是木村新从日本带过来的助手，名叫松井。按照约定，他们这一次前来福建，是要把筹建合资汉药厂的前期事项定下来了。当然，这个厂子是要选址建在泉州一带的。合资项目上，属于省外经委那边管的事，几天前，黄杰汉已陪着他跑妥了，接下来，是到泉州外经贸局申办相关手续了。这个时候，朱省身刚提上来当了泉州桐江区外经贸局的副局长。日本外商投资的具体工作归他管。这件事，沈霏在离开泉州上山前，已经跟朱省身谈过了，朱省身也及时向分管的市领导汇报过了。

这是泉州市引进的第一家日资参与的合资企业。当时，泉州一带的外资企业只有几家，那大都是些祖籍地在泉州的侨胞、港胞、澳胞或者台胞，投了一些钱，让国内的亲属们从事一些来料加工，成品出口一类的大作坊式的小企业。

无疑地，正在洽谈之中的，已经初命名为"远东制药有限公司"的这家中日菲合资企业，在当年是泉州一带最大的合资企业了。中日两方就不用再交代是谁了，菲律宾那方，是旅菲华侨林云昭，他将作为菲资企业银杏公司的全权代表，参与远东合资公司的筹备工作——林云昭参与这项事业，当然是沈霏、黄杰汉努力促成的。在沈霏、黄杰汉看来，没有开头那几年林云昭他们捐种银杏树打底，就没有远东公司！

几年下来，银杏集一带山民，对于采摘初加工银杏叶的一套工序已掌握得非常娴熟了。所以，木村与他从日本新带来的那位年轻助手，在银杏集上只住了两天，便放心地随着沈霏、黄杰汉下山直奔泉州市而来了。

第二章 "KTV"包厢

桐江区外经贸局的一把手孙局长到党校学习去了，所以，市里领导已经决定，远东制药有限公司投资的前期工作，由朱省身具体负责。那一天，永春县委的车将木村、沈霏一行人送到泉州市华侨大饭店的时候，已近黄昏了。按照市委市政府的安排，今晚将设宴为木村一行接风洗尘，虽然沈霏也在邀请之列，但她把木村与他的助手送到华侨饭店，当面交给了朱省身，只吩咐了几句话，就走了：

"省身啊，你是知道的，这位木村先生，是我们中国多年的友好人士，而且，他跟我、跟你在南洋的表哥林子钟都是老朋友了，希望你能尽力帮他把事情办好。"之后，她坚辞了留下来吃饭。这是她的秉性，多年了，不论是在什么样的场合，她是从来不在"公宴"上占一个位置坐下来的。虽然，这个晚上，热情挽留她的，除了朱省身之外，还有市委的几个面熟的或面生的领导，而且桐江区外经贸局的孙局长也特意从党校赶来作陪。沈霏担任市侨办主任之时，这个孙局长还是她手下的一名科长，当然更熟了。然而，她还是拔起脚走了。

夜宴之后，木村、松井两位日本客人先回房间休息去了，几位市里、区里的领导也都走了，孙局长松了一口气说：

"现在，就剩我们几个哥们儿啦……怎么样，今晚我们哥们儿都放松放松，'扶贫'去。"

20世纪80年代末90年代初，"扶贫"是泉州一带的一句"灰话"。说的与听的，都能明白其中的意思：那就是去"KTV"了。

"KTV"里是四季长春，春意盎然的。这不单是指"KTV"里夏天有冷气，冬天有暖气，还有，在那里面服务的"小姐"，一茬茬都是正当青春年华。这些女孩，大多是从一些地区，被贫困驱赶着，来到先富起来的南方沿海地区，寻觅脱贫致富的门路来了。

既是"头儿"出了声，手下人也乐得作陪了。外经贸局的那伙人簇拥着孙局长去了"KTV"包厢。

当年，华侨饭店的"KTV"包厢是广东人承包经营的，在这里陪酒陪唱的大多是外省女孩。

这种地方，朱省身在学校教书的时候，是从来没有来过的，只听说过。后来到了这边工作之后，来的次数就多了起来，但是还远不到成瘾的地步。包厢里大多是门窗密闭的，他受不了厢内那呛鼻的烟味。而且，几乎来这里唱歌的人，除了那些个陪唱的女孩，时而还能唱出几首靠谱的歌曲之外，那些借着酒兴拿着麦克风唱起流行调子的男人，几乎个个就如同杀猪般号叫着跑调，听着那种嚎叫，真是一种受罪！

包厢离着餐厅一条走廊，还要拐两个弯，一位过来带路的"大姐"，冲着朱省身甜甜地招呼了起来：

"朱局长——唷，孙大局长也来了，欢迎欢迎，欢迎您们晚上过来放松放松，好久没来了，是工作太忙了吧？可工作再忙，也要劳逸结合啊，不能太紧张啊！"这是一位包厢的领班，说是大姐，其实也就20多岁的模样。

听到那位领班的招呼，朱省身当然也记起她来了，并且想到了今年春天发生在包厢里的那一桩事，禁不住问道：

"小赵还在这里上班吗——小刘，你给我们安排一间清静点的地方吧。"

"那当然，没问题——小赵还在这里上班，你们先去包厢里坐，我这就安排小赵过来。"那个被朱省身称为小刘的"大姐"走在前头，把他们带到了走廊尽头的一个包厢，"这个包厢，今晚还没客人来过哩，刚刚鼓风机还吹刮过了，空气清新。"

朱省身走进去一看，这包厢确实没有一点异味，尤其是没有残留的烟酒味。大大的茶几上，那个花瓶里，一束刚插上的百合花，散发着阵阵沁心的香气。花瓶旁齐整整地摆着几听啤酒，还有一瓶红透透一瓶绿澄澄的洋酒。另外还有一个鲜果拼盘，上面的水果都是水灵灵的。包厢里不太明亮，玫瑰红的灯光，弥漫在这种深秋交冬的夜晚，令人不禁感到有一种浑身的骨头都要酥软过去的温馨。

"孙大局长，朱局长，你们看，这间还行吧？"那领班的"刘大姐"看到两位领导点过了头之后，便安排他们在沙发上坐好了，又朝着朱省身也对着孙局长说："我这就让小赵她们过来陪你们吧，小赵她常念起你们呢。"

朱省身说："好，让小赵过来吧。"

站在朱省身后面的孙局长，看到自己的副手这样熟门熟路的，便打趣道："朱副，小赵是你的——红颜知己吧？"

朱省身连忙说:"扯不上红颜知己,算——忘年交吧。"

孙局长这会儿跟手下人也没大没小了,他接着又说道:

"朱副,你才多大,不到七老八十的,怎么就忘年交了。"

"人家小赵才十六七岁的孩子呢,怎么就不是忘年交了?"

两个人正逗趣间,刘大姐已带着一班坐台的女孩子走进包厢来了:"小赵,招待好孙大局长、朱局长,还有各位领导——你们好好玩吧,我先走了。"

"孙大局长,孙大哥,朱局长,朱大哥,你们都有小半年没过来玩了,是吧,还有这几位首长,都是你的朋友了?"小赵非常热情地招呼着。

孙局长与朱省身确实都有一段时间没到这里来了,但他们以前来过,都记得小赵的,孙局长更是对小赵很有印象。他在一旁看着,只见这个小赵好像比几个月前又长高了,长俏了!在齐刷刷的几个长得几乎同一般高的坐台小姐中间,她差不多要比她们高出了小半个头。她身材结实苗条,没有浓妆艳抹,虽素脸朝天,皮肤却非常白皙。一件紫罗兰色的长长的紧身薄织毛衣,让她的姣好的身材尽情地凸显出来,她脸上还流露着一股天真无邪的稚气。

这样的一个女孩,是不该出现在这种地方的。她应当漫步在某座中学甚或大学的校园里;漫步在哪条长满柳树的,开满茶花、茉莉花或芍药花的校园小路上……

她确实长得很美——那是一种童真的纯净的美;一种令人怜悯的美;一种令人不忍玷污损坏的美。

第三章　关于赵小红（上）

/ 一 /

……赵小红的家在离泉州很远的山东，她的老家是沿着黄河下游伸延出去的一片土地。那里，虽自古被称为胶西北平原，却不是一马平川。常常的，大地上就突兀隆起一溜丘陵或山峁，逶迤而来，山皆不高，可却如大地的脊梁。那地面上有个村庄，称赵家堡，虽称"赵家堡"，但却是多姓合居的一个村庄。这个多姓合居的不大的村庄，山清水秀。山清水秀的地方，往往便是出美女的地方。当年，赵小红，一进了镇上中学，便被公认为学校中最美丽的女生了。她不但面容姣好，身材窈窕，而且能歌善舞。二年级还没读完，就被选进了学校的文宣队，并很快成了文宣队的主要队员。那时，文宣队高中二年级有一个学生，叫朱朝辉，是校文宣队里最拔尖的男队员，而且还是学校团总支宣传委员。学校各个年段里，都有暗恋着这个长得非常俊朗而又品学兼优的男生。

文宣队每逢节日演出，赵小红与朱朝辉几乎每次都是同台出场，而且担任的都几乎是男女主角。这样子，赵小红也在不知不觉中暗恋上了朱朝辉。高中毕业那一年，朱朝辉以全校第一名的高分考上了北京大学，离校的时候，赵小红终于盼来了朱朝辉来向她告别。

……这一天，她似乎已等待了很久很久了！

她终于等到了，在即将离开母校，天各一方的时候，朱朝辉，这个全校最拔尖的高三男生，会来向她告别，这令她感动得热泪盈眶。而这，又似乎是在赵小红的意料之中——因为他们之间，毕竟有过一场不同寻常的遭遇……

……朱朝辉于她，是有过一段恩情的！那绝对不是一般的恩情，那完全称得上是一种救命之恩；在赵小红看来，那差点是以他的生命去换取她的生命的那种救命之恩……

二

有一年"五一"劳动节晚上，县里举行文艺演出，作为县重点中学文宣队主要队员，朱朝辉与赵小红，当然都必须参加演出。根据大会安排，他们同台演出的那个节目，是在会演的后半场时间。

那天晚上，他们化妆之后，带队的老师才发现一颗大绣球没有带来，那是赵小红登台演出时不可缺少的道具！还好，离他们登台演出还有好长一段时间，学校离演出会场又不远，完全有足够的时间去把绣球取过来。赵小红毫不迟疑地说道：

"老师，我回学校去取吧。"

站在一旁的朱朝辉说："那我跟你一起去。"

带队的老师说："也好，路上有个伴，别急，时间还很宽裕。"

在回校取了绣球往回走的时候，天已经完全黑了下来。因为是"五一节"的夜晚，县城街道上灯光比往常明亮多了，他们两个都化了妆，而且赵小红怀里还抱了个大红绣球，这就更加引人注目了。

这里是个小县城，县街上除了行人，车辆很少。行走之间，他们突然感到有几股刺目的车灯迎面照射过来。接着，是一阵阵震耳的马达声扑了过来，紧接着这马达声的，是三辆摩托车擦身飞驰而过。

这是三辆双排气管的进口摩托，摩托车发动机的声音，几乎把这座小小的县城震动了。在往日，小县城的人们好像都没有看到过这种型号的摩托车。

这三辆双排气管的黑色摩托车上，坐着6个年轻人，就是说，每个车手后面都载着一个人，当然也是20岁上下的年轻人。

摩托车灯特别亮，亮到刺人眼目，凭着那车灯，车上的人显然把迎面的赵小红、朱朝辉看了个清楚：看到他们化了妆，看到赵小红怀里抱的大红绣球。他们完全没有料到，在这个不知名的小县城里，会有这样俊俏的女孩，而且，还化了妆；而且，怀里还抱了个大红绣球！

这样子，一声呼哨，他们三辆车又折了回来，这一次回过头来，车灯开得更亮了，灯光几乎都聚焦到了赵小红身上脸上，让她难以躲避。

接着，那三辆车，竟围着赵小红转起圈子来，把朱朝辉隔在圈外了。

在乡下长大的赵小红，见到这阵势，害怕起来了，她把那大红绣球紧紧搂在怀里，想冲出圈去……

此时，一个后座上的男孩偏过身子，伸出双手夺过了赵小红紧抱在怀里的那个大红绣球：

"小妹妹，这个绣球，该抛给哥我了。"

那个绣球上系着一条长长的粗粗的红绸穗子，赵小红本能地紧紧揪住了它——那是她登台演出的道具呢！

怔在一旁的朱朝辉终于猛醒过来，他不顾一切地冲进摩托车圈内，双手揪紧了大红绸穗结，把被开动着的摩托车拖得跟跟跄跄的赵小红扶稳了，接过她紧抱的大红绸穗子，同时，用肩膀将她推出了团团转的摩托车圈子。6个骑摩托车的年轻人，一发现这个男性青年过来夺抢绣球，一下来了气，不再手下留情了，他们在一瞬间开足了马力，加大了车速，不再是围着人转圈子，而是径直朝前开了出去……

朱朝辉被带倒了！

他紧抱着大红绸穗结，在地上爬滚着，被摩托车带出去好远。他最终没有放松紧抱在怀中的大红绸穗结；他最终把那个赵小红登台演出必用的大红绸绣球夺了回来……

为了夺回这个大红绸绣球，他身上的衣裳被路面磨烂了，他的一半身子，满是鲜血，他的右肋骨断了两根……

这是一座古城，东西南北四面古城门，依然保存完好。一阵响锣过后，人们非常及时地把所有的城门都关紧了。这样子，那三辆隔省隔县前来撒野的双排气管进口摩托，在一时间里，像落进了大缸里的老鼠，他们没能逃出这座小小的古县城。小城里一大伙年轻人，在扣下三辆肇事摩托的同时，又赶在当地公安警察到达现场之前，痛痛快快地，而又不留痕迹地叫6个肇事者很是实在地受了一点皮肉之苦。然后，把伤痕累累的朱朝辉护送到了县医院。在他们看来，这个化了一点妆，长得很俊朗的高中生小兄弟，夺回来的不单是一个大红绣球，而且，更是为小城甚至为山东争回了一张面子，争回了一口气——一句话，这个小兄弟不是孬种。

有三辆扣下的双排气管进口摩托车抵押（据说价值有好几个万），县医院放手地给朱朝辉医治，还安排让他住进了独立病房，而且额外还给他挂上了甲级的营养餐，还有很多人送来了慰问品。赵小红家里过得穷紧，她能从家里往这边送的，是一篮子自家产的红枣、鸡蛋。

赵小红心里明白：朱朝辉的这一身伤，完全是为了她！除了感激之外，赵小红心里还绞滚着一股温馨馨的柔情：一个全校最拔尖的男生；一个她心仪着的男生；能为她做出这种事情——她感动得哭了！

她是住宿生，按照学校的要求，高初中毕业班的学生，都要在校住宿，赵小红是初三年级学生。每天放学后，她都会过来陪护朱朝辉，一天两趟，中午和傍晚。为了不让病恹恹的老娘多一份担心，朱朝辉没让城外乡下的母亲知道这件事。

经过彻底认真的检查，医疗鉴定朱朝辉所受的都是外伤，内脏没有受损，这让赵小红松了一口气，放下心来了。最初两三天，朱朝辉还不能动弹的时候，她过来了，都会打来盆水，绞起了毛巾为朱朝辉洗脸，拿起牙杯让他漱口——两个都很年轻的少男少女，在做出这些事情和接受这些事情的时候，都是需要一种勇气的——尽管他们心中都洁净无邪——这仍然需要他们把不谙世事的，少女的羞涩与少男的矜持放到一边。

他们在病房里相处的时候，有时候有说不完的话，有时却什么话也说不出来。好几天了，赵小红都没有说过一句含带谢意的话，在她看来，这种相救之恩，不说出口来，比说出口来好！而于朱朝辉这边呢，他把那个晚上的举动，仅仅视为是一种责任，绝非一种轰烈的壮举。

……已经到了5月，天气一下子暖和起来，鲁西北地面上，人们纷纷脱去了冬衣，换上春夏之装了。

有一天黄昏，赵小红来早了一些，她轻轻走近了病床，见到朱朝辉似乎正朦胧地睡着，她没有叫醒他，只是独自轻轻地把他披盖在身上的那条略显凌乱的薄被往上拉了拉。这么一拉，朦胧中的朱朝辉就觉醒过来了，他没有立即睁开眼睛，也没有出声，他当然知道是谁来了——这不是很好吗，他能认出她身上扑面而来的气息，那是一种充满了生命力的微微散发出青春芬芳的气味——一种圣洁的，能使朱朝辉刻骨铭心地记住了一生一世的芬芳……

……这有多么美好——如果这就是爱情的话——它悄然无声的，就这么来了——没有山盟海誓，没有拥抱；更没有亲吻……

……甚至也没有相许。

病房的窗外，是一棵高高的白兰树。

到了5月，便是白兰最旺盛的花季了。

然而，即使是在这样的花季，也几乎看不到盛开的白兰花。

这种花白如玉，莹如雪，所以又称玉兰。花季到来的时候，这种花也只是深藏在葳蕤的树冠里默默地开放，让花香包裹了整棵树。

病房里非常寂静。窗外的黄昏也非常寂静。

静到可以听见树冠上的白兰花，坠向大地时的声音。

……但愿这个黄昏无穷无尽,直到永恒。

朱朝辉的身体恢复得很快,他前后只在医院住了10天,便出院了。这时候,他早已到了高中三年级的下学期,再过一段时日,就到了毕业考试,到了高考的时候了,学业耽误不得。赵小红也一样,她是初中毕业班了,就要升入高中了……

/ 三 /

朱朝辉是在大学招生发榜的时候来向赵小红告别的。这之前,她已打听到,他在全省高考生中,总分仅次于济南市的一个考生。赵小红坚信:如果不是为了她,在"五一节"那个晚上受了伤,住院治疗耽误了那些关键的时日,朱朝辉的这次高考总分,一定会胜过济南市那位考生的!

……万万难以意料的是,朱朝辉来向她告别,并不是要去北京上大学!

他是来告诉她:他是要到南方打工去了!

……由于家里穷,由于他爸死得早,只靠他妈养着一头下崽的母猪,一年出两窝猪崽,供不了他上大学……

已是十三四岁的少女,赵小红能够听出,朱朝辉说着这些话时的那种深深的不舍的依恋,她能够理解,那种不舍的依恋,是朝着她的!

这如果就是爱情的话,那么它就是爱情了——尽管朦胧;尽管双方都没有挑明——爱情的发生是无须挑明的。

但仅有爱情是不够的,还有现实!

赵小红所面对的可不是一个即将成为北大法律系的新生,而是一个即将去往南方打工的朱朝辉——如同她的父亲!

怎么会是这样?

绝对不能这样,不!

"不!"那时候,刚刚初中毕业的赵小红,只沉思了片刻,便以一种与她的年龄毫不相称的口气,一种不容商量的口气——以一种坚定不移的目光,看定了朱朝辉,继续把话说了下去,"这个学,你得上,无论如何你得上——如果说是辍学,那也只能是我,绝对不能是你……我去南方打工,我来供着你上大学——路费的事,别急别急,总会有办法的……"

……那个初秋的傍晚,学校的师生大都放暑假走了,学校文宣队因为参加了县里的文艺会演,回来晚了,朱朝辉与赵小红的家,又都在离校很远的乡下,当夜带队的老师要他们留在学校隔天早上再回去……

……她说:"我爸妈都在南方打工,我投靠他们去,我能找到工作的。"
……她说:"到了南方,我会挣到钱的,我每个月都往北京大学给你把钱寄过去……"
她说:"路费的事,明天一早我就赶回家去……你如果能等,就还在学校等着,我送过来,如果不能等,我直接给你送到家里去……"
他说:"……我不能让你,为了我,做出这么大的牺牲。"
她说:"不是你让我,而是我非得这样做不可,现在如果我不这样做,将来会悔死的……"
他说:"我记住了……我将来,只能等到将来再报答……"
她伸出手去,张开手掌,封住了他的口:"别说报答的话,到了北京学校,更别想着报答的事……要说报答,该是我报答你才是……'五一节',那一场,那几辆飞奔过来的摩托,要不是为了我,你哪会受了那么重的伤,可我能拿什么报答你……读出成绩来……我们这个县,几年了,没有考进北大的学生了。"
赵小红仿佛在这一天长大了,长成了一个大姐姐;一个穷困农户里操家掌事的大姐姐,正在谆谆教诲刚刚考上了大学的弟弟……

哦,爱情啊,爱情,如果这就是爱情,那么,在此时此刻,它生发了;在艰难困苦的人生早春时节,它义无反顾地生发了!它是那么的美好,那么的纯净,那么的神圣,那么的不容亵渎啊!
……他们显然都已经意识到了——尽管朦胧,但——这就是爱情了……所以,在那个时候,他流泪了,她也流泪了——他们因为爱情的到来而流泪……

……那时候,夕阳已经落到远处的山峁背后去了,暮色笼罩了偌大的校园。秋后的蝉鸣已悄然静止。他们的头上,是一棵不高的苦楝树,由于枝叶葳蕤,树冠压得很低。他们的身旁,是一排繁茂的冬青。
放了假的校园异常寂静……
他们听到了自己的心在怦动,也听到了对方心的怦动……
……然而,他们都过于年少了,他们年少到了谁也没有想过,要在那一瞬间把对方拥抱过来。

他们年少到了谁也没有想过，要给对方一个吻……

/ 四 /

第二天，刚过了中午，赵小红就往家里赶了个来回，她几乎是一路小跑着又来到学校里。她喘着气，站到朱朝辉跟前，从胸前口袋里，掏出了让汗水湿透了的整整150块钱，交到朱朝辉手中……

——她回家的时候，邮递员刚好把一张汇款单送了过来！那是在南方打工的父母汇过来的，奶奶交给她，要她到镇上邮局把钱领回来——赵小红直接就送到学校里来了。

80年代，在中国的广大农村，150元钱，还可以视为是一笔钱，尤其是对于山东乡下的贫穷学生朱朝辉、赵小红来说，那可以称作是一笔巨款，他们还没有一次经手过这么大的一笔款项呢！

赵小红完全像一个大姐姐，谆谆教导就要出远门求学的小弟弟那样，她再一次对19岁的朱朝辉说：

"到了北京之后，你就全部心思都放到学习上……钱的事，你别管，我这里会有办法的……"随后，她的双眼眨也不眨一下，直直地望着朱朝辉，直看到他郑重地点了一下头。

这时候，早已过了吃午饭的时间，跑了几十里路的赵小红，已又饥又渴，朱朝辉也一样。但他们谁也没有提出要上街去吃午饭的事情——除了那150元钱，他们两人的身上已没有分文，可他们谁也不忍提出在现时去动用那一笔钱，随便买一点什么吃的止渴止饥——尤其是赵小红。

他们顶着中午一点钟的烈日，走出空寂的校园，走上了街口，在县城的公路旁，他们就要分手了。

他们站住了，久久地对望了片刻。

而后，朱朝辉听到了赵小红这样说："朝辉，朝辉哥，握握我的手吧……"

……恋爱中的女孩总是一往无前的，不留后路的，甚至是亡命的。回家之后，她告诉奶奶，那笔款子，她已经交给一个考上大学急需用钱的男生了……她接着宣告：她不再读书了，她要到南方打工挣钱去了，她首先要把这笔款子挣上了，寄回家来……她还要挣钱供那个男生上完大学……

赵小红从小就是个懂事节俭的好孩子，从小学读到中学，她从来没有向家里要过一分零花钱。一直以来，她品学兼优，无论在校在家，从来都不用长辈操心。大人们甚至连一句重点的话都没有说过她。但是，这样的女孩，她一旦认定了要做的事，是任谁也阻止不了的。

她与朱朝辉之间的那种——恋情，已经朦胧了太久；已经酝酿了太久；已经贮存了太久。所以，此时此刻，当隔离在他们这种恋情之间的那一层薄纸一经挑开，初恋的激情，便火山爆发般燃烧，便海啸生发般汹涌了！

……诞生于两个混沌初开的、在十分贫困的物质生活中长大的少男少女之间的这种初恋，因没有经过世俗的熏蚀，而弥足圣洁——为了这种圣洁的初恋，他可以付出他的一切，她可以奉献她的所有……这，她早已感受到了，那一天，当狂飙的摩托猛撞而来，他的亡命一推，使她脱离了险境，而他自己却被撞断了肋骨……现在，为了能让他去北京上大学，她斩钉截铁般地做出了决定：她愿意割舍自己的学业，去南方打工挣钱供他上学——这将是一种漫长的付出——这需要一种义无反顾的勇气，更需要一种坚韧的、持久的毅力。

/ 五 /

最先的时候，赵小红去了福建石狮，投靠到父母那里打工。

这里是闽南沿海一座繁华的小城，从 80 年代初开始，这里就成了冒险家与创业者的乐园。紧接着，各种私营企业遍地开花；于是，便有众多的劳动者（打工者），从四面八方潮水般涌入这座小城来寻找生路。

赵小红的一家，先是她的父母来到这里，一年多之后，赵小红也追寻过来了。

她先是在一家服装厂当剪线头一类的小杂工。工资很低，第一个月，她没有工休过一天，而且几乎是天天加夜班，30 个日夜下来，她领了 165 块钱的工资！她将 15 块钱交给父母，揣上 150 块钱就上邮局给山东老家的奶奶汇了过去，她实现了自己的诺言，先还清了那笔款子，但是却没能给朱朝辉汇款过去！她只能给朱朝辉发了一封"空"信，把这个月没能给他汇钱的原因说了，末了她在信中对他说：

"……现在，我已经把账务还清了，从下个月开始，我就可以月月给你寄钱了……钱的事，我会加班加点，你别操心……"

朱朝辉很快就回了信，他在信中再三交代：

"……你千万不要没日没夜地加班加点，不要太累了。我能对付过去的，你交给我的那150元钱还没用完……"

然而，第二个月，工厂就遇上了淡季，不仅没有加班加点的活，而且还常常停工待单。那一个月下来，赵小红结算工资时，只领到了90块钱，她把那笔钱一分两半，45块钱交给母亲。作为家中长女，她知道父母的艰难！那时候，只有父亲能正常上班，母亲还得照料小弟弟，只能断断续续地领一些零零碎碎的外加工玩具配件一类的活在家中做。一家4口人，三餐的伙食，还有房租水电费，还得挤出一些钱，汇回山东老家。赵小红虽是任性，却又是个十分懂事又十分孝顺的女儿，她不会看着父母的难处不闻不问。另一方面，她更不会放下朱朝辉，她担心朱朝辉会因没钱买饭票断了餐！她有过承诺，她要供着他，直到大学毕业！那是一种包含在爱情中的承诺，所以不容悔忘——哪怕自己再苦再累，甚至自己没有吃的！

来到石狮两三个月了，赵小红仍然穿着秋季里从山东穿过来的那双胶底布鞋，鞋底都要磨穿了。

第二个月领到工资后，当赵小红把45元钱交到母亲手里，就要上邮局给朱朝辉汇去留下的另外那45元钱时，母亲从刚接在手中的那些钱中抽出一张10元票：

"小红，天气转凉了，你该去买一双冬鞋了。"她硬是把钱塞进女儿手中。

赵小红知道自己要不接过那10块钱，母亲会跟她急！她低头一看，这也发现了，自己脚上的这双鞋，不仅难比石狮街上那些女孩子穿的，而且鞋底都要磨透了，脚趾快露出来了！

她在邮局给朱朝辉汇过款子之后，便朝卖鞋的街上走了过去。几个拐弯，溜了一圈，她相中了一款旅游鞋，一问竟要价9元8角钱，还了价，降到9元钱，店主再不愿往下降了，她舍不得买，空手走出街口，终于找到了一个补鞋摊，花了6角钱，把脚上的胶布鞋加垫了一层底。就在赵小红把鞋补好站起身子之时，她发现补鞋匠后背的墙面上，新贴着一张印刷得很精致的招聘书，她看了又看，不禁眼前一亮！那上面写的是：

四季红酒业公司招聘专职女性名酒推销员
要求应聘者符合如下条件：
一、身体健康，有一定酒量。

（没问题，我甚至感冒发烧都很少患过。我在老家能喝下三大两60度的高粱酒，而且心不跳，脸不红！）

二、身高不低于一米六十。

（我已经一米六五了，而且还会再往上……）

三、五官端正，仪表端庄。

（我符合条件，从小到大，大家都说我长得俊俏！而且我曾经是校文宣队的拔尖队员！）

四、学历要求，小学毕业以上文化程度。

（我一路上把初中毕业证书都带过来了！）

五、保底月工资150元，推销产品按业绩提成，不封顶。

（150元！还有提成！这职业我选定了！）

六、上班地点：泉州市区，具体地方，面谈确定。

（泉州市区，我知道，公交车方便得很，只要一个小时的路程！）

赵小红穿上修补得十分工整的胶布鞋回到家来，这时父亲也下班在家了。把补鞋找回来的9元4角钱如数交给母亲后，她把自己决定应聘名酒推销员的决定跟父母说了。

我们已经说过，在父母的眼中，赵小红一直是个有主心骨的好孩子。父母都知道这孩子认定了的事，是一定要去实现的。而且，孩子要去的地方，也离石狮不远，所以，父母很痛快地答应让赵小红去应聘。

/ 六 /

赵小红一个人离开了石狮，找到了招聘广告上所示的泉州市区那家酒店。应聘过程非常顺利。

第一个条件是五官端正。赵小红的家乡一带，历来就是出美女的地方。她在应聘厅里一站，所有的人都眼前一亮！

第二关是，桌上摆了三杯颜色各异的酒：有啤酒、有果酒、有63度的二锅头。赵小红走了过去，一手一杯，几乎眼皮都没眨一下，酒就下喉去了，她喝酒时的那种豪气，几乎把周围的人都镇住了！

还好，在喝下去的酒还没在胃中乱七八糟地翻滚起来的时候，她沉着冷静，掏出了自己的初中毕业证书，而且准确无误地回答了招聘方提出的所有问题。

刚走出了应聘厅不久，她又被叫了回去：她被录用了！

而后，她从容不迫地走出应聘厅，这才快步走进了洗手间，在里面呕出了胃里被搅成了五颜六色的酒，还有胃酸。

赵小红是在到了泉州市区半年之后认识朱省身的，那时候，她已在市区华侨饭店当酒饮推销员了。

当时，朱省身是桐江区外经贸局的副局长。由于公务接待应酬需要，他常常会进出在泉州市区各家酒店的餐厅或包厢……

为了多推销几瓶酒，多挣几个提成，赵小红必须始终面带微笑。她们的市场经理，那个30多岁的外省女人，告诉她们的座右铭是："酒客永远有理，喝酒才是硬道理。"话虽这么说，但是，赵小红却从骨子里看不起这些男人！她常常会拿这些男人跟"她的"朱朝辉做比较，无论从哪个方面比，那些男人都无法跟朱朝辉比！这样一比，赵小红心里就有了底气，甚至有了傲气："我的"朱朝辉才不会像你们这般粗鄙低下呢！

……赵小红第一次认识朱省身，是在一个春寒雨如泉的倒春寒季节，淅淅沥沥的春雨下个不停。

"7号厢来了客人，小红，你过来。"领班用对讲机把待班的赵小红派进了7号厢。

7号厢带队的东主正是朱省身，他带来了几个客人。那是闽粤交界地区的一个投资考察团，他们已经用过了晚餐，是来包厢里消磨时间的。按照领班的安排，赵小红当夜主要是向客人推销一种新上市的啤酒。

在这群人中，有一个客人，从赵小红走进包厢的那一刻起，他的眼睛就没有离开过她。那个人长得很富态，尤其是腹部很丰满，相对起来，腿脚胳膊便细了些。

赵小红自然也发现了他在自己身上上下瞄动的目光，由于讨厌那种目光，她在心里很快地，带着戏谑地给他取了个外号："蜘蛛"！

按照老例，赵小红为每个客人都打开了一听啤酒：

"欢迎诸位光临，我是这家酒厂的市场代表，相信各位先生都能喜欢这款酒。"

大凡进过包厢消遣的男人，都会理解酒厂的"市场代表"是什么意思。于是，那个"蜘蛛"讨好地，首先干了手中那听酒：

"代表小姐，你贵姓，赏个脸，你也干了吧。"比起高粱酒来，对于赵小红来说，啤酒比白开水更容易过喉，而且，当了几个月的推销员，她的酒量更是突飞猛进了。

她昂起头来，一口气不停地，就把那听350毫升的啤酒喝了下去。"蜘蛛"在一旁看着，拍着手掌说：

"爽快，酒中豪杰……"

不等"蜘蛛"闭口，赵小红又打开了一听啤酒，递了过去："先生，又该你了。"

那"蜘蛛"刚灌下一听啤酒，有了些胆量，在接过赵小红手中的酒罐时，他显然有意地，把她那只柔嫩的小手连同酒罐一齐捏了一下：

"小姐，这酒我是一定要喝的，但是，你还没有回答我，你贵姓？"

"你喝，好，我说——就叫我小赵吧。"虽然已当了几个月的酒饮推销员，但赵小红身上的一切感觉并未被酒精麻木。刚刚她已明显感觉到"蜘蛛"是有意捏了一下她的手背，心中已生起一种厌恶，但，她还是不露声色地答道。

"蜘蛛"一听，又拍手叫好起来：

"哎呀，想不到咱俩还是本家呢，我也姓赵——那就更应当喝了——就叫我赵大哥吧！"

赵小红听着，心里一阵不屑：谁跟谁"本家"了？都什么年纪了，还"大哥"！

"蜘蛛"喝完了手中的酒，听到"小赵"报出自己的姓，兴头更来了！他又打开了一听啤酒递了过去：

"赵小姐，小赵，该是你了。"

赵小红接过来，仍是眼皮不眨地一口干了下去——这是700毫升了。此时，赵小红已大致估摸出了"蜘蛛"的酒量——他远不是自己的对手！她要尽快将他灌倒，免得他纠缠下去！

"蜘蛛"与赵小红，两个人一来一往地，已经各干下了5听啤酒——那是每人都喝下去1750毫升了。"蜘蛛"已经满脸通红，肚子里胀了起来，而这一边赵小红，双颊上才微微露出一点酒红！

"蜘蛛"醉了，但他心里明白，靠单挑，一对一地喝，他不是眼前这个小姐的对手！他环视了一下身边的"自己人"，连同朱省身在内，是5个人，他想，该动"车轮"战术了：

"各位弟兄们，别光看热闹，我们每个人都敬赵小姐——小赵一听。"

赵小红沉住了气，她知道"蜘蛛"已招架不住了，便爽快地答道：

"那就谢谢诸位了！"说话间，她已连连拉开了6听啤酒，自己留下一听，其余的，她给每人各端过去一听，"来，大家一起干下了吧。"

"蜘蛛"一听，抗议了："不，赵小姐，我说的是每人敬你一听，不是大家都一起干了呢！"

赵小红听到"蜘蛛"这么一说，略一迟疑，她算了一下：这是一比五的喝法！

……那几乎只是瞬间的迟疑，在那一迟疑的瞬间，她想到了什么？

——她想到了她的父母一个月下来的工资，连带加班，还不到300元！她更想到了远在北京上大学的朱朝辉——她又到了该给他汇钱过去的日子了……而此时，她每推销出去一箱啤酒，能提成10元钱！

……她豁出去了！

她逐一"敬"了过来。她先是敬了"蜘蛛"一听，连喝了5听啤酒，"蜘蛛"说话时，舌头有些打结了，但还是喝了下去。自然，赵小红也必须喝下去——那也是6听，2100毫升了。

朱省身站在包厢边沿的这一角，赵小红最后一个敬的该是他了。她走出几步——她有些头重脚轻了，但她头脑清醒着；她自己手中这一听再喝下去，是第10听了，是3500毫升了！很难想象，一个刚到十几岁的女孩，她的胃里能装下那么多啤酒！她腹部发胀，口里连连打着酒嗝——要命的是，她的小腹部此时膨胀得发痛了——她的尿意快忍不住了！

……她让自己定下神来，提着两听酒，走到朱省身面前……

……她听到了他轻声地问道：

"小姐——小赵，你很需要钱吗？"

——笑话，不需要钱，哪个女孩会这样玩命地喝——赵小红心里没好气地答道。

然而，她没有把这话说出来——当他把她手中的酒接过去时，她抬起眼皮，瞄了他一眼，她发现了：他凝视着她的眼神是认真的。那么，他刚刚问到的那句话，也是认真的了？

于是，她也很认真地回答道："是的，先生，我很需要钱——所以，您也干了吧，您从进包厢到现在，一直没喝呢，来，你干了，我也干。"

她又听到他说，声音依然很轻："我喝，可你，再不能喝了。"

……她发觉，自己没有听错，因为，她发现，他在说出上面那句话的时候，双眼里充满了怜悯之情——那是一种长辈的怜悯——而这种眼神，在所有以往来过包厢的客人那里，她还从来没有发现过。

接着，更令她意料不到的是，他把自己手中的那听酒喝下去之后，又接过了她提在手中的那听酒，还是那句话：

"……你再不能喝了……"

赵小红再次抬起眼皮，瞄了他一眼，她发现，他的眼神是真诚的，是一种充满怜悯的真诚！

后来，她看到他把那听本该属于她喝的酒喝干了。而且，她还听到了他这样说：

"小赵，今晚就到这里吧，再喝下去——我们这位赵大哥——刚才这一听，算是我代表赵大哥，也代表你敬大家了——小赵，你招呼刘大姐过来结账买单吧。"

小赵打心底感激这位先生。她已连连喝下了3150毫升啤酒！

——更要命的是，她要尿尿了！

听到朱省身这么一说，赵小红如同刑场上的犯人，突然之间听到了特赦令，她几步小跑，冲出了包厢，跑进了厕所！

第四章　关于赵小红（下）

/ 一 /

　　我们刚刚写到了赵小红初次邂逅朱省身的故事。我们在写着这个故事的时候，孙局长正带着他那班手下人，包括副局长朱省身在内有7个人，正在桐江华侨饭店的KTV包厢里"扶贫"。他们一班人已在那里两个多小时了，此时还不到夜里10点钟。今天是周末，这个夜晚，他们将会在包厢里闹到凌晨3点钟。就在这个夜晚，不，确切地说，是在隔天的凌晨3点钟，孙局长将死于非命，而杀死他的凶手，正是赵小红！

　　……一个花季少女，怎么可能沦为杀人凶手呢？这是一个复杂的过程；一个复杂的故事……

　　……赵小红作为陪酒女，已近两年时间了，这两年里，她的生活里发生过什么事——在她作为陪酒女的一年多的人生里，究竟经历了什么，以至于让她走上了杀人之路——这是必须写出来的——作为一个在这个时代生活着的作家；一个自诩有着起码良知的作家——我结识过不止一个"赵小红"，她们的不幸人生常常迫使我眼中流泪，心中泣血……

　　……现在是一个周末的夜晚，10点整——离孙局长被杀还有整整5个小时，我们可以从容不迫地把赵小红陪酒女生涯中的一些故事接着写下来……

/ 二 /

　　赵小红送走了朱朝辉后，奶奶把家里所有的钱，分分角角零零碎碎凑成了48元钱，让她带上了路。而且，奶奶还像那年送她爸她妈到石狮一样，蒸了一笼馒头，10个鸡蛋，外加一牙缸咸菜，让赵小红带在路上吃。赵小红是个懂事的孩子，从山东到闽南，一路上除了买车票花的，她就用那牙缸咸菜，和着馒头，打火车厢里免费提供的白开水，两天两夜的行程，就这样吃着。找到石狮父母身边来的时候，她还余下了16元7角8分钱，外加6个舍不得吃完的鸡蛋，她都交给了爹娘。

时间过得飞快，到了清明节的时候，赵小红到闽南来已经七八个月了，而应聘当酒饮推销员也有5个月了。在同批入聘的那群推销员中，她的业绩是最好的。当然，这一方面是靠了她的酒量好，人缘好。什么牌号的酒，到了手里，她都能举得起，喝得下，而且还能哄得那些"酒客"们，有4两的酒量，往往愿意喝下6两去。可谁能想象到，这个女孩子"酒量好"背后的辛酸；体会到她稚嫩的肩膀上所要承受的压力？

她的父母，一个月下来，就那么300来元工资，扣去一家几口人在石狮的饮食起居，还要定时凑上一笔钱汇给远在山东的二老。父母的难处，赵小红看在眼里，她得尽量多赚些，帮衬着他们。而朱朝辉那边呢，她有过承诺，她要他好好读书，其他的，她来操心——包括他的娘——她是去过他家见过他娘的。那是在他到北京大学报到的那一天，他们约好了，她要上他家去。

就在那一天，她走进了他的家，见过了他的娘。这或许就是缘分：一眼见到朱朝辉他娘，赵小红就感到有一股慈祥善良的温情迎面扑来！而朱朝辉他娘呢，看到近在眼前的这个水灵灵的女孩，立时现出一种作为母亲特有的那种亲情，她迎上前去，也顾不得生分，就把赵小红的手紧紧拉着，久久舍不得放下……

……赵小红也不知道是怎么从朱朝辉他娘那里，抽出了自己的手。然后她走了过去，帮着朱朝辉提上一个网兜，把他送到了火车站，送上了火车……

……朱朝辉的家——那是什么样的一个家啊——那是丘陵地面上一座孤单的土坯小屋。那一座小屋中间，用高粱秆抹泥作墙，竖着把小屋隔成了东西两半，有窗子的这一半间，是朱朝辉的寝室兼书房，那张书桌，是一片木板搁在几块土坯上架成的，朱朝辉睡的那张床，是4块木板拼起来的……而母亲的这一张床呢，甚至没有铺板，就在铺平了的高粱秸上，胡乱地铺着一条黑兮兮的破草席。在这一隔两半的房间前头，是一条过道，过道尽头的墙角下，有一口土灶，一只铁锅……这个家，拎起来卖给收破烂的，恐怕值不到一箱啤酒钱，值不到一杯"XO"，值不到半杯"人头马"。

……朱朝辉小学毕业那一年，家里为了供他上中学，他的老爸翻过太行山，去了山西，下了矿井，当了煤黑子……不到三个月，噩耗传来，煤窑塌了……老爸连尸骨也没有掏出来……煤老板派人塞给了他们娘俩2000元钱，硬是把事情了结了。那些钱，掰着用，治老妈的哮喘病，朱朝辉几年中学的费用……到他考上北京大学的时候，一个子儿不剩了！

……

目睹朱朝辉家的困境，在他走了5天之后，赵小红告别了母校，告别了故土，打点好行装，横下了心，义无反顾地走上了去往南方打工的路。

……应聘当上酒饮推销员不久，她又听从了酒店领班"大姐"的劝：她说，钱是好东西，趁着年轻，多挣一点钱吧，过了这个年纪，想挣这份钱，也没人能让你挣了。来这里消费的，都是挣大钱的，我们就从他们那里挣点小钱吧。于是，赵小红同时兼职当上了"KTV"包厢里的陪酒女——就为了多挣一份小费——她在包厢营业吧台上挂上了自己的号，善心的领班大姐为她安排的是"66"号——六六大顺……

……"来，再来一杯！"——赵小红又听到了孙局长的一声吆喝——一杯"人头马"塞到赵小红手上来了，她咬咬牙，又仰头干了下去——不管是"干买单"，还是推销抽成，赵小红又有一笔进项了！

这个冬春的奇寒季节。似乎下着雨，似乎是春雨，抑或是冬雨？在泉州城外，此时正是打狗不出门的寒夜，可是在泉州城内，在迷茫的夜色中，在那些霓虹灯明亮的大小酒楼里，在那些弥漫着暧昧的桃红色灯光的五花八门的"KTV"包厢里，那些酒香味交织着人的肉腥味的大大小小的包厢里，正弥漫着如春的温暖。是的，这里没有四季之分，夏天有冷气，冬天有暖气。

搁下"人头马"，孙局长又提起啤酒来了，对于赵小红来说，啤酒的酒精度早已不在话下。她一仰头，咕隆隆就一口气把一听啤酒喝了，比孙局长豪气；比孙局长干净利落！那孙局长又邀赵小红喝了两听，第三听时，赵小红说：

"大家都来吧，不要单我和孙局长喝，这样多不热闹。"赵小红想的是多推销，多得一点提成。孙局长当然也是了解到这一层的，只是没想到他会说：

"小赵小姐，各有各的酒量，你就别为难大家了，我看小姐你是海量了，这样吧，小姐，今晚，你喝一听，我就买一箱的单，酒还留你这里。"

这就是说，她赵小红每喝一听，就有23听的赚头。一箱酒有24听，包厢里的消费是每箱售价70元，而这种"干买单"的提成方式，促销小姐每箱可以返销提成30元！

……为了朱朝辉，为了拮据的家景，这个夜晚，赵小红豁出去了！她又连着喝下三听，她总共已经喝下6听了，其中那后面的三听是"干买单"，赵小红可以返销提成90元！

第四部 望乡

朱省身在一旁冷眼地看着：这是孙局长第二轮向赵小红"灌"啤酒了，他暗暗数着，赵小红面前的茶几上，已搁着9个空啤酒铝罐，那全是她喝的——为了多赚一些提成，这个不要命的陪酒女！朱省身心里不禁又升起了一种恻隐之心，他多想在此时把这种场面喊停了，救赵小红一马，可今晚却不行了，上一次，是春末的那个夜晚，他曾经帮赵小红在"蜘蛛"的纠缠中解脱了。现在，他却没有勇气帮赵小红从孙局长的纠缠中解脱出来，他深知孙局长在酒桌上的倔脾气——他的任性——他随时可以翻脸将扫他兴的手下人痛骂一番——包括他朱省身在内！

"你们先坐一会儿，我去挂个电话，马上过来。"赵小红忍不住了，她是借口上洗手间去了。赵小红已喝下了9听啤酒，三杯"人头马"——那是多少分量！融在酒中的那些气体，可以随着连续不断的酒嗝，从胃部冒出来，可那些酒浆已经汇集到小腹部、汇集到膀胱中来了，这时非解决不可了！

小解以后，她还得回来继续赚"干买单"！

她"挂完电话"很快又回来了：

"接着喝。"孙局长又吆喝了一声。

现在，赵小红的小腹部已没有负担了，她又接连喝了4听啤酒，加起来她总共喝下去13听啤酒了！可孙局长还正在兴头上，直鼓着劲要赵小红再继续喝。

朱省身看不下去了：这是一个什么样的女孩啊！她很需要钱吗？但也不能这样玩命地喝啊！

"看来，这酒，对小赵来说，不够劲，来一瓶'XO'，换个杯子，就桌上的这杯子吧。还是那句话，你喝一杯，我买一瓶的单！"孙局长拉过小赵的手说。

"为了诸位玩得开心，我喝，这里面就有'人头马'，原装的。"赵小红边挣脱孙局长的手，边说着。她已经从身后的酒柜里提出来一瓶法国人头马。她知道，这种酒，包厢里的收费是每瓶1800元，她是10%的提成。而如果是"干买单"，她返销给酒店每瓶提成是800元！

她把那酒打开，斟满了一杯，在孙局长面前举了起来：

"这样可以吧。"那是80毫升装的高脚酒杯，赵小红一仰头干了——180元她赚到了——这一杯是提成。她又斟了一杯，照样干了，这一次是800元了——这一杯赚的是"干买单"！

——她想到了朱朝辉，她想到了一个月合起来才挣300来元的父母亲，她又斟满了一杯，那是80毫升的高脚杯！

她已经喝了好多啤酒，又喝了240毫升"人头马"。

209

现在，几种酒杂混在胃中乱绞。她感到有一点恶心，有一点头重脚轻——她还完全是个孩子呢——酒量再大，她也是个孩子啊！最先发现赵小红脸色发白的是朱省身，他心疼这个外省女孩，再这样喝下去，要出事！他几乎是不假思索地一把夺过赵小红手中那满满的一杯"人头马"，喝了下去：

"就这样吧。"说着，把那只酒杯搁到了茶几沿上——此时，他已无暇顾及孙局长会因此对他发酒疯了。

赵小红确实有些晕了，她在回过身子来的时候，大腿上的裙裾把朱省身搁在茶几沿上的那只玻璃杯扫到地上，碎了。

"好，刚刚是英雄救美，现在这是落地开花，好兆头，朱局长，祝你走好桃花运。"孙局长说，他确实有些醉了，对于刚才朱省身替赵小红喝了那杯酒，他有些发愠，但或许是碍着赵小红在一旁看着，他并未动怒。

此时，他就像一只伸长了脖子的公鹅，望着赵小红……

突然间，他的眼睛像着了火一样发亮起来，他盯住了正蹲下身去收拾着玻璃杯碎片的赵小红……

当时，在南方的许多城市，在"KTV"包厢上班的女孩，一般都被称为"小姐"。这是一种很暧昧的称号。在包厢里，这些小姐都会把外套脱掉，只穿贴身的衣着。衣着的式样，酒店里差不多都有不成文的规定：上衣的胸口开得很低，很紧身。下装呢，如果是裙子，裙摆必然是高高地超过膝盖头，而裙腰却系得很低的那种紧臀裙。这一个夜晚，赵小红穿的就是那样的一条短裙。

此时，她正蹲了下来，弯着身子拾捡地上的玻璃杯碎片。这样子，她的那条紧臀裙被大腿紧紧地绷住了。她的裙腰部因而褪了下去，露出了洁白的、细嫩的、光鲜的臀部。

这是隆冬里的一个夜晚，包厢里的灯光是玫瑰红色的。自然，这种灯光的色彩也是暧昧的。那灯光惊心动魄地，照在赵小红露在裙腰外的臀部上。

包厢里片刻间突然静止了……

……朱省身终于明白过来，包厢里瞬间的这片平静，是怎么一回事了——那几个男人的目光正齐刷刷地盯住了赵小红半遮半露的臀部。朱省身尤其注意到了，孙局长落在赵小红臀部的那贪婪的饥渴的目光。他甚至发现他咽下了一口口水。作为男人，朱省身完全明白孙局长咽下的那些口水是为了什么……

他突然想到了一个人，那也是一个少女……是的，那是一个与眼下的这个赵小红年龄相仿的少女，只是她个子小巧了许多……对了，他们在少年时代曾经热恋过的……那个少女,后来,她把他"蹬"了——那自然是朱晓云了——他恨过她吗?没有。他是那种恨不起来的人——由于想到朱晓云,不知道为了什么,那时间里,他对弯着腰,蹲在那里寻拾着玻璃碎片的赵小红充满了悲悯之心……

赵小红正低着头在地上细心地忙着,她完全没有注意到背后那些男人的目光,几乎可以吞吃了她!

朱省身坐在沙发上,此刻,蹲在地上捡拾着玻璃碎片的赵小红,已经移步到他跟前来了。看着移动在地上的赵小红,他心里冒出一股莫名的酸楚!在那一瞬间,他情不自禁地向前弯下腰去,小心翼翼地提着双手,不让自己的手指头触碰到赵小红身上的皮肉,一边一角地,把她绷得很高的后衣摆用力地往下拉了下来,遮住了她的身腰,遮住了她的半露的臀部。

朱省身的这个举动,赵小红当然是明显地感觉到了。她往后仰起头来,她的脸与他的脸的距离非常之近。她看到了朱省身那没有一丝邪意的目光。

由于赵小红的身量高,所以,这之前,朱省身并没有发现她还这么年少!天哪,她那张脸还完全是个孩子!她显然没有上妆,她素面朝天,脸上还朦胧地铺盖着一层童稚的乳毛,她的双眼黑白分明,晶莹如玉。她那种未褪童真的纯净的美,在那一瞬间,着实让朱省身一阵惊悚!那一时刻里,他的心里又升腾起一种悲悯的柔情——这样的一个女孩,是不应该生存在这种充满屈辱的场所。她应当像谁呢——她应当像当年的朱晓云那样,在学校里上学,然后,有一份正当的职业……

……从被朱晓云"蹬"了之后,十几年来,他的心扉几乎封闭了。他似乎已完全不再注意所有周围异性的长相,不管是同一个单位的或是外面的。

然而,赵小红的美,猛然撞击了他!

……孙局长颠着八字步走了过来,他靠在朱省身一旁坐下了。然后,他一手把赵小红刚刚遮到臀部的紧身薄毛衣又往背部扯了上去。

"白玉般的肌肤皮肉啊,为什么要遮盖呢……"他浑身冒着酒气,口里这样叫着。

接着,他的一只长着粗粗汗毛的肥胖的手掌,紧贴着赵小红裸露的后背,滑了下去。赵小红被这突如其来的举动惊呆了,以至于一时都没有反应过来。而这一切,就发生在朱省身的眼皮底下,他突然感到了一种莫名的愤怒——为什么可以这样欺侮一个孤单无助的外地女孩?他又想到了朱晓云——如果朱晓云受到这种欺侮——他本能地握紧了拳头。要是他挥出拳去,要是这一拳落在孙局长的脸上，那是会令他双眼冒出火星，鼻孔喷出鲜血的。然而，朱省身最终还是松开了拳头，他无奈地叹了一气。在那一刻，他明白过来了：孙局长是他的顶头上司……他得罪不起。

……这时候，赵小红已经猛醒过来了，她霍地站了起来！

由于用力过猛，赵小红的裙子后拉链被扯开了，这使得她的短裙危危欲坠。

其余的几个男人，都拍着手掌在那里叫好！这一切，朱省身看在眼里，痛在心里，可他又能怎么办？

……赵小红回过头来，用无助的目光哀伤地望着朱省身，她的脸苍白得吓人！

他躲开了她的目光，他没有勇气，继续望着赵小红那双孤单无助的，已溢出泪水的眼睛……

……赵小红的奋力挣扎，更激起了孙局长的欲望——那是一种什么欲望呢——难道可以在这众目睽睽之下……

此时，孙局长似乎已丧失了意识，他把赵小红推倒在双人沙发上……

孙局长完全丧失意识了吗——他把赵小红推倒在沙发上，接下去要干什么，他不知道吗？他不知道那种事的后果吗？

……接下来，他又一手乘势搂住了赵小红的身腰，同时噘起了嘴唇，急火火地朝着赵小红的脸上贴了过来。赵小红虽然已经喝下了不少酒，但那些酒，还不至于使这个山东少女迷糊。当孙局长呼哧着，喘着粗气，把他那张因了酒精而微微有点膨胀的，通红的脸凑过来的时候，赵小红猛感到有一股酸腐的口臭伴着酒味扑了过来，她本能地把脸偏了过去，护住了自己的双唇——几乎在这种场所服务的女孩子，她们往往可以忽略身体的其他部分，却绝不轻易地"忽略"自己的嘴唇——她躲开了孙局长那张噘得好高的嘴。

尽管赵小红奋力地挣扎，但她毕竟仅是一个孤单无助的女孩。而孙局长呢，正当50上下的壮年，他的手臂力量之大，把搂在怀里的赵小红，箍得都快透不过气来了——她连双手也被紧紧地箍在孙局长怀里，她几乎动弹不得。

可怜的女孩，她只能哀求了："孙局长，孙伯伯……你放开我，你放过我吧……"她呼吸困难，几乎快要窒息了，她断断续续地哀求着。

听着一个可能比自己的女儿还年少的，外省女孩的苦苦哀求，这个被称为"孙伯伯"的人，难道就没有一点怜悯之心？

没有！

那时候，赵小红为躲开他的嘴唇，把脸偏向了一旁，她连声哀求的时候，嘴巴几乎是贴着孙局长的腮帮的，她口中的少女的热气，随着她的哀求，在孙局长耳旁缭绕，这就更刺激了孙局长……

孙局长将她搂得越发紧了。

……还好，她终于挣扎着站了起来，并且，她终于抽出一条手臂来了，是右手——当孙局长的那张脸又贴过来的时候，她扬起了右手，很结实很利落地将一巴掌甩到了这个男人的脸上！

如果赵小红的这一记亡命的巴掌，能够把孙局长拍"醒"过来，那无论对于孙局长或是对于赵小红来说，都是一种万幸，接下来的事可能会戛然而止。

然而，"万幸"没有发生。孙局长似乎是舌头打结地嘟囔着："……打得好，打是'疼'呢，……"于是，不幸就发生了！

孙局长不仅没有放手，他的蛮劲更上来了。他借着酒力酒胆，猛然再一次将赵小红推倒在沙发上，然后飞身扑了上去……

就在众目睽睽之下。

我们已经说过了，赵小红是很有一些酒量的！所以她没有因为喝了那么多酒而发醉。而在这一阵扑打挣扎中，她刚才的酒意也消失了，她彻底清醒过来了！

猛然之间，她的胸怀里，她的脑海里，都被一种莫名的仇恨填满了！

一两年来，在这种场合里所受到的各种欺辱——她都曾经装出笑脸忍受了！而此时，紧紧压抑在心底的，那似乎已经麻木了的，对于这种——欺辱的感觉，都在此刻复苏了！

……人不能长时间地生活在屈辱之中。赵小红处于这种场所，从事这种职业已经一两年了！这就是说，赵小红已经在这种屈辱中生活了近两年了！

这以前为了挣到钱；为了挣到更多的钱，她学会了隐忍；她学会了忍受屈辱，那完全是因为有了一个人支撑着她，那个人自然是朱朝辉了；那自然是因为有了一种希望支撑着，那种希望自然也来自朱朝辉——4年，只要4年——不，只剩下两年了——朱朝辉就大学本科毕业了！他是法律系的学生，她憧憬着那一天朱朝辉大学毕业了，她就可以立即离开这种场所，告别这种职业，忘掉这一切屈辱，陪在朱朝辉身边！

可是如今，这种希望破灭了——如今，朱朝辉已身陷囹圄——是20年，是整整20年——那是一个人整整的青春时代！

——而20年后的将来——即使出了监狱——他还会有将来吗？

——而她自己呢——自己的将来呢？她是把自己的一切——自己的将来都寄托在朱朝辉身上了啊！

……

她不敢想象。

她没有将来。

……如同人不能长时间地生活在屈辱之中，人更不能长时间地生活在绝望之中——"人"需要尊严；"人"需要希望——而16岁的赵小红，现在却同时处在这两种"不能"中生活。

——这两种"不能"，往往能把一个"人"逼成罪犯……在这两种"不能"中生活的人，往往内心充满着莫名的仇恨。

赵小红也不能例外。

而孙局长"撞"上了这种"仇恨"。

孙局长还在没完没了，而周围的几个男人，都手舞足蹈地似乎在看一场闹剧，他们像助威般地高呼大叫……

……而朱省身呢，面对这种场景，他差不多已闭上了双眼，他无能为力……

……赵小红挣扎之中，无意间抓到了茶几上的一把利器，那是一把刚刚用来旋开"人头马"软木瓶塞的不锈钢螺形钻。她握紧了那把螺形钻，从下往上，朝着孙局长的脸上扎了过来。

这一钻头，带出了一注血，但不是致命的，孙局长只是惨叫了一声，却没有爬起身子来。他依旧趴在赵小红身上紧压着她。于是，赵小红又补了一钻，这一钻用力之猛，超出了第一钻！这一钻，狠狠地落在孙局长的左太阳穴上……

鲜血从孙局长的太阳穴里，涌了出来，沿着螺旋形的钻杆，淌到了被压在沙发上的赵小红脸上，她的双眼都被这些血迷糊了……

她渐渐感到这个压在自己身上的男人，身子瘫软了；他紧箍着自己腰身的那两条手臂松开了……

——这一钻才是致命的！

此时，是凌晨3点整。

第五章　回过头去写朱朝辉（上）

/ 一 /

……终于过去一年了，这就是说，到了暑假，朱朝辉已经完成了大学一年级的学业，就要升上二年级了。这意味着，赵小红的"4年计划"，只剩下三年了！

在过去的一学年中，赵小红再苦再累，经济上再拮据，她也会固定在每月的月初——固定在每个月的1号或2号，上邮局给朱朝辉汇钱过去。赵小红没有提到她在"KTV"包厢里兼职的事。在她看来，无论是酒饮推销员或"KTV"包厢的"小姐"，这两种职业，都是不太光彩的职业！那赚的是什么样的一份钱呐——每个夜晚，她都必须挤出笑脸，劝客人多喝酒，为了喝出一种"气氛"，她首先自己要先喝酒：白的、红的、绿的、黄的，高度的、低度的、泛着泡沫的……喝下去，呕出来；再喝下去，再呕出来——搅拌着胃液呕出来——作为大学生的朱朝辉，每一次接到赵小红汇来的钱，眼睛里都湿湿的，他深知赵小红的家境也是穷紧的，他知道，一个打工女孩，要供他上大学，是多么不容易的事！那一学年中，他在大学里的日子，是每一分钱都掰成两瓣用。为了省下往返的路费，为了减轻赵小红的压力，放寒假，他没回山东。他找了一份家教。这一年的春节，他是在几乎空荡荡的学生宿舍里度过的。领到那一份家教工资后，他立即给赵小红去了信，要她那一个月不用给他汇款了。但是，赵小红仍然汇来了，她给他的信中写道：

……你那一份家教工资，寄给娘吧，老人家也过得不容易，身体又不好，不像我们年轻，身体好，可以打拼……以后，她老人家卖猪崽的钱，让她留着家用吧……你自己也不能太节俭了，记住我们分别那天说的话：钱的事，你别操心。4年的时间，我们能坚持到底的……南方的冬天不太冷，但北京一定是很寒冷的。这个月多汇过去30元钱，你一定要添件厚实点的寒衣。

……能不想你吗？都快半年没见到你了……我想，到了今年暑假的时候，我就能攒下一笔回家的路费了，我们都回一趟山东好吗？那时候，你就要升上大二了！是吧？那就只剩下三年了！加油，读出成绩来……

永远想你的赵小红……

……北京大学法律系一年级学生朱朝辉，流着泪读完赵小红的信。他能不流泪吗？从信中，他读出了一个女孩家的那一份善良，还有那一份比金子还要珍贵万分的纯真的爱情。这份深情，无论他朱朝辉拿出什么来，都难以报答！还在学生期间，他能做到的，只有刻苦学习；只有"加油""读出成绩来"！

他是从极端穷困的农家走进大学校园的学生，他深知自己只有拼命学习，"读出成绩来"，才或许能改变自己的命运，走出人生困境，也才可能有报答赵小红的那一天！他把中学时代的那份刻苦用功的精神带到了大学里，在大学里，他依然品学兼优。这样子，在1988年夏天，也就是大学一年级就要结束的时候，朱朝辉获得了他们这个系这个年段首批奖学金的提名，并很快通过评审！他第一个把这个喜讯写信告诉了远在南方的赵小红！

……放暑假了，有将近两个月的假期，他多想立刻回到胶东乡下的家乡，看看久违的母亲——他与赵小红相约好了，就在今年暑假，他们要在山东老家相聚！但是，就在此时，寒假里他去家教的那个主儿找上门来了，希望在这个暑假里，他还能前去他们那里家教。那主儿说，他们一家人都等着他去。他们家那个独生子，特别跟朱朝辉合得来。过完这个暑假，他就升上六年级小学毕业班了。朱朝辉考虑了一番，也就答应了，答应去一个半月的时间，他告诉对方：今年夏天，他必须回家一趟，而且，暑假里，孩子也应当有一段休整的时间。对方听了，觉得朱朝辉说得合情合理，便说好了聘期为一个半月，从7月3日到8月18日。

就一个半月了，朱朝辉能等——他不能让赵小红再为自己汇来路费。为了能让他上这个大学，赵小红的付出已经太多太多了！一个半月家教下来，他不仅能挣来一笔往返的路费，而且还能挤出钱来，给妈妈买一点东西，给赵小红买一份礼物。

事情决定下来之后，朱朝辉给赵小红去了一封信，告诉她：

……今天是6月28日了，再过三天，学校就放暑假了。上一次信中提到做家教的事，现在已经谈定了，主人还是那对生意人夫妻。他们一年到头，一天到晚，忙于做生意，把督促孩子学习的事落下了……不过，他们都是厚道人，尤其是很能尊重人。他们一走出家门，不仅把孩子交给我，而且把一个家也交给我了。那个孩子，刚开始称我"小朱老师"或"朱哥"，但不上两天，熟起来后，他就提出这个称呼要更正了，说：还是叫"朝辉老师"或"朝辉哥"好，说那个"朱"字怎么叫怎么别扭。我知道，他心里想要说的是，那个"朱"与"猪八戒"容易混淆起来。你说，我的这个学生善良不善良，可爱不可爱？

……回家的路费你千万不要汇过来了，孩子的家长已经把200元的家教工资预先付给我了，本来是约定了一个月100元钱，但一个半月，他们无论如何要付个整数200元，我想，那多出来的50元，等到家教结束时再退回去吧……我会预先定好8月18日晚上北京开出去的火车票，我会先到那边的，你算好了，你就买8月20日到达济南的车票……那一天，我会一直等候在火车站的出站口，记住了，不见不散，希望你事先把车票定好……夜已经很深了。还有许多话要对你说，又怕耽误了你休息的时间……就写到这里吧，希望你今晚能做个好梦……对了，还有一句话：定好回到济南的火车票之后，一定要把班次、到达时间来信告诉我，用挂号信寄……

朱朝辉的这封信，写了满满两张信纸——相距千里的热恋中的少男少女，有多少话需要写到信上去？哪怕是铺上100张纸也可以写满呢——朱朝辉用的还是学校里出售的印有"北京大学"标志的信笺信封。赵小红告诉过他，每当收到这样的信函之时，她都有一种成就感！

/ 二 /

1988年6月28日，朱朝辉把那封信投进了宿舍楼前的邮筒里后，已经临近子夜了。这样子，明天一大早，这封信就会准时发出去了。

……6月份只剩下几天了，所以很快就到了7月。

而7月呢，是整整的一个月啊，那有多么漫长！

8月17日晚，朱朝辉家教的那家夫妇，特意自己下厨，精心做了几样好菜，盛情留下朱朝辉一齐用餐。饭后，那夫妇俩再三再四地对朱朝辉表示感谢。他们说：他们以前也请过几个家教，但没有一个能像朱朝辉那样尽职。对上一次寒假的那一段家教，夫妇俩从孩子的成绩的突飞猛进来肯定朱朝辉的功劳。并约好了，以后几年中，只要朱朝辉还在北京，寒暑假都要挤出一段日子，前来家教。

8月18日上午，朱朝辉还上学生家去。学生家长又早早出门奔波去了，仍然只有学生在家。朱朝辉除了把这一个半月来的学业做一次总结性的辅导之外，还留下了开学前那10来天学生要注重学习的课题。末了，他把6月底主人家多付给他的那50元钱装进了信封，并附了一张短信，表示这笔钱，他无论如何不能拿。然后，他托付自己的学生转交他的父母。

办完这些事后，他顶着热辣辣的正午太阳，上街去了。他乘的是8月18日晚9点开出的列车。所以，这个下午，他一定要上街去，给妈妈，给赵小红带回一点北京的东西。

虽然到了北京这个大都市快满一年了，但在平日里，他是很少上街的，星期日、节假日，他几乎都是在图书馆里度过的。此时，要上街买东西，他有点茫然了，北京这么大，上哪里买好东西呢？

他想起了王府井，他是去过一次王府井的，那是今年元旦那一天，被舍友强拉硬扯过去的，那里有许多商店，许多东西呢。

他乘上了到王府井的公交。8月中旬，北京的天气热得叫人受不了。他走出了满身大汗，却还没有选定给娘、给赵小红买的东西——他怀里揣的钱太少了！

他倒是给赵小红写过信，征求过她的意思。可赵小红就是那句话：你看什么好就买什么，你喜欢的我一定喜欢！

朱朝辉走了几家商铺，终于为娘挑到了一件当年北京城里大妈们流行的那种紫色毛线衣。他的娘，论年龄，今年也才40多岁。当年爹矿下遇难时，她也就刚过40岁，多么精气神的一个女人，爹一走，她一下子蔫了下来，一夜之间头发白了。以后，便这个病那个病总缠着不放。才45岁，老成了那模样，病成了那模样！她没穿过一件像样的衣裳，这一件北京城里人穿的紫色毛线衣，是他用家教工资买的，带回去他一定要娘穿上！此外，他还给娘买了两盒果汁夹心饼干。接下来，他又在街上转了一圈，可总也看不上一样物件可以买给赵小红。走过一家浙江人开的礼品商店时，他终于眼前一亮，看到那店铺的玻璃柜内，摆着一颗大红绸绣球！他趴下头去一细看，那大红绸绣球与——去年"五一"，赵小红就要带上台做道具的那一颗一个样。只是那一颗比篮球还大，而这一个，只有两个拳头拼起来那么小巧，但做工更精细。去年那一个，是连着一束长长的绸巾，这一个，是连着一只红头绳打成的连心结——对了，他要找的是"这一个"；赵小红等着的，也一定是"这一个"了。

朱朝辉带着给母亲、给恋人精心挑选的礼物，乘上了北京往东去的列车，他将在第二天上午抵达济南。到了济南，离家就近了，只要坐两个小时的汽车。他会先赶回家去，把随身携带的行李安置好，然后，在第二天清早，赶回济南，等待赵小红的到来，赵小红早就来信说了，她是这一天下午——8月20日下午1点钟到站的车。那样子，他可以从容不迫地在出站口等上几小时。

/ 三 /

80年代，所有的路程似乎都要比现在遥远得多，似乎所有的车辆都走得很慢，从厦门到济南，火车走了三天两夜，赵小红是8月18日中午12点上的车，8月20日下午1点，火车准时进了济南站。

……差不多是一年了吧？对了——还差8天。去年是8月28日下午1点整，赵小红在这里送朱朝辉上了去往北京的列车。这一年的时间，过得那么慢，又过得这样快！她想象着一年不见了的朱朝辉的模样；她想象着朱朝辉会如何在一号出站口迎接他——他们是在信中约好了的，她将走一号出站口。

在列车走进济南地界以后，她就挤进了车厢里的洗漱间，就着里面的凉水，她很认真地洗了一把脸。又就着水，把自己的头发抹顺了，换下车上那件穿了两夜三天的外衣——她已懂得如何光光鲜鲜地出现在久违了的恋人眼前！而且，那是一件雪白的衬衫，那也是在信中约好的——她将穿着白衬衫出站。

她的行李是多了点，她在石狮买了4套冬装，朱朝辉那边，他与娘都各有一套。自家这里，爷爷奶奶也都有。还有4双鞋子，也是如此分配。另外，还有爸妈那边要她带回家的东西。她为此买了一个新款式的很大的带轮子的行李箱。这种箱子，他们山东地面上还没有见过。那是开学后，她要让朱朝辉拉着上北京用的——她要靠自己的艰辛，让朱朝辉做一个像模像样的大学生！即使是那么大的一只行李箱，也只能装下那4双新鞋两套冬装，其他的，她只能装在背后那个小山一样的大背包里了。

她手下拉着，背上背着，随着拥挤的人流走到出站口的时候，又出了一身汗，8月下旬的山东，还和闽南那边一样热。

　　她老远就张望着出站口，希望那一张亲爱的脸能映入眼帘——那是他的朱朝辉的脸；北京大学法律系学生朱朝辉的脸！

　　……那一张亲爱的脸没有出现，而且，在最前面的那一排接站的人中，也没有挑到一个穿白衬衫的人——那也是在信中约好的，这一天，朱朝辉会穿着白衬衫来接她的——两个多细心的恋人啊——都希望对方能第一眼就把自己认出来！

　　赵小红已经走出站口来了，仍然不见朱朝辉。

　　她又回过头，确定了自己是从一号口出站的——却还是没有见到朱朝辉。

　　半小时过去了，赵小红还站在那里，可朱朝辉没有出现——哦，对了，他一定是买水去了，他怕她口渴呢，他是个很会疼人的——大哥呢！还在母校文宣队的时候，他就常常默默地处处关照着她——那时候，赵小红已能隐隐约约地感觉到了。

　　又过了一小时，赵小红仍站在那里，她盼着，朱朝辉能突然间就出现在眼前！

　　……又过了半小时，赵小红发现自己流泪了，她感到满怀委屈：难道，朱朝辉把这么重要的事情忘在脑后了？

　　整整两个小时过去了，赵小红已不再感到委屈，而是感到忐忑不安起来，她突然预感到：朱朝辉是出了意外，而且一定是不小的意外，否则，他不会失约的，他一定会来接她的……

　　……他下午一定不会来了。

　　……赵小红突然想起来了：离济南开往赵家堡方向的末班汽车，时间已经不多了，误了这班车，她就得在济南过夜了！

　　她怅然地走出火车站，朝着不远处的长途汽车站走去。到赵家堡，汽车还要走近三个小时呢！

　　她是一步三回首地走出火车站的。她希望会出现奇迹；她希望朱朝辉突然就出现在那里！

　　哎，朱朝辉啊，你在哪里啊，你此时此刻到底是在哪里啊！

/ 四 /

　　朱朝辉是不会来接赵小红了。
　　这个时候，朱朝辉正在县公安局的拘留所里——他已被关在那里 28 个小时了……

第六章　回过头去写朱朝辉（下）

/ 一 /

……朱朝辉的家乡，是鲁西北丘陵地面上的一个不大不小的村庄，俗叫马坡店。

马坡店一带要建高尔夫球场的传言，已经好久了。这一次看来是动了真格了。一拨拨的测量队，顶着似火骄阳，满山遍野地跑，村里村外，随处可见新插上的各种测量标杆。本来冷落寂静的村街上，一下子有好几辆挂着高音喇叭的汽车来回行走……

高音喇叭日夜不停地在村街上来回宣传国家征地的有关政策已经快一个星期了，喊出来的都是同样那些话。还有贴满村街墙壁上的告示，墨写的内容也跟高音喇叭上说的一模一样。

朱朝辉是 8 月 19 日，临近晌午的时候回到村中的。看到这种阵势，他一下子怔住了！

走进自家小院时，只见娘已经坐在小灶前生火做饭了。看到离家一年的儿子回来，娘立刻站了起来，把朝辉拉到脸前，上下把他看了个够，颤抖地说道：

"我儿回来了，回来了好……都一年啦，北京那边没有饿着吧？没有冻着吧？这阵子，村里闹事呢，闹征地的事，闹砍果树的事，几个挑头闹事的，抓进去了……知道我儿你在北京那边，在大学里是学法的，这几天，好些个街邻乡党都上门来找过你几回了，要问问你，这征地的事，这砍果树的事，到底对不对国法？儿啊，咱不掺和这事，好不？胳膊扭不过大腿……反正，读上那么 4 年，不，只剩下三年了，熬过这三年，我儿你就是公家的人了，不用跟土地打交道了……"

朱朝辉听着娘的话，看着娘的脸，心里一阵心酸：才一年不见，娘又明显地老去了一圈，身子也见矮缩了！

娘俩正说话之间，屋外有人踏了过来，是村西街口的朱六叔，还有朱胜利、朱解放共三人，都是本家的堂亲。朱六叔是社教那阵子的贫协主席，有一把年纪了。朱胜利是赶走日本人那年生的，朱解放呢，自然是1949年落地的，也都不年轻了。小院里一下子来了三个人，连个坐的地方都没有，朱朝辉把他们引进了自己的房间，那里面，虽然也不像样，但毕竟还有一张小床铺，容得四人坐。知道儿子今天到家，母亲提前把他的房间整理得干干净净。朱六叔先开了口说：

"朝辉俺侄，你是咱老朱族中好几辈子来出的唯一一个大学生，还是京城那边的北京大学学法的，你会比俺大伙懂得多。这些天来，俺大伙就是不能明白，这土地，还刚让我们摁了手印，领了红册子，还说是上头存了底的，30年不变，让我们承包了的——瞧，这册子，我们都带着呢，才几年，还新亮亮的。还有山地上，当年承包过来的时候，大多光头秃顶。当时的政府确实是好，大力号召，说是'想要富，种果树'，不仅免费发放树苗，而且还派了农技员过来，教我们如何种。那些新种的苹果、水梨、大枣，这一两年才开始采果，一棵树一年（采下的果）卖个三二十元，十拿九稳的，更别说，地面上种的高粱、玉米、山药蛋啥的……这些年才刚不愁碗里端的，肚里填的。现如今，整个的一片坡，都要征用了，说是要建高尔夫球场了。这回说的是'想要富，高尔夫'了。说是这个项目开发成功后，往后进出的可都是腰包鼓胀的富人，咱们马坡店，不用种地，每天就坐在家门口，烧水卖茶，就有白花花的票子进项了。这桩事，开春的时候，闹腾过一回了，叫大家伙顶了回去，没想到，过去一两个月，如今，又回过头来了，死活就是要把我们马坡店这地面征了去……"

说话之间，外面有人叫朱六叔。朱六叔说："是征迁组的刘主任——刘主任吗，来了！"

他站了起来，脸朝外应了一声，还没迈脚走出去，那个刘主任已循声走进来了。

"刘主任吗，来，屋里坐，喝水！"朱朝辉是主人，他也站了起来，招呼道。

那刘主任走进朱朝辉房间来了。朱朝辉先前并不认识他，他是跟着朱六叔打招呼的。可那刘主任却像对朱朝辉早有了解，他打量了他一下，笑笑说：

"是朱朝辉吧，早就听说过，马坡店有个北大法律系的学生，当年是县中的高考状元，今天总算见了——怎么，你们开会吗，到的可齐整，朱六叔老同志，还有正副村民小组长俩都来了——朱六叔啊，你们几个，可别当群众尾巴，都带头去把手印摁了吧，把该拿的那份钱拿回来。"刘主任笑眯眯的，接过朱朝辉递过来的水，坐到朱朝辉让出来的座上，接着又说道："大家伙都想想看，这山东地面大的呢，难得人家邓老板，从太行山那一边过来，能看中我们马坡店这地面，要把大把票子投到这里搞开发。高尔夫球场，那建起来后有多美！咱们马坡店人，别只看着眼鼻下那点地，那几棵果树，将来这里建成高尔夫球场，配套风景区，大伙儿不用再面朝黄土背朝天在地里爬滚刨食了。到时候，就在球场那边开个小食店什么的，一拨拨客人来了，就能一拨拨地来钱了，歇下来的时候，大家也过去打打高尔夫球，那真是神仙的日子呢——朱朝辉啊，你是北京那边回来的，见过世面的，你说说看，是不是这么一回事？"

朱朝辉听着，却一声不响，他是没有打过高尔夫球的，他能打得起吗？但在北京上了一年大学，他还能不知道高尔夫球是怎么一回事，那是有钱人的游戏！高尔夫球场是封闭经营的，能随便走进去提篮叫卖吗？马坡店乡党们能玩得起吗？这刘主任是真不懂的土包子还是在忽悠人呢——20岁的大学生朱朝辉一时掂量不出来——但他至少不能不懂装懂或懂装不懂顺着刘主任的话杆子爬过去，所以他不声不响。刘主任好像讨了个没趣，他话题一转说：

"朱六叔啊，吃过午饭，村两委开会，还是讨论这征地征树的事，你也参加吧，老同志嘛，说话有分量，带个头儿。这晚签晚摁不如早签早摁。"

说完这些话，刘主任就要起身告辞了，便招呼朱六叔道："朱六叔，这就近午了，一起走吧，吃过饭，早早开会。"

朱六叔听着，便也站了起来，陪着刘主任走出小院，走上村道。

走出了一小段路后，看看周围没有人了，刘主任凑近来低声说："朱六叔，还有一件事，刚才不便说，这也是上午刚刚邓老板那边传话过来的，这征地的事，他那里还会每亩地另外补贴100元钱的辛苦费，不，不，是劳务费，是给马坡店村两委会协助征地的村干部发的，跟发给农民的征地款没有关系，你是老支书了，我想，这钱就交给你来掌管，你来做主，村干部在征地中谁出力多，谁该拿多少劳务费，你说了算，这1000亩地征下来，好大的一笔劳务费呢。"

朱六叔耳里听着，心里琢磨着，这个土改时入党的老共产党人心里一琢磨突然就明白了，一明白过来，就觉得是受了奇耻大辱："刘主任，这怎能说跟发给农民的征地款没有关系呢？这征的地，要真是国家要用，政府要用，比如建工厂修铁路什么的，马坡店的村支部村委会会带着父老乡党们就把手印摁了的，真不用你们挨家挨户地来磨嘴皮了，可这是什么高尔夫，几千亩地圈起来。你让我去领那笔劳务费，你这不是让我帮着那个邓老板欺骗我的乡亲吗？你这是让我，让我……"朱六叔越说越气，越说越急，临了，他才挤出一句话来，"你这是让我当汉奸啊！"他把那句话撂在那里，也把听傻了眼的刘主任撂在那里，头也不回地往前走去了。

/ 二 /

事情就出在当天下午3点钟左右。

早早吃过午饭，朱朝辉到邻村走了一趟，那个村有他高中时的同班校友。一年不见了，他得过去走走看看，他是顶着中午的太阳去的。见到了校友，回到马坡店来的时候，都快到下午三点了。刚一进了村口，几个邻家大妈就堵住了他：

"朝辉啊，快回家去啊，出大事了，我们正分头找你呢！"

"什么事，这么紧急？"朱朝辉一抹满脸上的汗珠问道。

"还能什么事？朝辉，你腿脚快，你赶紧回去，我们腿脚慢随后到！"

朱朝辉知道一定是非同小可的事，否则，不会劳动这好几个上了年纪的大妈赶到村口来找他。他的心怦怦直跳，拔起脚，一阵急跑就往家赶了回来。

……他的家已不复存在，瘦弱的母亲在一旁哭……

到底还是年轻，还是学生的20岁的朱朝辉仿佛失去了理智，如一头不顾一切的孤兽冲向了那车里坐着的"老板"……

……当警车来的时候，朱朝辉才清醒过来，一切就这样发生了……

……对于这一切，当时正在火车上的赵小红还毫不知情……而20日这天，赵小红正一步三回首地走出济南火车站，赶着过去搭回乡下家中的末班车。

/ 三 /

……赵小红是在第二天下午赶到县城看守所的，她被允许进去探望朱朝辉。她被"有关方面"告知：朱朝辉企图伤人，手段极其恶劣，情节特别严重，造成经济损失巨大，修复起来就要将近两万元！

……10分钟的探望时间，朱朝辉站在那一边，赵小红站在这一边，中间隔着一道铁栏杆门。

"小红，我都成这样了，你还来看我……出事了，我昨天没能去接你……别怪我，好吗？"

"……我给你，从南方带来了一套冬装，天气这么热，等天气凉了交给你。"

"你交给别人吧，我，恐怕不是关一阵子的事，得几年也是可能的——对了，我从北京，给你带来了一颗小小的红绸绣球，跟去年'五一'那个一样……寄放在朱六叔那里。"

"记住了，我会去拿过来的……我等着你出来，别说三两个月，三两年，就是十年八年，我们也等着，好不？出来了，我们还把大学读下去……我们不是已经读了一年了吗……"

那一天，陪着赵小红进去探望朱朝辉的是朱六叔。老人说："大侄儿，你放心，马坡店的老少乡党们不会撇下你不管，我们已写好了上访信，全村2000来人，大大小小都联名摁了手印，准备上省里告状，还你个公道。还大家个公道。省里不行，就上北京告去……共产党的天下，我们就不信，能让一些人无法无天横行霸道！赵小红说得对，俺们出来后，还回北京学法，将来当个包青天！我们全村人都抽了人丁款，联名信还要送到北京大学去，求他们存个公道，留下你的学籍……咱们还要去复学的……今天乡亲们来了百十号人呢，不能进来那么多人……你娘的事，你家的事，有众人帮护着，你别操心。你先忍住委屈，在里面再待些时日，该吃吃该睡睡……"

……10分钟到了。只能谈这么一些了；只能谈到这里了。

朱朝辉的娘，由于惊吓过度，由于儿子被带走，由于……她昏死了过去，被送医院抢救，终于活转过来了。

马坡店地面上的"高尔夫"最终停了下来，据说那是不允许的……

朱朝辉却没有被释放出来，据说他的事，有故意伤害他人生命财产安全的罪行——一码归一码。

半个月后，朱朝辉被判20年徒刑，外加赔偿受害人的损失，人民币1.7万元。

判决下来之后，赵小红找到了法院，她打听到：朱朝辉如果积极赔偿对方经济损失，有可能减刑！她带着这个讯息（这个希望）又去探望了朱朝辉，告诉他这个好消息。她说：

"我会努力筹足这笔款子，我们争取减刑，减5年，就剩下15年了，减10年，就只剩下10年了……那时候，你也就30岁……你还回北大去上学，你还学法律……你学了法律为人民办事，主持公道……"

——善良的傻丫头啊！

听到这里，朱朝辉连忙说："别、别、别，你千万别干出傻事来，这些日子，我想了又想，这不是赔不赔的事，不是赔钱那么简单的事——既然如此，由他去吧，你别再掺和进来……"

朱朝辉的落难，更是使得赵小红在一夜之间长大了成熟了。她明白，从此以后，她稚嫩的双肩上扛着的责任更加沉重了！朱朝辉娘住院救治的那几天，她像一个已过了门的媳妇，为她奉水奉饭，甚至端屎端尿，令那些轮流过来陪护的马坡店大娘大婶们都没能有插手的机会。她与朱朝辉之间的那份爱情；那是一份生成于贫穷与苦难的爱情，这样的爱情必然能够经受住人生道路上任何贫穷与苦难的摧残而永不会破灭——朱朝辉这次落难，只会更加坚定赵小红这个信念。

又过了探视的时间了，赵小红和朱六叔得走了。

赵小红留下了一句落地有声的话："朝辉哥，不管多久多难，我都等着你——你一定要照顾好自己。"

朱朝辉说："你也一样——你等着我——"

/ 四 /

20天之后，赵小红又回到泉州来了。

这时候，已到了9月下旬，天气凉了下来。从泉州湾外吹过来的海风，已不再腻腻的黏人了。刺桐花纷纷凋落，淡淡的秋意开始在这座古城弥漫。

赵小红是临近黄昏时走进出租房的。离开这么长的日子了，没有住人的房间，有一股霉味，床上落着一层灰尘。赵小红打开风扇，端过来一大盆水，把房间清洗了一番后，从背包里掏出那颗系着连心结的红绸绣球，用胶纸贴粘在床头的墙面上。妙龄少女，总是善于把自己的房间整理得井井有条。

做完这些事情，天已经完全黑了，早已过了晚饭的时间。但她却没有一点胃口，坐了两三天车，也够累了，但她不能休息。她必须去上班，去喝酒，去挣钱——那是为了朱朝辉能够减刑的钱！

她把自己洗漱了一番，换上衣裳，走到巷口来。泉州街上的夜灯已是五彩缤纷一片辉煌。

她走到了自己上班的酒店，领班的刘大姐说：

"你可回来了，家里人都好吗——你来得正好，朱局长晚上接待客人，他刚刚还提起你哩。走，我这就带你去他包厢，他也是刚到的。"

赵小红知道刘大姐说的朱局长就是朱省身了。赵小红虽然从事这种职业，但又十分厌恶这种职业；她欢迎客人的光临，又几乎厌恶所有的客人。但对于朱省身，她没有一点反感。在包厢里，他不仅对她，而且对所有的服务小姐都可以称得上是文质彬彬的，他手脚干净，而且嘴巴也干净，不像其他客人，手脚嘴巴都会来一些"荤的"。而且，他还曾经将她从"酒"中解救了出来。

赵小红走进包厢与朱省身打了个照面时，朱省身大吃一惊：这个女孩，瘦成这样了！

……看到朱省身，她似乎隐约地淡淡一笑，但只是一瞬间。然而，朱省身还是看出了她笑容的异样——这女孩怎么了——但很快地，她已经挤出了另一种笑容，那是一种"千篇一律"的——"职业笑容"。

一切又开始了：笑声，拉开瓶盖，倒酒、劝酒、灌酒，客人喝，自己也喝……

离开这场所快一个月了，赵小红已经感到有些陌生，甚至有些格格不入。但她必须进入"状态"。这个夜晚，这个重新开始的夜晚，她必须拼命地喝酒，她必须借着酒精来朦胧自己、麻木自己，才能强迫自己继续在包厢里撑下去。

这个夜晚，赵小红反常的喝法，显然引起了朱省身的注意……

两三天来，从山东到泉州，火车上没有吃好，没有睡好……她是空着肚子来上班的，她是空着肚子来喝酒的，她已经把自己灌醉了；灌朦胧了；灌麻木了。几个回合下来，她不仅站不稳了，而且几乎是要瘫软在沙发上了……

能看到酒饮推销女的醉态，能看到陪酒女的醉态，那是客人的一种眼福，而朱省身却不这么认为。他从他严厉的却是十分善良的母亲那里学会了善良；他从他多灾多难的母亲那里，学会了要同情每一个女人——赵小红现在就因喝了太多的酒——她必须每日每夜这样亡命地喝酒才能挣到钱——这之前，他已经知道了这个来自山东的女孩贫困的家境，还知道她必须支撑一个大学生——她的男友上大学的费用——一个女孩，她生存得多么艰难，多么沉重！

朱省身叫停了下来，作为东道主，他有这个权利。他不忍看着赵小红再喝下去。

结了账签过了单，从包厢出来，夜已深了。

赵小红把朱省身送到酒店门口说："朱大哥，走，——我也该下班回去了。"朱省身望着醉醺醺的赵小红，不放心地说："你能行吗？我来送你回去吧，我自己开着车呢。"

来这种场所上班八九个月了，赵小红是从来不让客人送自己回到住处的，但是这个夜晚，她破例地答应了朱省身。一来，她接触朱省身多了，她信得过朱省身，他不属于那种胡搅蛮缠的男人。二来，她确实是喝得太多了，她刚才喝的最后一杯酒是法国威士忌,这种酒的后劲特别大,酒劲正在往头上冲。

靠着赵小红的指点,朱省身把她送到家门口来了。

赵小红刚走下车,便踉跄了一下,摔倒在地上了。这样子,朱省身便只得也下车来,扶着赵小红进了房间。

房间里,最先映入朱省身眼帘的,是床头那颗系着连心结的红绸球。

"扎得多精致的一个绣球啊,这是一种定情物呢。"

听到朱省身这么一说,赵小红一大步跨了过去,抚住红绣球在床头坐了下来:"朱局长朱大哥,你也看出来了,这是定情物,那是我的朝辉哥给我的定情物……朝辉哥,你冤啊,你屈啊……朱局长,你陪我坐一会儿吧,我这会儿心里空落落的,心里特别难受啊……"

她一声泣一把泪地把朱朝辉犯事的事儿说了出来。

这故事让朱省身震惊了!他真不敢相信,天底下会有这样的事?他不敢想象,一个十五六岁的女孩,稚嫩的双肩上要担起如此重负!她除了必须从"陪喝"里求得自身的生存外,她还承诺了要照应着朱朝辉风烛残年的母亲,还有那一笔据说可以使朱朝辉减刑的,那1.7万元赔偿金——在1989年的时候,对于哪一个普通人来说,这都是一笔巨款甚或是一个天文数字!

……她停止了诉说,酒劲似乎已经消退了,刚才被酒精烧红了的脸,此时,映照在不太明亮的房灯下,赵小红那张脸苍白、憔悴得吓人!那种从皮肉底下;从心灵深处渗透出来的凄苦之情,是不该出现在这样的花季少女的脸庞上——但是它出现了。

她孤单无助地坐在床头的这一边;坐在贴着一颗红绸绣球连心结的床头这一边。朱省身坐在床中间,他们之间,还不到咫尺之距。朱省身充满悲悯地久久凝视着她。他的心很沉重,而且有点痛。认识赵小红,已经有半年多时间了,他一直没有将她当成在那种场合就业的风尘女子看待,他对她怀有一种亲切的感情,这种感情始发于什么时候,他也说不清楚。离开了学校讲台,进入了政府部门,当上了副局长,他似乎仕途通畅,这不就是他与朱晓云的"较劲"所求的吗?然而,进入了"官场"之后,他却一直无法适应这种陌生的环境。他大小也是个"官"了,但他却常常感到一种莫名的压抑与孤单,有时甚至感到没有了尊严!在学校里,那里的阳光、那里的空气是多么清新,特别是那些少年学子,多么单纯可爱!可是在这里,这一切都失去了……他尤其讨厌进入"KTV"这样的场所,却又不得不……后来,在这里认识了赵小红之后,他一下子有了一种遇上"知音"的感觉。这个还带着些许稚气的外省女孩,常常会告诉他一些她的家乡山东乡下农家小院的事;丘陵地里收种高粱的事；她在母校文宣队的那些事……这些淳朴的，没有矫饰的，没有经过世俗污染的，带着纯真的生活本色，甚至带着泥土味的诉说，出自一个招人喜欢的女孩之口，总是让朱省身听得津津有味——每次面对着赵小红的时候，他都能感到一种轻松，一种解脱。

现在，他与她，就两个人，坐在同一张小床上。

夜已经很深了，是深秋的夜晚。他必须走了。

他站了起来，认真地对赵小红说：

"……事情已经过去了——钱的事，我们共同想办法吧，两个人想办法，总比一个人扛着好。"

赵小红说："不，朱大哥，你误解我的意思了，除了陪酒的抽成，我是不会接受别人的钱的，这是我自己的事——你再坐一会儿吧，我刚刚回来……这会儿我心里特别孤独，甚至害怕，你抱抱我吧，我想再哭一场，你让我靠在你肩上哭一场吧……"

第七章　山东老汉

/ 一 /

……已经整整两个月没有收到赵小红的来信了，张香英一家人的心一直悬着。

这时候，已经到了年底了！眼看着除夕一天天地近了。要是赵承红他们两口子还在闽南，赵光辉、张香英老两口也不会这么揪心。可是，在三个月前，赵承红带着妻儿从石狮回山东乡下来了，由于他们夫妇俩所在的那家工厂不景气，开工不足，挣不了几个工钱，出门在外，除了日食三餐外，还有房租水电等等，见天要花钱；还有老家承包地里的庄稼熟了，家中老父母的身子不如从前了，单靠老两口，要把几亩地的高粱苞谷收回来，那是一件很为难的事呢。所以，赵承红告别了留在泉州的大女儿赵小红，回家了。现在，闽南那边，只剩下赵小红一个人了。赵小红是个懂得把长辈记挂在心头的孩子，父母还在闽南的时候，她是每个月月初都要给爷爷奶奶寄信的，现在，父母回来了，她却整整三个月没有往家里寄信了！

赵光辉赵狗剩一家人渐渐有了一种不祥的感觉：赵小红出事了；而且是出大事了！但一家人谁也没有把这层纸捅破，就那样闷在心里硬扛着。

/ 二 /

这一年的冬天特别冷，山东大地上已早早下了雪。

年底那阵，雪停了几天，可是临近除夕的时候，旧雪未化，又下起了新雪！

雪花飘扬中，大年就到了！去年过大年，赵小红就没有回来，但她早早就来了信，说是不回来过年了，泉州那边活儿多，她要留下来多挣几个钱。想必她今年会回来吧，是的，一定是要回来了，所以才没给家里捎信——一家人尽量往好处想。

除夕，说到就到了！

这一天，张香英与儿媳妇忙了一天，傍晚的时候，就把大年夜的团圆饭摆上桌了，一张团圆桌上，摆了6副碗筷汤勺，他们把赵小红的那一副也摆上了！一家人时不时地都会走出院子来，往进村的小道上张望一阵，他们都希望：这会儿，赵小红一定是走在回家过年的路上了，时时刻刻都可能一下子就走进院子来了。

四周乡邻的辞旧爆竹都早已响过了，村子里一下子静寂下来。天已经完全黑了，张香英提过来一串爆竹，对赵承红说：

"这孩子，怕是赶不回来了——把爆竹燃放了吧。"

/ 三 /

正月初一那天，从邻村传来了消息：说是赵家堡有一个在福建泉州打工的女孩出事了，被那里的公安抓进去了！一听这个传闻，赵光辉立马就赶了过去，想问个究竟。那个人虽也在泉州打工，但只能确切地说出赵家堡确实有一个女孩在泉州被抓了——好像是杀了人！至于是什么人，却说不出更详细的话来了。

回到家中，赵光辉把"杀了人"的情节瞒下了，只说是被公安局抓去了。赵狗剩一家人都深信：这个女孩必定就是赵小红了，因为赵家堡去了闽南打工的，就只有赵小红一个女孩子！

整三个月不往家里寄信！一听是被当地公安抓去，一家人都如晴天里遭了雷电霹雳，一下子全慌了神。这种时候，赵狗剩表现得出奇的镇定，他倒是把一颗悬在半空里的心放了下来！这个年轻时代在枪林弹雨里出入，在生死场上往返的老兵，心里自有自己的想法：只要大孙女在，这就是一切了！他是看着自己这个孙女长大的，他相信赵小红不会变坏；不会坏到哪里去！被抓了，那一定是——不一定是她的过错！他把一家人招呼了过来，平静地说：

"只要孩子有了下落，平平安安地关在那里，其他的都不是事了。关在政府那里，别担心，不打不刑。"接着，他拦住了就要去闽南找回女儿的赵承红，"这一趟泉州之行，还得我去，当年我还有许多老战友留在泉州一带，在那边，我熟门熟路，你在家里待着，你的腰伤还没有好利索，再说，过年后，就开春了，家里需要一个人待着。"

年前，赵承红因为修房顶，从屋檐上摔了下来，腰伤还没有痊愈，确实不能出门远行，再说，家里拮据，两个人出远门，就多出了一个人的花销！

在赵光辉赵狗剩看来，这一趟泉州之行，必须是他去！赵小红是张福根的血脉，那一年张福根从海的那边回来，是把这一家人交托给他了啊！他是点头承诺过，要把这一家子看顾好！当兵的人，一言既出驷马难追！他一定要亲赴泉州，把赵小红一根毫毛不缺地给找回来！

年过古稀的赵光辉赵狗剩上路了。

/ 四 /

正月初八，是沈尔齐的生祭。几十年了，每年到了这一天，沈霏都要回到泉州南门外清濛村，带着沈尔齐的弟弟妹妹们，到沈姓家庙为沈尔齐上香祭祀。每年这一天，摆上供桌的菜，都是沈霏亲自上市场备买，并亲手下厨做出来的。

这一天过了响午，沈霏还在沈姓家庙忙着的时候，有一个老汉，正倚在庙门外，朝庙门内张望着。沈霏一回头，刚好与这个老汉打了个照面，沈霏能认出来，这个老汉不是清濛村的。只见他外面穿了一件旧军装，从颜色上看，那是一件洗白了的稻草黄老军装，军装的扣子是敞开的，套在军装内的，是一件崭新的深灰色冬装夹克衣。沈霏是一个目光敏锐的人，她的目光从那个老汉的腿脚移动到他的脸上来，只凝视了片刻，便大吃一惊，脱口叫出：

"这——不会是老赵吧，赵光辉同志吧！"

/ 五 /

……39年前的那个正月初八，在沈霏的操办下，沈姓家庙里第一次为沈尔齐做了生日祭。那一天中午，同在溜滨区委工作的卢翠林与赵光辉应沈霏之约，一起来到清濛村沈姓家庙，为沈尔齐上了香，还留下来吃了饭。就在那一天，沈霏告诉他们，只要她在这世上一天，每年的这个日子，她都会上沈姓家庙来为沈尔齐做这个祭祀的。

1951年，赵光辉来清濛村吃过沈尔齐的生日祭祀膳之后，不久，端午节期间，他出事了，后来，他便回山东老家去了。

这一次，赵光辉是正月初五到济南乘车南下。正月初八这一天上午到达泉州的。一下车，他就直奔泉州南门外，找到清濛村沈姓家庙来了——他记住了正月初八这一天——沈霏一定会在沈姓家庙的。

沈霏认出赵光辉来了，当年那个英气逼人、身材魁伟的南下军人，如今已变成一个地地道道的山东乡下老汉了！她说：

"老赵啊，你怎么，都几十年了才露这么一面，怎不常来走走看看，现在交通也都方便多了。"

沈霏话一出口，立即想到这话说得不妥：老赵可早就什么也不是了——军籍、党籍、公职都丢了——他仅是一个务农的山东老汉，从山东来一趟闽南，容易吗？单打车票的费用，就难啊！看到沈霏还能认出自己来，而且还像当年那样称他为"老赵同志"，赵光辉感到满心欣慰：

"张飞——沈霏同志，我先给沈尔齐同志上一炷香，然后再朝你打听一桩事。"

"我这就给你把香炷燃了——什么事，待会儿我们上家去说，这会儿中午了，我们边吃边说。"

沈霏的家，当然就是沈尔齐的家了。40年前，在清濛村众乡邻的陪伴下，她抱着沈尔齐的木主，把他的魂灵"招引"回来之后，她就把自己"嫁"进了沈家——沈尔齐家世代贫穷，一座不大的三开间老屋，住着五服内的几桃堂亲，沈尔齐16岁离家，再没有回来过，他出洋前住的那间小屋，以后就一直由他母亲住着。沈霏"嫁"过来之后，掏钱将那房间稍事整修了一下，买了一床新被子，就住了进来。她和沈家母——自己的婆婆合睡一张老床，每次回家来了，就陪老人家聊上一宿。后来，婆婆去世了，她回家的次数也少了，多是住在宿舍里。到了离休时，她一离到底：把公家给她的那一间套房宿舍也退了，就"全"搬回来了。离休之后，她似乎更忙了，她担负着不少社会公益组织的工作，她常常要到处跑，她希望在手脚还动弹得了的时候，多做一些事。但一年中，她有几个日子是雷打不动一定要回沈家来的。一是清明节，她来给婆婆上坟；二是沈尔齐和婆婆的生日祭、逝日祭，她都要回来操办。

从沈姓家庙出来，沈霏就把赵光辉带回家来了。她把供祭的菜回锅热了一番，端上桌来：

"来，刚好中午，先吃，吃了再说事。"

赵光辉心不在焉地咽下了几口饭菜，把碗筷一推，便谈到了正事：

"沈霏同志，前些日子来，你听说过没有，这泉州地面上，有一个女孩，犯了杀人的事。"

沈霏听着，略一沉思，便说道："有，还刚刚是年前不久的事。"

"你知道那女孩叫什么名字吗？哪里人？"

"倒是还不知道那女孩的名字——但，这是可以打听到的——那女孩，听说过，是山东来的。"

赵光辉长叹一声："哎，如此说来，这事十有八九是真的了——她杀的人是谁？"

"是外经贸局的一个局长，原来在我那里当科长。"

"人死了吗？"

"送到医院后，抢救无效，死了。"

"天啊，这事可闹大了！"

"怎么，这，这事与你有关吗？"

"她是我的亲孙女啊，我就是为这事，正月初五从山东乡下赶过来的。"

沈霏听罢，大吃一惊："真是这么回事——哦，对了，听朱省身说，那山东女孩，就姓赵，叫——"

"她叫赵小红，没错了，就是我那孙女了，啊，天啊，这是怎么回事啊……"

"这孩子，是个三——酒类推销员。"沈霏说，她本想说是个"三陪女"，但一听说是赵光辉的孙女儿，她不忍这样说。

赵光辉突然号哭了起来：

"自古以来，这可就是杀人偿命啊……啊啊啊，曾文玉兄弟，我怎么向你交代啊，曾文玉兄弟……"

"慢着，老赵，你说的可是'曾文玉'？"

虽然听到沈霏的问话，但赵光辉已泣不成声，回答不出来了。沈霏见状，便据实先将事情的经过简要说了一番，把赵光辉安慰下来：

"老赵啊，你别急，你别揪心，那个局长，不是个好东西，简直是无耻下流至极，是他有罪在先。朱省身已经出庭作证了，赵小红只是正当防卫，绝对不会判死刑的——换了我，也会把那孙局长杀了！老赵啊，我们要始终相信，我们的党我们的政府会，会公平公正处理案件的，天底下，还是好人远远多过坏人——你先说说，你刚提到的那个曾文玉指的是谁？"

一听到沈霏以十分肯定的口气，说到赵小红绝不会被判死刑，他微微松下一口气！他还深信，自己的这个孙女，绝不会平白无故杀人！沈霏都说了，"那个局长，不是个好东西！"这样子，他才理顺了一下头绪，把曾文玉是谁；把自己在山东的那一家子人与曾文玉的关系说了一番。

听到赵光辉这么一说，沈霏一拍脑门：

"天底下真有这么巧的事，曾文玉现时正在泉州南门外呢，他今年是从台湾特意回到这边来过大年的，你们好不容易——真该见上一面呢！"

"那，那，那他知道赵小红，她亲孙女的事吗？赵小红可是他们曾家的血脉啊，我开不了这个口告诉他啊，我没看顾好……"

"那就更应当见见——既然是这么一回事,既然我们刚刚已把话谈到了那份儿上,那么,我还是接着把赵小红的事说下去吧……赵小红,不仅朱省身出庭如实为她作了证,而且,我们这一班退下来的老家伙,已联名给上头发了信:不能允许,也不能容忍我们党内有孙局长这种害群之马,对了,赵小红实际上还是个未成年人,更应当从轻处理的。"

放下饭碗,赵光辉就站了起来:

"走,我们这就上御桥村找曾文玉去。"

第八章　重逢在土楼

/ 一 /

清濛村往东，隔着一条不到三里长的乡间小道，就是御桥村了。

1990年，闽南的春天来得早。还在正月里，泉州南门外，已有丝丝春意了。清濛村通往御桥村那条小路上，沿路两旁的棵棵桃树，已悄悄冒出一层嫩绿，嫩绿中有星星点点含苞待放的花蕾。

……一眨眼，就过去了三四十年了！

1950年到1951年间，部队配合地方政府在泉州南门外搞土地改革。那时候，从溜滨区委到清濛村来，七八公里路，十几个村落，赵光辉都走过了。这一带大小村落的父老乡亲们，几乎都知道区委土改工作队里有个叫赵光辉的穿军装的山东汉子。他出事走了之后，仍有许多人念着他的好……40年后，这个已成老人的山东汉子，走在旧时的村道上，已经没有人能认出他来了。

御桥村说到就到了。

在曾家大厝里，这一天只剩下柳月娇一个人在家里看家带着孩子。此时，她刚刚吃过午饭，把沈霏他们迎进屋里后，听她提起赵光辉，柳月娇倒是立时就记起来了，而且，显然也早已知道了他们曾家与这个赵光辉的那层关系：

"贵客啊，老赵兄弟——怎么，就你一个人来？俺家老二的香英姐妹怎没有一起来？"说着，急忙忙地下灶屋煮红糖鸡蛋去了。

沈霏是个直性子，一下子就把话头扯到了正题上：

"月娇嫂子，我们今儿过来，急着要见文玉呢。"

"这还真不巧，他们兄弟俩，今儿大早就上泉州坐往永定的车了，这会儿正在路上呢！文宝在年内就直念叨着要过去看望卢老师她老人家，说是要在那里待一两天，白莹也在那里呢。"

赵光辉一听这话，急了起来，却听到沈霏这样说：

"老赵，我本来也打算就在这几天上卢老师那里一趟，这回你来巧了，文宝、文玉俩也去巧了。这样吧，我们也上永定去，我有许多话要跟卢老师说呢。"

你呢，快40年才来了这么一趟，更应当去看看她老人家——这去永定，是要经过漳州城的，今儿下午泉州还有开往漳州的长途车，我们这就进城去，先到了漳州再说，明儿赶漳州到永定的早班车。"

两人虽然都上了一点年纪，但办起事来，还像当年那样干脆利落。听到沈霏这话，赵光辉立马就说："那就这样定了吧！"

一见两人站起身子，柳月娇忙一手一个将他们按了下来：

"这正月正时的，又是正午，这红糖鸡蛋是一定要吃的！你们先吃着，我这就去御赐桥头叫辆三轮车，待会儿你们坐车去车站。"

一会儿工夫，柳月娇就回来了：

"车叫好了，就在门外等着——沈霏妹子，从永定回来，你还把老赵兄弟带过来住上几天，俺家老二那一挑家小，几十年来，多亏了老赵兄弟照应着，我们一家人真不知道该怎么谢呢！"

/ 二 /

第二天下午，沈霏的声音已经在永定陈东溪那座土楼门口响开了："卢老师，你看，我把谁给你带过来了！"

声音落地，卢老师提着拐杖迎了出来：

"好个张飞，不打个招呼，就来了，怎么没有与文宝、文玉他们结伴一块过来啊？你身后那人是谁啊，快进来，快坐——这位，该也是（泉州）南门外的吧？哎，老了，眼花了……"

见到卢老师眯着双眼慈祥地瞄着自己，赵光辉跨前一步，握住了她的双手：

"我是赵光辉啊，卢老师！"

"赵光辉，赵光辉，真是当年那个小赵——赵光辉了……如今也是老赵了，岁月不饶人啊！"卢老师喃喃说道。

这会儿，曾文宝、曾文玉兄弟还有卢白莹，正在楼上喝着茶，听到楼下的声响，便静了下来。曾文玉隐约听到了"赵光辉"三个字，起初心里也不当回事——天底下姓名相同的人多了去！可再往下一听，便坐不住了——是卢老师的声音：

"老赵，赵光辉啊，你那一年一回山东，至今，是快40年了吧……"

"噢，对了，卢老师，老赵这一趟来，除了拜访您老人家，他还急着要见曾文玉呢！"沈霏的嗓门大，这声音，曾文宝、曾文玉两兄弟都听清楚了。他们事前也都知道，赵光辉早年间跟卢老师共过事，却万万没有想到，他这会儿也上永定来了！

曾文玉搁下茶杯，直奔楼下而来。他们是前年中秋节前后才在山东见的面，自然一眼就互相认了出来。

说是急着要见曾文玉，当真一见了面，赵光辉却一时不知道该怎么把话说出来了！看到赵光辉的为难神色，沈霏先开口了：

"都上楼去，坐下来慢慢说吧。"

在椅子上坐稳后，喝下了一口茶，赵光辉终于艰难地开口了：

"福根兄弟——文玉兄弟，我对不起你们张家，对不起你们曾家……兄弟，你把一家子交给我，可我没有看顾好这个家……咱们家，小红出事了……出大事了……"

听到赵光辉哽噎着说出"出大事了"，曾文玉心中一震，知道小红是真"出大事了"，否则，这个老兵出身的人说话不会轻易发抖的！但他还是先把自己稳住了：

"光辉兄弟，什么事情？大不了是天塌下来，我们一起顶住，一起扛过去就是了。"

赵光辉大体将"事情"说了出来后，曾文玉也大吃一惊：这果真是"出大事了"！

看到两个男人那副焦急的模样，尤其是赵光辉老泪纵横，沈霏看不下去了，她把事情前前后后更详细地说了一番。

沈霏的话让所有在场的人都感到惊骇。卢老师更是把手中的拐杖戳得脚下的木楼板直响，她悲愤地说：

"这几年来，一直说一些人变坏了，可压根儿没有想到，会坏到这种程度……好端端的，怎么会变成这样啊……一个好端端的女孩家，怎么会被逼成了杀人犯——沈霏啊，你说的话与事实没有出入吧？"

"卢老师，我说的话句句属实！朱省身在庭审时所说的证词，也是被法院确认了的——卢老师，你说，我们该怎么办……"

卢老师叹了一口气说："沈霏啊，这个话题，扯起来话长，我一时也说不出个道理来，你晚上还和我睡一个房间吧，好久了，一直想着有一个人，能和我仔细聊聊呢——你们在泉州的这班人，如果还为赵小红的事给上头写信，也把我的名字加上去——该吃晚饭了，莹儿，你先下楼去帮着张罗一下，我们后面就到。"

听到卢老师叫着"莹儿",再不像前年中秋节那阵,一口一个"白莹"一副公事公办的模样,沈霏看出来,卢老师是又找回女儿,当回母亲来了!沈霏心里欣慰起来:老人家是跨过隔在母女之间那道无形的坎了!

这会儿又听到卢老师说道:

"文宝、文玉、老赵,你们都是经过风浪见过大世面的人,赵小红的事,既来之,则安之,大家都打起精神来,好好地把这个晚餐吃好了。"

/ 三 /

吃过晚饭,天已经全黑下来了。这个时候,已到了农历正月初九,过几天,就是月大圆的正月十五元宵节。这会儿,该是有将圆未圆的月亮升起来了,可是,看天井上面那一片天,不仅不见一缕月色,而且黑压压的像个锅底,显然是要变天了。大伙正这样想着,就听到屋顶上滚过一阵沉闷的雷声。卢老师说:

"这是春雷了,是湿雷,不是干打雷。早过立春了,是该来春雨了。"说话间,又一阵雷声滚过,屋瓦上的雨声就响了起来,果真来雨了。

晚饭桌上,文宝他们三个男人商量好了,明天就往泉州赶。卢老师心里真是想留他们再住一两天,特别是赵光辉,从1949年开始一起工作,到1951年端午节期间,他们共事几十年,要不是当年溜石湾里那桩事,这是一位多么好的同志!他出事后回了山东,前后40年了,好不容易才又见上这一面!有许多话要说呢,怎能就这样匆匆地来又匆匆地走了呢?可又一想,他这回是担着那么大的一桩心事寻到土楼来的,不好留他呢!

看着天色不早了,卢老师便打发他们歇去了:

"你们都坐了那么长路的车了,明儿还要在路上劳顿一天,早一点回房去休息吧。那边有三张床,被褥都铺整好了——莹儿,你带他们过去。还有,今晚你跟你婶睡一个房间,沈霏住我这里——文宝,记住啦,今晚你多关照一下,先别再提小红那事,好好歇着。"

卢老师虽说是吩咐了文宝他们今晚不再提赵小红的事,可是这个夜晚,差不多直到半夜,她和沈霏谈得最多的却是关于赵小红的事。两个老共产党人,关了灯,一张大床,两个被窝,挨得很近。屋顶上,满是不息的雨打屋瓦声,雨下得好大。这早春的夜雨,怕是要通宵不止了。

"卢老师,这一回,我发现你对白莹的态度变了。"沈霏先扯到她们母女的事上来了。

"怎么变了？"

"变得，像个母亲了，前年中秋节那回，你那样子，连我都看不下去，更何况是白莹，几十年终于寻回来了，却面对的是那种场面，那时候，我真怕白莹想不开哩！"

"那时候，太突然了……我们在党的人，大是大非面前，有时是容不得私情的，换是你，处于我的位置，作为当事者，你会怎么想呢……几十年啊，完全可以改变一个人的……你转来了白莹的那封信，我看了又看，字里行间，我看出来了，她说的都不是假话。这一次她回来过年，快半个月了，我放下心来了，我的莹儿，还和当年一样，是配做我的女儿，是配做这土楼的女儿的——好了，这件事就这样了。还是谈谈赵小红那桩案子吧。"

一提到这案子，沈霏又来了气，她愤愤地说：

"那桩案子，也就那样了，明摆在那里呢，哪里有压迫，哪里就有反抗！"

"今儿听到赵小红的事，我简直不敢相信会有这种事发生。这事怎么就发生在——怎么就跟赵光辉扯上了——当年溜石湾里赵光辉出的那件事，你是清楚的吧？"

"怎么会不清楚呢？怎么啦，那件事跟赵小红这桩事有什么关系？"

"不，我是在想，当年那桩事，赵光辉对林仁玉犯下的事，是不是有点类似泉州那个什么——孙局长？"

"……是，是有点像，卢老师，你怎么突然把这么两件事扯在一起了？"

"是有点像，这就对了。

"我们当年，在对待赵光辉的问题上，是毫不含糊的，赵光辉差点掉了脑袋呢。"

"是的，就是没有发生林仁玉那起事，赵光辉也会受到党纪处分的，就因为，当许多群众在青黄不接，甚至面临断炊的时候，作为土改工作队长，他却吃喝得酩酊大醉。"

"……有些事，是可以联系起来思考的。比如说，1960年到1962年，人民能够原谅我们的失误，我想，那最根本的一条，是我们广大的党员干部，大小官员，都和人民一样，勒紧了裤腰带，与人民一起挨饿。

"沈霏，我还想再问一次，那个孙局长，真的是那么一回事吗？"

"千真万确是那样的！"再次提到"孙局长"，这个疾恶如仇的"张飞"简直是咬牙切齿了。

雨愈下愈大，屋瓦上的雨声越来越急，这是催人入眠的雨声，沈霏却仿佛没有一点睡意，虽然夜已深了。她感到这个晚上，与卢老师谈得特别痛快……早些日子，为了赵小红的案件，她起草的那封关于从轻处理赵小红，从严惩治孙局长一类败类的上访信，在上面签名的同志，竟然比她想象的数量多出好几倍！

由此，沈霏又想起了朱义汉：当年朱义汉因为担下了郭朝霞那篇报道的责任，最终去了新疆：

"卢老师，你还记得朱义汉吗？"

"怎么会忘记呢？你怎么突然就想起朱义汉来了？"

"我是在想，这些年是不是我们党，我们的国家像朱义汉那样的人绝迹了呢，所以社会才能产生这么多不平事？"

"不至于吧，就拿赵小红这件事来说，你不是刚刚才说，你起草的那份上访信，在上面签名的同志，比想象的要多出好几倍吗？这不说明了我们的社会是非感并没有消失？"

由赵小红，她们提到了赵光辉，由赵光辉，他们又想到了朱义汉，由朱义汉当年的大无畏的品格，又联想到赵小红案上来了：不是有那么多党内的同志，有年老的有年轻的，站在党的原则立场上，站在维护人民利益的立场上，在与像孙局长那样的党内败类；在与一种腐朽的社会风气做着毫不妥协的斗争吗？

——而自己，却要走了，却决定要去南洋了，这样的决定是否有些轻率了？甚至有些自私，——要逃避责任了？

她这一次上土楼来，除了带赵光辉过来之外，作为相交多年的老同志老朋友，她同时也是来告诉卢老师这件事的——也算是道个别吧。可一向办事干脆说话坦率的沈霏，见了卢老师后，却一直开不了这个口。此时，她感到非开口不可了，因为一到天明，他们几个人就要离开土楼了！

她还能再回来吗——她不敢回答自己。

沈霏去南洋的决定，当然令卢老师大为意外！然后，她感到一阵莫名的凄然，她突然发现：她一向以来认为非常坚强的这个沈霏、这个共产党人，其实也有她软弱的一面——她改变不了现实，她想退却了：

"……这个……这，太突然了，哎，我毕竟年纪大了，迟钝了——容我想一想……你们明天才走，再容我想一想……"

……夜很深了，雨很大，雨下得没完没了。

雨声盖过了天井里报晓的鸡啼。

/ 四 /

沈霏早早就醒来了。而卢老师呢，几乎是整夜到天明都没有睡好。

看到沈霏醒来了，卢老师接着把昨晚谈到一半的话题说了下去：

"我想了又想，既然林子钟、林云昭那里，那里的孩子们急着需要你，事情也都办到这个地步了，你就算是到南洋去当一回中国的——白求恩吧。但是不是改变一下方式，别是去定居——你忍心就这样退党吗？"

沈霏几乎是不假思索地说："当然是不忍心，毕竟在党几十年了，我也想过，换一种方式，那就是办多次往返的探亲签证——行，就这么办——卢老师，起程去南洋的那一天，我就不再过来告别了……我舍不得离开你……"

吃过早饭后，出去安排送沈霏一行到永定城内的人回来传了话：由于一夜暴雨，盘山公路上多处山坡塌方，养路班正在抢修，一时通不了车。这样子，他们今天还得待在卢老师这里。

毕竟是经过风浪见过世面的大男人们，过了昨晚一夜，赵光辉他们三人，今儿的情绪稳定多了。

吃早饭时，雨是歇了好一阵子的。这会儿，吃过了饭，雨又落了下来，还夹杂着声声雷响。

这时候，赵光辉才转着头，把土楼望了一圈：

"卢老师，当年，我们土改工作队，在闽北住的那座老屋，也算是土楼吧，墙壁也有这般厚吧，墙壁上也一样有枪眼，是吧？"

卢老师想了想说："是的，对了，那是在邵武乡下，整整一个冬天一直到第二年春天，我们是在土楼里过的年，时间过得很快啊，一眨眼，就成为历史了。"

"……那时候，也下着春雨，不停地下着春雨。"

"对啊，你是想到那次战斗了，那一天，工作队去了——去了那个叫白水坑的村落，雨下得特别大，山路溜方了，工作队大部分同志仍留在那里，可我们却得赶回土楼区委来……那个夜晚，土楼里只有我们两个人，土匪包围了土楼……"越是上了年纪的人，越是对早年的事记得清楚，卢老师毫不费力地，就能把40多年前那个初春夜晚的战斗，一丝不误地说了出来。

"那一个夜晚，要不是部队及时赶到，我们恐怕都壮烈了……"赵光辉接过卢老师的话说。

"为了我,你的后背,都被土匪丢进来的手榴弹炸开了花。"卢老师说。

"不是为了谁,当年我们都是为了一个目标,为了革命……对了,当时,要不是那个部队上的班长背着我,赶上了担架,我这会儿还能坐在这里?可是我伤好以后,那个班长早已随部队又南下了……"

他们的话,愈说愈引起了曾文玉的注意,他猛然想起来了:前年秋天,在山东,在赵家堡村外那口旧窑里,他第一眼见到赵光辉赵狗剩,就觉得有点面善!

如此说来,就是他了!

他从藤椅上一跃而起,跨到赵光辉背后,一把将他的衣裳扯了上去,露出来的是满背坑坑洼洼的伤疤!

就是他了!

泉州南门外,有一句老俗语,叫"船头不见船尾见",那是说世界很大,有时却又很小,小得如同一艘船,天下的人就像在同一条船上——船头船尾都随时可能相遇!

……当年他背起的那个山东大汉,是多么结实魁伟——如今这个老汉,已佝偻下去了!

曾文玉双手扳住赵光辉那片满是伤疤满是骨突的后背,一声感叹:"我就是当年那个班长啊……"

人生啊人生——几十年的岁月就那样失去了,无声无息,无影无踪,只剩下记忆了……

/ 五 /

第二天,雨住了,路修好了,吃过早饭,沈霏他们该走了。

卢老师突然叫住了沈霏与曾文宝,把他俩带进了自己的房间开口说道:

"去县城的车,还要等上好一阵子,时间还早。有件事情,趁这机会,我要和你们商量一番呢。"

"卢老师,什么事情,你尽管说出来,我们去做就是,无须商量。"曾文宝说。

沈霏也呼应道:"说吧,卢老师,我们听着,啥事,你交代吧。"

第四部 望乡

卢老师说:"元宵节马上就到了,过了元宵节,白莹又得离开土楼与文玉会合回台湾去了……她,今年就要走进60岁这道门槛了,可却还孤零零的一个人,像无根的草,随风飘走……我呢,'七十三八十四,阎王不请自己去'……"

听到这里,沈霏不禁感慨起来,她突然间发现,卢老师确实是老了!一向豁达的人,怎么一下子变得如此伤感?老人家一定是有什么心结打不开了。

只听到卢老师又接着说了下去:

"……两年前白莹回来,我就牵挂着一件事……我牵挂着,我走了之后,她再没有一个骨肉亲人了!这一趟她回来,这种牵挂就更沉重了……40年了,她一个人走了过来,异乡异地,多难啊。今后,她还要一个人走下去……如果活到我这个年纪,她还有20多年的人生路,说漫长是够漫长的……就一句话,她该找个伴了,少年夫妻老来伴,她是该有个伴了……"

"卢老师是不是有了——合适的人选了?"沈霏问道。

"那白莹自己,是不是在台湾那边,有了对象了?"曾文宝接着问道。

"都没有啊,我问过了,也看得出来,"卢老师停了片刻,往下说,"倒是这两天来,我看中了一个人。"

"谁?"沈霏与曾文宝异口同声地问道。

"我看上的,是你的兄弟曾文玉。"卢老师看定了曾文宝,非常认真地答道。

曾文宝一时倒怔住了。他仔细回想起来:从在台湾那边认识了卢白莹后,都过去快10多年时间了。10来年的时间,曾文宝能判别出来:这卢白莹是个实诚善良的人,是和卢老师一样的好人……文玉要真有这个缘分,那不仅是他的福分,也是曾家的福分……但这事,眼下还只是卢老师的意思,卢白莹,她有这个意思吗?她能看上自己的兄弟吗?

而沈霏这边呢,她心里想的是:天底下毕竟没有铁石心肠的母亲啊,儿女再大甚至老了,父母心里都当她是孩子那般疼着惦着。白莹都快60的人了,可卢老师刚才讲话那口气,却简直还当她是16岁呢!她突然记起来了,自己是十几岁那会儿,从马尼拉王彬街那幢楼上,越窗离家出走参加革命的,从此就没有回家过!当年父母是如何熬过那段岁月的——可怜天下父母心啊!

正当两个人各自想着自己的心事时,又听到卢老师开口了:

"这文玉嘛,应当说,早在40多年前,闽北邵武县土楼的那场战斗中,我就该认识他了,是他带着部队救下了我们。我记得很清楚,那个班长,枪林弹雨中,不顾自身安危,总是先想到战友……还有,他与赵光辉、张香英间的那段纠结,他处理得坦坦荡荡,光明磊落!这桩事,我不仅早先已听说过,这一次,更是亲眼看到了……多么好的人品啊,多么好的男人啊……我

245

们白莹，你们也都看到了吧，算得上是个好人吧？"

听到这里，曾文宝开口了："这件事，我当哥哥的；我们曾家没什么说的，我想，我那兄弟也不会有什么说的。"

沈霏呢，几乎是拍着手说了："这桩事，是很般配，打着灯笼也难找的般配！这种事，虽说不能勉强，但得有人点拨。他们俩都到了这般年纪了，不是十八九二十几的年轻人，能自己来。他们需要有人帮他们捅破中间那层纸。卢老师、文宝兄弟，这样吧，你这个当母亲的，你这个当兄长的，就把这个媒包了，我呢，文玉这边白莹那边，两边撮合。"

卢老师说："沈霏，如此说来，这桩事你也赞成了？"

"不但赞成，我还要出力呢！"沈霏说道。

这时候，来接沈霏他们四人上永定县城的车，已来到土楼门口……

又到了别离的时候了……

卢老师母女，还有土楼里的众多乡亲，把客人送到门口，就要上车了，卢老师颤巍巍地走了过去，握过沈霏的手，握过曾文宝、赵光辉的手，最后握住了曾文玉的手，再三叮咛嘱咐：

"一路上多保重了……"

而沈霏呢，则把卢白莹的手握了好一会儿，久久不忍松开。后来，她意味深长地说：

"记住啦，听妈妈的话——错不了的，有些事，我还会告诉你的。"

卢白莹这边还听不出沈霏这话里是什么意思，那边卢老师却听清楚了，她心里说道：

"这张飞，说干就干，这就开始行动了。"

第九章　秘方

/ 一 /

沈霏到达泉州时的第二天，合资谈判工作已告一个阶段，林云昭很高兴地把这一阶段的谈判过程向她介绍过之后，就赶往永春县银杏镇去了。

在南洋，陈燕玲多次说到：在她还未去南洋之前，常听到罗茜妈妈提起"椰子"，但当年整个泉州城都买不到椰子。那时候，燕玲还不知道罗茜妈妈的身世。后来，她知道了，特别是去了南洋之后，这件事她就更记挂在心里了。1982年，她从南洋回唐山时，特意挑选了几个椰子要带给罗茜妈妈的，但是过海关时，因为是鲜果而被扣下了，不能入关。这让他们一家人为此感到万分遗憾！

当夜，由桐江区外经贸局做东，宴请了木村、松井二人。因为银杏叶加工的项目已经敲定，作为项目的主要引进人之一，也作为日方代表木村的老朋友，于公于私，沈霏都是要赴宴作陪的。

宴会之间，木村深情地谈起了当年给他第二次生命的法莲师父：

"……法莲师父，那乒乓球大小的一颗药丸，当年，我依照法莲师父的交代，内服外敷，竟然内伤消退，外伤也很快结痂痊愈。在当时那样恶劣的环境中，我的伤口竟然没有感染。多年来，我一直难忘此事，在日本时，我就多次跟松井先生说过，若有一天，我们的药厂能到中国合资，一定要与贵国合作生产这种药品，连中文名字我都想好了，就叫'还魂再生丸'……"

沈霏一听，连连拍手叫好："对，它是该叫这个名字，而且要加上'法莲'商标。"

可是听到这里，木村脸色立时暗淡了下来：

"只是法莲师父如今已往生西去，这个秘方恐怕再难找到了。"

却听沈霏含蓄地说："只要有心，我想，这方子是能找到的……在1958年的时候，我也用过，那是一个伐木的民工，在一场林火中烧成重伤，当时山高林深路远，是法莲师父派人及时送来了呢——就是你说的那'还魂再生丸'，化水敷抹，竟然治好了火伤。"

沈霏说这话时，不仅木村听得出神，坐在他身旁的助手松井更是双眼发亮：
"真有这么神奇的功效？"

沈霏听他怎么一说，定睛朝他一看，这是个40来岁的精干汉子，身量要比木村低多了，显然他是真正对"还魂再生丸"动了心。

看到沈霏正注视着松井，木村再一次做了介绍：

"这位松井先生，是我厂汉药开发部的技术经理，我年纪大了，以后中国这边的事，主要由松井先生打理了，请多关照。"

木村介绍之中，松井站了起来，毕恭毕敬地朝沈霏鞠了一躬：

"贵国有句名言，叫化干戈为玉帛，我想，这'还魂再生丸'就是玉帛，中日之间，隔海相望，这一个世纪以来，却多次交火对仗，实在不该，希望经我们这一代人的努力……"

松井的话，引来了双方人员的赞同，唯有沈霏却有些不以为然：这个世纪的现实是日本多次侵略中国，而不是两国"多次交火对仗"。沈霏还仿佛听出了松井说话时的言不由衷，但她把话留在心里，没有反驳。毕竟这是商务谈判，而不是战争谈判。当人们又谈起"还魂再生丸"时，沈霏答道：

"这事跟我们外经贸局多谈谈吧，木村先生，你跟朱省身先生也算是老朋友了，按照程序，该怎么办，你们多谈谈。"沈霏是个粗时极粗、细时极细的那种人，她注意到当自己提到朱省身时，松井的眼神在他面上停留了片刻，那种眼神有些深沉莫测。沈霏有时是个很敏感的人，就在此时，她总觉得松井不是个简单的商人，虽然他与木村是同事，但两个人不像是同一类型的人。

而关于"还魂再生丸"处方这件事，沈霏在桌面上虽然一直不露声色，但对此她知道得一清二楚，而且早已有了安排……

……法莲师父已圆寂多年，临终之前，她把那帖专治刀伤跌打的药方郑重地交到了广惠罗茜手中：

"这方子是咱们的镇寺之宝，几十年来，从北到南，不管兵荒马乱之中，抑或是乾坤太平之时，这方子救死扶伤，惠及之人，难以计数。当年木村身遭重创，奄奄一息，幸服此药，得以起死回生，后来他终于顿悟，脱离刀山火海，不再沉湎于杀戮……几年前惠临我寺时，他已身入杏林，悬壶制药、救人济世，令人欣慰……他多次提及此方，欲以现代化生产，批量上市，这可是功德无量的善举。但这涉及两国之间事务，乃需依国法处之……此方你需善为保存，日后可交托沈霏施主处置此事。"

后来，沈霏再上法莲寺，广惠罗茜遵照法莲师父遗嘱，将方子交给了她。沈霏深知此事关系重大，不能马虎。此次，从北京回到泉州后，沈霏先找到了负责这个合资项目具体工作的朱省身，把法莲师父献出来的秘方交给了他，再三叮嘱：

"这方子，现在已是属于国家的机密专利了，而不再是属于某个个人了。我们与木村虽是多年朋友，但这是两国之间的商业谈判，他代表的是他的企业他的国家，而你代表的是我们的国家。这张秘方弥足珍贵，该采取什么方法进行合作，我对这方面一窍不通，且早已不在位上了，具体要怎么操作，你该尽快详细地向上级领导汇报，尤其要多请教国家安全局的同志们。"

/ 二 /

依照三方合同的约定，制药厂的用地已确定下来，厂址选择在桐江区近郊的一片丘陵地上。几天来，外经贸局的工作人员，还有林云昭，以及木村与松井，都在现场忙碌着。平整土地，连接公路，通车、通电、通水。作为外经贸局的二把手，朱省身有时也要到工地上走走，了解工程进度。近百亩的厂区，在1989年的泉州，这可能是数一数二的大合资项目了。

按照相关规定，朱省身已把沈霏转交过来的那帧"还魂再生丸"的处方笺，密封交到市科技局保管起来了。也是鬼使神差，朱省身在将方子交上去时，暗地里留下了一份复印件，当时那样做似乎是没有任何目的，他只觉得如此贵重的处方，留一份在自己手里应当是有用的。

就在最近那次宴请日方代表过后的一个星期日的夜晚，那天刚好是朱省身值班。6点半左右，他接到了松井的电话，电话里说：他工作上有些困难需要请示他，希望得到他的关照与指示。松井的普通话甚至要比普通的泉州人说得更好，更标准。他约了朱省身，说就在他下榻的酒店，7点整准时见面。听那口气，好像是桩十万火急的事。当时朱省身刚吃过了晚饭。他素知外商的时间观念很强，很讲究"时间就是金钱，效率就是生命"。还好，松井先生住的酒店离外经贸局办公的地点不远，十几二十来分钟就能赶到。

朱省身放下电话，便急步走了过来。

在9层楼上，松井的房间门虚掩着，他显然是正在等着朱省身的到来。

朱省身轻声敲开了房门进去一看，房间里只有松井一人，便问道：

"木村先生怎么不在啊？"

"木村先生下午让总部招呼回去了，因为走得急，也没有向您打个招呼，他让我向您道歉。"

"什么事，走得这么急？"

"我估计，是有关'还魂再生丸'的事。这事，我们双方已议过一段时间了，可贵方还没能给我们一个肯定的答复，我们总部那边的意思是，这个项目暂时就不谈了，因为我们必须先得知道这个成药的配方，这些原料药材，目前中国是否还有资源，资源在哪里？由于办事效率迟缓，我已受到公司的问责。其实，对此，我也觉得委屈，并非我与木村先生没有尽力，而是贵方，您们一直搁在那里……"朱省身刚坐下来，松井就直奔"还魂再生丸"这个话题而来。

一听到松井说"这个项目暂时就不谈了"，朱省身急出了一身汗，这个大项目，上级领导要求一定要谈下来！他说：

"松井先生，我们正在加紧研究……"

他的话刚开了个头，就被松井打断了：

"朱先生，请原谅我，让我把话说下去，我和木村先生实在是很为难呢，来华这么长时间了，甚至连这个（还魂再生丸的）配方也还没能知道一点皮毛情况。我们公司甚至还怀疑了，法莲师父已经去世，她是否真正把处方留了下来？朱先生，这事，其实你完全能够帮助我和木村先生的，你是知道那个配方的，算我和木村先生求您了，你就大体地把那个配方告诉我们一下，我们好跟总部有个交代。我和木村先生都非常珍惜这个项目，我们深知这个项目的前景，所以希望这个项目早日落地生根，而不愿让这个项目中途而废，你说呢，朱先生？"松井先生一口气说了这么多，没留给朱省身一丝缝插话的机会。直到此时，朱省身才把想说的话说了出来：

"请您再给我几天时间，我跟上级领导再研究研究。"

"其实这处方原料，也无关紧要，我说过了，只是按照我们的程序，先得知道一个大体的情况……而且，这是造福人类的事业，您们的方子自然是一流的，而我们提纯萃取制造汉药的技术也是一流的，双方的这种优势，一经合作，必然是您们中国那句老话，叫——珠联璧合吧，朱先生，我再说一遍，算我求您了，这个忙您就高抬贵手，帮一帮吧！"

松井连珠弹般的一番话，终于说得朱省身动了心。

他庆幸自己那天多了一个心眼儿，留下了一份复印件，解决了此时的燃眉之急，把松井一方应付过去了，要不然，来回请示，这个项目便给耽误了！

/ 三 /

自从当上了外经贸局副局长之后，朱省身就一直随身带着一个公文包。此刻，那张"还魂再生丸"的配方复印件就在他的公文包里，他深思片刻，把公文包挪到胸前：

"这样吧，反正这个项目也是迟早要开工的，那个'还魂再生丸'的方子，我有一个复印件，你可先看个大概，以便您向您的上司报告，我们不是凭空而谈的。"

"那就太感谢朱先生的关照了！"松井大喜过望地说道。

朱省身正埋头打开公文包的拉链，从夹层内往外掏出那张处方，他没有发现，松井死死盯住他公文包的那双眼睛简直都瞪圆了。

当朱省身把那张处方复印件递过去时，松井的目光已柔和下来恢复了常态。他接过方子，很不经意地在单子上扫视了一番，又很快地把方子交给了朱省身：

"多谢朱先生的关照，现在，我可以向我们公司证实此方子的存在了——怎么样，我们到楼下吧台去喝杯咖啡吧。"

朱省身婉拒了："我还有事务需要回去处理呢，喝咖啡，就免了吧。松井先生都忙了这么长时间了，木村先生又回国去了，接下来你会更忙，今天是周末，你就好好休息吧，我先走了。"

"朱先生，你等等，这里有一本介绍我们公司的画册，是总部刚寄到的，比以前的那一份详细多了。"松井从桌上拿起一本印工精美的画册，那是中文版的《日本东亚汉药业集团公司画报》。接着，他又随手从床头拿过来一个很厚的牛皮纸信封，把那本画册装了进去，郑重其事地交给了朱省身，"为了我们今后的相互了解，长期合作，还得承蒙朱先生能抽空读一读这本画报——读过之后，还拜托朱先生能将它惠还，我这里只有这一本哩。"

/ 四 /

回到自己的办公室后，朱省身就从公文包里取出了那个装着画册的大信封。刚刚在酒店里，是松井将它装进公文包里的。现在，他取出来时，不知怎的，觉得那信封有点异样。他掏出画册后，却发现大信封里还有一个结实的小信封，他抓了出来，只见那个小信封鼓鼓的，似乎装了什么，他打开一看，里面是一折美元，百元票的共有 10 张！他心里想：这松井先生怎么这样粗心，把这么多钱忘在里头了，他立即给松井打过去电话，松井那头说：

"我这正要出去吃夜宵——那钱嘛，是我们公司交代交给朱先生的，那其实就是一点劳务费，是我们公司的惯例，那小信封里还有一份说明文件，朱先生有没有看到。"

朱省身果然又从小信封里发现一枚中文打印的纸片：

尊敬的朱副局长省身先生阁下：
　　十分感谢朱先生对日本东亚汉药公司在贵国贵地合作企业的支持；对我公司代表木村先生、松井先生在贵地工作的关照，现恰逢我公司年度福利分红，特送上一份薄礼，还望笑纳。
　　　　　　　　　　　　　　日本东亚汉药业集团公司谨敬呈

1000 美元！这可是一笔数目不菲的钱！

这果真是一笔劳务费？

是的，自从木村、松井抵达泉州开始工作以来，朱省身是尽心尽力地给予配合，提供了各种方便。应当说，到目前为止，合作项目的工程进展还是很快的，可这些都是自己的分内工作啊，怎么还有"劳务费"啊？

啊！莫不是为了那份"还魂再生丸"处方的事吧？

可也不像啊，那份复印件，松井几乎只是心不在焉地草草溜了一遍，并没有说要抄下来，更别说要拍照复印了。而且，这包钱，他是事先准备好的，并不是看过了处方笺才装进去的。

这笔款子该怎么办？

……他首先想到赵小红，赵小红太需要钱了，一个女孩家，要承担一个落难的男友……以及他的患着严重哮喘病的母亲，还有她自己经济拮据的家……还有她自己……

/ 五 /

孙局长死了之后，桐江区外经贸局局长的位子空着，作为该局的副局长，同时又是实际上主持工作的业务骨干，朱省身提升为正局长，是顺理成章的事了。组织部门的任命书也下来了，是先当着代局长的职，这也是合乎组织程序的。就在朱省身被任命为"代局长"的当天，松井前来祝贺了：

"祝贺你提升为局长。"

朱省身奇怪起来了，这事，连他自己也是刚知道的，此外，局里上下还没有谁知道呢。

"松井先生，我还只是个代局长——噢，你怎么知道得这么快？"

"您们这里真是一个友好的城市，从我踏进这座城市之后，您们一直都没有将我当成外人——可惜啊，我明天就得奉命回国述职了，我是来向您告别的。"

"您也要走了——木村先生已走了那么一段日子了，您再一走，今后我们的合作项目呢？"

"项目，我们的之间——当然还要很好地合作下去的。木村先生是今天到厦门的飞机，下午就会到泉州来了，我们会把这段时间来的工作交接好的。"

"松井先生，可以问一下吗，您这一趟回日本，要多长时间，还会回来吗？什么时候再回来？我觉得这段时间来，我们双方配合得很好，合作得很愉快。"

"我也感到，我们双方，确实合作得很愉快，很成功，我也希望能够早日回来，但这都要服从我们总部的安排。"

/ 六 /

木村是当天下午到达泉州的。整整一天的旅途颠簸，对于到了他这个年龄的人说来，该是非常疲劳了。但他还是连夜认真详细地完成了与松井之间的交接工作。

第二天送走松井之后，他很快就到朱省身办公室来了，当然谈的还是合作项目上的事情，包括前期的、现在的，以及今后的。凡是涉及该合作项目上的工作，他们几乎全都谈到了谈妥了。木村告诉他：这一次回日本，他已经把银杏叶深加工流水线设备的购置工作办妥了，部分设备已包装成箱，再过两个月，这边厂房建起来之后，那些设备就可以用船运过来了。

关于银杏叶深加工的事项，他们又谈得更详尽更具体了，只是，木村一直没有提到"还魂再生丸"合作项目上的事。直到朱省身禁不住问起来时，木村才似乎怔了一下：

"这……这，总部还没有确定具体的启动时间……"之后，他把话题一转，"噢，我想见见沈霏女士，都很长时间没联系过她了。"

当天晚上，木村就把沈霏约到他下榻的酒店来了，两个结识了将近半个世纪的老朋友，一见脸，几乎是无所不谈。当然，他们谈得最多的还是共同关心的这个合资企业。当沈霏听到银杏叶深加工项目前期工作进度如此之快，如此顺利时，开心地笑了起来。对于沈霏来说，银杏叶深加工合作项目，是她的"赎罪工程"的延续，她能不高兴吗？但是一提到"还魂再生丸"项目时，沈霏却发现木村避开了她的眼睛沉默了，本来兴高采烈的那张脸，一下子变得煞白了！

这是怎么回事了？

……几十年了，从菲律宾到中国大陆，木村不止一次地提起过，法莲师父那使他起死回生，获得二次生命的"还魂再生丸"。在沈霏的心眼中，木村是把这种药的合作开发，看得比银杏叶的深加工合作还重的。1982年春天，在静海寺的那次见面，他就曾经郑重地提过这桩事。之后，他又以他们日本总部的名义，向中方提出了合作开发生产这种药的意向，并且由日方提出，正式签订深加工银杏叶的合同书上，还留下了备忘录：在征用银杏叶深加工的土地上，留下了建设开发生产"还魂再生丸"的厂房用地……

……木村突然站了起来，就在沈霏跟前，深深地低下了头：

"……在这个事情上……这个事件上……我们日本是有愧于……甚至是有罪于中方的，我也没有想到会出现这种事情……真的，我先向您——作为老朋友——我先向您谢罪了。"

他把头埋得更低了。

"木村先生，木村先生，您，您不要这样，您坐下来说。"

沈霏站了起来，走过去把木村扶到了沙发上。

她发现，木村那张脸上，带着一种难以言状的愧色，他的双眼里溢着愧疚的泪水！

这是怎么回事？

第四部 望乡

……从木村那里回来后的这个夜晚，沈霏失眠了！

她反复思考的是这么一个问题：日本方面为什么会在"还魂再生丸"合作开发项目上突然变卦了，突然刹车了？而这之前，他们可是催得很紧的啊，迫不及待地签了意向，签了备忘录，眼看着水到渠成了，他们却单方面说停就停了！

……她的眼前又闪现出木村那张充满愧疚的脸，那双饱含愧疚泪水的眼睛……木村难道有什么难言之隐？他要谢的是什么罪——他那种谢罪的表情却又是真诚的啊……

……这些，这一切，都是为了什么啊？

她辗转难眠，她百思不得其解！

是不是外经贸局那边出了什么差错？是不是——朱省身那边出了什么差错——想到朱省身，她心里豁然开朗，她狠狠一拍脑门，从床上蹦了起来——是不是在那张"还魂再生丸"的处方上出了差错？

——想到这一层，她禁不住打了一个寒战，冒出一身冷汗！

她坐在床沿上，这才发现，已经天亮好久了，清晨的阳光早已穿过窗棂，洒满了一地。

她匆匆洗漱过后，就直奔桐江区外经贸局而来。

从凌晨想到那张"还魂再生丸"的处方起，她心里已做好了最糟的准备，她想到了如果问题真就出在那份处方上，她该怎么办？

那时候，朱省身刚刚上班，办公室里就他一个人。沈霏一进来，立即把门关紧了，而且开门见山就直奔正题：

"省身啊，你知道木村——日本方面决定中止'还魂再生丸'合作项目的事吗？"

"知道了，是昨天下午，木村才告诉我的，沈霏阿姨，你怎么也知道了这件事？"

"你先别问我是怎么知道的，告诉我，这么重大的事，你向上汇报了吗？"

"沈阿姨，昨天下午木村走后，已到了下班的时间了，我这正准备当面去区委汇报这件事哩。"

"那张'还魂再生丸'的处方，你上交上级保管了吗？"

"上交了。"

"在上交之前，你看过方子的内容了吗？"

"看过了。"

255

"——除了你，还有谁看过？特别是松井！你对别人讲过那方子的内容了吗？特别是松井他们！"

"……"朱省身怔在那里了。

"省身，你说啊，你要如实地告诉我。"

……终于，朱省身一五一十地把处方笺的事说了个清楚：

"……木村先生回去那段时间，松井催得太紧了——为了证实我方确实有这么一个处方，我向松井出示过复印件——可是，那一天，我记得一清二楚，松井只是把那处方笺漫不经心地溜了一眼——怎么啦，沈霏阿姨，这很重要吗？"

沈霏无奈地摇了摇头，接着，她几乎是瘫软在沙发上了："这……那一溜——不仅重要，还可能就是关键了……怪我太粗心大意了，只看到木村先生的真诚，却忘了提醒你，还有一个松井，松井我估计不是一般的商人，甚至木村先生也未必能真正了解他……"

听到沈霏这么一说，朱省身觉得像被人当头淋下来一桶冷水，他打了一个激灵，立即想到了牛皮纸信封里夹着的那1000美元！听到这事，沈霏完全清楚了：日本方面单方中止"还魂再生丸"项目合作开发洽谈，是怎么一回事了！那与她估计的情况完全吻合！

"那钱呢？"沈霏的双眼冒出火来了，她严厉地问道。

朱省身这才感到了事情的严重！他几乎是抖着声音说道：

"都交给赵小红了……她的事，你也是知道的，她急需要钱……我必须把她拉出来，我看不得她在那种地方再做下去……"

赵小红的事，沈霏是知道得很清楚的。所以，对于朱省身收下松井钱款的那一股愤怒，一下子消却了大半，她深深地无奈地叹了一口气：

"你啊，你啊，你难道不明白，这是犯罪吗？"

直至此时，朱省身才意识到事情的严重，他冒出一身冷汗，几乎是绝望地问道：

"那，那，现在，该怎么办，沈霏阿姨，现在，我该怎么办啊？"

"省身，省身……朱省身啊，你，唉，你啊，你让我想想。"

沈霏颓丧地瘫坐到沙发上，喘着粗气，沉思了好久，这才沉缓地开口了：

"你就在这房间里等着，不，不，把自己反锁在房间里——我这就去，最多一个小时，我就赶回来了，在我回来之前，你把自己反锁在这里，哪里也别去，电话也别接，明白吗？"

第四部 望乡

……1988年深秋，卢白莹从台湾那边回唐山时，曾捐了9000美元交托沈霏播种银杏，经卢白莹同意后，沈霏从中留下了1000美元，准备随时交给卢老师，几年过去，卢老师说什么也不愿意接受女儿的这笔钱，所以，沈霏至今一直将之存在银行里。现在，这笔款子只好先拿来应急了！

将近一个小时之后，沈霏把刚从银行里提取出来的那1000美元，交到朱省身手中，然后，又带着他，一齐到市纪委去了……

第五卷

故乡·异乡

比梦更漫长的是人生，
比梦更短促的是人生。
——题记

第一章　别了，唐山故土……

/ 一 /

1990年清明节到来之前，中日菲合资桐江远东制药有限公司建成投产。这个厂的主产品，是以银杏叶为主要原料生产汉（中）成药。厂中有三条生产线，24小时（一天）能对两吨银杏叶干品进行深加工。这个产能是根据银杏镇一带目前所能提供的银杏叶数量设计的。

这个厂的投产，让沈霏异常兴奋了一段时间！从1958年到这一天，整整过去了32年！她终于赎回了自己的"罪过"，并且在这个"赎罪"过程中，她又尽心尽力促成了中外合资银杏深加工的产业。但是，那种兴奋感，只持续了几天，便消失了，一种浓烈的沮丧感又袭上心头！

……由于赵小红的犯案，赵光辉赵狗剩从山东赶了过来——沈霏是20世纪50年代初期就认识了赵光辉的。当年，他一个战功累累的部队副连长，一个土改工作队的队长，为了端午节的几杯酒，为了酒后溜石塔下那桩事，他差点掉了脑袋！那时候，那样的事层层有人管着，可如今呢？

……当年那个英武的革命军人，已变成了一个弯腰驼背身子佝偻的山东乡下老汉了！

……在明白了孙女犯案的真相后，他那布满了纵横交错的，深深皱纹的脸上，流露出来的神色是那样的屈辱与无奈；他的卑微浑浊的双眼里横溢出来的泪水，是那样的令人颤怵！他的皲裂的双唇激烈地抖动着，终于迸出了这样的声音：

"这是怎么啦？为什么是这样的啊……"他无声地哭了起来，浑浊的泪水从他浑浊的双眼里，沿着眼睑下浑浊的皱沟滚落下来，左眼一串，右眼一串……

……还有，是朱省身的犯案，这事同样让沈霏痛心疾首！还好，朱省身是用这笔钱"救急"了赵小红那么一个刚烈无辜的女孩，这才使得疾恶如仇的沈霏下决心在紧要关头拉了他一把——这只是个开头，不是及时的这么一拉，朱省身还不知会怎样呢！

朱身省最终没有被判为"间谍"罪，而只定为"泄密"，撤去副局长职务，保留公职……

……这一连串变故，使得沈霏日趋沮丧，几乎面临精神崩溃！这个一向率真、有时几乎是率真到了无法无天的单身女子，突然间感到自己苍老无能了。她失眠，心悸，血压飙升，时常感到无所适从，坐卧不安。她去看了几个医生，大致说的都是一样的患了"老年心理饱和症"，据说，那是长时间的沉重的精神压抑造成的。西医给她开了些安定一类的药片，中医给她开了些舒肝解郁的成药，并一致建议她最好出去走走，旅游一番，减轻心理压力。

她果真出去走了一番，远的地方，她舍不得路费，尽管她的离休金不菲，完全花得起，但是，她还像在职时那样，除了留下自己那一份简单的生活费外，其余的都用在银杏镇那些贫困学生身上了。

她又去了一趟银杏镇，尽管是在病中，但她还是放不下那个地方。

/ 二 /

1990年清明节过后，沈霏独身一人，转乘了两趟长途客车，终于到了银杏镇。尽管在永春县城的党政部门，她遇到了许多老朋友，这些朋友热情地邀她在城内玩几天，但她几乎是不假思索地婉辞了所有邀请，径直就去了静海寺找到了广惠罗茜。

罗茜是1982年清明节过后出的家。如今，披着佛门缦衣的罗茜，已是地地道道的广惠师父了！真是人生无常啊！她迎到寺门口，见到沈霏时，双手合十在胸前行了一个礼，轻声而道：

"沈霏施主，又是多时未到寒寺了。"

几年之中，罗茜已成了一个地道的深山老林中的中国老尼了。

就在广惠罗茜颔首行礼之时，沈霏又满怀悲悯地细看了她一番，她显然比去年见面时又老去了许多！去年初秋，沈霏专程来到静海寺，取走法莲师父交托在广惠罗茜手中的那个"还魂再生丸"方子。满打满算，才半年多不见哪，她竟老成了那样！看来，古寺青灯同样能催人老啊！面对罗茜，沈霏不禁一阵感伤：这个爱了一生，也为爱逃遁了一生的女人啊！最终只能在佛门中找到自己的归宿了。

她说："广惠，陪我到寺外走走吧！"说着，就挽起罗茜的手臂，迈出寺门，走到静海湖前来了！

这个时候，湖面上的浮冰已经融尽，微风吹拂的水面上，莲荷正在拨出新芽，几只鸣春的小鸟在莲杆中啁啾。

"去年秋后，静海寺这里可热闹了，山里山外的人，都是前来采摘银杏叶的人啊，寺里所有尼姑，一天到晚地忙着为众施主烧茶送水呢。"

这种情景，沈霏是清楚的，去年一个秋季，单从1982年后新栽下的银杏树上采下的鲜叶，晒成干品，就有近千吨！

此时，正是春风萌动的三月，站在静海湖前往山坡下望去，四遭的山山岭岭，满目的银杏树一片新绿。

望着满山遍野满眼满目的嫩绿，沈霏哭了！

"沈霏施主，不，沈霏姐姐，你为什么流泪了呢？"广惠罗茜望着沈霏说。

"啊，我哭了吗——我哭，是因为高兴吧？是因为……终于成林了——银杏树，银杏树啊——可，你怎么也哭了，罗茜——你今天，我就一直叫你罗茜吧——不叫你'广惠'，好不好——你怎么也哭了。"

"是啊，我是哭了。"罗茜用手背揩净了泪眼。

两个上了年纪的女人，一个出家的人，一个在俗的人，突然相互拥着，呜呜咽咽地，开怀地哭了起来……两个老人——两个孑然一身的老女人，突然之间，犹如两个长年受尽了委屈的孩子，无所忌惮地哭开了……

她们就这样山摇地动地哭了许久许久，最终，也不知道是谁先止住了哭声。

后来，她突然听到了她这么说：

"罗茜，我决定去菲律宾了。"

"去？还是回去？"

"回去。"

"为什么？"

罗茜茫然地望着沈霏连连问道。

而沈霏呢，却避开了罗茜的目光，她没有回答她"为什么？"

她该怎么回答？

她望着山外的远山……

这个时候，夕阳正在沉落，落日的余晖洒满了沈霏的脸。

罗茜发现，沈霏深邃的双眼中，又溢出了灼热的泪水……

/ 三 /

从静海寺回来不久，沈霏几乎是没有声张，没有丝毫的犹豫，就启程去了菲律宾。

……1990年,遥远的南洋早已不再遥远!不再是十天半月的水路陆路,而是,波音七三七飞机,1个小时45分钟的空中航程。

沈霏果真回到菲律宾,回到马尼拉了……

马尼拉,亲爱的奶娘城——仍然带着一股温馨的母亲的体味;那是交织着一种隐约的茉莉花香与温馨的汗味的;那种马尼拉奶娘身上特有的体味——张开了双臂,拥抱她离开了40年的女儿沈霏!

……40年前,她是秘密地乘上一艘货船,从水道前往香港奔向她的唐山故国,参加了如火如荼的,巩固自己新生祖国政权的建设;参加了日新月异的新中国的建设。

……多少时日了,自从决定接受林子钟一家人的邀请,重返南洋,协助林家打理慈善事业之后,她一直在审视着自己40年来在唐山故国走过的路,做过的事——那够不上称为是在回顾自己的功与过——不,确切地说,那只能称得上"是与非"——在滚滚而去的历史大潮流中,她只是微不足道的一滴水——所以,只能称为——是与非。

……当年,由于年轻气盛,由于浅薄无知,她做过了一些荒唐到等同于是犯罪的蠢事。啊!多年来,她一直在扪心自问:她还算是一个"人"吗?

——当然,那不是指一种生物意义上的"人"。她回答了自己:她一直是作为一个"人";作为一个有着"人"的良心底线的人而活着!从29岁到69岁,从一个成熟的少女,到一个头发斑白的老妪,她自信自己一直是作为一个怀着良知的人在故国的土地上,走过了她人生中最为美好的岁月。她在唐山故土欠下的那一笔最大的——债:她在1958年指挥上千名民工剃头般地砍掉了永春、安溪、漳平三县交界处的那些森林,那些银杏,经过了1982年以后,8年多的努力,那些山坡又植上了无数的银杏——如此说来,如今,她年老了,她回到菲律宾来,她真不是拍拍屁股走人了!

她这次重返南洋之行,除了事前曾经告诉过卢老师,告诉过罗茜之外,具体的行程她没有告诉任何人。她是到了厦门机场,才给黄杰汉挂了电话,托付他两件事:一是她在银杏镇设立的那个"有实无名"的,资助贫困学生的基金会请他继续关照下去,资金除了她每月的离休金之外,她还将争取从南洋不定期地寄钱回来;二是银杏叶深加工的事,请他务必多加过问……

40年前,她是悄悄地一个人离开马尼拉,绕道香港回到故乡的,没有人送行。40年后，依然是悄悄一个人，却是从厦门直飞马尼拉来了……

……那一天，到马尼拉机场来接她的有许多人，除了林子钟父子（陈燕玲没能来，眼下的街童学校里哪怕一时也不能没有她）之外，更多的是当年菲华支队的那些也已年迈了的战友，还有妇救会的人，有一大群人呢。

"……王彬街还在吗？"——在走出机场的时候，沈霏第一句问的就是这话。

——对于王彬街这个古老的华人区，沈霏怀有特殊的感情：那是她的双亲在南洋的栖身之地，是他们当年刨食的所在。她的远去了的童年、少年时代的亲切记忆，一直与这里的街衢巷陌牵系在一起，这里有她童年时代的梦；有她少女时代的梦……

人们回答她："在，还在。"

"青年会所呢？"沈霏问的是当年王彬街上的华侨青年会。

"在，还在，如今已经修缮一新了。"

"国泰剧院呢？"

……

末了，她对林子钟父子说：

"我想先在王彬街住上一个星期，探访还健在的亲朋故友，走走往日的老街旧巷。"

/ 四 /

然而，她只在王彬街上前后住了4天。

她去了她的故居——王彬街上那幢当年作为布庄的老楼房。1947年，她将之卖了，款项全部捐给她的新生的中华人民共和国。

她去了当年她义卖面包支援抗日的巷口……那一天，一手推车的面包，不到一个时辰，全被街上过往的人买光了，有中国人，有外国人……

她去了旧国泰剧院，她当年用铁铲劈死日军狼狗的街头……

她去了当年被称为"布袋街"的，只有前面进口后面没有出口的老街巷……那一天，他们被日本宪兵队逼进了这条巷。巷的尽头有一堵墙，墙上爬满西番莲青藤。如今，那堵墙没有了，往前走去，就是马尼拉的护城河了。当年那座残存的桥墩也已没了踪影……还有，那个为了掩护他们被日本宪兵枪杀在桥墩上的菲律宾老人……一切都如同发生在昨日一般，然而……已过去了48年!

　　……她去了华侨义山,那里已建起了高耸入云的华侨抗日烈士纪念碑,那些殉难的烈士们,如今已合归一处,在这里长眠了。

　　沈霏带来了一束鲜花,她在纪念碑前肃穆伫立,致哀良久。

　　最后,她来到父母坟前,她从唐山随身带来了香烛纸钱。她以从唐山学到的祭祀风俗,在双亲墓前插上点燃的香烛,烧化了纸线,双膝跪了下去……她在墓前跪了很久很久……她想再陪在父母身旁一个夜晚。但是,当年她守灵的那座小屋已杳无踪迹。她跪在那里,对阴阳相隔的双亲说:

　　"我当年承诺过的,将把你们迁回唐山,可是女儿失约了。"

　　……

　　第4天,她走不下去了,不是她走不动了,而是她走出了满怀的惆怅,满心的伤感!满街都是陌生的人面——物是人非啊……

　　此外,有三个人的形影一直紧随着她,一步也没落下!那两个上了一点年纪的,是她的父母……

　　还有另一个——那是沈尔齐……

　　她再也没有勇气独自一人在王彬街上走下去了……

　　到了第4天中午,她对前来陪她吃饭的林子钟、林云昭父子说:

　　"吃过了饭,我们就到街童学校去吧,从今天开始,我要工作了……"

第二章　银杏街童学校的第五十五号学生

/ 一 /

在银杏街童收容学校安顿下来之后，沈霏就向陈燕玲提起来，她先要上一趟曼鲁渔村，去看望比罗一家人。比罗一家人与林子钟一家人之间的那种生死之交，沈霏是再清楚不过了。

1982年春天，在林子钟一家人的盛情邀请下，比罗来到中国，来到泉州南门外，参加了林云昭、陈燕玲的婚礼，当年他是以"母舅公"的身份，接受了新郎林云昭与新娘陈燕玲的跪拜。之后，他又随行去了永春银杏镇，眼睁睁地看着罗茜在静海寺出了家。从那时候见到比罗，直到今天，已整整过去了8年！沈霏知道，这8年之中，扶西已经故去了，现在，是比罗掌家。如今，来到菲律宾了，她一定要看望他一家人的，但是陈燕玲告诉她：

"曼鲁渔村那边，鱼汛就要结束了，眼下正忙着，英蒂请假回去帮忙一段日子了，沈霏阿姨，你来菲律宾的事，那边已经知道了，比罗捎来了话，他与英蒂大后天就会赶过来的。"

/ 二 /

沈霏知道，曼鲁渔村在红奚礼示郊外，离马尼拉城有好远哩。就在事先约好的那一天上午，比罗与英蒂早早就来到银杏公司，他们是自己驾着马车过来的，天刚破晓就上了路。

像林子钟一家人那样，沈霏对于比罗一家，怀有一种特殊的感情，怀着一份崇高的敬意。

听到声响，沈霏与陈燕玲已来到门口迎接比罗、英蒂了。沈霏往马车上一看，就认出了比罗，旁边的那一个女人，虽是第一次见面，沈霏知道那就是英蒂了。此外，车厢里还有一个瘦小的男孩，看上去顶多六七岁模样吧。

"比罗舅舅，英蒂妹妹，这些日子够辛苦了吧，还有——这就是英拉迪小弟弟了吧？快都进来吧，沈霏阿姨前天还念着要去看望你们呢！"陈燕玲热情地招呼着，沈霏当然能听出来，陈燕玲说的是菲律宾的当地话——几年下来，陈燕玲早已能流利地说当地方言了。

跨下马车之后，比罗把还拘缩在车上的那个男孩，搂在怀里，抱出车厢。一放到地上，这个孩子就更显得瘦小了。

大约在三个星期之前，鱼汛就要到来的时候，一个刮台风的早晨，比罗在自己的竹楼下，发现了这个男孩。那一天，风雨很大，小男孩浑身湿透了，瑟缩着躲在竹楼下的角落里，竹楼下层四周没有遮拦，风似乎随时都可以把这个瘦弱的男孩卷走。

这个小男孩就是"英拉迪"了。

比罗当然知道，这不是曼鲁渔村的孩子。但他问了好半天，这小男孩也说不出自己从哪里来，要上哪里去。比罗只问出了这个男孩叫"英拉迪"。比罗收留了他，后来，这事让陈燕玲知道了，便一再吩咐英蒂，要把英拉迪送到银杏街童学校来，银杏街童学校是云昭、燕玲他们为让一些年龄尚小的街童能接受到教育而创办的，目前有54名学生。他们就是这样善良，他们不忍看到、不忍听到任何一个漂泊在风雨中的流浪儿！还好，眼前，这个英拉迪已经在比罗家住了两个星期了，不是那天清晨，浑身湿透，畏缩在竹楼底下躲避风雨的英拉迪了。此时，他披着一件大人穿的衣裳，浑身上下，干干净净。

看到沈霏与陈燕玲正打量着英拉迪，英蒂抚着他的肩膀，把他往前推了推说：

"来，这就是我们常提到的燕玲妈妈，陈燕玲妈妈——这位是沈霏奶奶，刚从唐山过来的沈霏奶奶——唐山吗，就是中国，是另一个国家，你以后就会知道，中国，是我们菲律宾的好朋友——来，向她们问声好。"

英拉迪轻声地学着英蒂问了一声燕玲妈妈好，问了一声沈霏奶奶好。沈霏和陈燕玲先后俯下身来，各在英拉迪的额头上留下一个吻。

"英拉迪，孩子，从今往后，你就是我们这里的第五十五号学生了。"英蒂告诉英拉迪。

从少年时代起，英蒂就来林家帮手了。从王彬街那边的老地方，一直到现在这处新场所，一晃，十几年就过去了，现在，她已30岁出头了。对于林家，她是熟门熟路的，林家一直没有将她当外人，她实际上是林家的半个"内当家"，在林家，她掌管的家务事，要比陈燕玲多。

鱼汛刚刚结束，还像以往那样，比罗又给银杏学校的孩子们送来了许多海鲜，知道沈霏到来了，比罗特意挑了两只大海参，今天也带过来了。

英蒂带着几个大孩子，把马车上的海鲜抬进厨房去之后，揩着手走了过来。沈霏望着她看了又看，越看越觉得她跟当年的罗茜是那么相像！

沈霏是1947年就认识罗茜了，再后来回唐山后，她跟卢老师一起在溜滨区委工作，从溜石湾往清濛村是必须经过御桥村的。每一次路过，沈霏都要进林家小院看望那个同是南洋来到唐山的"番婆"罗茜，喝一口水，唠几句家常。对于番婆罗茜，沈霏怀有一份特殊的亲情！见到陈燕玲用盘子托着几杯咖啡走了过来，沈霏把他们招呼坐下了：

"比罗先生，英蒂小姐，都坐下来歇歇吧。"不等比罗开口，沈霏又说了下去，"这次来南洋之前，我又去了一趟静海寺，见到了罗茜，她现在是静海寺的住持了。"

英蒂问道："阿姨，住持是什么意思？"

"那，是佛门的一种职务。打个比方吧，就比如像我们这边教堂的神父——不，更应当是主教才是。"沈霏说着，掏出了一帧照片。那上面，是穿着佛门缦衣的罗茜——是静海寺的住持，广惠法师——那是沈霏特意叫了一都镇街上的摄影师上山去拍的。广惠的身后，是一尊高高的慈祥的观音菩萨。比罗把照片捧在手掌心，左看右看，禁不住老泪纵横了：

"英蒂，你好好看一看，这就是你姑妈了——哎，我这个妹妹啊——我爸爸去世那一天，一直放心不下的，就是罗茜啊……沈霏大姐，这帧照片，让我带回家吧……"

这时候，只见林子钟远远地从大门外走了过来，比罗看着大伙，放低声音说：

"子钟先生如果没有问起罗茜，问起照片的事，我们都别提起来……其实，我早就看出来了，对于罗茜的出家，再没有人会比他更加难过了。"

林子钟是从王彬街那边过来的。王彬街上那个朱林记老铺，他依然开着。上了年纪的人，对于过去的一切，都会怀有一种千丝万缕难以割舍的感情！那老铺依然是经营日杂食品一类的"菜仔店"。还像以往那样，店里主要经营的是比罗送过去的干鲜海货，或零售，或批发出去。虽然年纪已日渐大了，但只要手脚还能动弹，他会一直把店铺开下去；这个老铺，维系着他们林家与比罗一家几代人的情分啊！

第三章　姑表叔侄俩

/ 一 /

把沈霏安顿下来，一星期过去后，看到沈霏已把街童学校的工作衔接上了，林云昭便又要回唐山去了。泉州那个合资企业，是4月初开始投产的。当时，他参加了工厂的开工典礼。之后，他又在厂里住了一个多星期。因为南洋这边，同样离不了他，他又回来了。现在是5月中旬了，一个多月下来，林云昭记挂着那边的事务。这个企业，已洒下了他们8年的心血——他和燕玲8年的心血。这个事业，应当追溯到1982年春天——他们首次捐种银杏树的那一个春天。

临回唐山前夕，林云昭夫妇俩来到沈霏房间向她告别。林云昭是隔天大清早的班机，他必须在黎明时分赶到机场。林云昭说：

"沈霏阿姨，往后银杏街童学校的事情就多靠你了，你多作主。燕玲与英蒂，就当你的助手，包括我，你都将我们当晚辈吧。"

沈霏是个爽快人，尤其是对于林子钟一家两辈人，她说话做事，尽可以直来直往。接过林云昭的话，她当仁不让地说：

"从我承允来银杏学校之后，我就已经把这里当成自己的家了。把这里的事，当成我的事了。南洋这边，有我们几个人在，你尽可以放心，尤其是这些孩子，我都把他们当孙儿、孙女看哩！你瞧，一下子有了这么一大群！倒是你，别太劳累了，这不是你当年打篮球那么几十分钟的拼搏就下场了。这是持久的打拼呢！"

沈霏像一个慈祥的母亲，怜爱地望着已过了40岁的林云昭。对于林云昭像在球场上奋勇前进那样地为事业拼搏，那近似玩命地拼搏，她又佩服他，又心疼他。

林云昭说："沈霏阿姨，我会注意休息的。其实，也没什么，我体质好，还年轻。倒是您，让我们把您请到南洋来，受累了，往后的事情，您多指点，让燕玲、英蒂去做就是了——回唐山前，我还有件事，要跟您商量，这次回去，我想在董事会上提议，让我那表叔朱省身到合资公司来，您看合适吗？"

沈霏略一沉思答道:"我看,也没有什么不行的,说实话。你那表叔,也不适合当官。但这事也要他本人同意,还要在董事会上通过。毕竟是合资企业,不要被其他人说是任人唯亲。"

关于朱省身不久前出的事,林云昭在唐山那边只听了个大概。那时候,他确实太忙了,常常连吃饭睡觉都顾不上,沈霏也没有把那件事的个中细节告诉过他。

/ 二 /

第二天,飞机抵达厦门机场,出了海关以后,还刚刚是上午9点整。林云昭没有回泉州南门外。他知道,御桥村塔山坡上那处林家小院,已经上锁了:他的两个母亲,一个长年在台北。一个8年前已在永春静海寺出家了——那是他的罗茜妈妈。林云昭是去年秋天采摘银杏叶的时候去的银杏镇,离今已经过去半年多了。这半年多时间里,林云昭虽然几次回唐山,但都挤不出时间上银杏镇去。这次的董事会,是明天开的,还有一天的时间,他必须上一趟银杏镇,这是与陈燕玲与沈霏说好了的。

林云昭在机场上找了一辆出租车,直接就上银杏镇去了。这次上山,林云昭给罗茜妈妈带的仍然是那老三样:劈去了棕壳的椰子、芒果干、咖啡粉。椰子是长在曼鲁渔村的椰子树上采下来的,芒果干是种在曼鲁渔村的芒果树上采下来烘晒的,咖啡粉也是比罗舅舅亲手用曼鲁渔村出产的咖啡豆炒制磨出来的。这些地道的曼鲁渔村的家乡味,是林子钟亲手从曼鲁渔村提过来交给儿子的……

……多年前,陈燕玲来到南洋不久,有一次一家人说话之间,她偶然说起了,还在泉州师范上学时,罗茜妈妈提到椰子的事,她满城里找了一遍,却没能给罗茜妈妈买回去一颗椰子——儿媳妇无意间谈到的这桩事,却让林子钟感到酸楚!他深知:那是罗茜对于久违了的故园的怀恋;对于久违了的亲人的怀恋;对于失去了的少女时代的怀恋——而这一切,都缘于他林子钟啊!

自从1982年他们那一次带着鲜椰子被海关扣下之后,林子钟想起了一个方法:把椰子鲜绿的厚棕壳劈去后,不就可以带过"关"了吗?

——人老了,总会多想出一些点子来。

这以后多年中,每当林云昭要回唐山了,林子钟都要提前抽出身来,到曼鲁村去,精心把这三种东西备齐了,赶在儿子去往唐山的前一天,细心地装进他的行李包里——"别告诉她,这些是我备办让你带的。"——几乎是每一次,他都会躲开儿子的目光这样吩咐着,多年来,每次都这样,儿子也每次都照着办了,他不明白父亲为什么要这样吩咐——他怎能知道父亲的苦衷啊!他与陈燕玲只知道:他们的罗茜妈妈一定会品出故乡的味道!可惜,曼鲁渔村的海鲜干货是不能带了——罗茜妈妈早已是出家人了!

200多公里的路程,出租车走了三四个小时。时间大多花在出了永春县城,往一都方向的,那些曲折蜿蜒的盘山公路上。他们出了永春城关之后,在路上,只停车吃了午饭,给车加满了油。到达银杏镇之时,已是下午1点半了。

这时已近了端午节,这是一年中,永春一都山区最美好的季节。黄梅雨季已经过去,满山遍野姹紫嫣红的鲜花,被没完没了的,刚过去了几天的,那一场又一场的,或大或小的雨水浇开了。每年的这种雨,因为浇开了满山遍野的春色,所以被称为春雨。

儿子又上山来了;儿子又到静海寺来了;儿子又张开口叫她"妈妈"了!

广惠师父听得一清二楚——儿子那一声亘古不变的深情的呼唤,像以往那样,又让静海寺的住持广惠师父深深地颤怵了一番!她没有阻止林云昭这样的呼唤——她不忍心,她怕伤了儿子的心。

——她没有称呼林云昭为"施主"——她不忍心,她怕伤了林云昭的心!

——谁说出家人就六根清净了呢?

他们只是把那种世俗的爱掩埋得非常深沉罢了——能掩埋在哪里呢——说到底,只能是掩埋在心里!除此之外,又能掩埋在哪里呢?

那种掩埋在心灵深处的爱,是更加的沉重啊!

这个爱了一生,善良了一生的女人——从当年的少女"罗茜妈妈",到如今年迈的"广惠师父",到"广惠住持"——这个女人,从没有伤害过任何一个人;从不忍伤害任何一个人。

……在林云昭还不到两岁的时候,他人生中学说的第一句话,就是"妈妈"——那是对着罗茜叫出来的——当时她还只是一个18岁的异国少女呢。

……她把他抱在怀里——婴孩时代的恋母情结,让林云昭常常要扯开罗茜的胸襟,吸吮母亲的乳汁——这是人世间最为原始,最为神圣,最为高尚,最不容亵渎的一种情感啊!

……当年儿子不到两岁,如今,林云昭——该是43岁了!而罗茜呢,已出家8年了……

"云昭,昭儿,你过来,坐到……跟前来。"为了不伤云昭的心,"广惠住持"今天必须做回"罗茜"来!她把云昭招呼过来,"云昭,昭儿,妈没有记错的话,你与燕玲儿都已结婚整整8年了,是该有一个孩子了,可是,你们为什么至今还没有?"

"妈妈,我答应你,我们,我和燕玲一定会尽快……"

"还有,听说,'还魂再生丸',木村施主他们那边把这个项目放弃了,多令人痛惜啊!昭儿,他们不做,你自己做,我们做,那真正是造福世间的好药!法莲师父健在的时候,传教过我秘制的方法,云昭,这个方子不能失传。"

"妈,我听您的话,银杏叶加工的项目稳定下来之后,我们中国自己做,厂子那边,都划好了生产'还魂再生丸'的空地。"

母子俩说话之间,有一小尼走了过来:

"师父,莲子汤已经做好了。"

罗茜说:"昭儿,招呼那位车师傅施主过来一齐用吧。莲子是去年秋天从静海湖上采下来的。"

吃过了莲子汤,林云昭就要上路了。他要上鲁山去,看望他的岳父母,还要去陈文东老师坟上烧香化纸。今年清明节那会儿,他没来得及上鲁山陈老师坟上,心里说什么也放不下来。

罗茜把他们送到寺外,问道:"椰子、咖啡、芒果干,你给鲁山那边带上一份没有——好,带着就好——你再稍等一会儿,我让小尼摘几枝莲蕾,你带上,带回南洋给燕玲,刚含苞不久,养在水里,十天半月枯不了,还会开花呢。"

将近端午节的静海湖上,已是一片翠绿,生机勃勃的湖面上,满目的莲荷长得正旺,亭亭玉立的莲杆上已结出了莲花骨朵,一朵朵,含情脉脉地,伫立在湖面上。

接过小尼送过来的一捧荷花蕾,林云昭跨进了车内:

"妈,从鲁山下来之后,我就不来寺里了,我们要连夜赶回泉州去。"

广惠住持双手合十,喃喃说道:

"……一路上多保重了。"

/ 三 /

上一次回来,从银杏镇到鲁山村,还是一条窄窄的机耕路,勉强能开过去小型的手扶拖拉机。而回溯到更早的年代,那就更只是一弯连着一弯的羊肠小道了……

那时候，从泉州到鲁山村插队，作为知青的林云昭，是陈文东老师到一都车站接他上山的……

林云昭记住了路上的那三棵树，是三棵高大的植成三角形的银杏树——那一天，陈文东老师他们把憋了一路的那泡尿，带到那里，浇在了三棵树下，林云昭也学着那样做了……

……刚到 5 月上旬，没有太亮的月光，但新月朦胧的光，还是照见了前面路旁的三棵银杏树。

冬季里拓宽这条路的时候，路面是往靠山的那边，也就是傍着三棵银杏树的山坡那边开挖进去的。但鲁山人不忍移动这三棵树——更别说是砍了它们——那是山里人的一种怀念；怀念陈文东老师——在大伐树的岁月里，陈文东老师保下了这三棵树！因而，在这里，路基是往树的对面，山崖的这一边拓宽出去的。山民们硬是用巨大的石块，从崖底垒了上来，垒到了路面，垒成了一个半圆形的平台。夯实了，成了路，既通了车，也护住了三棵树……

朦胧的月光下，林云昭认出了这三棵树，他怎能忘记？

他叫司机停车，他还像当年一样，把一泡尿，浇在了树荫下，同时，他把司机招呼出来，也在树下小解了。

在鲁山上，林云昭为陈文东老师上过了坟，又见了一遍乡亲们，而后，吃过晚饭，天已经完全黑下来了。

鲁山村通到山下的盘山路，九转十八弯，是去冬才修成的，路窄坡多，只能通小型拖拉机、小轿车，林云昭说：

"这位小兄弟，出山去的车，我来开吧，我路况熟，你辛苦一天了，歇一歇吧。"年轻的车师傅不放心地望着林云昭问道：

"能行吗？"

"没问题，我在南洋拿的是大客车执照。"为了证明自己的话，林云昭掏出夹在随身护照本里的驾驶证递了过去。车师傅看过了说：

"先生，你高我两个级别呢，我持的只是 6 座以下的小车执照。"说着，把驾驶座让了出来，打开车门，坐到后排座上去了，"那就辛苦您大哥了，开累了，您随时叫我。"

"好吧，你放心休息吧。"

今天上山来的 200 多公里路，让年轻司机的神经绷紧了一路！他从业不久，第一次走这样远的山路！现在，他坐在后排座上，看着林云昭四平八稳地开了好长一段路，心平气定地拐了几个急转的下坡弯之后，他便一下子松懈下来了。接着，眼前逐渐模糊起来，鼾声便响开了。

林云昭到了南洋后不久，就学会了开车。银杏公司的洗涤产品销路打开之后，为了节省成本，联系客户，他买过一部价位很低，而且已经是很老旧了的二手中型货车，自己四处送货。像在篮球场上，打球就要打出好样子来那样，开车也要开出好样子来。几年之间，他就考取了这个行当的顶级执照——大客车驾照。他是今天黎明前，4 点多钟就赶到了马尼拉机场的，劳累了一天，他也有些困了。但听到年轻司机香甜的呼噜声，他不忍叫醒他来替换。他自己也经历过 20 来岁的这个贪睡的年龄……那时候，在南洋，由于过度疲劳，他不止一次在吃午饭的时候，吃着吃着，就一头扎在汤盘上睡去了！

——那是在银杏公司初创的最为艰难的时候……

……年轻的的士司机，也不知道自己在车上已睡了多久。那种蜿蜿蜒蜒的山路，坐在车上，是特别催人入眠的，而且一入了眠，便会睡得很深。

林云昭确实不忍叫醒那个年轻的车师傅，他知道干这一行是很累人的。但这时，他不得不叫醒他了——因为车已开到终点了——他今晚就要下榻的泉州华侨饭店。

此时是子夜 12 点整。

/ 四 /

公司的董事会定在第二天下午召开。

那一天上午，林云昭就上门找到他的表叔朱省身那里了。他要说的，当然是想让朱省身到合资企业来的事。

朱省身被免去了副局长的职位之后，到第三天，就被通知搬出了副局长办公室。第 4 天，有另外一个人坐到了他那张办公桌后面接任来了。也同是在第 4 天，他同时兼挂着的桐江中外合资制药有限公司副总经理的职务也免去了。

距他出事的时间，已过去好几个月了，朱省身显然还没有从那个事件的阴影中解脱出来。

听到表侄说明来意之后，朱省身几乎是没有思考就婉拒了：

"云昭啊，我正在申请调动，回到学校去干老本行，我想，我还是干那一行合适。还好，经贸局目前正是个热门单位，眼下，很多人都想进来。我想，我的工作调动申请报告，会很快地批下来的。"

听到表叔这么回答，林云昭也不再多说了。他撇开了这个话题，问起姑舅婆林仁玉来。朱省身说：

"老人家身体硬朗着呢——云昭，有件事，我正想告诉你，前一阵子，有人给我介绍了个对象，是二婚的，中学里的教师，前夫病逝了，她拖带着个两三岁的女孩。"

"你和姑舅婆都看过了，都同意了？"

"老人家当然同意，是她托人说合的，人嘛，我们俩接触了几次，蛮不错的。她比我年轻了10岁。"

林云昭说："如此说来，今年该是和燕玲差不多的年纪。这种事，最重要的是不能勉强，双方处得来。"

"也算是一种缘分吧——她带的那女孩，也招人喜欢，见了老人家的面，还奶奶地叫开了。那女人，我看，也很——本分的，我告诉了她我犯下的那桩事；我告诉她我不再是副局长了，她跟你姑舅婆一个性子，对于当官不当官这种事，她很豁达，看得很淡。"

林云昭说："这就好了，人嘛，不管男人女人，最要命的就是势利眼——那就赶紧把事情定下来吧，哪一天把日子看定了，要办喜事了，我和我爸，还有燕玲，一定回唐山来！"

第四章　沈霏说媒

/ 一 /

……1990年正月初八，沈霏带着赵光辉去了永定土楼。由于大家都牵挂着赵小红的事，尤其是赵光辉与曾文玉，更几乎是坐卧不安。所以，他们只在卢老师那里住了两个晚上，就又赶回泉州来了。

那一天，是沈霏带着曾文玉、赵光辉两人去看守所见赵小红的。那一天，同往的还有曾文宝——赵小红可是他们曾家的血脉亲缘啊，他能不去！

虽然是杀人犯，但那一天，出现在这几个长辈面前的赵小红，破例没有被戴上手铐。

……从会见室外那条长长的通道走来，远远地，曾文玉眯起了老眼，他看到的是当年胶莱平原赵家堡的那个张香英！

他知道，这就是赵小红了——这就是他的孙女赵小红了！赵小红走到跟前来了……近近的，曾文玉看清了，这个女孩，不似在囚室里关了几个月的人那样蓬头垢面，穿着邋遢。她衣着整齐干净，头发梳得一丝不苟。再一细看，不对了，她的面容怎么那样憔悴呢？她脸上分明带着一股哀怨，一种无奈。还有，她的眼神有点迷茫……

这又让曾文玉想起来了，他的这个孙女是个囚犯；是个杀人犯！他不禁打了一个寒战，心里一阵绞痛……

……而赵光辉呢，他正微微张开了嘴，让自己胸腔里的粗气进出得顺畅一些。他还没来得及向曾文玉向沈霏介绍他的这位犯案的孙女，却先听到了赵小红那声不低的呼唤：

"爷爷，你终于来了！"随着这声呼唤而迸发出来的，是这个女孩的满怀屈辱不平的哭声。

"闺女，咱们不哭……咱们今天谁也不哭……你的爷爷，你台湾的那位亲爷爷，看你来了……"赵光辉哆哆嗦嗦地嘴里说着"不哭"，自己却也老泪纵横了——那是一种无声的哭——一年多不见，孙女是又长高了许多，却瘦下去了许多！

沈霏呢，她和曾文玉一样，也是第一次见到赵小红——"多么清纯俊俏的一个女孩啊！"——她在心里惊叹着——她没有哭，她哭在心里；她也没有流泪，她流在心里。她掏出自己的手绢，揩去赵小红眼窝里的泪水：

"小红，好孩子，听爷爷的话，咱们今天不哭——叫一声爷爷吧，这是你在台湾的那位爷爷啊！"沈霏把怔在一旁的曾文玉推上前去……

……"台湾爷爷"的事，赵小红早就从爸妈那里；从山东的奶奶那里听说过了，没有想到这就站在脸前！如果没有因了她犯案的事，她恐怕永生永世也不会见到这位"台湾爷爷"了……

……早在1988年秋天，曾文玉第一次从台湾回唐山赵家堡的时候，就已把张家小院；把一家人托付给赵光辉了。既然托付了，他就不能拖泥带水；既然已解脱了一家人，他就不能再让一家人"陷"进去；既然如此，他就不能再见"张家"的任何人——如今是"赵家"了——包括赵光辉、张香英，包括赵承红夫妇，也包括眼前这个赵小红……

……但阴差阳错，就在大前天，他又见到了赵光辉；不仅是见到了赵光辉，而且，此时此刻，他还见到了赵小红……

既然见到了赵小红，他能对着赵小红那亲情的呼唤，无动于衷吗？

——那是一种生发于血缘的呼唤；一种生发于骨肉之情的呼唤——这种呼唤，在他离开故土，离开张家小院——40多年后，他从海的那畔，从台湾那边，绕了一个大弯，终于寻到张家小院的时候——他不是冲着这种亲情的呼唤而来的吗？

1988年的那一个秋天，在张家小院，你没能见到你的儿子儿媳；没能见到你的孙女，你能说你就没有一点遗憾吗？

不，不不，那绝不是真心话！

……而如今，你期盼中，你想象中的那种呼唤，就近在咫尺，近在耳旁——你能对这种呼唤听而不闻，闻而无动于衷吗？

不啊，不啊，经历过太多生死的，当过兵的曾文玉啊，你也是个人啊！

赵小红的那一声亲情的呼唤，是那样的令你震心动魄：

——"爷爷！"

/ 二 /

曾文宝、曾文玉兄弟，他们不能等到赵小红二次开庭审判的那一天。因为元宵节马上就到了，过了元宵节，他们的通行证就到期了。他们必须在正月十六的下午，离开泉州，还是绕道东京，回到台湾！

从山东来到泉州的这几天，赵光辉都住在曾家大厝，盛情邀他入住的，除了曾家兄弟外，柳月娇的那份盛情绝不亚于兄弟俩！她一直没能见得着自己的亲弟妹张香英，但却见着了这几十年来，代替小叔仔，代替曾家看顾着张香英一家的赵光辉。她看到这个看顾了弟妹一家子几十年的男人，是个厚道的山东老汉，她放心了。

元宵节这一天傍晚，卢白莹赶到御桥村曾家大厝来了。他们已事先约好，在元宵节这一天，在曾家大厝会合，隔天前往厦门，乘飞机离开大陆。

第二天上午，沈霏早早就从清濛村那边过来了，除了来送行之外，她还肩负着卢老师的重托。

看着曾家兄弟已打整好行李，沈霏也不避着赵光辉在场，就那样开门见山地把事情挑明了。她先朝着曾文宝夫妇说：

"文宝、月娇，都说长兄如父，长嫂如母，这话不指年龄大小，哪怕七老八十也管用吧？"然后，就对着大伙把话说了下去，"这次离开土楼之时，卢老师是要我当这个媒的。曾文宝，你是亲耳听到了，是吧？"

"这个沈霏！"——曾文宝没想到，她就这么干脆直接地把"那件事"挑出来了，他连声答道："是啊是啊，文玉啊，这件事我和你嫂说过了，是打算回台湾那边后再慢慢对你说的。"

沈霏说："这事就不用等到回台湾再说了，难得今天人能到得这么齐整，其他的事，暂时放到一边去。现在只谈这件事，"沈霏先看定了卢白莹，"这是你的事，"又转过眼去，看定了曾文玉，"也是你的事。"她顿了一下，又继续说了下去："卢老师托的是曾文宝撮合曾文玉，我呢，撮合卢白莹。今天，在这里，我就两副担子一肩挑了——两边撮合。白莹啊，卢老师不忍心，你往后的日子，还自己一个人孤零零地在台湾那边过。文玉呢，也是同一个理——是吧，月娇妹子？都说是少年夫妻老来伴，文玉、白莹，你们俩，都错过了青春，都到了这把年纪了，是该有个伴了，日出日落，早晚身边得有个嘘寒问暖的人，是不是？这事是不能含糊的，不能勉强，但得留心留意，不能再耽误下去了——好了，这事，今天就先说到这里打住了。白莹、文玉，你俩呢，今天也别急着点头说行，也别急着摇头说不，就把这事揣在心里带回台湾去，细细想想。"

"这个沈霏！"这回轮到曾文玉心里一声咯噔了！这个老行伍，长年待在部队里，当兵的人，心也像枪膛一样直，但是他也没有想到，这个沈霏会这样直白地就把这事说了出来！他是男人，可以不介意，可人家白莹呢——他不动声色地瞄了白莹一眼，只见她那张白净的脸上一片绯红！

响午的时候，他们包了一辆的士，沈霏陪着他们去了厦门，把他们送上飞机。

第五章　打胎草

/ 一 /

1990年的时候，银杏牌系列洗涤品不仅在王彬街上，而且已经在中吕宋岛、北吕宋岛的许多商店里上架了。产品在华人社会市场的销路日益扩大，尤其是洗车剂。当初为了打开它的销路，林云昭、陈燕玲夫妇俩见天轮流上街，带着银杏街童中那些大一点的孩子们，每天守在大路口，为过往的轿车免费洗涤。那些大孩子们，轮流提着洗涤剂、小水桶，随在林云昭、陈燕玲身后，一天只跟班两个小时，上午一茬人，下午一茬人。夫妇俩怕累了孩子们。而他们自己呢，却是每天12个小时地在街上奔忙。晴天的日子热带如火的太阳烤晒着他们；落雨的时候，鞭子似的雨水抽打着他们！

他们的产品去污力强，又不伤车漆，加上夫妻俩那种几近亡命的推销，顾客便渐渐地多了起来。接下来，通过李东泉遗孀颜漱夫人的推荐，马尼拉许多华人经营的加油站都摆上了这种洗车剂，最先是他们免费提供产品，加油站提供免费洗车服务。

这样呢，提供免费洗车服务的加油站，生意日渐火了。按照开始时的口头约定，银杏厂免费提供一个月的产品给加油站试用。那一个月，对于银杏厂的老板林云昭、陈燕玲夫妻俩来说，是又喜又愁的一个月！喜的是那些加油站的要货量一天比一天暴增，这说明愈来愈多的人接受了银杏牌泡沫洗车剂，销路打开了！愁的还是加油站的要货量一天天暴增，那些试用品都是需要成本的啊！原料、包装、人工费用、水电费……这些都是需要钱的啊！他们是刚刚起步不久的小本生意小企业啊！万幸的是，林家几代人的信用，在马尼拉生意场上，是有口皆碑的。在那一个月里的最后一个星期，林家已经无力购买化工原料继续生产了！但在这节骨眼儿上，两个华人化工原料供应商，知道了银杏公司的艰难处境与他们产品的前景之后，主动提出了原料向他们赊账一个月。这无异是大旱时节的一场及时雨！有了这一个月赊账原料打底，林子钟、林云昭、陈燕玲一家人挺过来了；银杏公司挺过来了！

接下来，他们的事业，几乎是全面铺开了：一方面是洗涤剂系列产品要扩大生产，一方面是银杏街童收容学校也要发展。生产这一方面的事，林子钟一家人可以从容解决，他们可以从长大了的街童学生中培养管理人员。可是街童收容学校这一边，要另多找人参与管理，却不是件容易的事。在之前，学校主要是陈燕玲管的，她是师范学校毕业的，是做这一行的不二人选。几年来，对于学校那一茬茬孩子，陈燕玲是既当教师又当母亲的，她有那么多的街童儿女！

……从1982年结婚到现在，整整8年了，为了事业，陈燕玲一直没敢要自己的孩子！但是他们收容的街童，在1984年最多的时候，大小孩子竟有100来人！几年过去，那一茬学生都已长大成人，有的在外面找到工作走了，有的就留在银杏公司就业。

以后几年，菲律宾华人社会创办流浪街童收容机构的团体或个人，日渐多了起来，银杏街童学校的压力减轻了。然而，在沈霏到来的时候，学校里还有五十来个孩子。

来了沈霏这么一个得力的长辈，陈燕玲肩上的担子却没有减轻下来——银杏公司的业务，不仅在菲律宾迅速扩展，而且，还回到唐山投资去了，她的担子能轻得下来吗？

到了菲律宾之后，陈燕玲就成了一个每天必须奋斗着的女人了！这样的女人，是不敢轻易想要生育自己的儿女的——要找一个合适的人帮忙，是真够难啊！她必须全身心地扑在事业上！

沈霏的到来，又是如同来了一场及时雨！

/ 二 /

这一天，林子钟、林云昭、陈燕玲三个人陪着沈霏，来到了街童学校。上课钟敲响的时候，林家三口人簇拥着沈霏走进了宽敞的教室，走上了讲台。陈燕玲把沈霏介绍给学生们：

"孩子们，我好几次向大家提到的沈霏妈妈，今天终于来了，沈霏妈妈是我称呼她的，你们不是一向都称呼我是陈妈妈、燕玲妈妈吗？现在我提议，你们今后就称她为沈霏奶奶，好吧？——当然，在课堂上还是要称呼沈霏老师的，下了课就称呼沈霏奶奶，好不好？"

"好！沈霏老师好！沈霏奶奶好！"没有人指挥，孩子们齐刷刷地站了起来，朝着讲台上的沈霏鞠了一躬。

沈霏知道，台下的这些孩子，全都是来自马尼拉街头，他们是从菲律宾的各个岛屿上流浪过来的街童。可是，她却几乎没有从这些年龄参差不齐的孩子身上，发现一点流浪儿的痕迹！

这些在热带太阳下生长起来的孩子，他们大都有一张浅褐色的小脸蛋。这一张张浅褐色的小脸蛋上，都有一双善良的、美丽的重眼皮眼睛。

在菲律宾这个国度是不允许人们节育的。走在菲律宾城市或农村的道路上，你不时可以看到一些未脱稚气的年轻妈妈，前胸背着一个孩子，后背也背着一个孩子，右手拉着一个孩子，左手拉着的也是一个孩子，肚子里，还怀着一个未出来的孩子。

许多家庭、许多夫妇，都会有许多儿女，尤其是在乡下。在那些贫困的农家或渔家，许多这样的孩子，在他们10来岁，甚至七八岁的时候，就离开了父母，离开了家庭，走向城镇，在那里四处流浪。

菲律宾没有冬天，一年四季都是夏天。千岛之国的菲律宾，几乎每个角落都吹拂着从大洋上刮来的温暖的风，因而，这个国家差不多没有蚊子这些讨厌的吸血虫。

这些流浪儿，白日里四处漂泊，到了夜间，他们可以从容地随意地就在城市里哪个商家的骑楼下过夜。善良的主人，从来没有想过要驱赶他们，他们也很自觉，往往在店铺开张之前，就离开了，开始了新一天的流浪。而且也不用担心，他们会在哪里随便小便什么的。如果是下大雨的日子，他们就会干脆住进桥洞里。

菲律宾的大小城市，流浪儿随处可见，因而，他们大多都被称为街童。不用去偏远的地方，只要我们造访马尼拉，在清晨，天晴的日子，当城市还没有完全醒来，走在马尼拉的街市上，你常常会发现，就在马路旁的草地里，或花坛上，有昨晚在这里过夜的，一个或是一群，还没有醒来的街童。这是马尼拉的一道风景。

然而，这毕竟是一种不幸。那些街童们，如果任其流浪，他们便大都没有一技之长，更别提什么文化学识了。而且，他们犯罪的概率，要比其他阶层的人高得多，他们之间，时常会产生惯偷、雏妓、吸毒者，等等。

菲律宾的街童现象，是一种普遍的社会难题。

长年以来，菲律宾的华人团体或个人，不乏对社会怀着责任心的那么一些人。他们把收养教育街童当成一种责任一种职业。无疑地，林云昭夫妇就是这样的人。林家开始这种事业，最先是由陈燕玲提出来的，这个从永春深山里那种善良的地方走出来的善良女人，她把她的善良本性带到了南洋，带进了异国。

她不忍对这些在热带太阳下风雨中四处流浪的街童视而不见。她一提了个头，林云昭与他的老爸林子钟几乎不假思索，就把这件事情答应下来了。几年来，他们收养了一茬又一茬的街童，又送走了一茬又一茬长大了，走出校门，去谋生的街童。1990年，沈霏来到银杏街童学校时，这里还有50来个孩子。他们从七八岁到十四五岁，个子也参差不齐。可是在这里，沈霏却看不到些许杂乱无章的现象。沈霏明白，要把这么多街童教育成眼前这些学生，林子钟一家，特别是陈燕玲付出了多少心血！

想到这一层，沈霏突然想起了另外一件事：陈燕玲怎么至今还没有自己的儿女！她可是与林云昭在1982年就结了婚的啊……

/三/

有一个夜晚，林家三人把沈霏送进她的房间，就要离去时，沈霏叫住了陈燕玲：

"燕玲，你能不能留下来陪我再谈一些事？"

"那好吧，老爸，云昭，你们先回去休息吧，我陪沈霏阿姨再坐一会儿。"

沈霏是那种直肠直肚的人，看到林子钟父子离去之后，便开门见山地问了起来：

"燕玲，告诉我，你们，你收养了这么多街童，可是我，却一直没有发现你们自己的儿女？我指的是你亲生的。如果我没有记错的话，你与云昭，是已结婚整整8年了，是吧？"

没有想到沈霏会提出这个问题！陈燕玲怔在那里了，随后，沈霏看到她埋下了头，上牙咬紧下唇，久久地沉默了……

"燕玲，燕玲，看着阿姨的眼睛，告诉阿姨到底是怎么回事？你一定要告诉阿姨。"

……终于，沈霏看到陈燕玲慢慢又将头抬了起来。

灯光很亮，而且是从上而下直照过来的。此刻，沈霏更能清楚地看到，陈燕玲眉角的那些细纹。而且，她发际下的额头上，居然也早早地出现了抬头纹……

……当年，在泉州，陈燕玲还在师范学校上学的时候，沈霏就见过这个来自永春大山里的女孩了。

……永春银杏镇山区，是个山清水秀的地方，那里自古就是出美女的地方。

一方的山一方的水，养出了一个水灵灵、粉嫩嫩的陈燕玲！哎，可如今……

沈霏紧追着问，她不容陈燕玲沉默下去：

"燕玲，告诉阿姨，是怎么回事？"

终于听到陈燕玲开口了：

"我……是怀过孕的……但怀的不是时候，那时候，正是，我们最困难的时候……洗涤产品的销路还没有打开，街童收容学校又刚建起来不久……我一要孩子，就会被缠住了，腾不出手来了。不仅许多事只能靠云昭一个人扛了……而且，我还会拖累了他……我不敢要这个孩子……我找了几个医生，想流产。可是，你是知道的，在菲律宾，法律是不容许人工流产的……医生，那会被吊销行医执照，甚至会被判刑的，没有人敢冒这个险……还好，那时，我记起了我们银杏镇老家那边，山里长着一种打胎草，我在菲律宾这边，居然也找到了那种草！我瞒着云昭，自作主张熬了那草药喝了……孩子就那样没了，可从那以后……至今，我再也没有怀上……"

她这样说着，先是颤抖着，接着是哽咽着，最后是哭开了。

"……你好糊涂啊。"沈霏心里叫了一声，但她不忍心将这话说出来。

她明白，有些事，在旁人看来，近似荒唐，可在当事人看来，却并不荒唐，而且必须那样做；而且，只能那样做！

"当那些困难过去之后，为什么你没有再找医生？"

"找过了，不止一个，但都没有效果，后来我也懒得再去找了，一拖，直到现在……"

"这中草药，有时真是神奇啊——那真是一物降一物呢……"沈霏略一思索，继续说道："燕玲，你说的那种草，我知道，我在永春银杏镇住过很长一段时间。我还知道，用过了这种草之后，想要再有孩子，还得服下另一种草药……"

第六章　阿悦山啊，阿悦山

/ 一 /

回到南洋，进入银杏街童学校，一种崭新的生活，在沈霏面前铺开了。

那逝去了的岁月——她的整个青春时代，她的中年时代，直到进入老年时代，她都是独身度过的。然而，在那些年头里，她并未感到孤单。在菲律宾，在唐山，在战火中出生入死的艰苦斗争中，她没有孤独过。后来，新中国如火如荼的建设事业——几十年的岁月里，她都不是旁观者，她义无反顾地投身其中……那一切，构成了她波澜壮阔、多姿多彩的人生。

如今，她年老了，她一下子有了这么多称她为奶奶的孙儿、孙女！这个已经上了年纪，孤身独处了几十年的女人，又焕发出了青春！

她没有上过师范学校，没有受过专业的教育工作培训，但她如同一个天才的教育家。这首先是因了她始终怀着一种爱，这种爱构成了她的生命，伴随了她一生一世。她年老了，青春时代那种被称为爱情的"爱"，随着沈尔齐的战死，早已不复存在。如今，一种更广阔、更深沉的爱，代替了爱情的爱，那是一种什么爱？是否可以视为是一种母爱？那是一种并非生发于骨肉亲缘的"爱"，因而更加深沉宽广，更加神圣高尚了。这种爱，她不是到了菲律宾；到了银杏街童学校之后才生发的。不是的，在中国时，多年之中，她只给自己留下一口吃的外，几乎把所有的离休金全部捐助了银杏镇上那些家境困难的学生，那不也是一种母爱？如今，这种母爱，在她进入暮年的时候，她将之延续到菲律宾来了——这个爱了一生的女人啊！

还像以往那样，沈霏到来之后，菲律宾马尼拉银杏街童学校，仍然不断地收容进来新的街童。因为是"奶奶"，每一次有新的"孙儿""孙女"到来，沈霏的第一项工作就是牵着他或她的手，将他们带进冲浴室里，把他们因长时间的流浪，而裹在身上的那厚厚的一层污垢剥洗下来——银杏牌沐浴露是自家生产的，她尽可以放手用，那些被热带的阳光晒成褐色或棕色的孩子，经沈霏奶奶的手一洗浴，就变成如同含苞的鲜润的花骨朵了。然后，沈霏奶奶会推着他或她：

"去，找你们的燕玲妈妈去，找一套合身的新衣裳去。"

/ 二 /

转眼之间，沈霏到银杏街童学校已经整整三个学期了。4月初，学校放暑假了。四季如夏的热带国家菲律宾，每年4月到6月，是夏天中的夏天，是一年中最炎热的季节。菲律宾的大小学校，都是在4月至6月之间放暑假。

暑假到来的时候，红奚礼示立人学校那边捎来话：他们那边有一批图书要赠送给银杏街童学校，让这边去人挑选。这件差事，沈霏当仁不让地揽了过来。一来，她对红奚礼示、对立人学校是熟门熟道路；二来，去红奚礼示的路上，是要经过阿悦山的。"二战"中，马尼拉沦陷期间，她曾经随着菲华支队去了阿悦山——那上面，留有她青春时代的脚印，她曾经在那里战斗过。这一次去红奚礼示，她想到必须上一趟阿悦山。尽管她已意料到，40多年后，已到老迈之年，重上阿悦山，必将勾起浓烈的惆怅——就如同她重游王彬街。

阿悦山，是一座景色绮丽、草木葳蕤的大山脉——那里应当是可以寻找到"另一种草药"的，那是一年前，她对陈燕玲提到的。这段时间以来，沈霏一直在留意着那"另一种草药"，可是至今没有发现。现在，为了这种草药，她竟一下子火急火燎起来，觉得这件事不能再拖下去了！所以，这一趟去红奚礼示立人学校的差事，必须是她！

/ 三 /

作为菲律宾首都的马尼拉，是一座很独特的城市。在它的街市上，除了行驶着各式各样的大小汽车之外，还悠悠然然地穿行着各种马车。这是一种客货两运的马车，它不仅穿行于马尼拉的街市，而且也根据客人的需要，可以驶出市区，到菲律宾的南北各地去——城镇或乡村。

这一趟几十公里的红奚礼示之行，沈霏选择了乘坐马车前去。马尼拉市区没有专用的马车道，它可以混行于各种车辆中，穿插的士，穿插在奔驰、宝马、丰田……各种车辆中。所以，在市区中，它的前进速度不亚于任何机动车。而一出了城区，这种马车就更可以飞驰起来了。沈霏选中它，是看中了它在路上没有固定的停靠点；看中了它可以完全按照客人的需要，随叫随停的那种方便。

……沈霏是在老城区王彬街口上的马车，当时车上只有她一个客人。到了马尼拉区域的时候，车上陆续上来了几个客人，把车厢坐满了。

出了城区，路面豁然开阔。车老板一抽鞭子，马车一下子提速了，飞跑起来。

将近两个小时之后，前面的地平线上，已经可以看到一座山的轮廓了！那座山的山体是浑圆的，就如同半个巨大无比的球体倒扣在地平线上。阿悦山不是那种突兀而起的高山峻岭，从远处看，它那半球型的山体，线条非常柔和。

马车还在很远的地方，沈霏就认出来了，那就是阿悦山了！

近了，近了，阿悦山近了！

在一个岔路口，沈霏叫停了马车。

这是通向阿悦山的小道与公路的交叉口。从这个交叉口走进去，向前走近千步，便是亲爱的，久违了的阿悦山了！

……一个人，当他年纪大了的时候，总是渴望能再见到曾经相处过的久违了的故人——童年时代的或是青少年时代的；总是渴望着能再回到曾经生活过的久违了的故地——童少年时代的或是青少年时代的。但是，一旦真正进入了老暮之年，却往往地，不忍再回首面对过去的故人或故地了——童年时代的抑或是青少年时代的——那往往会催人产生一种莫名的悲郁。

这种悲郁，沈霏在40年后又重返菲律宾——从飞机降落，她的双脚接触到菲律宾大地的那一刻起，这种莫名的悲郁就从心底升腾起来了。她原计划在马尼拉的老城区王彬街住上一个星期。可实际是，她只在那里走了4天，就受不了那种沉重的悲郁了！

……现在，她登上了阿悦山，那种悲郁感也紧随着她上山来了。

……她老了，她实实在在是老了……啊，啊啊，亲爱的阿悦山啊！你古老的森林；你满山遍野的萋萋芳草；你淙淙的如泣如诉的清澈流泉；你万紫千红的烂漫鲜花；你婉转啁啾的鸟鸣……啊，啊，啊，这一切的一切，还和那年一样……

……而青春呢；那如火如荼的青春岁月啊……

还有，还有啊——沈尔齐啊……

……沈霏眼前一黑，趔趄了一下，她紧紧抱住了一个人，才没有栽倒下去……她靠在那里哭开了……

许久许久之后，她才止住了眼泪——她仿佛才发现：她紧紧抱住的，是一棵大树——这棵古老的榕树，是当年就生长在那里了……

……1942年4月，沈尔齐第三次，也是最后一次率领菲律宾华侨抗日青年回唐山参战，就是从这座山，从这里出发的。那一次回去后，她的沈尔齐战死唐山……

……49年了啊！

……今天，这个爱了一生的老女人，她是为了爱而上的这趟阿悦山——她上阿悦山——这一次，仍然是为了一种爱——她来这里寻找一种草药——在唐山，在银杏镇，这种草药被称为——催生草！啊，啊啊，那是一个多么美好的称呼啊——催生草——那不是一种足以催使一个生命诞生的草吗？

是的，是有一个新的生命必须孕育了，是有一个新的生命必须诞生了！

——陈燕玲，那个糊涂的孩子啊——以沈霏的年纪与陈燕玲的年纪相比，她完全可以称陈燕玲为孩子呢——那个糊涂的孩子，为了事业，居然在发现自己怀孕之后，自作主张，瞒着丈夫，喝下了打胎草——那么，陈燕玲的事业是什么呢——是爱——是她倾注了满腔心血的对银杏街童收容学校的爱！

……沿着一条曲折的山泉——那是一条四季长流不息的小水沟，那条水沟从山上蜿蜒而下，欢唱着流了下来——而沈霏呢，她是迎面向着那条水沟往上而去的。

她已找到了一棵类似那种草药的草——那叫催生草。那是一种匍匐在地面上的草。它的叶子是椭圆形的，把它的叶子揉碎了，放到鼻下来，便有一股特殊的馨香。沈霏闻了闻——是的，是这种香味——她当然记得，那是1958年，她带领千名民工，驻扎在银杏镇一带山村的时候，她亲眼见到房东给她的儿媳妇熬过这种药，就是这个味道！这种草不是直立起来生长的，它是铺在地面上的，所以，常常地，就被其他的杂草遮没了。

还好，就在这条山泉的分岔口，沈霏又找到了一棵催生草！接着，她又找到了——是一丛，又是一丛……

……沈霏是记得很清楚的：当年那个女房东，给她的儿媳熬这种药，一次就是一大把！

好不容易上了一次阿悦山，好不容易找到了这种草，沈霏就要多采一些带回去。

她随身带着一只不小的袋子。终于，她发现，那个袋子已经装满了——催生草！

她在山泉里，把那一堆催生草一一洗净了，甩干了，装好了。这才又沿着上山的路走下了山，来到交叉路口。

此时已经过午，她在交叉路口一家小食店要了一份快餐，草草吃了。背上那袋草药，拦住了一辆马车，这当然是驶往红奚礼示的。

第七章　催生草（上）

/ 一 /

5月里，菲律宾的太阳很毒。从阿悦山上下来，走到岔路口，沈霏走出了一身燥热，一身汗水。直到上了马车，半个多小时的小跑，迎面而来的风，才让沈霏身上的燥热消退了。这就到了立人学校。

学校已经放假，学生们都回家去了，几位护校的年轻女教师，把沈霏迎了进来：

"你就是沈阿姨吧？欢迎欢迎，我们都等急了呢，燕玲大姐从10点钟开始到现在，已打来了5次电话，我们备了午饭等您呢——沈阿姨，你先去吃饭，我这就给燕玲姐挂过去电话，免得她又急了。"

沈霏不好意思地说道："你们吃吧，我已在路上吃过了，电话我来打——还有，书都在哪里呢？我来挑。"

沈霏看到，站在跟前的4位女教师，都在20来岁，都不像是在菲律宾长大的女孩子。看到沈霏正打量着她们，一位女孩开口了：

"沈阿姨，我们和您一样，都是从福建过来的，我们4个人，从福建师范学院毕业后，就一齐到菲律宾支教来了。"

"那我们算是老乡了，老乡见老乡，两眼泪汪汪，想家不？"

这些年轻的、朝气蓬勃的"老乡"，一下子把沈霏从阿悦山上带过来的那种莫名的悲郁驱散了。

沈霏知道，菲律宾的华人华侨学校，很早就有从唐山聘请教师的传统。这是当地的华人华侨，为了让一代代在南洋出生的后辈们，记住自己的根之所在；记住自己的母语，别像断了线的风筝漂泊消散！多年来，在菲律宾，从南方诸岛到北方诸岛，从首都马尼拉到全国各个大小都市，那里的华人团体都已形成了一种风气，每年都会从中国聘请教师，到当地的华人学校任教。这些年轻的教师基本上都是教育院校的毕业生。她们赴菲支教，一般都在两三年之间，费用都由当地华人华侨社团组织甚或个人承担。

姑娘们把沈霏带进藏书室后，就吃午饭去了。

藏书室里，一种新油墨的芳香扑面而来。里面非常整齐地码着一堆堆新印的彩色图书。沈霏一翻，这些图文并茂的课外读物，英汉对照，有中国的《西游记》《三毛流浪记》，有外国的《安徒生童话》等等，五彩缤纷。这些图书都是红奚礼示的朱倪宗亲会捐赠的。过了一会儿，吃过了午饭的那几个女教师，也过来帮着沈霏挑选扎包。最终，挑出的书扎成了6捆。这时，一个老者走了进来，女教师们介绍道：

"这是朱倪宗亲会的朱先生，这些书，就是他送过来的。"

沈霏知道朱倪宗亲会是怎么回事。她早就听说过，在中国的姓氏志里，朱与倪虽是异姓，却是同一个祖宗。住在红奚礼示一带的华人中，有不少朱姓、倪姓。当年沈霏还没有回唐山时，红奚礼示就有朱倪宗亲会的组织了。听着姑娘们的介绍，沈霏一看，那朱先生是60多岁的人，戴一副很厚的眼镜。藏书室里光线不足，不能很清晰地看清他的面容，只听他说：

"马车我叫过来了，车老板在外面等着。"说罢，朱先生帮着把捆好了的图书搬了出来，搬上了马车，在车架上堆稳了。

外面的阳光很亮，沈霏再一打量那位朱先生，忽然觉得这个人十分脸善，在哪里见过面？却一时又记不起来了，但她能肯定是见过他的！而且肯定是在很久以前见过的——或许是在她年轻的时候，她还没有回唐山的时候吧？那时候，她也经常进出红奚礼示——她不及细想，图书在车上装好了，车老板已坐上驾座准备上路了。沈霏只得上了车，她在车上又瞄了那朱先生一眼，还是没有记起来！

——车老板挥了一下鞭子，马车前进了。

马车行驶前的最后一瞄，让沈霏更不能轻易放下那位朱先生！

车上那些书很沉，车老板不忍快鞭催马，他任由那马不紧不慢地向前走去。

坐到车上的沈霏，一直在使劲地回想着那位朱先生——她越想越肯定她在哪里见过他，而且肯定不是一般的"见过"——她肯定自己是认识他的——哎，老了老了，真是记性不济了！她想了又想，还是没有记起来！

啊！有啦，她一拍自己的脑门！

这莫非就是朱义汉！

不，不不不，不对啊，朱义汉不是早在1961年，就在唐山新疆的风雪中失踪了吗？这是哪跟哪的一回事啊！自己真是老糊涂了！

她不再追想那位"朱先生"了，她终于把心收了回来，任凭马车前行而去。

/ 二 /

马车已经走出红奚礼示一段路了。

她坐的这辆车走得慢，一路上不时有后面的马车超越过去。此时，又有辆马车紧靠在他们车旁超越过来了。那是一辆载满客人的马车，沈霏一看，那辆车里，坐着一个戴着厚厚眼镜的人。那当然不是朱先生，而是一个年轻人。

眼镜！厚厚的眼镜——沈霏不由得又想起了朱义汉。当年年轻的朱义汉，不也戴着这么厚厚的一副眼镜吗？而且，1961年，朱义汉是"失踪"的，没有他确凿"遇难"的证据……她又记起了中国那句老话："活要见人，死要见尸。"当年失踪的朱义汉，可是"啥"都"不见"啊！

她心中一震：过了这个村，就没有这个店了！好不容易在菲律宾，在红奚礼示遇到了这个与朱义汉有着千丝万缕相似的人——朱义汉如今也是到了这个年纪的人了！

——怎么糊涂到不去问个究竟呢？

"车老板，停车！请你把车停一下！"沈霏叫停了马车，迈下车来，走到车老板的跟前来，"对不起了，我还得回红奚礼示去，你自个儿先回马尼拉吧——银杏公司，你知道的，到那边之后，让他们把书搬好了，记得，车上那一袋草药，别落下。"

车老板听明白了她的话后，挥了一下鞭子，又赶起马车朝着马尼拉城走了过去。

/ 三 /

沈霏站在路旁，很快就拦下一辆马车，走了一段回头路，又走进了立人学校。她当然是为了刚才那位朱先生又回过头来的。

她问起那位朱先生，那些支教的姑娘们答道：

"这位朱先生，也是这次送图书过来，我们才认识的。说认识，也只是知道他姓朱，不是住在红奚礼示镇区内，而是住在镇外——你刚才走了以后，他也回去了，已走了快两个小时了——沈阿姨，别急，能查得出来的。"见到沈霏一脸失望，姑娘们连声安慰道。

"这很重要，但，那也只能是这样了——姑娘们，你们在这里，比我在马尼拉那边查起来方便多了，那就请大家都留个心眼儿，往后见到这位朱先生，请你们务必转告他，告诉他我的名字，我的电话。对了，就是陈燕玲那边的电话，如果方便，也请他留下具体住址，联系电话，好不？让你们费心了。"沈霏郑重其事地再三嘱咐。

她深知，天下事，人世间，常会有许多意料不到的事情发生的！

如果他果真就是当年在新疆风雪中失踪的朱义汉呢？那是怎么一回事啊？

——哎，人生啊人生，有时真不知道是怎么一回事！

第八章　催生草（下）

/ 一 /

当天下午，沈霏乘着马车赶回马尼拉的时候，已是傍晚时分了。

从红奚礼示带过来的，那些书，那袋子草药，陈燕玲都收拾好了。

吃过夜饭，沈霏提过那袋草药，叫了一声："燕玲，你到我房间来。"

在房间里，沈霏打开布袋结子，抓出一把草药来：

"燕玲，你仔细认一认，这，像不像是我们唐山银杏镇山上，生长着的那种催生草？"

陈燕玲接过那把草药，在明亮的灯下，仔细地看了又看，结果，她的回答不仅让沈霏大失所望，而且让她冒出一身冷汗！陈燕玲说：

"催生草，我听说过，却没有见过。但是，我倒是知道一种叫断肠草的，跟这草差不多一个样——断肠草，那可是很毒的草呢，老家那边说，'断肠草，三步倒'，人吃了这种草，走不出三步，就要倒地的——连野猪都怕它呢！小时候，有阵子，野猪把地里的红薯拱得厉害，我就看过大人们用断肠草拌着饵料一起捣烂了，放在地头，把野猪药倒了——沈霏阿姨，你要这些草有什么用？"

沈霏尴尬地答道："没什么……只是看到阿悦山上，这种草，长得像我们银杏镇上的——那一种草，就顺手采回来了。"

/ 二 /

送走陈燕玲后，沈霏坐到书桌前，沉思良久。

之后，她铺开了一张信笺，给陈燕玲写下了一些话：

……燕玲孩子，我很早就知道你是个非常好的孩子了！到银杏街童学校来之后，三个学期朝夕相处下来，我更看到了你的好！你比我印象中，比我想象中要好得多！

……好孩子，你必须——你们——你与林云昭，必须要有一个孩子了，你们必须——林子钟先生更是必须！这是对他老人家的一种安慰……一种尊重……

就我知道，服过打胎草的女人，想再要孩子，只有服下催生草……我终于在阿悦山上找到了这种记忆中的草。由于时间过去太久了，所以，我又不能充分确定这就是催生草，而且，你又告诉我，这像是断肠草！

……其实，我们俩都不能最终断定这到底是哪一种草……当然，我完全可以先拿一只猫一只狗来做实验，但我于心不忍，毕竟，每一个无辜的生命都是值得我们珍惜的，我们不能伤害无辜……况且，动物与人是有差异的，各种药草，对猫或是狗可能不会造成伤害，那么，对人呢？所以，我必须拿我自己先试一试，请原谅我……这种事，我不能事先与你们商量……

我来银杏街童学校已经这么长时间了，这里的事情，都已基本上走上正轨，日趋规范了……万一出事，我可以放心地走了……有几件事，我还必须交代：

一、我跟崇仁医院约好了，4月30日，要带着中班的孩子过去体检。记住，事先再与杨蓉大夫联系。二、小班的英拉迪患有鼻窦炎，正在服药期间，药，我就压在信笺上了。服药方法都写在包装上，记得按时按量让他服药。三、还是小班，甘奎达，我答应过，他把那些英文字母写完整了，要送他一盒彩蜡笔，我买来了。记住了，他（把英文字母）写出来之后，把这盒彩蜡笔交给他，也压在这里了……四、万一我发生……不测，就先把我葬在华侨义山我的父母身旁……日后有机会了，一起将我们迁葬回唐山。

……另外，还有一件事，是一件很重要的事，这关系到一个人的归宿，不，更应当说还关系到一个家庭；一家子人的完整……那个人应当就是朱义汉……我不知道，你们是否认识他。我这一趟去立人小学，已经嘱托了学校里的支教老师，请她们帮忙寻找朱义汉先生的踪迹……

沈霏把写完了的信，又认真地看了一遍，之后，她将之整齐地码在桌面上。随后，她又铺开一张空白信笺，几乎是不假思索地，就写下了给"朱义汉"的信：

朱义汉同志：

　　称你为"同志"，应当不是唐突的，我相信，我们都曾经为拥有这个称呼而骄傲。只是，这些年来，这个称呼——有点显得生分了。

　　……今天，去立人学校提运图书时，我遇见了你——我想，我是不会认错人的——我不知道，你是否也认出了我，我是沈霏啊，我也到菲律宾来了——我们在唐山最后一次见面，是1958年吧？从1958年到现在，30多年过去，我们毕竟都老了！

　　……我不知道，你是怎么来的菲律宾，但这似乎并不重要。我深信，一个人的身上，有些本质的东西，是难以消失的！30多年后，在立人学校又见到你的时候，更坚定了我的这种信念！——你没有变，你依然还是当年那个正直善良的……

　　朱义汉！

　　……回家吧，朱义汉同志——哪怕是回家看看，看看你的妻儿——你的女儿都当上母亲了！

　　……我们都年轻过……我在年轻时候犯过的那些"过"，你应当是有所闻的……你比我清醒，比我正直、善良、无私。所以，当年，你没有像我一样因轻狂糊涂而犯错……当然，后来"人民"原谅了我。

　　……一个犯了错的个人，可以被原谅，那么——一个"整体"呢——只要认识到了错误，还有什么不能被原谅呢？

　　……时代进步了，我们学会了反省——无论是个人还是整体……

　　我们就把过去的一切，当成是一场误会吧……

　　我还是那句话：朱义汉同志，回唐山的"家"看看吧——无论是作为归宿，作为叶落归根；还是仅仅只是回家走走，探望妻儿……

沈霏把两张16开的信笺都写满了，看看桌上的座钟，已是夜里11点整了。

/ 三 /

　　她站了起来，抓起一大把——催生草——或是断肠草，满满塞了一电烧壶。那一把电烧壶，是沈霏到来之后，陈燕玲特意买过来，让她随时烧煮咖啡用的。

　　她往塞满了——催生草——或是——断肠草的电烧壶里，灌满了水，摆到桌上，按通了电开关。

　　……10分钟过去，水开了。

　　……20分钟过去，水沸腾了。

　　……30分钟过去，水还在沸腾着……

　　……够了！

/ 四 /

　　沈霏记得——当年那位房东大娘说过，熬催生草，要在炭火上熬足半个小时，才能把草中的药分熬出来……

　　她把药汁斟了出来，满满的一牙缸。

　　她把那个装满——催生草——或断肠草药汁的牙缸，端到电风扇前吹着，让它凉得快一点。

　　然后，她走到办公桌前，拉开抽屉，把一盒包装精致的五彩蜡笔拿了出来，压到写给陈燕玲的信笺上。又拿出了一包药片，还是压到了信笺上，与那盒蜡笔——五彩蜡笔，并排摆在那里。

　　……此时，已过了子夜。桌上的小座钟，指针指的是12点30分。那牙缸草药汁——催生草或是断肠草——已经凉了下来。

　　沈霏坐到书桌前那把有扶手的藤萝椅上。

　　她端坐在那里，显得很安详。

　　她端过那牙缸——催生草药汁——或是断肠草药汁——一口不停地，全部喝了下去……

　　催生草，那是一种催生生命的草；而断肠草呢——"断肠草，三步倒"——却是断送生命的草！

　　为了一种爱；为了一种使命；为了一个生命的诞生。沈霏只有拿自己的生命来"赌"了！

　　她义无反顾地喝下了那药汁，端坐在那张有扶手的藤萝椅上，很安详很平静地等着——那个关键时刻的到来——

/ 五 /

　　生，或者是死？

第九章　黎明时分，一个生命诞生了

/ 一 /

英拉迪到银杏街童学校已快两年了。现在，他的学籍档案上，登记的年龄是9岁。前年比罗从曼鲁渔村把他送进学校来的时候，他含糊地说自己是7岁，于是，学籍上便登记他是"7岁"。两年过去，他递增到9岁了——银杏街童学校孩子的年龄，不少是根据这个方法确定下来的。

同是9岁的孩子，英拉迪显然要比其他孩子瘦小得多。而且，他经常生病，感冒发烧是常有的事，说话经常带着一种浓重的鼻音，尤其是在感冒之后，鼻塞就更加厉害了。鼻子一塞，捻出来的鼻涕浓黄浓黄的，是带着一股腥臭的那一类浓鼻涕。沈霏带他去了好几次医院，吃了不少药，但却没有从根本上治好。后来，崇仁医院的一位五官科医生，为他做了一次特别认真的检查，结论是严重的慢性鼻窦炎，建议在合适的时候，进行一次彻底的手术，清除病灶。那一次，是陈燕玲与沈霏两人带他去医院的，她们都希望能通过手术，在少年时代就把英拉迪治好，免得落下终身病患。但那位医生告诉她们，再过一年的时间吧，等孩子再长大一些，体质养好了再来手术，当前只能还用一些常规的消炎药。

/ 二 /

英拉迪没有等到"一年"之后，就出了大乱子：
那是在一个多月之后的一个夜晚。
这是5月中旬的夜晚。5月的马尼拉，是个多台风、多暴雨的季节。但这个夜晚，马尼拉的月亮很圆很亮。从西南方向不时有浓浓的云片，随着紧一阵慢一阵的海风飘拂过来，把挂得很低的月亮遮去了，一阵子过后，云片又飘走了，月亮依旧明晃晃地挂在那里。
这是一个美好的5月的夜晚。

9点整，英蒂陪着沈霏把几间寝室巡视了一遍，关熄了大灯，招呼孩子们睡下后，英蒂回自己房间去了。沈霏见时间还早，便独自走下楼来，朝厂区那边走去。银杏街童学校与银杏公司厂区，中间隔着一个篮球场，这是一个面积与设施都完全符合正规要求的篮球场。这个篮球场是林云昭设想出来的。很小的时候，林云昭就与篮球结下了不解之缘。虽然到了南洋之后，由于生活的压力，由于工作的繁忙，他很少再打球了。但他希望街童学校的学生能爱上篮球，能打上篮球。搬到这个新场所来，有了篮球场之后，他还组织过学生们举行了几场比赛。每年的中国大年初一，也就是春节那一天，街童学校都有篮球赛。每当遇上这种场合，就是再忙，陈燕玲都会站在一旁，非常欣喜地看着丈夫为了一个投进的球，像孩子那样跳跃着、欢呼着——这样子，陈燕玲就好像又回到了唐山，回到了银杏镇中学，看到当年那个还在供销社卖农盐的、爱打篮球的泉州知青林云昭……

　　……林云昭已经回唐山好些日子了。那边的合资远东制药企业已正式出产品了。这样一来，林云昭更繁忙了，他需要南洋、唐山的两头跑。而且，他快当爸爸了！

/ 三 /

　　……陈燕玲是1991年农历七月初确认自己怀孕的。那自然是喝了催生草以后，才怀上的。为了能让林家早早孕育出后代，沈霏曾经不惜拿着自己的生命去赌……那一个夜晚，她写下了遗嘱之后，喝下了那牙缸浓浓的草药。一直到天明，她不但活着，而且没有感到任何不适。以后的两个星期，她又连续喝了几次，一直到把阿悦山上采来的那些似乎是催生草又似乎是断肠草的药草都熬了喝了。没有发现任何意外，她才放心地告诉陈燕玲：

　　"孩子，那一袋子从阿悦山上采来的青草，确确实实不是断肠草，我把那一袋子草药都熬了，喝下去了，你看，没事吧。燕玲，你可以大胆地试着喝了。既然不是断肠草，那就极可能是催生草了。"

　　陈燕玲听到沈霏这么一说，几乎大惊失色：

　　"阿姨，你都这么一把年纪了，万一……哎呀，怎么是你来试呢？要试也该由我自己来试啊，哎，你个沈霏阿姨啊！"陈燕玲热泪横飞，她扑了过去，扑在沈霏怀里，把她抱住了，紧紧地抱住了，就好像是——害怕丢失了！沈霏呢，她也把陈燕玲抱紧了，拥在怀里，伸出一只手，充满爱怜地抚摸着她的头：

"孩子，都过去了，我，这不是好端端地被你抱着吗——燕玲，我明天还上阿悦山去，再采回一袋子，你可以试着喝了。"

陈燕玲点了点头："沈霏阿姨，我喝，我一定喝。"

陈燕玲是 1991 年端午节过后喝的催生草。两个来月之后，就到了中国农历的七月初七了。

在唐山广大乡村，这一天被称为"七月节"，老一辈人常常称为"七娘生"，据说，这是一个重要的节日，家家户户都要搓糯米汤圆，纪念传说中的牛郎织女在当天团圆。

陈燕玲到了南洋之后，尽管一年到头，事业繁忙，但到了那些重要的节日，她都会依照故乡的习俗，操办一番的。

当天晚上，陈燕玲还像往年一样，下锅煮了一些汤圆，端到沈霏房间，邀她同吃。就在这个晚上，陈燕玲告诉沈霏，她怀孕了：

"沈霏阿姨，我已经整整一个月——没来例假了。"

沈霏大喜过望，但，她还是看定了陈燕玲问道："真的——不会是其他毛病吧？"

"真的。我能感觉到，不会是其他毛病，喝了你采来的那些草药——现在可以确定，那就是催生草了！我都两个月没来例假了。"

陈燕玲真的怀孕了！距那一次她喝下打胎草，已过去 5 年了！

5 年之后，陈燕玲终于是个准母亲了。她又开始孕育着一个新的生命了！上一次流产，她是瞒着林云昭打掉的。这一次，终于怀上了，她深信是喝下了沈霏阿姨从阿悦山上采来的催生草才怀上的。

这个准母亲，腹部日见隆了起来。

她隆起的腹部是浑圆的；隆起的腹部，线条是柔和的——就像阿悦山那般隆起，就像隆起在广袤的大地上那浑圆的、线条柔和的阿悦山——那样美好，那样动人，那样令人赏心悦目！

——她是喝了阿悦山的催生草而怀孕的；她就要成为母亲了！

/ 四 /

日子过得飞快，再有一个来月，也就是 1992 年 6 月，陈燕玲就要分娩了！

以前，只要陈燕玲没有外出，每个夜晚，熄灯前巡查学生宿舍，她都要陪在沈霏身旁。两三个月来，沈霏无可商量地阻止了陈燕玲再参与这种巡查。她请教过妇科医生，像陈燕玲这种经历过头胎流产的孕妇，很容易再次流产！

沈霏事前已经得知，林云昭将于今晚从厦门飞回马尼拉。这个时候，林云昭不知道已经到家了没有？

走过操场，走进一幢小楼，沈霏看到了陈燕玲窗棂上的灯光。

沈霏迈上楼去，敲开了她的房门。

陈燕玲刚刚放下电话，招呼沈霏坐下来之后，她端过来一杯咖啡，递到沈霏手里：

"阿姨，刚刚是云昭挂来的，他说飞机晚点，要推迟到10点整才能起飞，这样，他到家的时候，该是下半夜了。"

沈霏说："你可以先休息了，不用等他了，熟门熟路的，产期越来越近了，要保证好睡眠。"

由于临近产期，陈燕玲的两条小腿，已经肿胀起来。她挺着隆得高高的腹部，缓缓地行动着，一个原本高挑苗条、婀娜多姿的少妇，变成了眼前这个身材臃肿的孕妇——沈霏没有当过母亲，但透过陈燕玲，她看到了将要作为母亲的女人是多么不容易！

"多年来，已变成习惯了，每次云昭从唐山回来，我都要等到他到家了，心才能放得下来。"陈燕玲说。

是的，每一次林云昭约好了从唐山回来的日子，陈燕玲都会默默地等待着丈夫亲切的脚步声，从楼梯那边响起。即使是在怀孕多时之后，行动不便之时，一听到这种脚步声，她都会快步迈向前去，把丈夫拥进怀里。

坐了一会儿，沈霏阿姨要走了，她把陈燕玲按回座位上，坚决不让她送下楼来。

/ 五 /

月色依然很好，只是飘过月亮的云片愈来愈浓了。风也渐渐急了起来。

窗外，忽有一阵风吹进了英蒂的房间。朦胧中，她被这阵风吹醒了。她看看墙上的挂钟，已经10点半了。又一阵风吹了过来，有点凉意。

在海边渔村长大的英蒂，深知5月里刮的这种风，一定会带来雨，风愈凉，带来的雨就愈大。

第四部 望乡

她想起了孩子的宿舍，那几个大窗户都敞开着，风雨会刮进去的！

她连忙下了床，朝孩子们的宿舍走来。这时候，沈霏也从陈燕玲那边回来了。

英蒂与沈霏的房间，都与孩子们的宿舍同在一层楼上，英蒂的房间在学生宿舍的这一头，沈霏的房间在学生宿舍的那一头。

"沈阿姨，云昭先生还没有到家吧？"英蒂显然也是知道林云昭今晚要从唐山回来的。

"飞机晚点了，要下半夜才能到家——怎么，这么晚了，你还没休息？"

"我差点睡过去了，你看天上，月亮周围那些云飘得那么急，肯定要来雨了，我得把孩子们这边的窗帘拉上。"

"是啊，风是有些异样，真是要来雨了。"沈霏说着，跟着英蒂走进了孩子们的宿舍。

孩子们早已进入了梦乡，一阵阵童稚的、香甜的、轻轻的鼾声在房间里流动着。孩子们的宿舍一排三间，每一间都挂着几台吊扇，风力很大，不会把孩子们热着。沈霏与英蒂逐一把学生宿舍迎风的那几个窗户拉上了。

走进第三间宿舍时，她们俩听到了一阵梦呓，是哪个孩子做起了噩梦？那声音很大，令人心惊！她们听清楚了，声音是从房间的那一头响起来的。那声音虽然含糊，但很尖厉，他喊出来的似乎是：水、水、好大的海水……

她们循声奔了过去。

声音是从睡在底层的孩子那里响起来的。

在明亮的灯光下，她们看到了一张令人惊骇的孩子的脸！那张脸上，布满了鲜血——双眼、鼻孔、嘴巴，并且朝着两边的耳轮流淌过去……

因了这些血，孩子做起了噩梦：他梦见自己掉进了大海，海水把他淹没了……

沈霏俯下身子，把那个孩子推醒了：

"别怕，别怕，萨利，萨利，奶奶在你床前。"

那个被称为"萨利"的孩子终于醒过来了，他的双眼被鲜血蒙住了。沈霏忙掏出手绢，揩去了他眼窝里的血液。而在此时，沈霏自己也感到头上有什么东西流淌下来，她伸手一摸，也是血，是鲜血！她抬头一看，那血，是从上铺的床上；从床板缝里流淌下来的！

上铺睡的是英拉迪。沈霏抓住上铺的床沿，探上头去一看，英拉迪也满鼻子满口是血！

沈霏再一细看，只见英拉迪脸孔朝天，而脸孔两边的床板上是一大摊鲜血，那血，还在一滴滴不停地从床缝里落下来，滴在萨利脸上。此时，血流显然刚刚止住，能看清那血是从英拉迪的鼻孔里冒出来的。他的两个鼻孔下，拖着两股将要凝固的已成条状的血。

"英拉迪，英拉迪，你醒醒，你醒醒！"

沈霏拼命地推晃着英拉迪，但他没有反应，他浑身软绵绵的。

"快，英蒂，来，把他抬下来！"

沈霏招呼着英蒂，两个人一起将英拉迪从床上搂到地上。英拉迪依然没有反应，他的双眼紧闭，胸脯似乎也停止了起伏！沈霏再摸摸他的脉搏，也没有脉象！看到这副模样，英蒂慌乱起来，而沈霏呢，她略一沉思，立即猛醒过来了，她断定：英拉迪是窒息了——他被自己的鲜血堵住了鼻孔，堵住了气管！……如果还有一点生的希望，那就得立即清除堵在呼吸道的，那些正在凝固的血——这个曾经多年在战场上进出的女人，她经历过的事情太多了，战场上的急救方法，她懂得不少！

"英蒂，快，你去打一盆水过来——毛巾也带过来。"沈霏简单地吩咐了一声，然后跪到地上，俯下身，脸对脸，将张开的嘴巴贴向英拉迪的鼻孔，猛一用力，便吸出了满满一口带着脓臭、带着腥味的污血，她把它吐在一旁。就着英蒂打进来的水漱了一下口，又伏下身子，用手指撬开了英拉迪的牙关，这一次，她是用口贴着英拉迪的口，又用力吸出了一大口血污，吐掉了。她再一次把口漱了一下，又俯向英拉迪，她能感觉到，他的呼吸道已经通畅了……但他仍然没有呼吸迹象，脉搏也未起动。

"英蒂，快，你快挂崇仁医院的救护车，我来做人工呼吸！"沈霏吩咐了一声，便一个手掌压在英拉迪的心口上，另一手握拳在手掌上用力叩打起来，随后张开了口，深吸了一口气，对着英拉迪的小嘴，口对口地做起人工呼吸。

过了片刻，陈燕玲赶过来了。当然是英蒂挂了她的电话，这是陈燕玲平日里再三再四交代的：她没有在学校这边的时候，学校里无论发生了什么紧急情况，无论什么时候，都要及时通知她！

看到沈霏进出了满头大汗，英蒂说："沈阿姨，你歇一下，我来吧。"

沈霏说："现在还是我来，你认真看着，以后就懂得怎么做了。"

陈燕玲说："我来替你一会儿吧，我在泉州师范学过临场急救！"

沈霏说："别添乱，你现在不是时候！"

这时候，楼下的操场上传来了救护车的喇叭声，是崇仁医院的救护车到了！

英蒂回转身子，飞步下了楼，把救护人员带过来了……

/ 六 /

血压 55/30，心搏 35/ 每分钟！

由于鼻腔动脉破裂，失血过多，英拉迪正处于休克状态。

幸运的是沈霏临危不乱的得力应对，才把英拉迪从死神那里抢了过来！

此时，他虽然有了生命迹象，但脉搏与呼吸都极其微弱！

"必需立刻输血！"急诊室的主任杰西医生说。

"这里我最年轻，身体又好，就抽我的血吧。"英蒂说。

"待会儿，英拉迪的血型报告马上出来了，一般的血型，我们血库里有血源。"杰西医生说。

很快地，多利护士就把英拉迪的血型报告单送过来了，杰西大夫接过来一看，脸色骤然变了！

"是RH阴型血！是RH阴型血！"杰西医生几乎是尖声连叫了起来，"这是一种极其罕见的血型，我们血库里没有这种血源，我们登记在案的供血者，也几乎是零——RH阴型血，是RH阴型血啊！"

听到杰西医生这么一说，大家都慌乱起来了，而陈燕玲却沉着地迎上前来："杰西大夫，你说的是RH阴型血，没错吧，能肯定吗？"

很显然，杰西医生跟陈燕玲是熟悉的，这以前，她已有几次往这里送过来银杏学校的病孩。

"化验报告具有百分百的权威性，错不了，是RH阴型血。"杰西医生看着陈燕玲说。

"这就对了，用我的血吧，我在我们中国的时候，验过血型，是RH阴型，我们中国，称这种血型为熊猫血型，那是说明它的稀有——杰西医生，用我的血吧！"

"你？你？"杰西医生上下打量了一番眼前这个腹部高高隆起的大龄孕妇，末了，他几乎是斩钉截铁地说道："不行！"

"为什么不行，救人要紧啊，杰西医生！"陈燕玲也寸步不让地高声说道。

"为什么？就因为你正怀着孕，如果我没有说错的话，你怀孕快9个月了——而英拉迪，目前需要的，至少是300CC！"

听到"300CC"这个数字，英蒂慌了——她不能眼睁睁地看着这么多的血，从陈燕玲的身上；从已经怀胎了9个月的陈燕玲身上抽出来。

"姐，燕玲姐，不行，不行啊！"见到陈燕玲无动于衷，英蒂又转过去抓住沈霏的手臂说："沈阿姨，不能这样，你说说吧——我们可以再想想其他的办法啊！"

沈霏只能沉默着。在现场，她算是长辈了——这让她为难啊，她面对的是三条人命！她完全知道："没有其他的办法"可想了；她更知道：在平常，在其他事情上，陈燕玲都会处处尊重她的意见，可眼前这种情况，谁也劝不了陈燕玲！

——陈燕玲可是来自永春鲁山村的女人啊！

——生活在那座大山里的人民啊！从那座大山里走出来的人民啊！

——沈霏又想起了陈文东老师……

"……英拉迪是我的学生啊，我不能眼睁睁地看着他……杰西先生，算是我求你了……"这句话，陈燕玲是伴着眼泪说出来的。

急诊室里一时寂静了下来，室外风刮得很急，似乎有隐约的雷声响过，不久之后，沙沙的雨声传了进来。

"陈女士，您的人品，令我尊敬，特别是我作为菲律宾人，您作为中国人，您能这样对待我们的流浪儿……英拉迪，是一个人的生命……而您……即将成为母亲，您身上同时有两个生命……而且，在场的，没有一个人是您的直系亲属……比如，您的丈夫……听我的话吧，有些东西，是不得不忍痛放弃的，用您们中国话说，不能两全其美……哎，您的丈夫，云昭，林先生怎么没有来呢，让他来劝阻您，恐怕会——更加合适……"

杰西医生刚说到这里，急诊室的门被推开了，一个男人，随着室外的风声雨声走了进来：

"燕玲，我回来了——你们都在这里啊，怎么会发生这种事呢？"

进来的是林云昭，他从机场回家后，就立即冒雨赶了过来。看过了正在输液抢救的英拉迪，听过了杰西医生的简要说明之后，林云昭问道：

"要救下英拉迪，除了输血之外，没有其他办法了吗？"

"没有，放弃了输血，他——必死无疑！那是绝对的！"杰西医生说。

"如果我的太太抽血呢，会有什么后果？我问的是'绝对'。"

"会有很大的风险，但不一定是绝对的。比如说，绝对的生死风险，绝对的人命风险。"杰西医生说。

"你容我想想，你容我想想。"林云昭声音有些颤抖。

但是不容他多想，陈燕玲就开口了："云昭，云昭，你答应下来吧，现在，只有你才能做出决定了！你听到了吧，杰西医生都说了，我这里，不是绝对的危险，而英拉迪，却是绝对的！你答应了吧——为了你，为了我们的孩子，我一定会挺过去的。"

陈燕玲刚把嘴唇闭上，就被林云昭拥进怀里……片刻之后，他在她额头上深深地留下了一个吻："我答应你，但你一定要挺住——杰西医生，就按照我的太太的意愿办吧。"

"我为昏迷中的英拉迪——为我们菲律宾的流浪儿，更为了我自己，感谢你们了——云昭，林先生，按照医院的规定，你在这份文件上签个名吧——多莉，你把阿罗拉医生也请过来吧。"杰西医生说。

/ 七 /

抽血的过程与输血的过程都非常顺利。

通过了血型认定，300CC 的 RH 阴型血，从陈燕玲的血管里——从一个即刻就要成为母亲的中国女人的血管里——那滚烫的血，一滴一滴地流入了一个休克中的菲律宾流浪儿——不，是马尼拉银杏街童收容学校的学生，英拉迪的血管里。

……英拉迪苏醒过来了。

而陈燕玲呢，当多莉护士把扎在她血管里的针头拔出来之后，她猛感到一阵天旋地转，她想站起来，可眼前一黑，又一头扎在病床上。

"你怎么啦？"——几乎所有在场的人都异口同声地叫了起来——陈燕玲的脸上没有一丝血色，尤其是嘴唇，更是苍白得吓人！

"她这是低血糖反应，多莉，你再给她端过来一杯葡萄糖水。"杰西医生吩咐着，尽管他的语调显得平静，可是他的心一直悬着！

喝下了温热的葡萄糖水后，陈燕玲觉得好多了，她把握在自己手中的那只手攥紧了——那是她的丈夫的手。

"云昭，你衣服湿了，你刚才淋着雨了吧——你看，没事的，我……挺过来了……"

"挺过来了，英拉迪挺过来了，大家都挺过来了！"林云昭深情地望着妻子说。可他心里却没有想到，这个时候的陈燕玲——他的妻子，他的妻子的腹部，却正在激烈地绞痛着。那是一种阵痛，一阵比一阵激烈！从下腹部传导上来，传遍了全身！可是面对着丈夫，她咬紧了牙根，没有一声呻吟……

林云昭感到妻子攥着自己的那只手，越攥越紧了——最后，却无力地松开了！林云昭这才感觉到妻子的手是那样的冰凉！他终于听到了妻子微弱的呻吟：

　　"云昭，我痛，我好痛……"

　　几乎处于半昏迷状态的陈燕玲，躺在担架车上，被众人簇拥着，推进了产房。

　　之后，只留下医生与护士，其他的人都被请到产房外了，可林云昭的那只手，却紧紧地攥着他的妻子，不忍放开！

　　"云昭，别离开我，好吗，我一个人怕……"陈燕玲断断续续地说。这个一向柔韧坚强的少妇，毕竟是个女人，她正在经受着激烈的疼痛！她快挺不住了！

　　……然后，她又朝着紧随在一旁的多莉护士、杰西医生请求道："您们，让我的，丈夫，留下来吧……"

　　杰西医生破例地答应了陈燕玲的请求，他回过头去对林云昭说：

　　"林先生，您可以留下来——快，去消毒室，换一套衣服，多莉，您带他过去……"

　　听清了杰西医生的话，陈燕玲嘴角掠过一丝笑容：

　　"谢谢——云昭，去，把身上的湿衣裳换下来……"

　　……半个小时之后，马尼拉已经破晓。下了大半夜的雨，在曙色中停了下来。一轮经过了夜雨洗涤的朝阳；那样洁净的朝阳，从远处的地平线上升了上来。

　　马尼拉醒过来了。

　　在崇仁医院，唤来这个黎明的，是一个呱呱落地的婴儿高亢激越的哭声。

　　……经过了一阵分娩的剧痛之后，陈燕玲召唤自己的丈夫把脸贴了过来，她用低弱的却是清晰的声音说：

　　"告诉我们的妈妈，台湾妈妈，特别要告诉我们静海寺的，罗茜妈妈——你当父亲了，我当母亲了——我们的儿子诞生了……"

　　……还是杰西医生，最先从产房里跨了出来——他，身上的白大褂渗透了汗水——对着焦急地等候在产房外的沈霏与英蒂，他用兴奋的声音宣告：

　　"挺过来了，我刚才真担心，刚抽过了血，陈燕玲没有力气，把孩子生出来呢，"他又重复了一遍，"我真是担心到了——极限！"

　　这个年近六旬的主任医生，他诊治过数不清的病人；他目睹过数不清的生生死死。但是，对于陈燕玲这样的女人——现在是母亲了——他却无法从容面对——他面对的是一个伟大的女人—— 一个足以让他肃然起敬的——中国女人!

在陈燕玲的整个分娩过程中——虽然有妇产科的医生护士在场,但他依然破例地紧跟在一旁——他不能、他不忍看到这样的女人,在他这里有一丝一毫的闪失!

——他那一身汗;透过白大褂的汗水,是因为"极限"的紧张而迸发的!

这个杰西医生,骄傲地宣告:

"男孩,10磅!"

……半个月之后,林云昭又得回一趟唐山了。那一个夜晚,他把妻子把儿子一揽拥在怀里说:

"那一天你分娩的时候,我差点没能赶到医院,让你受委屈了吧?这一次,你还在月子里,可,我又得走了……"

陈燕玲说:"你放心走吧,儿子的事,南洋这边的事,你别牵挂,你专心去唐山办你的事吧……说真的,我已经很知足了,在分娩的时候,你一直陪在我身旁。可我们的妈妈、台湾的那个妈妈,曾经告诉我,生你的时候,我们的爸爸正在南洋呢,而且是难产。那时候,又不在医院里,全靠着阿嬷和妈妈硬挺过来的——你这次去唐山,一定要抽空上一趟鲁山,我们儿子的照片给我妈妈送过去,也给我们的罗茜妈妈送过去。台湾那边,也一定要寄过去。"

"我都记住了。"

"还有,沈霏阿姨那里,给卢老师写了一封信,想让你带回唐山的邮局寄出去。"

"我这就过去取,我明天是大早的飞机。"

第十章　挂号信

/ 一 /

永定县陈东溪村1000来号人口，户主一色姓卢。一色卢姓的人家，怎么就叫陈东溪了呢？这是因了一条四季长流，不大不小的河水，紧傍着村前流过，那条河自古称陈东溪，因而，这个村落也自古称为陈东溪了。陈东溪几百户人家，分居在4座土楼里。4座土楼分别坐落于陈东溪的东西南北。陈东溪的卢氏族谱记载着，这4座土楼里的所有人家，都是早年间由4个兄弟传衍下来的。长兄这一房居东，所以那座楼在被称为东楼时，更多时候被称为大房楼。以下三座按序称为南楼、西楼、北楼，但更多时候，被称为二房楼，三房楼，四房楼。

这4座土楼据说当年在夯建楼墙之时，沙土中除了拌进石灰之外，还拌进了黑糖汁、糯米粥，所以，这4座土楼，实际上是4座固若金汤的城堡。这4座城堡矗立在陈东溪的4个方位，那是4个能够守望相助的方位：这4座楼的墙体上都留有枪眼，无论是朝着村外还是朝着村内，这些枪眼都能使架在它后面的鸟铳或长枪短枪的威力发挥到极致——楼与楼之间，没有一处死角，能够避开枪眼后面射出来的子弹。数百年的岁月，陈东溪经历了多少兵燹匪患，但没有一个入侵者，能在陈东溪占得了便宜——这是题外话了。

卢老师是陈东溪卢氏家族的大房儿女，所以她所在的那座土楼，自然即是大房楼了。

这一天，临近午饭之时，一位邮递员走进大房楼，给卢老师送来了一封信。

以往寄到土楼的信件，都是送到镇上的邮政分局，土楼的人到镇上办完了事，就捎带回来了。而今天的这封信，不仅是邮递员送过来的，而且还要卢老师在回执上签字，可见这封信不同一般。

这是一封挂号信；是1992年枫叶红了的深秋时节送到卢老师这里的。

/ 二 /

1992年的时候,卢老师的视力已经严重衰退了。她那双看尽了世事更迭的睿智的眼睛,已不再明亮了,常常是眼前模糊一片。当年她在《刺桐日报》任总编辑的时候,可是火眼金睛啊!每夜面对案头堆积如山的送审稿件,完全可以用一目十行来形容她的审稿速度之快。

卢老师的第一副老花镜,是曾文宝第二次回唐山时带过来的。这个当年三省学堂的混世魔王,在置办回唐山的份子礼时,突然想到了要给当年的班主任带来一副金丝边水晶镜片的老花镜,当时卢老师戴着竟觉得很合适。后来,林子钟又从菲律宾带来了一副,这一副度数高了许多,卢老师还是感到很合适。可见,卢老师的视力是一年不如一年了。

现在,她剪开了那封挂号信,戴上了林子钟带给她的那副眼镜,非常吃力地,终于将信上的字迹看清了:

"这个张飞,这个沈霏啊,终于来信了!"

这封信是林云昭受沈霏之托,从马尼拉带回唐山,在厦门一下飞机,就赶往邮政局,用挂号信寄过来的,那信上写道:

翠林同志、翠林大姐:
　　我是在马尼拉街童学校给您写这封信的。
　　我来到菲律宾已经两年多了……
　　……促使我最终决然离开故土到南洋来的,是赵小红!您虽然没有见过赵小红,但赵小红案您是知道的。多么好的一个女孩子啊,却被逼成了一个罪犯;一个杀人犯!……
　　想想当年,赵小红现在的这个爷爷赵光辉,就为了溜石塔下溜滨渡口那桩事,差点掉了脑袋。我不能不把两件事对比,一对比就心惊肉跳!是的,赵小红与我无亲无故,但她是"人民";是"我们的人民"啊!
　　赵小红案件已经过去了两年多了,我起草发动签名声援赵小红的那封上访信,那上面有43个人签名,我至今不知道结果如何。所以,我没有勇气在唐山等到赵小红案的审判结果——如果该案没有追究"元凶的罪恶"也就是孙局长的罪恶,而只是简单地将赵小红当成杀人犯审判,我会因此发狂的!我是那种爱就爱到极致,恨就恨到极端的那样一种人,我不可能善恶不分，麻木不仁——我不可能"修养"到那样的境界……还在国内的时候，我常常觉得什么都看不顺眼。我是老了……老了，也就偏执了。在赵小红案发生前很长的一段时间里，我就已经陷入了一种什么都看不惯，什么都看不顺眼，又什么都无能为力的那种困境中，人活到这个份儿上，是真痛苦啊！

……您知道，我是读着《水浒传》长大的，家父当年怀揣出洋的那本《水浒传》，后来传到我手上。几十年过去，我不知道已读过了多少遍。如今纸面已经泛黄，书角都已经卷曲，可我一直带着，至今还带着。两年前到菲律宾来，我一路上带过来了。……《水浒传》是我人生中读的第一部长篇小说，到了如今这个年纪，也该说是唯一的一部了……认真分析起来，我人生中最初的那份疾恶如仇的秉性，就是从梁山好汉们那里学来的吧……如果不是后来参加了共产党，我会变成什么样的一个人呢？

……我知道，在国内，背地里不少人叫我"老愤青"，还有些人讨厌我，把我当"刺头"……

当然，更多的人心地是善良的，怕我惹事，总是劝我：你就睁只眼闭只眼吧，你就欢度你的晚年吧，你革命了一辈子，也可以了……

……在国内，我是说了许多"出格"的话，也做了一些"出格"的事，我还真怕有一天，会因此给自己惹出祸来。

……两三年前那个夜晚，在土楼里，我向您谈起了回南洋的事，您曾让我"就当一回中国的白求恩吧"。可是真到了菲律宾，虽然从事的是慈善事业，但是我真的找不到那种崇高感——我剖析自己……我其实是为自己而又来南洋的，为什么？为了一种"解脱"。为了解脱什么呢？

……很长一段时间了，我又想回唐山去了……我想，这不会是已到了"落叶归根"的年纪，有了"落叶归根"的心态吧……

……归根到底，我毕竟还是一个共产党人，……当年是为了什么离开南洋奔向国内的？我们的初心是为了什么？……近几年来，我在国内指责这个指责那个，为什么就没有想到要认真地指责一回自己呢，我的"逃离"，不是一种自私吗？我们有多少同志，多少在党的人，不是一如既往地为了我们这个党的事业在坚守吗？为了我们这个国家更加公平公正在坚守呢？为什么我就可脚底抹油溜了——这不是自私懦弱又是什么？如果"我们"都选择了逃避呢……唠唠叨叨说了这么多……

……我又想起了白莹，不知道她与曾文玉的事情进展得怎么样了呢？

她不能总是那样孑然一身啊——不能像我啊！卢老师，您是了解我的，我和沈尔齐有过一段刻骨铭心的爱情。为了守护那段美好的爱情；为了那段美好爱情的完整，我选择了"独身"。我一直生活在一种对于一段美好的完整的爱情的回忆之中。几十年了，我想象着沈尔齐一直陪伴在我身旁，所以，就儿女之情而言，我从来没有过孤独的感觉（我知道，爱情是不能"置换"的啊！）。可白莹并没有过那样的一份爱情啊，我了解到，她的初恋被亵渎了……

读着沈霏的信，卢老师禁不住感叹起这个"张飞"来了，不写则罢，一写就是几大张！可又没有一个——主题，莫非这就是"老了吧"——树老根多，人老话多了吧？而且，怎么搞的，这个沈霏，信中怎么会有那么多省略号，这可不是她说话的风格啊。

卢老师把那封信捧在手中，深思良久。后来，她叹了一口气："这个沈霏，初心未改，赤子情怀啊……她是该回来了，她是那么一把年纪了啊……"

由于沈霏信中提到了"白莹"，卢老师又想起她的莹儿来了！

莹儿是有些日子没有来信了！

第十一章　唐山礁

/ 引子——海与爱情 /

　　一行几乎是深浅如一的脚印，从海岸下的沙滩上，向着太阳落下的方向；向着海的那边延伸过去……

　　这是一个赤脚的人，留在沙滩上的新鲜的脚印。

　　沙滩上的沙很绵很细，所以，留在沙滩上的这行脚印，不仅能看到脚掌印，而且还能很清晰地看到里面的脚趾纹。

　　每一次，这行脚印落在沙滩上不久，随后，紧挨着它，很快地，又会有一行新脚印，朝着同一个方向铺了过去。后来的这行脚印，尽管也是成年人赤脚留下的，但要比前面留下的那些脚印小巧，不像前头留下的那般粗犷。

　　如此说来，刚才的那一行，该是男人的脚印；而后来的这一行，则是女人的脚印了。

　　在大海还没有涨潮的时候，在潮水还没有把这两行脚印淹没之前，我们随着它向前走去；向着海水与沙滩相拥的地方走去，就会看到两个人了……

　　……傍着台湾新竹市外，海边的这片沙滩，是沿着漫长的海岸线铺开的。辽阔而绵软的沙滩，多情地偎依着大海，海水退到哪里，沙滩就紧随到哪里。

　　自从秋天以来，每天落日之后，这片沙滩上便常常会出现这么一些脚印。

　　沙滩上的这些脚印，几乎是重叠在一起的。

　　只要是没有风雨或大汐的黄昏，这样的脚印，每个星期都会出现一次。而且，每一次都出现在同一时间，准确无误。

　　这些脚印，从海岸下，向着沙滩的深处延伸过去，直到离海岸线远远的一座礁石下，脚印才终止了。

　　那是一处隆起在沙滩上，又深深地扎根到沙滩下的一座礁石。那座礁石的底部，布满了海苔，有时是潮潮的，有时是湿漉漉的。

　　在这片宽阔的，几乎是一望无际的，铺在苍天与大海之间的沙滩上，这座方圆大约10平方米的礁石，并不起眼。当然，在地图上更没有它的一席之地了。但这处礁石，却有一个奇特的名字，叫"唐山礁"。这个名字并非空穴来风。

这座礁石不知道生成于哪个年代。大自然的鬼斧神工,千万年来潮起潮落的冲刷,将之雕成了一个"唐山"。它惟妙惟肖,活脱脱的是一个扎根在那里的"唐山"。你拿起中国地图一对比,左看右看,近看远看,这座礁岩都是一座微缩了的唐山。不仅形象,而且它的方位,它的经纬走向,都布局得恰到好处。

那是一座不起眼的礁石。

这是冬天的一个黄昏。临近圣诞节了,从海的西畔,从唐山大陆那个方向吹来的风,带着凛冽的寒意。

这处海边,没有码头,也不是渔港,所以,在黄昏到来的时候,沙滩上几乎是空旷的。而在唐山礁上,坐着的那两个人,是偎依坐一起的。海风很凉,所以,他们靠得很紧。

是的,唐山礁后面沙滩上的那些脚印,正是礁石上这两个人留下的。

这两个人,一男一女,一对恋人……

/ 一 /

……1992年,桃园县荣民医院的一部分,搬到新竹来了。随迁的还有卢白莹。

1990年初春,从唐山大陆回到台湾不久,卢白莹就被任为桃园县荣民医院的护士长。

因为这里有许多是20世纪50年代初金门之战、朝鲜之战流落过来的大陆老残军人,所以,从他们那里,卢白莹总是能感受到一种温馨的气息——那是唐山家乡的气息;那是一种散发着故土乡愁的气息!在当年所有被遣送来台的大陆战俘中,卢白莹是最年轻的。然而到了1990年夏天,她随迁到新竹来的时候,也已经59岁了!

这个在朝鲜战争前,有过一次短暂的,却是刻骨铭心的初恋的女人,在1988年历尽波折,终于回到故乡;终于还寻到了当年那个"初恋"时,却没有感到一丝欣慰,相反地,她心中珍藏了38年的,那段关于初恋的美好记忆,却一时间里彻底破灭了!那是一次令她感到剜心刮骨之痛,令她感到彻底寒心的重逢;那是一次玷污了她圣洁的初恋记忆的重逢——卢白莹并不是因目睹到"他"早已成了人之夫而痛苦绝望。不是的！卢白莹不是那种人。她不至于是那种女人：那种会去苛求"他"为一段来不及表白的，只有双方默认的恋情——去为一个曾经"战死"的她而独守其身几十年。在"重逢"刚开始时，当她看到他事业有成，有了一个圆满幸福的家庭时，她还感到欣慰呢！然而，在随后的几个小时里，她发现自己记忆中的"他"已不复存在！她发现"他"自始至终，浑身散发出来的，只剩下那种令人悲哀，而又带着些许滑稽的——铜臭味！如果没有那一次重逢，她会把"他"；把那段短暂的初恋，美好地珍藏在心中，到老到死！然而，她失望了！

　　回到台湾，之后几年中，她当然一直再没有考虑过自己的终身大事、自己的归宿——曾修竹在她心灵上留下的伤痕，留下的阴影，太深太重了——而且，她已经到了日落西山的年龄了——恋爱婚姻，那是年轻人的事。

　　……在陈东溪，沈霏在临离土楼时，留下意味深长的那句"听母亲话吧，不会有错的"话，使她一时莫名其妙。沈霏一行三人离去的当夜，"母亲的话"就当面对她挑明了："莹儿，这事不能再拖了……我看，曾文玉这个人好，是（你）可以托付后半生的男人。我看的人多了，曾文玉是那种好到骨子里去的男人……往后，你们俩也都有一个相伴相扶的人了。"

　　那一夜，妈妈把这件事说得太突兀了！虽然，在台湾的时候，卢白莹就已认识曾文玉，而且在她印象中，他确实是个好人……但她从没有想过，要和他走到一起——这个多情的女人，她心里长年记挂的，是曾修竹啊！

　　……第一次见到曾文玉，是在一个风雨交加的夜晚，她在诊所里接到了一个要求出诊的电话，很着急。当时，男医生又不在场，卢白莹只好自己出诊了。那时，已经是下半夜了，马路上一时拦不到车子。这时候，有一辆人力车快步走了过来：

　　"医生，您要出诊？"

　　"是的，这么晚了，雨又这么大，而且是在士林路那边，不近呢。"

　　"上车吧，那条路我知道。"

　　卢白莹来不及看清这个裹着雨衣的人力车夫的脸孔，就上了车。直奔士林路28号，那是病人家属在电话中告诉她的。

　　病人是个10来岁的男孩，他腹部剧痛。卢白莹怀疑是急性阑尾炎，在家是处理不了的，必须送回医院去。可怎么去医院呢？病人那里没有私家车，这深更半夜的下雨天，还能再叫到车吗？她这又想起了刚才那辆人力车，可又一想，刚才没有吩咐他等着回程啊。

　　她着急地走到门外，却竟然发现那个车夫还在门外等着！她舒了一口气

问道:

"你怎么还没走啊?"

"我寻思到你出诊后还要往回走,我不等着,你要回去就叫不到车了。"

"那好,帮个忙,把小病人抱上车吧。"病孩的父母都不在家,家里留下的,是那个病孩的阿嬷,一个70岁多的老奶奶。她当然要随孙儿上医院。可是车厢坐不下三个人,卢白莹便毫不犹豫地把座位让给了她:

"车师傅,走吧,我跟在后面走,上坡的时候,还可以推一把。"

那车师傅看了卢白莹一眼,说:

"只能这样了,可雨又这么大,你不能淋着回去。"说着,他把自己身上的雨衣脱了下来,不由分说地塞给卢白莹,"你穿着,我习惯了风里来雨里去——别嫌脏。"话说到了这个份儿上,卢白莹不穿也得穿了……

那是70年代末的一个深秋的夜晚。那个时候,曾文玉每天晚上脱下军装后,就上车行去,租来一辆人力车,穿上车行的号子衣,跑起了拉客的营生——他要一个子儿一个子儿地挣下一笔回家乡,回山东赵家堡,回闽南御桥村的路费——他盼着真有那么一天,海的此岸彼岸,可以来回走动了,他要回家去,所以,他得拼死拼活地挣钱。

那天晚上,就是曾文玉往返拉的卢白莹。

/ 二 /

曾文玉也是随荣民医院迁到新竹的工作人员,但他是门卫工。这时候,他与卢白莹的关系还没有完全确定下来。虽然这层"关系"早在1990年的时候,双方的亲友已经挑起了一个头,但进程却很缓慢。毕竟都是一把年纪的人,而且都"独身"生活惯了——这种临老而至的"关系",不可能再像年轻人那种猛打猛冲、风风火火了。这只能是一种——酿制陈年老酒的过程,所以,只能是缓慢的。

随迁来到新竹之后,卢白莹又收到了母亲的信,信上说了"看准了,就把事情挑明了,把关系确定下来,你看,一转眼,又过去快两年了……"

卢白莹心里明白,母亲指的是曾文玉!

……那一天,卢白莹与曾文玉都不用值夜班,下午下班,临近黄昏的时候,卢白莹把曾文玉约到了海边,约到沙滩上。她要把"那件事"当面挑明了,确定下来。

新竹荣民医院离海并不远，也就二里来路。

他们一前一后，来到海边，然后，向沙滩下走去，走到唐山礁上坐下了。双方都没有为这首次的约会感到唐突，这仿佛早就是他们之间计划中的事了，只是现在才开始实施。

那时候，太阳还离西边的海平面很高。柔和的风，从海上吹过来的风，暖洋洋的，这是一年中最美好的季节——是谈情说爱的最美好的季节。

/ 三 /

谁说晚到的爱情——人生的黄昏恋就没有一点浪漫情怀呢？

不是这样的，你听，曾文玉就以身下坐着的那座唐山礁为题，开始了这个首次约会的浪漫诉说。他开始讲起有关唐山礁的一个凄美的爱情传说。他像一个大孩子那样开口说：

"很久很久以前，新竹这里还是一个渔村的时候，有一对新婚的渔家夫妇，年轻的丈夫往海的西面，往唐山大陆方向的海上去捕鱼时，连人带船被倭寇掳走了，年轻的妻子便天天到海边来，站在这唐山礁上，盼望着丈夫回家。等了几天，等了几个月……雷打不动，风雨无阻，还是苦苦等不到夫君回来。有一天，海上来了大潮汐，把新娘卷入大海……"

曾文玉像一个大孩子一般说着，卢白莹在一旁，也像一个大孩子一样听着。尽管这个传说，在荣民医院搬来之后，卢白莹就听别人说过了；尽管在海的这畔，海的那边，都有类似的、凄凉的传说，比如，在离泉州南门外再往南的很远的海边，不就有个关于"姑嫂塔"的传说吗？但是，听着这种老掉了牙的传说，从曾文玉的口中说出来，卢白莹仍感到是新鲜的、动人的……

"这个传说动人吗？"曾文玉问道。

"这个传说，动人是够动人的。不过，不适合我们当下的状况。"卢白莹说。

"什么状况？"

"那是一个凄惨的生别死离的故事，可当下，我们在一起——"

"今后呢？"

"我希望我们能永远在一起，你呢？可不能像传说那样——好，打住了，文玉，别再说传说了好不好？说说我们自己的事吧。我今天约你出来，是要让你看我母亲的来信。"

"可以看吗？"

"当然可以。她信中提到的，是我和你，我们之间的事。"卢白莹把信递了过去。

阳光还很亮，虽然已近黄昏。

曾文玉读过了信，认真地看着卢白莹说："你看呢？我尊重你的意见。"

"就这样定了吧。"卢白莹几乎是不假思索地说。

"……你该不会后悔吧？我们之间，有很大的差异，你已经是个执业医生了，而我什么都不是，只是一个门卫，用我们当年的话说，是个彻底的——无产阶级。我多年中苦苦积攒下来的那一点钱，都在1988年回唐山的时候，花光了……你要知道，我什么都不能给你……"

"那就由我来给你吧，尽管我也不富有，我告诉你，我爱你，我不后悔——我希望你也能勇敢地回答我同样的话——不是勉强，而是真诚。"

卢白莹的脸，此时正向着西边的大海，她的脸上落满了西照的夕阳。曾文玉离她很近，他看到了夕阳里，卢白莹满脸真诚。终于，迎着她的真诚的目光，曾文玉，勇敢地答道：

"我，和你一样……"

/ 四 /

夕阳已经西沉，沉入遥远的西边海面……

……忽有一层海水拍上了唐山礁。

他们这才发现，从脚下伸延而去，四面八方，已是一片茫茫的大海，沙滩已沉入海底，唐山礁也已沉下去一截！

此时，他们正被困在潮水之中！

"不好，潮汐涨上来了。"曾文玉惊叫一声。

"别怕，这里离海岸也就两三百米，大不了我们湿了衣裳，泅着上岸——但是，我们是得回去了。"

"好吧，我们蹚水回去——那好，我来背你——两个人湿裤子，不如只一个人湿裤子。"

"我有那么娇嫩吗，需要你来背我上岸？"

曾文玉没有回答她，他已高高卷起了裤管，把脱下来的鞋子塞进卢白莹手中，同时把背转了过来，贴向卢白莹，不由分说地已把她背在身上了。然后，迈下了礁石，跨进了水中——这一切，曾文玉都是以一个军人的迅捷，几乎是在瞬间完成了……

于是，他们俩，前胸贴着后背，开始在潮汐中跋涉。

这一段将近300米的跋涉，令男人的矜持，女人的羞涩，以及两人之前若有若无的生疏，一下子全消失了！

潮水已经漫到膝盖头上面了，而且还在上涨。

"你把小腿弯起来，尽力往上翘。"曾文玉说。

"你抱紧点，不要让身子往下滑。"曾文玉又说。

"好，我尽力往上翘。"

"你抱紧点，不要让身子往下滑。"

"我抱紧了。"

"把两只鞋带系在一起，就挂在我脖子上，你双手搂着我的脖子。"

"我怕搂紧了，你透不过气来。"

……

太阳已经完全沉没了，而月亮还没有升上来。海和天连在一起，一片昏黑。黑夜真好！黑夜使人分不清年老年少！现在，这两个早已年过半百的恋人，在黑夜中已完全变成孩子了——一个大男孩背着一个大女孩。

300米的归途，不算很近，而且，涉水前行，又不能迈开大步；而且，潮水并不是汹涌上涨，是温柔地往上漫的，完全不用担心会被淹了；而且，远远的海岸线的后面，可以看到新竹县城的街灯，不怕迷了方向……所以，他们可以从容不迫地，尽情地说着悄悄话。

"这以前，你背过女人吗？"

"没有——为什么这样问？"

"可我，背过男人，背过很多个男人。"

"啊！有这种事？"

"那是在战争中，在朝鲜战场上，我是前线护士……我背过，许多伤员，血肉模糊的伤员，有活的，也有死人。"

"噢，我差点以为，那是在——谈恋爱呢！"

卢白莹抽出一只手来，在曾文玉头上捶了一拳："你坏，你坏！"

"别闹，别闹，把双手搂紧了，要不然就滑到水中去了……"

"好，我不闹了——噢，如果你背累了，可以把我放下来——裤子湿了，就让它湿了吧。"

"不累不累，哪怕背几个来回都不累——你在后面累了吧？来，我再为你讲个故事——跟这背人有关的故事。"

"你说吧，我听着。"

"那好，我开始讲了，我讲的是猪八戒背新媳妇。"

"好啊，你又嘴贫了……"

这一次，卢白莹没有抽出手来捶曾文玉，而是，双手，把他搂紧了，用尽全力，把他紧紧地搂在自己怀里——是的，就如同害怕他丢失了……

……得感谢这个夜晚；得感谢这场潮汐——黑夜使他们变成了少男少女，潮汐使他们无所顾忌地拥在一起。

从他身上；从他的后脖颈里，冒出了阵阵人体的气息，那是一种当过兵的男子汉特有的气息。

这气息真好！这气息把卢白莹熏醉了……

她的脸从后面靠过来，贴在他的腮边。她的温馨的鼻息就在他的耳轮旁轻轻地吹拂着——但他不能被熏醉了，他背着她呢！

他听到了，她轻声地呼唤："文玉，你能把脸偏过来一点吗？"

他把自己的脸朝着她说的方向偏了过来。

接着，他听到了，她像在梦中一般地喃喃着：

"文玉，爱我，而不伤害我——好吗？"

"好！"他坚定地回答。

"永远？"

"永远！"

"文玉，你再把脸偏过来一些……"

那一瞬间……他感到，一张嘴，两片嘴唇，紧紧贴在了他的双唇上……

……啊，但愿这归程的跋涉，长些，再长一些……

……迟到的晚年的爱情，就如同即将凋谢的花——那就无须为"凋谢"而惆怅了——没有"凋谢"，就没有果实……

/ 五 /

这每星期一次的夜晚沙滩约会——只能每星期一次。因为，他们每个星期才能遇上一个晚上，双方都不用值班。

卢白莹与曾文玉，随迁到新竹来，已经整整三个月了。秋天过去了，冬天就到了。他们是来到新竹一个月后，卢白莹在接到了母亲来信的当天，才开始了那种黄昏的沙滩约会。这样子，冬天到来的时候，他们这种约会已延续了两个月。那两个月中，正是秋高气爽的季节。每个约会的日子，他们都没有遇上过雨，所以那每星期一次的黄昏约会，他们一次也没落下过。

在第一次约会的那个晚上，曾文玉就拿定了主意：手头再紧，也一定要给卢白莹一枚戒指！其意义不在于戒指本身，而在于那是一种"定情"物。他不能亏欠了卢白莹，尽管双方都已进入老年，但在他看来，这种"定情"，是不分年龄的。而且，人生能有几次"定情"？

到了第8个约会的夜晚，曾文玉把卢白莹的手牵了过来：

"白莹，那一天，我说过的，我要给你一件定情物——我带来了。"

"可是，那一天，我不是也告诉过你吗？我什么都不要。我只要一样——"

"那是什么？"

卢白莹伸出右手，用食指轻轻地，却非常庄重地按在曾文玉的左心窝上："这里，你的心——只要你的心中永远有我，我就知足了。"

"我的心——1990年，那一次，从唐山那边过来后，我就一直把你，搁在里面了。"很显然，曾文玉已感觉到，卢白莹那只纤细的手指头轻轻地摁在自己心口上的，那种沉甸甸的分量！

——第一次约会的晚上，卢白莹曾贴着耳朵叮咛嘱咐："爱我，而不要伤害我。"——他听出了，这是一个女人心灵的呐喊。

——对于战争在卢白莹心上留下的沉痛的创伤，曾文玉是理解的——他自己的心灵不也经历过战争的创伤吗？所以，不仅卢白莹——作为女人的那颗心，再也经不起任何创伤，他自己——作为男人，他的那一颗心，也同样是再经不起任何创伤了！

即将进入暮年的时候，他们邂逅了。

……1988年，背井离乡几十年后，当他几经辗转，几经波折，终于又寻到赵家堡，寻到张家小院，寻到张香英——他苦苦寻了几十年的媳妇，已成为他人之妻时，你能说，他的那种从容面对，是出自内心吗？

——不，那是石头人也要流泪的啊！由此及彼，他更能体会到张香英的苦痛。在张家生活多年，以及之后他的人生阅历，使他更能深刻地体会到他的"死"，对于张香英那样的女人所造成的伤害是多么沉重！他更能体会到，张香英对于自己的另嫁他人，没能等到他回来，而偏偏他又回来了——心上的那种"愧痛"是多么沉重！

他是一个善良的男人。当兵的人，经历过无数次的枪林弹雨，目睹过无数次的生死别离。当战争的硝烟远去之后，他更加善良了。这种善良，使他有宽阔的胸怀来爱自己周围的一切；包容自己周围的一切。

临老的时候，他与卢白莹邂逅了——那是善良与善良的邂逅；那是高尚与高尚的邂逅；那是纯真与纯真的邂逅。

天地间，最残酷的莫过于岁月了。它对任何人都同样冷酷无情，它夺去了每一个人的青春，不论你高贵或低贱，不论你富有或贫穷。

曾文玉与卢白莹，他们的青春都远远地逝去了。他们万万没有想到，当暮年已至的时候，还会有爱情来叩响他们的心扉！到了他们这个年纪，爱情更多的是心灵上的，而不是物质上的；更多是精神上的，而不是肉体上的——这是一种纯之又纯的柏拉图式的爱情。

自从他们之间有了默契，有了承诺之后，他们双方就一直小心翼翼地呵护着这份爱情。

他们的青春都早已远去了——来日还有多长呢？

不知道。

岁月已不容许他们可以像年轻人那样，有回旋的反悔的余地——所以一旦爱了，就必须爱到底——从老到更老，到死！

他们一直忠心耿耿地珍惜着这份爱情。他们深知：当他们相知相爱之后，任何一丝对于对方的伤害，都会是致命的。

——卢白莹不是曾经贴在曾文玉的耳窝上，喃喃地，却是庄重地说过——爱我，而不伤害我吗？

——作为男人的曾文玉，不也需要贴在卢白莹的耳窝上，喃喃地，却是庄重地说道——爱我，而不伤害我吗？

这种迟到的爱情，不再仅是一种男女间的稚嫩的爱情——它更多的是承载了一种责任，那是一种再也经不起反悔，再也经不起互相伤害的那么一种——爱情——当他们都已相互认可了这种爱情之后——他们必须也要同时认可将要生发于这种爱情之上的责任与担当——他们不仅要相爱着，而且更要相扶相助着，走到人生的终点！

卢白莹了解曾文玉经济上的窘况——她的薪酬，要比他高出三倍以上——尽管他的亲兄弟曾文宝的经济状况很好，但她更知道他是那么一种自强自立的男子汉——所以，在卢白莹这里，她不忍看到曾文玉为了两人之间的——那份爱情，增添哪怕是一分一厘的负担。

这个夜晚，当曾文玉把她摁在他心口上那只手握住了，准确无误地在无名指上套进了一枚白金戒指之后，卢白莹甚至有些生气了：

"你这是怎么啦？我们不是说过了吗，你什么都不用给我，一切由我来准备，我们不是说过了吗，爱我，而不伤害我——你这是哪里来的？"

"……白莹，人生只有这么一次，我不能……不愿……不忍亏欠了你——这是哪里来的，你就容忍我，暂时不告诉你好吗——这，当是一件秘密吧……"

/ 六 /

这是一枚戴在卢白莹手上大小相宜的白金戒指。做工精细，戒面上镶着一颗心形的小巧的红宝石。尽管卢白莹一生对这类东西看得很淡，关于这类东西的行情价格，她几乎一无所知。但直觉告诉她，那枚戒指一定价钱不菲！以曾文玉的工薪收入，那得花去他一个月、两个月甚至三个月的工资？

这个秘密不久就被卢白莹揭开了……

……不久以后，一个下着冬雨的夜晚，卢白莹出诊回来晚了。那个夜晚，雨下得不小，又是在冬夜，路上的行人很少。走在回家的路上，路途很远。卢白莹身上穿着雨衣，那时候，有一辆计程车从后面开了过来，轻声问道：

"这位先生，搭车走吧？"

因为穿着雨衣，所以从后面，难以认出卢白莹是"先生"还是"女士"。只是，计程车司机那一声询问，令卢白莹大吃一惊——这不就是曾文玉吗？

……其实，从随迁到新竹来之后，从与卢白莹确定了"关系"之后，不久，曾文玉又开始"挣外快"了。这么长时间了，除开沙滩约会的那个夜晚之外，每天夜里，荣民医院的工作做完之后，他又去开计程车了——这时候，台湾大小城市的路面上，已见不到人力车了。况且，岁月不饶人，体力不济，他再不能像当年那样跑人力车了。所以，他与几个计程车司机搭帮，在夜里，在他们需要歇息几个小时的时候——大多是深夜里的三个小时，由曾文玉去顶班，曾文玉付给他们固定的费用后，这三个小时的营业收入，归他所有。是的，如他自己所说：他只是个"彻底的无产阶级。"所以，他与卢白莹日后"办事"的费用，他必须靠自己的苦力，从计程车车轮下，从马路上刨出来！虽然他的骨肉兄弟曾文宝多次有言在先：他与卢白莹，日后"办事"，曾文玉什么都不用管，他只要他把恋爱谈下来就行了！骨肉兄弟那话里的承诺是：他与卢白莹结婚的费用，曾文宝会全部包揽下来！但在曾文玉看来，这等终身大事的花费，得自己去挣，才有意义！

……卢白莹站在计程车后车门外,脱下了雨衣,不声不响地迈进了车厢。

这回,轮到曾文玉大吃一惊了!

"文玉,这就是你的'秘密'了?你这是不要命啊……其实,这几个月来,我就发现了,你双眼一直布满了血丝,而且,人也明显的消瘦了……你啊,你啊……"

卢白莹哽咽了,她心疼了……

/ 尾声——爱情与海 /

在沙滩的深处;在离新竹市海岸线远远的唐山礁——那座礁岛被浓浓的夜色笼罩着。下弦月早已退隐,夜深了。

黄昏,在冬日将要西沉的傍晚时分,有一对恋人,从海岸那边走了过来,走在绵软的沙滩上,走到唐山礁上,坐了下来。

离圣诞节已经不远了,这是冬天的夜晚,冬天的夜风刮得很紧,而且非常凛冽。是西风。

这一对恋人,在黄昏时,刚走下沙滩,走上唐山礁坐下的时候,他们面向大海,遥望着夕阳落入海平面。由于迎面的风过于尖厉,此时,他们已挪动身子转了过来,面对着远远的新竹海岸线。夜色很浓,坐在唐山礁上,可以看到海岸线后面新竹市内的街灯。

两个恋人偎依在一起,偎得很紧,他们虽然都穿着厚厚的冬衣,但仍感到身上阵阵寒意,所以,他们靠紧了;他们互相温暖着对方。

无疑的,这对恋人依旧是曾文玉与卢白莹。

……

"白莹,月珍姐要回唐山大陆的事对你说了吗?"

"说过了,听说这一趟回去要好些日子哩,文宝兄没对你说吗?"

"说了,他们这次是要结伴回去的,很快就要动身了。"

"那么,接下来的一段时间,我们就抽不出身子来这里了。"

"是的,我们得请假一段时间去台北了。那边的新龙山餐馆交代我关照着。"

"老龙山餐馆那边,月珍大嫂子也交代我了。"

"这一趟他们回去,很多的事情呢,首先要带回去4副骨灰盒呢,我伯父这边一副,月珍大姐张家那边有三副,而且分葬两个地方,晋江与东山,好远的路程呢。"

"是得迁回去了，听说几位老人生前都有交代，殁后要魂归故土，都几十年了。"

"我兄弟说了，本来想让我与你商量，让我们一起回唐山大陆去，把我们俩的事，也一起带回唐山办了，了却了一桩心事。"

"文玉，我是想呢，我们俩的事，哪一天到了，就在台湾这边办完了，再回唐山大陆那边一趟。你想，你我的亲朋好友，大多是在台湾……当年的那些老战友……"

"这事，我尊重你的主张。"

"那你也得与兄长商量。"

……

身后，一阵猛烈的西风刮了过来。那风掀起的浪花，溅到了唐山礁上，溅到了这对恋人身上。

他们回头一看，大海涨潮了，身后一片迷茫……

……海水涨到唐山礁下来了。

他们必须回去了！

曾文玉是否又要背起卢白莹回到海岸上去？

在那一段蹚水跋涉回到海岸上的途中，曾文玉还会不会对卢白莹讲起猪八戒背媳妇的故事？

——热恋中的男人，都有点"坏"。

第十二章　马尼拉城外，风雨中赶路的中国老人

/ 一 /

菲律宾没有雨季、旱季之分。菲律宾是个多雨的国度。一年四季，每一个星期，甚至每天，甚至一天之中三番两次，常常的，炎日高照，或月亮低悬，一阵云过，一阵风来，雨就哗啦啦地下了。

这是一个老人，在太阳即将偏西的时候，从红奚礼示小镇的远郊，拦住了一辆前往马尼拉的马车。

这是一个要赶往马尼拉的老人，他当然明白，要在日落之前赶到马尼拉是不可能的，但他没有丝毫犹豫地登上了马车。

这是七八月里的一个下午。

我们已经说过，菲律宾是个多雨的国度。这时候，这辆往南而来的马车，在走离红奚礼示地区愈来愈远，距马尼拉愈来愈近的路上，遇上了迎面来的风，是南风，是一阵阵带着些许凉气的南风。这是带雨的风。在菲律宾，不管东西南北风，只要吹过来的风是带着些许凉气的，是急一点的风，八九不离十，就把雨给带来了。

车老板抬头望了望天空说："雨就要来了。"

他刚把嘴合上，便有雷声响了起来，那是沉闷的、带着浓浓雨意的雷声。于是，雨就落下来了。

雨越下越大，迎头浇来的雨，灌进了马鼻子，拉车的马，连连打了几个响鼻，车速明显慢了下来。此时，天已经昏黑下来了，不是乌云密布的那种昏黑，是黄昏过后的那种临晚的昏黑。

离马尼拉还有将近5公里。虽然是在雨中，虽然车速明显降了下来。但是，在天空全黑下来之时，车是必到马尼拉的！乘车老人口里不说，但心里非常着急。

其实，早在走出红奚礼示地面一段路之后，车老板就听到了车厢下有一种怪怪的声音，他意料到是车轴出毛病了，但那时，雨已压到头顶上，他不忍停下来，让车上的乘客待在雨中。一路上，车上的客人陆陆续续下去了。

现在，天也黑下来了，雨也越下越大了，马车上也只剩下那个戴眼镜的中国老人了。看到马车再也没办法走动了，这个中国老人下了车说道：

"先生，对不起了，我帮不上您的忙，我又得赶路了。"

车老板连忙说："使不得，使不得，雨这么大，前不着村，后不着店，你等雨小一点再走。我这里至少有车厢可以遮雨。"

那中国老人说："我必须尽快赶到马尼拉，耽误不得。"

见到中国老人执意要走，车老板脱下身上的雨衣，塞进他怀里："我年轻，风雨里淋惯了，不碍事。"

那中国老人想掏出雨衣钱递过去，但那个车老板不由分说地推了回来。

"先生，那我只能说一声谢谢了。"那中国老人披上雨衣，便告辞了车老板，朝着马尼拉的方向，消失在风雨中了。

/ 二 /

这个中国男人是谁？他为什么要这么急急地，在风雨中，在夜幕下，赶往马尼拉？

那雨下得真大啊，他的厚厚的眼镜被雨水淋糊了，他不得不把眼镜脱下来。

一脱下眼镜，他眼前更是昏黑一片，所以，他只能是凭着感觉，往前走去。

——他到马尼拉后，要上哪里？到了那里他又要找谁？

从马车停下来的那个地方，到马尼拉城，还差不多有5公里的路，这不算一段很长的距离。但雨很大，扑面的风很急。这个戴眼镜的中国老人，视力非常糟糕，他不得不时不时地把被雨水蒙糊了的眼镜脱下来，揩净了，再戴上去，辨别一下方向，再继续往前走去。然后，眼镜又被浇蒙了，又得取下来，再揩擦一番……一路上他就这样不停地重复着这些动作，深一脚浅一脚，跟跟跄跄地顶着风雨前行。

所以，对于这个中国老人来说，在这个夜晚，这5公里路就成了一种艰难的漫长的跋涉。

还好，这个中国老人，终于摸索着，走进了马尼拉城。终于感觉到了有街灯闪亮。但这样的夜晚，马尼拉的街灯也被漫天的雨蒙糊了。对于这个中国老人来说；这个不时要把他那副玻璃杯底一般厚的眼镜，脱下来擦干了，戴到脸上，继续赶路的中国老人来说，有灯与没灯，几乎是同一种感觉。

如果在这个夜晚，马尼拉街面上有窨井——我们说的是，在他几乎是被雨水蒙着眼奋力前行的街面上，出现没有井盖的窨井——他必然会一脚踩空，落进窨井里。他毕竟年老了，若是他果真落进了窨井里，他还会像当年那样安然无恙吗？还会有一个年轻的姑娘，从窨井口探下身子来，把手伸给他吗？

……不会了，那是——三四十年前的事了。那一次"落井"，促成了一段姻缘——过去了，过去了，都过去了。

……一切过去了的亲切的往事，都因为青春的逝去，而只剩下一种酸楚的记忆了……

这个顶着风雨，走进了马尼拉城的中国老人——他要上哪里去——他要找的人是谁？

——他要去马尼拉银杏街童学校。

——他要找的人是沈霏。

/ 三 /

当那个中国老人还在风雨中跋涉的时候，沈霏正坐在灯下读着一封信，这是寄自唐山的信。那是一个女孩写给她的……

……几年了？两年多了！

如此说来，两年多前，在唐山、在闽南、在泉州城里认识的那个山东女孩，并没有忘记她！沈霏当然也没有忘记她，才不到三年的时间，怎么可能忘记那样一个女孩呢？她不是清晰地记住了，她叫赵小红吗？

……是两年多前的春天，是早春二月，元宵节后不久，正月刚刚过去——是在法庭上见到她的……

……法庭内外，有很多人，几乎是拥挤的。

那一天，赵小红的杀人致死案，是公开审理的，可以旁听。当然，那些前来旁听的，都是冲着赵小红而来的——孙局长在"KTV"包厢里被杀的事件，早已在小城里传得沸沸扬扬，人们对于孙局长的死于非命，似乎不大当怎么一回事。更多的是对赵小红的关心。

……人们想象中的这位烈性女孩，既然来自山东，那一定是"山东响马"似的人高马大……然而，出现在被告席上的那个女孩，根本不似人们想象中的"山东响马"，她身材高挑苗条，那张带着些许稚气的脸上，隐隐约约还可以看到蒙着薄薄一层儿时的乳毛。她清纯得如同挺立在湖面上的一枝莲荷，丝毫也看不到,她所从事的那种职业的人,脸上通常都会有的那种世故——她还完全是个大女孩呢!

那一天,沈霏参加了法院的庭审。离休以后,她就接受了人民法院的聘书,当上了人民陪审员。无论从当人民陪审员这个责任上来讲,还是从她与曾文宝一家、与赵光辉的关系上来讲,她都要出席这场庭审的。

赵小红被带上了法庭。她是从旁听席正面的,那个打开着的栅栏门内,被警察带上法庭的。

沈霏这是第二次见到赵小红了。第一次是正月里临近元宵节的前一天,那一次是在看守所里,是她带着赵光辉与曾文宝、曾文玉兄弟去见赵小红的。

……赵小红本来就长得白皙,上的又是夜场的班,见的阳光就更少了,因而,就更显白了。但上一次在看守所里见到的赵小红,她脸上的肤色,显然是一种略带病态的灰白,灰白中一种令人不忍直视的憔悴。从一个清白无辜的少女,沦为一个杀人犯,在杀死孙局长的同时,她在自己心灵上也划下了一道难以愈合的创伤。更何况,看守所里见到阳光的时间更是有限的,一两个月下来,她脸上出现那种苍白与憔悴便不奇怪了。

——第一次见到赵小红,让沈霏悲哀了很长的时间——以前的赵小红,学生时代的赵小红,沈霏没有见过,但她心眼中,像赵小红这般年华的女孩,脸上是应当充满阳光的——她沈霏一生为之奋斗的目标之一,不是也包括了让所有的像赵小红这样的花季少女都有一张充满阳光的脸吗?

这一次,作为人民陪审员出庭,她见到的赵小红,比上一次,气色好了很多,尽管脸色还很苍白。而且,她的神色,也比上一次从容自若了许多。她依然穿着囚衣,依然干净利落。与上一次不同的是,她今天的头发,是用一条小小的三角巾束在一起,在脑后挽成了一个发髻。她这是第二次作为被告走上法庭,这之前几天,她刚获得了一个巨大的喜讯:朱朝辉被无罪释放了,而且,大学里又接受了他!这样子,她对于人生又有了满满的希望,她深信朱朝辉不会嫌弃她曾经当过——"三陪女",不会嫌弃她成了杀人犯!她深信朱朝辉一旦知道了她身陷囹圄,一定会来看望她!她深信爱情的力量——他们的爱情,不是在童年的嬉戏中形成的。那是一种贫困中、逆境中的相知相交,直至相助相爱的一种恋情。那是一种足以抗击人生长河中的千难万险,而抵达幸福彼岸的爱情。这个善良的女孩,在得知朱朝辉恢复了学籍之后,她已经无所牵挂了!对于自己的结果,她已经有了最坏的预料:杀人偿命——她或许被判处死刑,对此她已有了足够的勇气从容面对,死而无憾了!她是以生命维护了自己作为一个人的尊严——尽管那仅仅只是一种起码的尊严……而且，她爱过了，她也被爱过了——她的人生没有缺陷了！

……所以，这一天，她走上法庭，是以一种不亢不卑的步伐，而且几乎是昂首挺胸地走过来的……

……她例行公事般地回答了法官例行公事般的问讯：姓名，性别，年龄，籍贯……接下来，还是法官与犯罪嫌疑人之间例行公事的问答：

"你是否致死了孙××？"

"是的。"

"为什么杀人？"

"因为受不了那种侮辱，我是为了自己的尊严。"

"你对自己所犯下的罪行，后悔过吗？"

"没有，即使因此被判死刑，也不后悔，而且，如果不被判处死刑……以后，遇上这种侮辱，我还是要——"她没有说出最后那一个"杀"字，因为最后的话，她几乎是咬牙切齿说出来的。那个"杀"字，被她"咬牙切齿"地咬断在口中了……

……赵小红曾经是鲁西北地区那所学校文宣队的优秀队员，她演过各种剧目，她突然滑稽地感觉到，这一问一答，仿佛就像在排演一出话剧……

而作为人民陪审员的沈霏，听到这些问答，几乎是惊心动魄了——她不敢想象，这个长相秀丽到了妩媚动人的女孩，心中为什么会有这么强烈而深沉的仇恨！她倒抽了一口冷气……她甚至吓出了一身冷汗……她怀疑自己是在梦中——她梦到了什么？

她紧捏了一下自己的虎口，有些痛——她不是在梦中，她捻了一下自己的心口，很痛！——她醒着！

她在思考！她在反思！

……

"被告，你难道就没有想过，由于你的犯罪行为，给被害人的家属造成的伤害？"

——法庭的问讯还在继续——听到这里，赵小红像触了电一般，浑身战怵了一下：

"谁？"——她看到了原告席上一个中年女人——是戴孝的中年女人，不用问，那是孙局长的老婆了，在这个中年女人身旁，坐着一个女孩，看上去是一个年纪与赵小红相仿，也戴着孝，无疑的，她是孙局长的女儿了。

对丈夫的死；对于父亲的死——悲哀过后，冷静下来——这一大一小两个女人、母女俩都视为是一件丢人现眼的事！所以，当法院告知她们可以提出附带民事赔偿诉讼申请时，母女俩都放弃了，她们仅提出了"一切服从法院判决"……

然后——法庭上经过了好一阵子的安静之后，母女俩听到了一种声音：那分明是一种带泪的声音；那分明是被告发自肺腑的真诚的声音：

"……阿姨……姐妹……对不起了……真的，真的，我是不想杀死孙局长的……当时，我失手了……如果你们恨我，如果我的死，能减轻你们的痛苦，我请求法院判处我死刑……"

……这些两年前发生在唐山法庭上的一幕幕，此时又清晰地出现在沈霏眼前……

/ 四 /

……这时候，在马尼拉城内，那个在风雨中跌跌撞撞走了近两个小时夜路的中国男人，已经摸索到银杏街童收容学校来了，寻到沈霏的寝室来了。

——眼镜！

——那厚如玻璃底的眼镜！

最先映入沈霏眼帘的是那副眼镜！她颤巍巍地站了起来，不假思索地叫了起来：

"朱义汉，你终于来了！"

"你，就是沈霏了！"

"那一天，在红奚礼示立人学校——还记得吗，我去搬书的那一天，你就没有认出我来吗？"

"没有，一点都没有……"

沈霏深深地叹了一口气："哎，我们都老去了，老得互相都不敢相认了。"

"……我知道，那一天，你又回过头，去了立人学校，可是那几位福建省去的支教姑娘，第三天就回唐山去了……事情就耽误了下来，一耽误，几个月就过去了……平日里，我难得上红奚礼示立人学校来，前天，我听到立人学校又新来了几个福建的支教老师，我去见了她们，才从校长那里收到你的信，今天就赶了过来……"

这时候，英蒂走了过来："朱先生，衣服准备好了，你先去浴室那边洗了吧，把湿衣裳换下来，然后，你还得吃夜宵，别客气，我们早就吃过了。"

洗过澡，换上了干净衣裳，吃下了夜饭，朱义汉返回来了：

"你知道，我眼下住的那个地方，离红奚礼示镇区，20来公里呢——是往北去的方向，是山区。对了，我在那里，开了一爿小菜仔店——菜仔店，你是知道的……家父在50年代末就过世了，他原来经营的那个肥皂厂，早已荒废了……"

"当年，我就听说了，你回唐山时，你父母原本是希望你留在南洋顶替他们经营肥皂厂，当老板，是吗？"沈霏问道——她又想到自己身上：当年，养父母不是也打算让她招赘一个上门女婿，把布庄交给他们吗？

"……可是绕了一圈，我们又回到南洋来了……"朱义汉说着，声音低了下去。

"你后悔吗？"沈霏直视着朱义汉问道。

"对于当年的选择，我从来没有后悔过。倒是对1961年的——鬼使神差——我又离开了唐山——一直后悔呢——哦，对了，沈霏，你在那封信中提到，我们应当……原谅……真的，从当年，到现在，我一直没有——责怪过，真的没有！倒是我心中愧疚啊……那一年，那一天，上面布置要批判吴启标先生——不，是同志，我不该临阵逃脱啊……作为同志，作为同是在党的落难同志，而且，又同是菲律宾回去的人……那一天，我是应当留下来，为他申辩——几句话……可是，我……所以，沈霏啊，说真的，真心话，不是我们理解不理解我们的党，我们国家的问题，而是，我们——我应当求得我们党，我们国家的原谅、宽恕的问题。真的，几十年来，我的心中都是这么想的，我愧对啊——祖国，愧对，我们那个党，愧对妻女啊——我想她们啊，我常常想得心都痛了起来，痛得发麻啊……"

朱义汉的话，让沈霏深深震撼了！她几乎是瞪大了双眼，望着近在咫尺的这个肤色黧黑的老汉。这个与她一样，在菲律宾出生的中国人；与她一样，在新中国成立初期，从南洋奔赴唐山，投身如火如荼的建设事业的中国人——还是她记忆中的，戴着那副厚得像玻璃杯底一般的高度近视镜；那浑厚的高亢的没有老去的声音——

还是那个朱义汉啊！

她没有想到，一个曾经在自己的祖国经历了那么多，那么多磨难的朱义汉，在离乡去国几十年后，仍然怀有那么一种浓烈的赤子之心——她久久说不出话来。她能说些什么呢？以至于朱义汉不能不再一次开口了：

"沈霏，我都活到这个年纪了，我犯不着说假话——你知道，我向来是讨厌甚至是痛恨说假话的——想想吧，当年，就因为……我们的国家、我们的党……耽误了多少时间，走了多少弯路，耽误了多少事情——蒙受了多少损失啊——沈霏，我很想知道，你怎么也——又回到南洋来了？"

朱义汉的问话，令沈霏大吃一惊——但是，她的本性，决定了她不能编造一套冠冕堂皇的话来，尤其是面对朱义汉这样的赤诚汉子。

她几乎是嗫嚅着答道：

"说到底，我其实是在逃避，是——逃兵！"沈霏的话，也是肺腑之言，没有一丝戏谑之意。这时，轮到朱义汉吃惊了：

"你，怎么可能呢，在我的记忆中，你在工作上一直是一帆风顺啊……怎么可能啊？"

对于朱义汉的诘问，沈霏无法回避。她只有据实相告。然而，她听到了朱义汉这样说：

"面对这些，怎么可以忍让，怎么可以退却，怎么可以逃避呢？"——依然是那种浑厚的高亢的，没有老去的——朱义汉的声音。

——当年，沈霏参加了"准右派"朱义汉的批判大会。祸因是郭朝霞采写，卢老师签发的那篇报道——当铺天盖地的批判声迎面扑过来的时候，朱义汉不是也以他年轻的高亢浑厚的声音这样宣告吗？……她当年就分不出是非吗？为什么会分不清是非？为什么当年就不敢为朱义汉发出一个不同的声音——说句"公道话"？

"……朱义汉同志，其实，我是应当反省的，我们的——境界——我是指我自己——有时候是不是很——低下呢？"她伸手拿过来桌面上的一沓信笺，"我刚才正在读这些信，这一个多月来，我连续收到了两封信，是唐山寄过来的，就是我刚才提到的那个赵小红写给我的——你可以看——看看吧，这些青年人，这些经历过那么深重劫难的这一代年轻人——赵小红与她的恋人朱朝辉，他们是怎么的坚贞不屈，他们的信念是何等坚定，他们是如何以一种积极向上的心态，不绝望，不放弃，不破罐破摔，勇敢地、正直地直面人生的苦难……比起他们来，我们恐怕都要感到脸红的……义汉，你看吧——我们这个民族是有希望的，是大有希望的，这是我读到赵小红这封信时的感想。"

她把那封信交给了朱义汉："这是第一封信，是7月底收到的。"

/ 五 /

敬爱的沈霏阿姨：

　　转眼之间，都两年没有见到您了。沈霏阿姨，那两次见到您，都是在初春里吧，第一次是元宵节前，是在看守所里。后一次是在正月刚过的时候，是在法庭上。沈霏阿姨，那一天，站在被告席上，我看到您老人家了。当时，我已经知道，您老人家对我的案件所持的那种公平、公正……我是那一年清明节前一天第三次开庭时被判无罪释放的。那一天，我没有看到您老人家，不然，您一定会为我高兴的，我也一定会拥上去抱住您老人家说一声谢谢——当天，是我的父亲（他在"文革"后期，在泉州当兵服役期间就认识您老人家了）接我出来的，我在御桥村的那位伯祖母也去了，她把我们接回御桥村祖家老宅院住了些日子。

　　沈霏阿姨，还在看守所里，我就知道，朱朝辉已被无罪释放了。现在他已恢复了学籍、奖学金，回到大学去了。我预先交付在法院的，那些准备附带民事赔偿的款项，也如数退了回来——我后来才知道，这些钱，有您垫上的一大部分，这是我出来后，朱省身叔叔告诉我的（这笔退款的事，当年朱省身已及时告知沈霏了，征得卢白莹的同意，沈霏交代他把该款转到黄杰汉处，用于扶助银杏镇贫困学生的教育基金——作者注）。后来，我很快离开了泉州，临走时，我又去了几趟原来上班的那个酒店，劝说本来与我同在"KTV"上班的那几个小姐妹，到工厂上班去，回到正常的人生轨道上来了。

　　我想的是，我们每一个人都有责任通过自己的努力，使我们的社会更加美好！对了，我还去了那个孙局长的家，见到了他的妻女。我想，我是该去感激她们的——无论如何，毕竟是我杀了她们的亲人——她们始终没追诉我的附带民事赔偿责任——那一天，那个母亲，那个比我妈妈年纪大了好多的母亲，一个人民教师，她拉住了我的手说：孩子，与过去告别吧，你不再当"三陪"了，这很好，勇敢地走向未来吧……

　　沈霏阿姨，从杀了人，到进了看守所，几个月了，我仅掉过两次泪，第一次是在看守所看到我爷爷时……还有这一次……那一天，我抱住那位母亲，号啕大哭……

　　回到山东后，我立志还要读书，我是半农半读。爷爷奶奶年纪大了，重活干不了了，爸妈又去了南方打工，承包地主要就靠我耕作了……母校的老师们，没有嫌弃我，免费提供给我课本，为我布置作业。每个月，我雷打不动地去两趟母校，是星期天去，交上已完成的作业，领回新布置的作业。整整两年时间，我一直没有放弃学业。

……沈霏阿姨，不怕您笑话，两年来，我拼命地学习，几乎是不分日夜，更别说什么节假日了……我心中有一个秘密，更应当说是有一个理想，或者说是有一个梦吧——我想上大学，我想向朱朝辉哥哥那样，考北京大学法学系！……自从前年无罪释放，离开泉州，回到山东乡下以后，我似乎变得爱思考了，或者说，思考的事情变了。

当然，自从有了报考北大法学系的决定之后，我第一个就写信告诉了朱朝辉，他自然是完全赞同我的决定的，他还时常邮寄过来我急需参考的教材，他几乎是每个星期都会给我写信——前天我数了一下，这两年来，他寄给我的信有80封了！……他在信中这样告诉我：

我们俩有幸从各自的噩运中走出来，更多是靠着我们这个民族的那种善良的传统道德力量，从这个角度上来讲，我们国家的未来是充满希望的，因为我们拥有这样的民族，而从另一个角度来讲，一个民族一个国家，要真正走向现代化，更需要具备一种维护公平公正的制度力量。他说：我们选读了法学系，除了要传承我们民族的优良传统道德之外，更要立志于投身到缔造维护公平公正的制度力量上来——我目前还不能理解这其中的深刻道理，但我相信自己终将会理解的。

对了，我们，朱朝辉与我约好了，我们相爱着，但在我上大学期间，一定要把全部精力放在学业上，绝不能让恋爱影响了……你相信吗，沈霏阿姨，回到山东两年多了，我和朱朝辉还没见过面呢。两个暑假，两个寒假，他都没有回家，虽然有了奖学金，但寒暑假里，他都没有放弃家教。他来信中说了，新生入学，花钱的事多着呢，他要尽力积下一点钱，在我考上大学时，交给我，免得我手头太紧了（当然，他还要时常寄些钱给母亲）。他好像那会儿就已经看到我会考上大学了……

……每年春节或是重大的节日，我都会上马坡店去看望朱朝辉的妈妈……

……沈霏阿姨，我一下子给您写了这么多，您不会不耐烦吧？沈霏阿姨，现在已经到了7月中旬，高考已经结束了。高考结束后的这几天来，不知怎么的，我突然连续几天都做着相似的噩梦，我梦到的多是自己在泉州做"三陪"时的那些事——认真思考下来，我是必须对自己从事过的那段职业忏悔的。不堪回首，但必须回首——

……我现在已经明白,那是一种畸形的病态的现象,是谁催生了这种病态这种畸形?我们大家都需要反思的——在失手杀死了孙局长之后——我又想到了我曾经杀过人的事——我一直是理直气壮的,问心无愧的……直到那一天,当我面对孙局长的妻女——因为我,她们已经成了可怜的孤儿寡母——我才实实在在地哭了一场,我用自己的泪水对自己的心灵进行了一次洗礼,我终于有了后来的反省。

沈霏阿姨,您比我的奶奶要年长几岁哩,而且,从阅历从资历,您更是我们的长辈,我写了这一些,您不会笑话吧?

沈霏阿姨,这两三年中,经历了这么多的变数,我发觉自己终于长大了,懂得了一些道理……我终于告别了,在"三陪"生涯中日渐积淀下来的,那种对于外界事物的莫名的仇恨……我终于发现,人世间,还是好人占了绝大多数,所以,正义终究能够战胜邪恶!我想,一个人有了这样的信念,任何时候,都能活出希望来,任何时候,都会充满了爱心,而不是仇恨。

……现在已到了7月中旬了,我问了邮局,这封信到菲律宾的时候,应当是7月下旬了。

沈霏阿姨,写到这里,我想该搁笔了。写了这么多,说的几乎都是关于上大学的事,仿佛是自己已经是考上北京大学了——沈霏阿姨,您千万别笑话我……

朱义汉把手中的信逐字逐句地读了一番,他心潮起伏,因为激动,末了,他几乎是颤着声音感慨万分地说:"这个好孩子,这个赵小红啊,比起当年我们像她这个年纪的时候——水平要高得多啊——沈霏,她后来考上北大了吗?"

"没有——你再看这封信——我能理解,对于怀着远大抱负的赵小红来说,最终没有考上北大,可以说是一种致命的打击!但她毕竟是坚强的。面对这种打击,她没有倒下去——你看,这是她9月里给我写的信,我刚收到的,你接着看吧。"

沈霏又把另一封信递给了朱义汉。

敬爱的沈霏阿姨:

上一次给您写的信您应当收到了吧。8月中旬,我得知,我并没有被北京大学录取,由于填写志愿时,我只写了北大,没有填写其他志愿,所以虽然分数也并不低,但最终也没被其他大学录取。大学落榜,要说不痛苦,那是假的,我为之苦苦奋斗了两年,那不仅是我个人的希望,还寄托了多少人的希望……我为此哭了整整一个晚上……

　　……但人生的路还得走下去……尽管我的祖父母,我的父母亲还有朱朝辉,都鼓励我再复习一年,明年还去报考,但我还是决定了:还到外地去打工……两年的时间,我没有浪费一分一秒,我复习了高中三年的所有课程,我学到了许多知识。我已经准备好了,待家中责任田里那些早熟的庄稼收下来之后,就到南方我爸妈那里找一份工作……

　　赵小红的两封信,写得很长——离开沈霏阿姨两年多了,她有太多太多的话要对沈霏阿姨讲……

　　……她是1990年4月初被判无罪释放的,走出看守所之后,柳月娇不由分说地,硬是拉起赵小红父女回到御桥村曾家大厝,硬是把他们留住了整整10天:

　　"承红侄儿,小红侄孙女,你们该称我伯阿嬷(伯祖母)呢,你们是曾家血脉,这里更是你们的家,你们妈,也是这曾家大厝的媳妇……山东那边,你们不能放下赵光辉,他老人家,照顾了你们几十年,不容易啊!无论什么时候,我们都不能撒下他老人家……回山东后,你们一定要告诉他们,赵家堡那边,御桥村这边,都是家,常来走动常来住住……"

　　从看守所出来以后,赵小红听到了许多关于沈霏的故事,对于这个一生充满了传奇色彩的老革命老前辈,赵小红充满了敬仰之情!沈霏与她无亲无故,可在她出事落难之时,却亲人般地向她伸出了救援之手,秉公直言,奔走呼号……

　　……当她终于获释之后,得知她老人家已悄然去了南洋。这个知恩图报的山东女孩,当时就急得哭了起来!随后她回到山东,在整整两年半耕半读的那段时间里,她几乎是废寝忘食、悬梁刺股,奋力地拼搏着……虽然后来结果并不尽如人意……

　　现在,她终于可以给沈霏阿姨写来这信了……

　　……和朱义汉一样,这些信,刚刚沈霏也读了一遍又一遍。

　　"相比于赵小红,我们是不是要软弱多了?"沈霏看着朱义汉问道。

　　朱义汉呢,他把眼镜摘了下来,擦净了——对着赵小红的信,他读出了泪水:

　　"……相对于赵小红的磨难,我当年的遭遇算得了什么?可我们——我,却逃避了。"

"是啊，我刚刚也在想……比起他们来，我们是落伍了。他们这一代人，比我们坚韧，比我们有主见。尤其对于历史变革中那些负面的、消极的东西，他们要比我们更有——抗击力。对于躲不开的磨难，他们更能勇敢面对，他们没有消沉，没有颓废。"

"……这真是一代胜过一代啊！这就是少年强，则国强的——注脚吧！可以说是一代胜过一代吧！"

"我想，是的，总的说来，是这样的——可我们呢，往往过多地看到了那些负面的，却忽视了能真正代表我们国家的希望与未来的——真正的大多数……所以，我们往往悲观失望……不能真正客观地认识……朱义汉啊，我真想能很快再见到赵小红呢……我到南洋来，已有这么长一段时间了，银杏街童学校的事情，都走上正轨了，日后可以沿着现在这种模式走下去了，我对子钟一家人有个交代了。而且，我年纪也大了，岁月不饶人啊，我又想回唐山去了……哪一天，你和我一起回唐山吧……"

第十三章　故土的召唤

/ 一 /

罗茜的出家，成了杨月珍永远的痛，为什么痛，她却说不清楚。她只依稀地感觉到，那痛，是带着一种莫名其妙的愧疚的——痛。

……罗茜的青春，罗茜的少女时代，都化成了连绵的爱，洒在他们林家了！

1982年，播种银杏的季节，目睹着罗茜义无反顾地在静海寺落发出家，杨月珍曾经尽力地想要阻止她；她甚至曾经想过，就把林家小院留给罗茜；就把林云昭、陈燕玲留给罗茜……把林家的一切，都留给罗茜，她就留在台湾那边，度过余生……但，她没敢把这些话说出口——她是个非常聪明而又非常心细的女人——回唐山那些日子，虽然短促，但10多天接触下来，她知道，那些话，一旦说出来，只会伤了罗茜的心，那是对于罗茜几十年圣洁无瑕感情的亵渎——那份对于林家的感情的亵渎——这使得杨月珍时常感到一种莫名的愧疚——多年来，每一次接到南洋夫君的来信，每一次接到南洋儿子、儿媳的来信，她的内心都会感受到这种愧疚！

是的，这一切，所有的这一切，在别人看来，她都可以心安理得，这一切都不能归咎于她杨月珍——但是她杨月珍却做不到——这就是人与人之间的差异了！

在接到南洋那边寄过来的晓晓的照片——孙儿还没有正式起名，他在拂晓时降生，林子钟说，那就先叫晓晓吧——那一刻，杨月珍最先想到的是罗茜——林家能有今天，是因为有了罗茜啊！如今，她一手抚养成人的林云昭当上父亲了，林家的事业正蒸蒸日上，风生水起，可罗茜却出家了；林子钟当上了祖父，可罗茜却出家了；她杨月珍当上了祖母，可罗茜却出家了！

——一想到自己当上了祖母，杨月珍突然生起一股淡淡的哀愁——她一时发现自己老了，来日无多了，可有些事，她还没有做呢！她由此想到了张家二老，她的再生父母；想到了张阿强，她的异姓兄长——那一家人——把她从阎罗王那里抢了回来，并且像亲生骨肉那样疼爱了她整整10年，直到离开人世——那待她恩重如山的一家人啊！

她这一生，得到旁人的恩惠是太多太多了，她欠下的情太多太多了！可她一直没有回报过。当年张家二老草草下葬时，她在坟前承诺过，一是日后要先把葬在金门的张阿强的骨殖移过来，伴在二老身旁。这一桩事，在她走出困境，有了一点积蓄的时候，她兑现了。还有一桩，那也是当年在二老坟前承诺下来的——有一天，她要把张家三人的坟，迁回海的那畔，东山老家去，让他们魂归故土——她深信人是有魂灵的，她不忍看着张家三人的魂灵就这样漂泊在异乡。尽管在这里，她每年清明方便去上坟，但在这里，张家没有祖厝祠堂，那是每个人身后安放木主的地方，没有那样的地方，一个人的死，便是残缺的，不算圆满——她现在突然想到，自己也将会有老到了手脚都动弹不了的那一天；自己也会有回归故土的那一天——这不是已经老了；这不是已经老到当上了祖母的这一天了吗？——那么，接下来，谁来了却这个心愿呢——1982年回唐山大陆，她是绕了一大圈，几乎是偷偷摸摸回去的。现在，不是已经可以公开地回去了吗？近些年来，在龙山餐馆的后面，三四里路外的外潘湖村，那里聚居过不少当年从海的那畔被掳获过来的东山人，不是有愈来愈多的人往返于海峡这边那边吗，谈起海的那畔的乡情吗？

　　——杨月珍知道，恩人张家，在东山那边的陆地上，其实也是有家的，那边叫张家渡头——那是那一带讨海人身后的家——他们在生的时候，随船漂泊，四海为家，老了死了，便要在张家渡头寻一处小小的地方，入土为安。虽称张家渡头，却是当地多姓讨海人共有的坟地——从1949年到现在，几十年过去，有多少行船走海的人，已经陆续老去故去，葬在张家渡头了？

　　有关故土的信息，是必须一代代人传承下去的。客死他乡的前人，总要把那一切，告知客生他乡的后辈——张家二老还没发病的时候，不是曾经把张家渡头的事告诉过杨月珍吗？他们不是多次表白过吗，在生不能回到故土，但死后是要回去的！

　　张阿强的死，白发人送黑发人，使二老绝望了，两岸隔海相望，儿子先于他们而去，他们是要老死在海的这畔了，而且要永远客葬他乡，不能回归故土了！

　　1982年，杨月珍与曾文宝首次的大陆之行，她没能实现自己的承诺，把张家三位"亲人"带回唐山故土。多年来，这成了杨月珍一个永远的心结。现在，两岸间往返走动，宽松许多了！而且，这近一两年来，杨月珍突然发现，自己老得更快了！她的眼睛花了，她的头发大片大片地白了，她大吃一惊，自己已经66岁了！他们林家的事，近些年来，一件一件的顺心顺意，林家能有今天，还不是得惠于那一个个帮衬过他们的人？她又想到了龙山餐馆的曾人望老人家，在 1975 年临终的时候，不是也提起过将来有一天，他是要迁葬御桥村？这不仅是曾文宝的事，也是她的事！唉，人老了，该做的事，细细想来愈来愈多呢！

/ 二 /

1992 年冬，餐馆里歇午的时候，杨月珍来到潘湖码头的新龙山餐馆，她是来和曾文宝商量再回一趟唐山故乡的事。当然，商量的主要细节，就是如何把几个亲人的骨殖迁回唐山故土去。

到了新龙山餐馆，杨月珍一把事情说出来，曾文宝很快地答道：

"这事，我正也想对你说呢，现在两边走动，不卡得那么死了，不仅我们这畔的人过去，那畔的人也过来呢。我这里不时有泉州南门外来的顾客，都是冲着泉州口味来的。你那边也有不少吧？好吧，你看，这趟回唐山，啥时动身？"

杨月珍说："这一次回去，恐怕得多待些时日了，有那么多事情要办。"

曾文宝想了想说："这一次，尽可以不必像以前那样，总在想着来回赶路了。一来呢，我刚才说过了，两岸间走动宽松多了，愈来愈不管得那么严那么多了。二来呢，我们不在这边的日子，我这里可以让文玉来照看着，你那边呢，尽可以让白莹过去。这样子，回唐山大陆的时候，我们尽可以放心了。"

"文玉是你的自家兄弟，是合该过来的，可人家白莹，她会愿意吗？这菜馆营生，杂杂碎碎的，累死累活人哩，白莹细皮白肉的，能担起这种粗活？"

曾文宝听罢，有模有样地笑着说："白莹嘛，也快成一家人了。"

"这话怎说，怎么就快成一家人了？"

"这话说来长也长，不长也不长——1990 年那年春节回泉州，白莹是与我和文玉结伴同行的。回到泉州后，我们一起去看望了卢老师，在土楼住了两天，没想到卢老师会看上我家文玉，还交代我跟沈霏要两边撮合——就是那回事。那种事，女人是看得很重的，不像我们男人。我只能私下对白莹说，不能嚷开。所以，连对你，我都没把那事声张——我兄弟自然点头了，没想到，白莹这边也没有异议。这不，转眼间，他俩就交往好几个月了，他们不也常去你那边走动吗，你没看出来？"

杨月珍笑笑说："我怎么能看不出来，当我是孩子？我和你想的一样，这种事能轻易说出来吗，没想到你连媒人钱也自个儿赚了。"

"现如今，不用保密了，他们眼下就差把事办了。月珍，咱们都是泉州南门外御桥村的人，说实话，你看他们俩，合适不合适？"

杨月珍打趣道："就差办事了，这才才想起我这个乡亲——哎，人嘛，就讲究'缘分'两个字。"说到这里，杨月珍深深叹了一口气，禁不住又想起了罗茜，一个多么善心的女人啊，又一门心思跟定了子钟……可就是没有缘分啊……她什么也不图，空着双手，就那样出家去了。

看到杨月珍怔在那里，曾文宝轻声问道：

"月珍，你想起什么来了？"

杨月珍也不瞒着他："我又想起罗茜来了。"

"罗茜……当年还是我把她带到唐山的，那时，她还是个大女孩呢，一晃——44年过去了，比做梦还快哪！哎，难得这么一个痴心又善心的女子啊！"曾文宝连声感叹着。

说到罗茜的"善心"，杨月珍的眼圈都红了，喉头也哽了：

"我杨月珍，我们林家，遇到的尽是些善心人啊……张家两代人，曾老伯父……我该报答的恩太多了，我们一家拿什么回报啊……你也知道了，南洋那边，云昭的事业，一帆风顺，而且，生了个胖小子……"

"月珍，你也别老在心里——怎么说好呢——过意不去吧，你们林家不也一直在行善吗？我这条命，不也是你们林家、仁和叔、子钟兄弟给的吗？"

两个唐山泉州南门外老乡，一唠起来，总有说不完的话！末了，曾文宝说：

"这事就这么定了，迁墓的事与机票的事，都由我来备办好了。我想，就在这两三天里办吧。"

杨月珍说："机票船票各种证件，你熟门熟道的，你就一手办吧，迁墓上的那些细事，统统由我来操办吧。"

看看时辰不早，杨月珍就要回老龙山餐馆那边去了，刚跨出店门，却见卢白莹、曾文玉一前一后走了过来：

"我和文宝正有事找你们商量呢，正好你们来了。"杨月珍说着，把他们带进店里。

交谈之间，文宝、月珍才知道荣民医院那边，前天送过来一个朝战的唐山大陆那边的老战俘，在台北医院抢救了两天，今天中午时咽了气。他们是过来要曾文宝这边备下几个菜，给那老兵送行。老兵是泉州人，得按泉州那边的习俗办。

"……当年过来的老兵，一个个走了……单桃园那边，据我所知，今年就走了十六七个。"曾文玉黯然说道。几个人议论着，心里不禁都感伤起来。曾文宝、杨月珍把他们刚才议定的事说了。卢白莹一听，便说：

"你们放心走吧，这里的事，我和文玉会帮着伙计们打理的。有些事，还真得赶紧办，岁月不饶人不说，而且，现在往来方便……"

/ 三 /

一个星期以后，曾文宝、杨月珍已带着骨灰盒到达东山岛了。到车站接他们的，除了东山县张家渡头许多张姓本家堂亲之外，还有当地乡县的父母官。而黄杰汉与林云昭，两个人是从福州赶过来的。

杨月珍的这次回乡之行，她事先告诉了南洋的儿子，儿子三天前就赶回唐山了。临离马尼拉时，沈霏再三再四交代林云昭，到了唐山后，这事一定要及时通知黄杰汉，为这事，她自己也从南洋给黄杰汉挂了电话。所以，按照沈霏的安排，林云昭一回到唐山，就先去了福州，陪着黄杰汉到东山来了。这边的接待，也都是黄杰汉打了招呼的。

从1949年以后的两三年中，东山岛有不少男人被台湾那边掳了去，有的整个村子的男人都被掳走了，这就有了"寡妇村"。

……多年之后，张家两代三口人迁葬回乡了。他们三人，算是第一批在台湾殁后迁葬回来的乡亲。所以这次回葬，东山岛的乡亲们看得特别重。

……老一辈的东山人依稀记得：当年张家的小船，在从泉州湾回到东山岛的水路上，捡到了一个年轻的外地落水女子……40多年后，这个女子护送着张家两代人的遗骨回到了故土。这件事轰动了东山岛！

下葬这一天，张家渡头几乎人山人海，人们都想亲眼看看这个有情有义的外乡女子呢！

当天，杨月珍不仅自己依照当地的习俗，以女儿的身份，穿上了麻衣孝服，也让林云昭按当地的规矩，披麻戴孝……

由于曾文宝、杨月珍还从台湾带来了曾人望的骨灰盒，所以，他们在把张家三位亲人安葬之后，只在东山岛过了一夜，第二天一大早，他们一行，包括黄杰汉、林云昭在内共4个人，就来到车站，乘上了前往泉州的客车。前来送行的人，仍是人山人海，重情重义的东山父老，送别了重情重义的异乡贵客。几位张家近亲婶姆，更是紧紧地拉住杨月珍的手久久不放："以后回来了，一定来东山走走……我们张家人，永远把你们当自家人……"

……在泉州南门外，在御桥村对面的观音山上，御桥村的乡党们以非常隆重的仪式，下葬了在外乡出生，身后又回到故土的曾人望。

……看到那座浑圆的墓堆垒实之后，杨月珍低声对林云昭说："孩子，我们一家人，欠这世上的情太多太多了，有些事，妈妈这一代人，恐怕报答不了了，你们接着报吧……"而后，她又回过头来，向着曾文宝，"你说，这人啊，除了今生外，还会有来世吗？"曾文宝没有回答她，她又说了下去："……我想会有的……还有些恩德还有些恩人……只有来生来世再报了。"

曾人望的葬仪结束之后，杨月珍茫然了：现在，她该去哪里呢？

她的故乡就在御桥村；林家小院就在御桥村塔山坡……

她知道：林家小院如今已经上锁了。

……从1982年到现在，前后已过去10年了……当年春天，她第一次从台湾回林家小院为云昭办婚事，那时候，林家小院是多么热闹！

——她目睹着，在她"死去"的几十年中，番婆罗茜是如何把一座小院打理得井井有条！而如今，人去院空了——林家小院里再不会有罗茜了！罗茜出家了——那是因了她杨月珍的复活吗？

——杨月珍不敢往下想。

人生中，有些记忆是不堪回首的！

"妈妈，要不，咱们今晚就住到泉州华侨饭店去吧？"——她听到儿子云昭在耳旁轻声问道。

她没有回答。

"妈妈，我想过，我们那小院，往后就打开了，我来添置几样东西，让村邻的老人们当个娱乐场所行吧？"——她又听到了儿子在她耳旁轻声问道。

她依然没有回答……

……这是泉州南门外这段时间里一个难得的晴朗的日子，阳光很好，可惜已经临近黄昏。

杨月珍久久没有作声。她伫立在那里，望着远处正在渐渐沉落的太阳，她满怀苍凉……她似乎是在沉思——她沉思着什么？

林云昭凝视着母亲。他看到，镶嵌在母亲那张布满皱纹的脸上的双眼里，是什么在闪闪发光？

——那不是泪水吗……

第十四章　回唐山的双桅船离岸了

/ 一 /

又到了圣诞节了；1994 年的圣诞节到来了。

圣诞节前后的菲律宾，气候温柔得如同一个多情的少女。

这个季节里，菲律宾热带的阳光不再灼人。阳光是温柔的；海上吹过来的风，灌满大街小巷，那风也是温柔的，温柔得如同初恋时，女友的披肩秀发，在你的面颊上飘拂。

一年一度的圣诞节又将来临了，1994 年 12 月 25 日，沈霏迎来了她重返菲律宾后的第 5 个圣诞节，如此说来，她离开唐山，回到马尼拉前后都 4 年多了！啊，比梦更漫长的是人生；比梦更短促的，也是人生啊……

圣诞节是菲律宾一年中最盛大最隆重的节日，就如同中国人的春节。

在马尼拉，几天来，无论是在老城区或新城区，无论是在华人区或是其他地区，人们都开始忙着张灯结彩了，整座城被打扫得干干净净，打扮得漂漂亮亮，那些临街的商家，有的已经心急地在门口摆出了圣诞树，连圣诞老人也满脸笑容地站在门口了。

像所有的学校一样，银杏街童学校在圣诞节也将放假，因为这里的孩子们都无家可归，所以，说是放假，这里的孩子其实也仅仅是不用上课，不做作业而已。

圣诞节前夕，在吃晚餐的时候，沈霏奶奶与燕玲妈妈向每一个孩子分发了一份圣诞礼物，那是每人一套量身裁制的新校服，因为今年是中国的狗年，所以，每个孩子又分到一份小狗形蛋糕。末了，沈霏奶奶又宣告了一个让孩子们欢欣雀跃的好消息：

"孩子们，明天，我们还要去阿悦山远足，要把厨具带上山去，我和你们的燕玲妈妈，要尝尝你们亲手做的饭菜，品尝你们的烹饪手艺，今晚我们大家都早点休息，明天早点出发……"

听到沈霏奶奶这些话，孩子像喜鹊一样欢呼了起来，随后，又像喜鹊一般各自飞回自己的窝巢去了。

几年来，银杏街童学校前后收容了 200 来个流浪儿，年纪参差不齐，超过 14 岁的大都半工半读。这几年来，有些当时收容过来的大一点的孩子，都长成了小伙子、大姑娘了，有的就业走了，但绝大多数是留在银杏公司里，当工人、当送货上门的"走街先生"，甚或当了车间的管理人员。而沈霏返菲后接手的是几十名年龄最小的街童，她来之前，陈燕玲是这几十个街童的老师兼妈妈。沈霏来了之后，孩子们都亲昵地称她为"奶奶"，这句称呼是陈燕玲教孩子们叫的。

银杏公司是个充满活力的小企业，虽然没有赚下许多钱，但能过得下去，而且大家都过得很开心，朝气蓬勃。林云昭、陈燕玲已经度过了最艰难的创业初期。现在，整个公司上下无论年纪大小，每个人都像一只只勤劳的蜜蜂，每天都满怀希望地为公司、为自己酿造蜜汁。

而"蜂巢"，是银杏街童学校的孩子们，对自己床铺的爱称。银杏街童学校的宿舍较前几年又有了一些新变化，目前是有男女两间宿舍，每一间都有 20 多平方米，两个房间靠着北墙根的这一边，都放着一个"蜂巢"，都有三层，每一层都有三个格子，那格子有两米长，高宽都有 80 公分，呈正方形，这样子，每个"蜂巢"都有上下 9 个格子，也即 9 个床位，整个结构就如同一座巨大的"蜂巢"。每个格子都能很宽敞地躺进去一个人，无论是大人或者孩子。在每个"蜂巢"的旁边，都贴着一张小小的扶梯，便于睡上铺的人上下。菲律宾气候四季如夏，但因担心睡在"蜂巢"里的人会感到闷热，"蜂巢"的脚部都对着一排大窗户，海风随时都可以吹进来。而且，它的头部上方，房屋的天花板上，都挂着两个大吊扇，风扇一开，落到地面上的风又反吹到各个格子里。这样，每个格子都有对流的风。这种"大蜂巢"是林云昭设计出来的，是用坚硬的木头打造的。这种设计可以充分利用宿舍的空间，又可培养孩子们团队合作的精神。住进"蜂巢"里的街童们都非常喜欢自己的格子床，没有住进银杏街童学校之前，他们白天四处流浪，从城市到乡村，从这个岛到另一个岛，夜间露宿街头，雨天躲进桥洞里。林云昭与陈燕玲每个星期都分别有一两天与街童们一起睡在"蜂巢"里，他们告诉孩子们："我们都来做一只勤劳的蜜蜂，团结一心，创造我们美好的生活。"

起初沈霏也曾经提出过也要睡到"蜂巢"里，与孩子们在一起，但林云昭、陈燕玲硬是拦住了她：她年纪大了，手脚不如孩子们灵活了。

看着孩子们都钻进自己的格子床之后，操劳了一天的沈霏也觉得累了，便早早回到自己的房间去了，她也需要休息了。

/ 二 /

……其实，沈霏已买好了圣诞节这一天回唐山的船票，但是，她对孩子们隐瞒了这件事，她生怕因了孩子们的挽留而改变回唐山的主意。

最近一段时间里，她一直归心似箭，对于唐山故土的牵挂，令她火急火燎。她之所以没有买飞机票走，是因为她想重温一次少女时代回唐山的路——1950年，她是从马尼拉港乘轮船去了香港，再从香港换船经厦门到的唐山故土。从1950年到1990年，40年中，她再没有回过菲律宾，1990年离开唐山时，她曾经想过，自己已年近七旬，来日无多，她想回到生她养她、她少女时代为之战斗过的菲律宾；回到安葬了她的养父母的国度，然后尽其所能再为那里的人民做一点善事，在那里终老，伴着父母葬在华侨义山。她曾经把这个心愿告诉过林仁玉，林仁玉在给林云昭的信中谈到了这件事。很快地，沈霏便接到了林云昭、陈燕玲的信函，他们在信中热情邀请沈霏到马尼拉去，到他们的银杏街童学校去，因为那里太需要一位通晓英语、中文与菲语的老师了！而且沈霏本来就持有菲律宾的出生证与护照，可以在菲定居。这样子，沈霏很快就到马尼拉来了。如愿地又回到菲律宾之后的第4个年头，她终究发现，她的心，其实一直也没有离开过她的唐山故土！最近一段时间来，当她愈是觉得精力不济的时候，便愈是浓烈地思念着她的故国，她甚至还想过，她在1990年春天离开唐山重返菲律宾的决定是否过于草率？父母去世以后没能葬回故土，那是因为当年处于战乱，无路可回。父母在世的时候，可是常念叨着叶落归根的事啊！可自己为什么回到唐山的40年后，却又折了回来？这一桩事，只有她自己明白——多年了，她一直不能忘怀在解放了的新中国那40年中，自己在工作中所干下的那些蠢事。

她来到菲律宾，可是她真正"逃脱"了吗？刚开始的一两年中，置身于久违了的菲律宾，她似乎有了一种莫名的宽松的解脱感。可是接下来，在唐山时的那种抑郁感又缠上了她，那是一种阴影、一种精神重负！最近一段时间来，她更是感觉到了菲律宾之后，这种精神重负甚于还身在唐山的时候！

为了摆脱这种重负，1994年圣诞节这一天，沈霏奶奶毅然决定回唐山了！

她是69岁那一年，又回到菲律宾来的，那是1990年春天的时候。1994年冬天，在菲律宾待了4年之后，她突然又异常浓烈地思念起她的唐山故土来了。在临近圣诞节的时候，她瞒着所有的人——包括林子钟、林云昭、陈燕玲；包括街童学校的孩子们，她买好了圣诞节这一天凌晨 6 点从马尼拉港开往香港的邮轮客票。为了这次返回唐山，她激动得彻夜难眠，刚刚过了凌晨 3 点——离开船时间还有 3 个小时，那时候，整座学校的人都熟睡了，她轻轻地提开房门。

那头护院的大狗正卧睡在她房门外，它站了起来，在沈霏裤脚上亲密地磨蹭着、舔吻着，沈霏弯下腰，亲昵地抱着它的头；把自己的头贴了过去……

而后，她轻轻地放开那只大狗，悄无声息地走出校门，几次回头望了又望，然后匆匆地朝华侨义山走去。她要向长眠在那里的双亲做最后的告别。

父母的坟墓还在那棵大榕树下，当年她守灵住的那间小屋已不知去向，她在墓前跪了下去，她摸到了笼罩在夜幕中的那方墓碑，那上面凝聚着黎明前的露水。

"爸，妈，今后，我怕再也难来看望你们了……"

随后，她走出墓园，朝马尼拉港匆匆而去……

/ 三 /

……船在海上走了很久很久，终于停靠在厦门和平码头了——1950 年秋天她第一次回唐山的时候，这里还叫太古码头——接下来，她的第一站目的地不是泉州南门外，而是永春，是永春一都山上的银杏镇——站在银杏镇的高坡上，她极目远望，啊，四周的千山万岭，到处是郁郁苍苍的年轻的银杏树，无边无际……初冬的季节里，树上挂满了银杏果。这不是 1982 年以后，才又重新种上的吗？多年前，由于年轻，由于愚昧，由于无知，她曾经带领一大帮民工，一座山一座山地把一棵棵银杏树砍倒了。以后的多年之中，她怀着一种深深的负罪感，尽力促成各有关方面，又在这里种上了银杏树，最先捐资播种的是林云昭，哎，这次回银杏镇来，怎么没有邀他一起来啊——来看看这满山遍野的银杏树结果了！

她感到了一种莫名的欣慰，那是一种良心得到救赎的欣慰……她因此泪流满面，随后，她自然是要去静海寺的。

……静海寺前的静海湖，满湖的莲荷早已凋去，残阳落在湖面上。昨夜漂浮在水面上的薄冰尚未融尽，凛厉的冬风又在吹生新的浮霜了。

广惠罗茜早早迎候在静海寺门前了……

法莲僧尼已圆寂多年，现在广惠是静海寺的住持。

沈霏上前一步，握住了她合十的双手，禁不住老泪纵横，两个人都感到了对方的手在抖动。然而，只是片刻，沈霏发现罗茜的双手已趋于平静，她哽咽着叫了一声：

"罗茜啊！"

听到这声呼唤，沈霏紧握着的罗茜那双手猛地一震，随后竟静如枯槁、冰凉如雪了：

"贫尼法号广惠……寺中并无罗茜。"——"广惠"是法莲师父在她落发时为其起的法号。

广惠的回答，静如止水。

这一声静如止水的回答，又让沈霏泪流满面……

啊，啊，人生啊，人生，猜不透，摸不着的人生啊！当年那个如花似玉的菲律宾少女，如今都老成这副模样了，她可是比沈霏年轻了差不多10岁啊！

这一次从菲律宾回来，沈霏把朱义汉也带回来了……从在菲律宾又见到朱义汉那一天起，沈霏就下定了决心，无论如何一定要把朱义汉带回唐山来……这一次，朱义汉果真随她又回到唐山来了……

……沈霏带着朱义汉，找到郭朝霞的家了，不用说，郭朝霞住的，已经不是当年住的地方了，她搬了几次家，要不是沈霏带路，朱义汉还真是找不到自己的妻女了！

……她把朱义汉带到郭朝霞这里来了，她郑重其事地再三交代郭朝霞：

"记住了，把他看好了，别再让他走丢了……"

……随后，她又去了卢老师那座土楼……怎么回事，赵光辉、曾文玉也来了，还有赵小红，她身旁那个陌生的男青年——应该就是朱朝辉了——你们的信，我收到了，我和朱义汉这次回来，还准备要上北京看你们呢……要不是读了你们的信，我和朱义汉还不会下定决心回来呢……

/ 四 /

……从永定土楼一回到泉州，沈霏就病倒了，病得很沉。她被送进了市医院的病房……

黄杰汉从福州赶到病房来时，沈霏竟不能从病床上坐起来与他交谈了。两个抗战中在马尼拉菲华支队叱咤风云的年轻人，如今都已是过了古稀之年的老人了！

她病情恶化的速度，令所有医生都措手不及……

清濛村的父老们在接到她的病危通知书之后，立即从沈姓祠堂里搭起那座大轿，赶往医院，把她扶上了轿，8个精壮后生，轮流抬着她，直往泉州城南门外飞步而来。

经过顺济桥的时候，半躺在轿座上的沈霏突然叫停了众乡党：

"慢一慢，停一停……"遵照她的吩咐，一行人在桥中停了片刻。

……沈霏侧过头去，探下身子，望着远远的江面，啊，亲爱的母亲河晋江啊！——在儿时，在南洋的时候，沈霏不止一次从父母口中听说过这条宽广的母亲河。现在正是枯水期，江水已落到了江底。冬天的阳光从江的上游，从天的西边流泻过来，深深的江面上，落日的余晖闪烁着……

是黄昏了，血色的夕阳染红了江面。

冬季里的风很急，从江口吹来的风，把沈霏额前那几乎完全雪白的头发吹散了。

江上吹过来的风是冷的，阳光似乎也没有一丝热气，过了好一阵子，有一乡党贴到沈霏耳旁，轻轻地说：

"不早了，咱们该赶回家了。"

沈霏听着，终于恋恋不舍地把目光从遥远的江面上收了回来，轻轻地挥了一下手：

"走吧！是该赶回家了……"

/ 五 /

……啊，这不是朵莲寺了吗，路旁那个亭，那是吴记虎先生捐的，当年他从菲律宾捐了5架战斗机回国，他的儿子也从阿悦山回来参加抗日部队，最后战死唐山——这是上一代人，上两代人的事了……

几十年了，春夏秋冬，这座小亭庇护过多少避日躲雨的路人？又是4年不见，这座小亭愈加斑驳愈加老气横秋了。

过了无名小亭不远，便进了清濛村地界了，那是一片龙眼树林……那一片四季常青的阔叶树，即使已到了冬季，满山遍野依然是一片墨绿葳蕤……

冬季日短，落日已完全西沉，而夜幕也早早落下了……

穿过夜幕下的龙眼树林，沈霏感到眼前一亮……

她听到了亲切的乡音……

清濛村沈姓祠堂已到了眼前，那耀眼的灯光就亮在祠堂门口。

啊，那不是养父母吗……他们怎么也在这里啊？

还有一个人……

她简直不敢相信自己的眼睛，然而，那个人已贴下身来，把她拥在怀里了：

"沈霏，我们终于相逢了……"

沈霏也把他抱紧了，然后，她用头狠命地撞击着他的胸膛：

"……啊……啊啊，你啊你啊，从 1942 年到现在……52 年了……从菲律宾寻到唐山，我寻找你 52 年了啊……你怎么这才出现啊，你到底去了哪里？我们都老了啊……"

她在那个人怀里抽搐着、哭泣着，泪水将两个人都淹没了，她高声呼唤着：

"尔齐、尔齐、尔齐啊……"

/ 六 /

……1994 年圣诞节——对于马尼拉银杏街童学校的几十个学生来说，这个夜晚仿佛特别漫长。

沈霏奶奶答应过他们了，圣诞节放假那一天，将要带着大家到阿悦山上去远足野餐，那是离红奚礼示市不远的一座风景秀美的山。山的整体形状是浑圆的。50 多年前，菲律宾大部国土沦陷期间，菲华支队等多支菲华抗日健儿曾撤入阿悦山，以此为基地，开展抗日游击战。沈霏、沈尔齐都曾经在阿悦山战斗过。

……好不容易等到天亮了，"蜂巢"里的孩子却没有见到沈霏奶奶前来叫醒他们，以往每个黎明，沈霏奶奶都要前来招呼他们起床、洗漱、做早操，然后，用餐上课。

终于，孩子们等不及了，有一个孩子带头从"蜂巢"里跳了下来。

今天是怎么一回事？沈霏奶奶可每一天都是这座楼里最早起床的人啊！

孩子们拥到沈霏奶奶的房门前来了。他们一个个蹑着脚板，他们不再叽叽喳喳，他们生怕惊醒了沈霏奶奶——沈霏奶奶晚上太累了；她教孩子们学了一个半小时的英语，安排孩子们睡进"蜂巢"里之后，又去了楼下的食堂，看明天给孩子们吃的早餐是什么……

接着，所有的孩子都钻出"蜂巢"，穿好衣裳，拥了过来。

沈霏奶奶的房门关着，沈霏奶奶显然还没有醒过来，孩子们轻轻叩响了门扉，里面没有回应。

过了一阵子，他们再一次叩响了门扉，仍然没有回应……

终于，孩子们齐声叫了起来："沈霏奶奶！"

接着，孩子们推开房门走了进去。

沈霏奶奶依旧睡得很安详，没有一丝要醒过来的意思。

圣诞节早晨的阳光非常明媚，那明媚的阳光从朝东的窗口流泻过来，洒落在沈霏奶奶的脸上。阳光里，她脸上那些深深的皱纹已舒展开来，她的嘴边似乎挂着一丝难以发现的微笑。而后，孩子们还发现，她的眼角分明挂着一滴晶莹的泪珠，那泪珠，在晨光中闪烁。她脸上漾出的是一种悲喜交集的神情。

孩子们还不知道，辛劳奋斗了一生，也爱了一生的沈霏奶奶再也不会醒过来了，她那双十分美丽、十分慈祥的眼睛永远地闭上了。

孩子们当然也不知道，他们的沈霏奶奶昨晚做了好长一个梦。梦里，她乘着一艘双桅船离开了马尼拉湾……随后换上轮船，去了唐山……

……她把自己的血肉之躯，以及人生中最后的那份爱，留在了养育过她的菲律宾——留给了菲律宾那众多的街童；她的灵魂，以及承载着她灵魂的生命，已随着那一串漫长的梦，在昨夜，穿越大海、穿越长空、穿越千山万水，回到了他的父母之邦；她的唐山故土——而她人生中的一切遗憾，一切残缺，一切内疚与不安，都在梦中得到了补偿。

沈霏的死讯，是在当天中午，传到红奚礼示远郊，传到朱义汉开着菜仔店的那个小村落的。那时候，他正在吃午饭，接到这个噩耗，他如同当头落下了一记响雷，他端着饭盘的手久久停在半空，半张着的下颌，也那样久久地悬在半空里。接着，他浑身战栗，饭盘掉到地上，摔碎了：

"这怎么可能呢，生龙活虎的一个人啊，我们都约好了啊……"

然而，银杏街童学校那边来报丧的人，胸前别着白花，臂上箍着黑布圈……半晌之后，他终于回过神来，对那报丧者说：

"你也一起吃饭吧——要不然,也要喝一口水——我们一起走……"

太阳偏西的时候,朱义汉赶到沈霏的灵堂来了。

沈霏躺在那里。她的身旁撒满了洁白芬芳的茉莉花,那是孩子们从校园里采摘下来的。在菲律宾,这种花被尊为国花。她走得很安详,走得从容不迫,所以无须入殓师过多地整容。

林子钟一家人,还有银杏街童学校的孩子们都伫立在沈霏的遗体四周。朱义汉靠上前去,握紧沈霏那只似乎还温热的手:

"沈霏,我们不是约好了吗,再过两个月,春天到来的时候,一齐回唐山……"

朱义汉哪里会知道,沈霏并没有失约,在昨晚,她已用她的灵魂,把他带回唐山,交给了他的妻女!

……重返菲律宾的这几年中,沈霏曾经多次无意间流露出来:她死后,将伴在双亲身旁,葬在马尼拉华侨义山……

她如愿以偿,林子钟、林云昭在紧傍她养父母的茔边,为她选置了一处墓地……

1994年的时候,在菲律宾,还有为数不少的,当年抗日组织的菲华支队、抗反、妇救会……的老战士健在,他们都前往华侨义山参加了沈霏的葬礼……

(第四部完)

后记

　　《南洋泪》真正动笔于 2000 年，至 2002 年成书。原稿曾寄给了多个出版社，基本上都没有回音。其中有个编辑，大约是粗略翻了一下，所以建议我以"乱世年头"（原稿中的一章）为样本，铺开来重写，写成"番客婶秘史"。我立即意识到那意味着什么：无非就是要我把我们侨乡女人经历过的那些不幸写成艳情小说去展销，我断然拒绝了。从写《南洋泪》的第一笔开始，我便一直怀着一种深深的敬畏写着，我不敢亵渎自己那份神圣的初心。还有一家出版社，来信要我汇上 20 元邮资，才能退稿，否则将由"我社统一处理"，我知道什么是"统一处理"。为了守住一个作家的尊严，为了《南洋泪》的尊严，我汇去了 20 元，要回退稿。

　　然而，《南洋泪》还是以民间状态的形式，迅速地流传出去了，2004 年初夏流入北京，于是引起了两个人的关注，这就是著名评论家、人民文学出版社的编审汪兆骞先生与大名鼎鼎的梁晓声先生，于是梁先生在《人民日报》上写了长长的评论文章，汪先生则力促北京长河魂公司与晋江政府合作，投入巨资，将之改编成 25 集电视连续剧投拍，由吴天明执导。随后，海内外多家报纸杂志或选载、或连载、或评论了《南洋泪》，尤其是《世界日报》做了全文连载。以后，读者便揪住不放了，非要作者再有下文，于是接下来有了第二部《春风秋雨》（写成于 2007 年）；又有了第三部《夕阳西下》（写成于 2009 年）；再而，有了第四部《望乡》（写成于 2014 年），这些文稿后来都在《世界日报》上进行了连载。这样子，最早的那部《南洋泪》就成了现在的第一部《艰难岁月》了。

　　2012 年第三部《夕阳西下》问世三年之后，人民日报华闻影视中心又将第一部至第三部连接起来，改编成电视连续剧。

　　……我是作家，而不是写手（或写匠），一些作品或许可以是蘸着墨水写，或许可以用电脑敲打出来，可我很笨，我只能是蘸着热泪或热血来写，字字泪、句句血。《南洋泪》的底稿，每一页都浸透了我的眼泪，常常是写着写着，便禁不住号啕大哭，大泪滂沱了。

作品要感动读者，作家首先要感动自己。
　　……《南洋泪》是非写不可的，那是对于我多灾多难的母亲的承诺。而且，我生活的历史中所经历过的那些人那些事，那些活生生的人或是那些逝者的魂灵，都在逼着我写。作为一个作家，那一切要是不写出来，我会被"憋"死甚或被逼疯的。我是动了真情来写《南洋泪》的。每一部的写作过程，我都处于一种病态的亢奋之中，夜不能寐，昼食无味，吞着大把大把的安眠药、镇定剂……长篇小说，那是一种拼体力、拼脑力的活，而于我来说，那更是拼"感情"了。四部书，100多万字，每一部写出来后，我都要大病一场，每次皆如此。友人说是走火入魔，中医说是七情内伤，西医说是抑郁症。
　　——这就是作品。
　　——这就是作家。

2016.11.27
昆洛